J. M. Peace
Die Hatz

PIPER

D1936484

Zu diesem Buch

Nach dem Besuch in einer Bar begeht Samantha Willis den größten Fehler ihres Lebens: Sie lässt sich von einem fremden Mann helfen, der sie prompt unter Drogen setzt. Als Sammi die Augen wieder aufschlägt, verflucht sie nicht nur nicht selbst – immerhin ist sie Polizistin –, sondern ihr wird auch schnell klar, dass dies hier kein Spiel ist. Don, so der Name ihres Entführers, gibt ihr noch einen Schluck Wasser, dann deutet er in die Wildnis des Outbacks und stellt klar, dass er sie durch das Buschland bis zu ihrem Tod jagen wird. Aus Spaß, aus Zeitvertreib, aus Obsession.
Zur gleichen Zeit geht bei Detective Senior Constable Janine Postlewaite eine beunruhigende Meldung ein: Eine junge Kollegin namens Samantha Willis sei nicht zum Dienst erschienen und auch nicht zu erreichen. Beunruhigend deshalb, da die Fälle von jungen Frauen, die plötzlich und nach Angaben der Angehörigen ohne jeden Grund oder Vorwarnung verschwunden sind, in der letzten Zeit zugenommen haben. Sofort setzt Janine alles daran, ihre Kollegin aufzuspüren, während Sammi mit allen Tricks versucht, ihrem Peiniger in der Wildnis zu entkommen …

Schon als Kind hegte *J. M. Peace* den Wunsch, Schriftstellerin zu werden, doch nach dem Journalistik-Studium wurde sie Polizistin. Jay lebt mit ihrem Mann, zwei vorlauten Kindern, einem unerzogenen Hund und einem frechen Nymphensittich an der Sunshine Coast. Und obwohl sie immer gern auf Reisen war, ist sie inzwischen froh, wenn sie es wenigstens ab und zu an den Strand schafft. »Die Hatz« ist ihr erster Roman.

J. M. Peace

Die HATZ

Thriller

Aus dem Englischen von
Sina Hoffmann

PIPER
München Berlin Zürich

Mehr über unsere Autoren und Bücher:
www.piper.de
Aktuelle Neuigkeiten finden Sie auch auf Facebook, Twitter und YouTube.

MIX
Papier aus verantwortungsvollen Quellen
FSC® C083411

Deutsche Erstausgabe
April 2017
© J. M. Peace 2015
Titel der australischen Originalausgabe:
»Time to run«, Pan Macmillan Australia Pty Ltd, Sydney
© der deutschsprachigen Ausgabe:
Piper Verlag GmbH, München/Berlin 2017
Umschlaggestaltung: zero-media.net, München
Umschlagabbildung: melanka/plainpicture (Landschaft); Joana Kruse/Arcangel (Oberkörper Frau); ableimages/Alamy Stock Foto (Hose und Beine der Frau)
Satz: Uhl & Massopust, Aalen
Gesetzt aus der Granjon
Druck und Bindung: CPI books GmbH, Leck
Printed in Germany ISBN 978-3-492-31047-5

Für meine Familie, die es mir ermöglicht,
nach den Sternen zu greifen.

»Schschsch«, rauschte der Wind, als er durch die Bäume des Yonga State Forest strich. Geheimnisse, die der Wind weiterträgt, sinnierte Sylvia Notting. Sie liebte die nachmittäglichen Ausritte durch den Busch, bei denen sie ihr Pferd gemütlich den holprigen Pfad entlangtraben ließ, während ihr Hund hin und her sprang und überall interessiert schnüffelte. Ziggy, ihr Australian Kelpie, war ein aktives Kerlchen. Er lief auf dem Pfad voraus und rannte wieder zurück, wobei er Vögel und Eidechsen aufscheuchte. Während sie langsam weiterritt, hörte Sylvia, wie er gerade hinter einem riesigen Eukalyptusbaum in der Erde scharrte.

»Ziggy, komm hierher«, rief Sylvia.

Der Hund kam durch das Gestrüpp gestürmt und sprang unmittelbar vor ihr auf den Weg; er trug etwas Großes in seinem Maul. Das war nicht einfach nur irgendein Stock. Sylvia zügelte ihr Pferd und schwang sich aus dem Sattel.

»Hierher, Ziggy«, rief sie und streckte die Hand aus. Der Hund senkte den Kopf und wich ihrem Blick aus, ganz offensichtlich war er alles andere als glücklich darüber, seinen Fund abgeben zu müssen. Sylvia packte das Ding und zog kurz daran, bis Ziggy es freigab. Sie drehte das recht farblose Objekt hin und her.

Ein Knochen. Sylvia war fasziniert.

Genauer gesagt handelte es sich um eine Scapula.

Ein Schulterblatt.

Freitag, 16:04 Uhr

»Fahr zur Hölle!«, schrie Sammi. Sie drehte sich auf dem Absatz um und stürmte ins Schlafzimmer.

»Da bin ich schon längst!«, brüllte Gavin zurück.

Sammi schlug die Schlafzimmertür so fest zu, dass die alten Flügelfenster klirrten. Sie hörte, wie die Hintertür zuknallte, und wusste, dass Gavin mit seinen Laufschuhen und der Hundeleine ausgerüstet loszog. Dies war seine gewohnte Methode, um sich abzureagieren, wenn sie sich mal wieder gestritten hatten. Er würde eine marathonähnliche Strecke joggen, bis sein Ärger verraucht war. Sammi war ziemlich sicher, dass sich zumindest ihr Hund über ihre Streitereien freute, weil er die ausgiebigen Gassirunden liebte.

Sie waren erst seit etwas mehr als drei Jahren zusammen und stritten sich schon seit etwas weniger als drei Jahren. Keiner von ihnen beiden nahm es je persönlich. Es hatte etwas für sich, sich anzuschreien und Luft abzulassen, anstatt alles herunterzuschlucken. Sogar die Nachbarn wussten mittlerweile, dass sie es getrost ignorieren konnten, wenn es wieder einmal Krach gab zwischen Gavin und Sammi.

Meist war die Verstimmung nicht von langer Dauer. Ein paar Stunden gingen sie einander aus dem Weg; Gavin joggte los, während Sammi bei einer Freundin über Gavin Dampf abließ. Sie war aufbrausend, doch nachdem der erste Ärger verflogen war, betrachtete sie alles realistisch, und die Sache war erledigt.

Dieses Mal war es jedoch anders.

Er war zu weit gegangen mit seinem Versuch, ihr Leben zu kontrollieren und ihre Unabhängigkeit zu untergraben.

Seine Arroganz brachte sie zur Weißglut. Um damit klarzukommen, brauchte sie mehr Abstand zwischen ihnen, als das örtliche Café bieten konnte.

Mit dem Gefühl, immer noch rot zu sehen, stopfte sie ein paar Kleidungsstücke in eine Tasche. Sammi musste sich beruhigen – und das ging nur mit Abstand von Gavin, weit weg von der Kleinstadt Angel's Crossing. Nachdem sie die Tasche gepackt hatte, fuhr sie rückwärts aus der Einfahrt heraus, wobei die Reifen ein wenig auf dem Schotter durchdrehten. Mit laut aufgedrehtem, plärrendem Autoradio fuhr sie in Richtung Süden.

Sammi warf einen Blick auf die Uhr. Zwanzig nach vier. Schon während sie ihre Tasche gepackt hatte, war ihr klar gewesen, wohin sie fahren würde. Sobald sie den Stadtrand hinter sich gelassen hatte, rief sie Candy an. Es war Freitagnachmittag, und Sammi konnte sich bildlich vorstellen, wie Candy darauf reagieren würde, dass sie sich auf dem Weg zu ihr befand.

»Juhu, Mädelsabend!«, rief Candy, deren Stimme nun vor Aufregung in die Höhe stieg.

Candy war eine alte Schulfreundin, die Einzige, mit der Sammi in Kontakt geblieben war. Ihre Lebenswege hatten sich zwar in sehr unterschiedliche Richtungen entwickelt, doch sie besaßen abgesehen von der gemeinsamen Vergangenheit genügend Gemeinsamkeiten, um die Freundschaft aufrechtzuerhalten. Candy war Single und lebte immer noch das Leben, das Sammi nach der Ausbildung hinter sich gelassen hatte. Für Candy bestand das Leben aus Partys, Alkohol und Männern, normalerweise in genau dieser Reihenfolge und so oft wie möglich.

»Wie lange ist es her, seit wir das das letzte Mal gemacht haben?«, fragte Candy. »Das wird super! Wir donnern uns auf und betrinken uns ganz gepflegt. Am Ende der Nacht wirst du nur noch sagen: ›Gavin? Wer ist das noch mal?‹«

Mit Candy auszugehen, war wie eine Reise in die Vergangenheit – in eine Zeit, in der es für Sammi weder ihre Arbeit, die Beziehung noch ein Darlehen gegeben hatte. Bis vor ein paar Jahren hatte jeder Freitagabend so ausgesehen – zwei Mädchen, die abends auf die Piste gingen und es ordentlich krachen ließen. Am nächsten Morgen hatten sie sich dann selbst bestraft, indem sie joggen gingen und die Sünden der Nacht zuvor ausschwitzten.

Sammi war solide und sesshaft geworden und bedauerte ihre Wahl keinen Tag. Aber manchmal spürte sie den Drang, sich einfach einmal gehen zu lassen, aus dem Alltagstrott auszubrechen und einen Abend lang so zu tun, als sei sie eine andere Person. Dies kam mittlerweile nicht mehr so oft vor, insbesondere nicht, wenn sie am nächsten Tag arbeiten musste.

Was sie daran erinnerte, dass ihre nächste Schicht am Folgetag um 12 Uhr mittags begann. Schnell rechnete sie nach und bezog dabei die etwas mehr als dreistündige Fahrt von Candys Haus bis nach Angel's Crossing ein. Sie würde am nächsten Morgen um 8:30 Uhr losmüssen, zu Hause dann kurz unter die Dusche springen und anschließend zur Arbeit fahren. Da sie wusste, wie Candys Nächte normalerweise endeten, würde sie mit drei oder vier Stunden Schlaf auskommen müssen. Na gut, sie würde eben sehr viel Kaffee brauchen und auf einen ruhigen Tag hoffen. Es war höchste Zeit, einen draufzumachen. Den Jungs bei der Arbeit würde es egal sein, solange sie zum Dienst kam – jeder hatte ab und an mal einen trägen Tag.

»Wann bist du hier? Ich habe etwa in einer Stunde Feierabend«, erklärte Candy.

»Ich bin gerade erst losgefahren. Ich werde gegen halb acht da sein.«

»Okay, dann habe ich die Margaritas im Mixer und Aretha im CD-Player. Bis gleich!«

Candy jauchzte immer noch, als Sammi auflegte. Sie musste grinsen und lehnte sich dann auf ihrem Fahrersitz zurück. Das war genau das, was sie brauchte.

Freitag, 18:20 Uhr

Mit einem nassen Handtuch um die Hüfte und strubbeligem, in alle Richtungen abstehendem Haar legte Gavin die Füße auf den Couchtisch und ließ beim Öffnen der Bierflasche den Schnappverschluss knallen. Wahrscheinlich hätte Sammi sich darüber aufgeregt, wenn sie gesehen hätte, dass es dabei auf die Couch spritzte, doch er war immer noch verärgert darüber, wie sie eben in die Luft gegangen war.

Was für ein Theater! Dabei hatte er lediglich versucht, praktisch zu denken. Manchmal bekam sie einfach alles in den falschen Hals. Er hatte einzig und allein vorgeschlagen, ihre Bankkonten zusammenzulegen, doch sie hatte getan, als wollte er ihr das ganze Geld wegnehmen. Dabei war es nichts anderes als eine Sache des gesunden Menschenverstandes; es wäre so viel einfacher, Miete und Rechnungen zu bezahlen.

Sie waren jetzt seit drei Jahren zusammen, und sie vertraute ihm immer noch nicht? Oder sah keine gemeinsame Zukunft für sie beide? Dabei passten sie perfekt zueinander. Er liebte ihre Abenteuerlust und ihre Bereitwilligkeit, alles auszuprobieren. Sie besaßen sogar das gleiche Temperament – die Gemüter waren schnell erhitzt, aber der Unmut hielt nie lange an.

Gavin war beinahe zwei Stunden lang durch die Außenbezirke des Ortes gelaufen, um Sammi Zeit und Raum zu lassen, und er war schon ein wenig erstaunt darüber, dass bei seiner Rückkehr ihr Auto nicht mehr in der Einfahrt stand. Sammi hatte ihm nicht einmal eine Nachricht dagelassen.

Er wartete eine Weile. Dieses Mal würde er es definitiv Sammi überlassen, den ersten Schritt zu tun, um alles wieder ins Lot zu bringen. Immerhin war sie diejenige gewesen, die überreagiert hatte.

Nachdem er einen weiteren Schluck Bier getrunken hatte, rülpste er laut, weil niemand da war, der ihn dafür gerügt hätte.

Freitag, 19:30 Uhr

Wenn man mit Candy ausging, brauchte man rubinroten Lippenstift, Durchhaltevermögen und eine Leber aus Stahl. Candy liebte Männer – alle – und schien nicht nach Mr. Right Ausschau zu halten. Sowohl emotional als auch geografisch waren die Freundinnen auseinandergedriftet, als Sammi sich mit Gavin häuslich niedergelassen hatte. Obwohl sie regelmäßig miteinander telefonierten und sich Textnachrichten schickten, sahen sie einander nur selten persönlich, und wenn, dann schloss sich Sammi kaum je Candys Ausgehplänen wie dem heutigen an. Aber es fiel beiden leicht, immer wieder da anzuknüpfen, wo sie beim letzten Mal stehen geblieben waren.

Candy war stolz auf ihr Aussehen. Sie mochte durchaus zu betrunken sein, um sich um zwei Uhr in der Frühe an die eigene Adresse zu erinnern, aber sie konnte in diesem Zustand immer noch ihr Make-up auffrischen. Darum überraschte es Sammi auch nicht, als Candy ihr die Tür öffnete und aussah, als hätte sie gerade einen Beauty Spa verlassen. Nach der mehr als dreistündigen Autofahrt kam Sammi sich dagegen richtig ungepflegt und verschwitzt vor.

»Hey, Süße!«, rief Candy und nahm sie in den Arm. »Du siehst aus, als könntest du einen Drink gebrauchen. Was für ein Glück, dass ich hier gerade einen für dich habe!«

Sammi lächelte. »Ah, du weißt, was zu tun ist, damit ich meinen Ärger vergesse.«

»Schieß los, was ist passiert?«, fragte Candy.

Sammi seufzte. »Nur das Gewohnte. Gavin hat sich mal wieder wie ein Mistkerl verhalten. Ich muss Dampf ablassen.«

»Ist es aus zwischen euch?«, fragte Candy, in deren Stimme ein Hauch von Ungeduld schwang. Sammi war überzeugt, dass Candy sie als Single mit offenen Armen begrüßen würde.

Sammi sah sie überrascht an. »Natürlich nicht. Es war nichts weiter als eine kleine Auseinandersetzung. Im Grunde war gar nichts. Ich wollte heute Nacht einfach nur woanders sein und mich mal austoben.«

»Na, da bist du bei mir an der richtigen Adresse«, grinste Candy. »Ich mag Gavin, aber mit dir war's lustiger, bevor du ihn kennengelernt hast.«

Sammi lächelte. »Nur damit wir uns verstehen – ich bin immer noch mit Gavin zusammen, und ich werde heute

Nacht nicht irgendeinen Typen aufgabeln. Wir haben uns nicht getrennt, ich nehme mir lediglich eine kleine Auszeit. Eine einzige Nacht.«

»So…« Candy malte mit dem Finger ein Herz in das Schwitzwasser an ihrem Glas. »Gavin ist also der Richtige?«

Sofort nickte Sammi. »Ja. Ich könnte mir nicht vorstellen, mit einem anderen zusammen zu sein. Es ist alles so selbstverständlich«, erwiderte sie.

»Du sagst das, als sei das etwas Gutes«, entgegnete Candy.

»Das ist es auch«, nickte Sammi, überrascht von ihrer eigenen Reaktion. »Es ist so selbstverständlich, weil wir einfach zusammenpassen. Wir können uns aufeinander verlassen und uns vertrauen. Ich habe keine Lust auf Peinlichkeiten, Nerviges oder komische Geheimnisse. Mit Gavin zusammen zu sein, ist wie zu Hause in die Lieblingspantoffeln hineinzuschlüpfen.«

»Wenn du jetzt noch irgendwas Schmalziges darüber sagst, dass er dein bester Freund ist, muss ich dir leider ’ne Ohrfeige verpassen«, kreischte Candy.

Sammi lachte. »Ich glaube, Liebe ist nun mal schmalzig… solange *du* nicht im Spiel bist«, sagte sie, nur zum Teil als Stichelei in Candys Richtung gemeint.

Candy stöhnte und verdrehte die Augen.

»Ich wusste, es würde dir nicht passen«, fuhr Sammi fort. »Aber das ist genau das, wonach ich suche. Das sollte ich ihm wirklich sagen.« Das Bedauern in ihrer Stimme überraschte sie selbst.

»Wage es ja nicht, dir unseren Ausgehabend auszureden!«, warnte Candy. »Du bist jetzt hier bei mir. Erinnerst du dich noch daran, was du eben über die Auszeit für eine Nacht gesagt hast?«

Sammi lächelte. »Alles gut. Ich werde mir ein paar Drinks

genehmigen, ein wenig tanzen und dann schmutzige Kommentare über die Jungs ablassen, die dich abschleppen wollen. Und morgen Mittag bin ich dann wieder bei der Arbeit«, erklärte sie.

Candy lachte, ein Kichern, das aus ihr herausplatzte und ziemlich ansteckend war. »Na gut, passt schon. Ich nehme, was ich bekommen kann. Wollen wir morgen früh den Kater wegjoggen?«, fragte sie.

»Willst du um sechs Uhr aufstehen?«, erwiderte Sammi.

»Nee«, winkte Candy ab. »Jetzt sieh dir uns einmal an: Wie es scheint, werden wir erwachsen.«

Es war ungefähr Viertel vor acht, als Gavin das erste Mal anrief. Obwohl ihre Wut während der langen Fahrt längst verraucht war, sah Sammi sich immer noch nicht in der Lage, ans Handy zu gehen, als sein Name auf dem Display auftauchte. Sie hatte sich jetzt darauf eingestellt, auszugehen und Party zu machen – ein Telefonat mit Gavin würde jede Partystimmung zunichtemachen.

Candy musterte sie erwartungsvoll, als Sammi das Handy in die Hand nahm und es wieder zurücklegte.

»Er kann ruhig auf die Mailbox sprechen«, sagte sie.

Candy beugte sich vor und stieß mit ihr an. »Braves Mädchen. Gut gemacht!«

Nachdem das Handy nun zum vierten Mal klingelte, seit sie sich fertig machten, wusste Sammi, dass sie ihn nicht länger ignorieren konnte. Sie wollte sich vorbeugen, doch Candy war schneller und schnappte sich das Handy.

»Ich will ihn nur kurz wissen lassen, dass es mir gut geht und ich heute Nacht nicht nach Hause komme. Ich will nicht, dass er sich Sorgen macht«, erklärte Sammi und streckte die Hand nach dem Handy aus.

»Ich lasse nicht zu, dass er dich dazu überredet, sofort wieder nach Hause zu kommen«, entgegnete Candy. »Überlass das mir.« Sie drückte auf die grüne Taste.

»Gavin, Süßer, Sammi ist heute Nacht bei mir. Du kannst sie morgen zurückhaben«, erklärte sie kichernd. »Das spielt keine Rolle. Wir gehen heute Abend aus, sie kommt vor morgen nicht nach Hause zurück, und nichts, was du tust oder sagst, wird irgendetwas daran ändern, denn du kannst jetzt nicht mit ihr reden. Wir sind voll und ganz damit beschäftigt, Spaß zu haben, du kannst also damit aufhören, anzurufen. Sie kommt morgen nach Hause ... mach dir keine Sorgen. Tschüss, mein Lieber!«

Sammi grinste breit.

Candy legte das Handy auf den Tisch. »Alles geklärt. Du darfst den Rest des Abends nicht mehr an Gavin denken – das ist verboten! Heute Abend gibt es nur noch dich und mich und die heißen Sahneschnitten von Brisbane!«

Ein weiteres Mal erhoben sie die Gläser und stießen an.

Freitag, 20:01 Uhr

Gavin verzog das Gesicht, als er auflegte. Er hatte Candys piepsige Stimme erkannt. Er mochte sie nicht sonderlich. Sie bedeutete nichts als Ärger.

So ... Sammi befand sich also in Brisbane und wollte ausgehen. Er wusste nur allzu gut, was Candy alles anstellen konnte; Sammi hatte ihm Geschichten von Candys Abenteuern erzählt, von denen ihm einige die Schamesröte ins Gesicht getrieben hatten. Sammi war nicht wie Candy, und er vertraute ihr, doch ein ungutes Gefühl blieb.

Freitag, 21:10 Uhr

Als sie so weit waren, auszugehen, war es für Sammi normalerweise Zeit, ins Bett zu gehen. Aber die Margaritas hatten dazu geführt, dass sie sich warm und leicht benommen fühlte, und sie war bereit, sich zu amüsieren.

Candy zeigte Sammi im Hinausgehen, wo der Ersatzschlüssel versteckt war, damit sie jederzeit ins Haus konnte. Keine der beiden musste auf die andere warten. Schon oft war Sammi allein heimgekehrt, weil Candy jemanden abgeschleppt hatte. Sammi machte dies nichts aus – sie war nicht mehr die Person, die auf irgendwen angewiesen war.

Beide Frauen waren schon recht beschwipst, als sie ins Taxi stiegen. Sammi war klar, dass sie es ein wenig langsamer angehen musste, wenn sie die Nacht überstehen wollte. Aber das war nicht allzu schwer, denn schon im ersten Club stürmten sie auf die Tanzfläche. Sammi ließ sich von ihrem leichten Rausch treiben und genoss die Musik, das Gedränge und die überteuerten Cocktails. Dabei beobachtete sie, wie sich die Männer an Candy heranpirschten. Zum ersten Mal an diesem Tag entspannte sich Sammi. Candy und sie besaßen einen ähnlichen Sinn für Humor und lachten viel. Sie zogen von einem Club in den nächsten, wobei Candys Entscheidungskriterium war, welchen Club die heißesten Typen ansteuerten.

Um zwei Uhr in der Frühe hatte Sammi die Bremse angezogen; seit zwei Runden hatte sie schon nur noch Wasser getrunken. Sie ließ sich auf einem freien Barhocker nieder und beobachtete, wie Candy aufgedreht zu ihr gehüpft kam. Sie beugte sich vor und brüllte Sammi ins Ohr, um das Gewummer der Musik zu übertönen.

»Siehst du den süßen Typ da vorne – den mit dem roten Hemd? Sein Name ist Matt. Vielleicht auch Nat. Und er hat einen Freund, der ebenfalls ziemlich heiß ist. Jedenfalls ist er Bauunternehmer, fährt einen Porsche und will, dass wir in einen anderen Club mitkommen.«

Candy senkte die Stimme, sodass Sammi Mühe hatte, sie zu verstehen. »Der Club ist zwar ein ziemliches Bumslokal, liegt aber in der Nähe meines Hauses, sodass wir fast zu Hause wären. Ich denk es ist an der Zeit, eine Spritztour mit dem Porsche zu machen!«

Ohne auf eine Antwort zu warten, packte sie Sammis Hand und zog sie zu ihren neuen Freunden hinüber. Alle vier bahnten sich einen Weg durch die sich allmählich lichtende Menge und traten hinaus an die frische Luft.

Tatsächlich fuhr Matt einen Porsche, doch es handelte sich dabei um einen SUV, nicht um einen Sportwagen. Matts Freund Wayne sollte fahren, sodass Matt es sich mit Candy auf dem Rücksitz gemütlich machen konnte. Damit blieb für Sammi der Beifahrersitz übrig.

»Hast du getrunken?«, fragte Sammi Wayne ohne weitere Vorrede, als er hinters Lenkrad schlüpfte.

»Mach dich mal locker, Mädchen!«, brüllte Matt von der Rückbank.

»Ich bin nüchtern, ich bin nur zum Fahren dabei«, versicherte Wayne ihr, als er den Motor anließ. Sammi versuchte, das Liebesgeflüster und Stöhnen zu ignorieren, das von der Rückbank nach vorn drang, und unterhielt sich höflich mit Wayne, der sich über die Situation sehr zu amüsieren schien. Sammi achtete sorgsam darauf, ihren Freund zu erwähnen; sie wollte nicht, dass Wayne einen falschen Eindruck bekam. Außerdem war sie müde und mittlerweile reif fürs Bett. Nachdem sie einen kurzen Blick auf die

Rückbank geworfen hatte, ging sie davon aus, allein nach Hause zu gehen.

Sie fuhren auf den Parkplatz eines Gebäudes, das augenscheinlich eine Kneipe war. Sammi kannte Brisbane nicht sonderlich gut und hatte keinerlei Vorstellung davon, wie weit es von hier aus bis zu Candys Haus war. Sie wusste jedoch sowohl ihre Adresse als auch, dass sie gleich – nach einer Taxifahrt – auf die Jagd nach Candys Ersatzschlüssel gehen würde.

Als sich Matt und Candy voneinander gelöst hatten und von der Rückbank kletterten, sah Sammi sich um. Dies war nicht gerade der Ort, den ein erfolgreicher Bauunternehmer ihrer Meinung nach aufsuchte. Es schien sich eher um einen Pub als um einen Club zu handeln. Ein Neonschild mit dem nachgemachten Bild eines englischen Pubs wies darauf hin, dass es sich um das Lion's Head handelte.

Als hätte er ihre Gedanken gelesen, ergriff Matt das Wort. »Es ist nichts Besonderes, aber perfekt für diese Uhrzeit. Dort ist es ruhiger, sodass wir uns ohne diese Menschenmassen ein wenig näher kennenlernen können.«

Er kniff Candy in den Po, woraufhin sie albern kicherte. »Außerdem hat Candy erzählt, dass ihr beide in Forest Lake wohnt, das ist nicht weit entfernt.«

Sollte er doch ruhig glauben, dass Candy und Sammi zusammenwohnten, das war vollkommen in Ordnung. Wahrscheinlich hoffte er, in Candys Schlafzimmer zu landen.

Nachdem sie hineingegangen waren, mussten sich Sammis Augen erst einmal an das schummrige Licht gewöhnen. An der Bar standen ein paar Leute, eine Handvoll Tänzer bewegten sich auf der Tanzfläche. Zu dieser Nachtzeit machten sich die Leute entweder auf den Weg nach Hause oder schleppten jemanden ab. Candy und Matt eilten sofort auf die Tanzfläche, schlangen die Arme umeinander und wiegten sich, während sie einander küssten.

Wayne kam näher auf Sammi zu, redete über die Musik hinweg auf sie ein, und plötzlich lag seine Hand auf ihrem Rücken, kurz über dem Po. Sammi schüttelte seine Hand ab und drehte sich um, sodass er nun auf ihre Schulter starrte. Sammi verspürte ein wenig Sehnsucht und wünschte sich, statt Wayne mit seinen verschwitzten Händen und seinem Körpergeruch nun Gavin vor sich zu haben, um sich in seine starken Arme zu schmiegen.

Unverdrossen lief Wayne auf die Tanzfläche und steuerte auf Candy und Matt zu. Er packte Candy von hinten und presste sich an sie, sodass sie zwischen Matt und ihm eingeklemmt war. Candy lachte, warf den Kopf nach hinten auf Waynes Schulter und schmiegte sich an ihn, als er ihren Nacken küsste.

Es war allzu offensichtlich, dass Sammi hier überflüssig war. Für sie war die Nacht vorbei. Sie lief zur Bar und bestellte sich eine Cola. Bevor sie sich auf den Weg zu Candys Haus machte, wollte sie noch ein wenig nüchterner werden.

Sie lehnte sich an die Bar und betrachtete die Tanzfläche. Würde Candy die beiden mit zu sich nach Hause nehmen? Bei dem Gedanken zuckte Sammi zusammen. Das würde laut werden. Der Abend mit Candy war ein Riesenspaß gewesen, aber jetzt wünschte sie sich nichts sehnlicher, als sicher und unversehrt in ihrem Bett zu liegen, den schnarchenden Gavin neben sich. Sie beobachtete, wie Candy sich an zwei fremde Männer schmiegte, und empfand Mitleid mit ihr, dass sie niemanden wie Gavin kennengelernt hatte.

Ihre Wut auf Gavin war verflogen, und all die Gründe,

warum sie ihn liebte, rückten wieder in den Mittelpunkt. Zugegeben, vielleicht hatte sie überreagiert. Er hatte sie eben mit seinem Vorschlag, ihre Bankkonten zusammenzulegen, einfach überrumpelt. Sie hatte seiner Idee nie eine Chance gegeben und ernsthaft darüber nachgedacht. Immer schon hatte sie ihr eigenes Geld verdient und es so ausgegeben, wie sie es für angebracht hielt. Außerdem hatte er dann noch darauf beharrt, dass sie zu seiner Bank wechseln solle, da die Gebühren dort geringer waren. Natürlich war das alles sinnvoll, aber zunächst war es ihr als reine Überwachungstaktik seinerseits vorgekommen. Dabei war es gar nicht ums Geld gegangen.

Erschrocken fiel ihr wieder ein, dass es das Gleiche gewesen war, als Gavin zum ersten Mal vorgeschlagen hatte, zusammenzuziehen. Auch da hatte es einen Riesenstreit gegeben. Vertraute sie ihm etwa nicht? Oder erwartete er mehr, als sie zu geben bereit war? Sammi konnte es nicht sagen. Allein und halb betrunken in einer zwielichtigen Kneipe war dies nicht der geeignete Zeitpunkt, um darüber nachzudenken.

»Bist wohl abserviert worden, was?«, meldete sich jemand neben Sammi zu Wort.

Sie drehte sich um und erblickte den Barkeeper. An der Bar war nicht viel zu tun, und seit er ihr die Cola hingestellt hatte, war sie gedankenverloren stehen geblieben.

Sie zwang sich zu einem Lächeln, um den Anstand zu wahren.

»So sieht's wohl aus«, erwiderte sie.

»Weiß sie, was sie da tut?«, fragte der Barkeeper und nickte zu Candy hinüber.

»Ja. Sie ist ein großes Mädchen und kann auf sich aufpassen«, antwortete Sammi.

»Wie sieht's denn mit dir aus?«, fragte der Mann.

Sammi schüttelte den Kopf. »Ich bin nicht hier, um jemanden abzuschleppen«, erklärte sie und deutete auf die sich windenden Körper auf der Tanzfläche.

»Nein, ich meinte eher, ob es dir gut geht? Das könnte 'ne lange Nacht werden, wenn du auf sie wartest«, fuhr der Barkeeper fort.

»Alles in Ordnung. Ich gehe nach Hause, wenn ich so weit bin«, antwortete Sammi.

Sie schätzte, dass der Barkeeper ein wenig älter war als sie, vielleicht Mitte dreißig. Versuchte er gerade, sie anzubaggern? Er hatte kurzes, schwarzes Haar und ein akkurat gestutztes Ziegenbärtchen. Seine Zähne waren so gelb wie die eines starken Rauchers. Er war nicht dick, sah aber um die Hüften herum ein wenig speckig aus. Nichts an ihm sagte Sammi auch nur irgendwie zu.

»Ich heiße jedenfalls Don«, sagte er und beugte sich über die Bar, um ihr die Hand hinzuhalten.

Zögerlich schüttelte Sammi ihm die Hand und musterte ihn fragend.

Er lachte. »Ich will dich nicht anmachen«, grinste er. »Es ist nur so, dass normalerweise um diese Uhrzeit alle zu betrunken sind, um sich zu unterhalten. Du scheinst dagegen für eine Unterhaltung nüchtern genug zu sein.«

»Ja, ich denke, ich hab früh genug aufgehört. Ich mach so was hier normalerweise nicht«, erklärte sie ihm. »Meine Freundin lebt so, aber das habe ich eigentlich hinter mir. Bis eben war es lustig, mittlerweile läge ich jetzt lieber schon im Bett.«

»Ich habe den ganzen Abend damit verbracht, Betrunkenen dabei zuzuhören, wie sie mit ihrer Bestellung die Musik zu übertönen versucht haben. Wenn ich nichts verstanden habe und keinen Bock mehr habe, ›was?‹ zu fragen, stelle ich ihnen einfach irgendwas hin, und beobachte dann, ob sie zurückkommen, um sich zu beschweren. Tun sie nie.«

Sammi musste lachen. »Du magst deinen Job nicht besonders, oder?«

»Es ist schon okay. Die Musik gefällt mir, und es ist schon recht interessant, den Männern und Frauen zuzuschauen. Manchmal bekommt man hier einiges an Show geboten.« Er deutete auf Candy und die zwei Männer auf der Tanzfläche. »Meiner Meinung nach ist vieles davon keine gute Idee.«

»Candy geht es gut, sonst würde sie es mir schon sagen. Sie liebt einfach Männer«, stellte Sammi klar.

Don grinste. »Dann scheint es ja, als hätten alle gewonnen.«

Sammi trank einen Schluck Cola. »Ja, aber ich mach jetzt die Fliege. Es war nett, sich mit dir zu unterhalten, Don«, sagt sie.

»Bis später mal«, antwortete er sanft, als sie auf die Tanzfläche zusteuerte.

Sammi zog Candys Hand von Matts Po weg und drückte sie fest, um ihre Freundin auf sich aufmerksam zu machen. Matt bedachte sie mit einem unflätigen Blick, als sie Candy von ihm wegzog.

»Alles in Ordnung mit dir?«, brüllte sie Candy über die Musik hinweg ins Ohr.

»Klar, Süße! Die Jungs hier kümmern sich um mich.« Sie lallte schon ein wenig.

»Ich bin so weit, ich gehe nach Hause. Willst du mitkommen?« Sammi kannte zwar die Antwort schon, doch sie wollte sie aus Candys Mund hören.

»Nein, geh schon und warte nicht auf mich«, flötete Candy und gab ihr einen Kuss auf die Wange.

Sammi winkte den beiden Männern zu, die Candy bereits wieder zu sich herüberzogen, und machte sich auf den Weg zur Eingangstür.

Sie passierte den Türsteher, der gerade einem Jungen den Zutritt verwehrte, der kaum alt genug wirkte, um nachts allein unterwegs sein zu dürfen. Der Teenager schwankte; sein Hosenstall stand offen. Er versuchte, die Entscheidung zu diskutieren, als der Türsteher ihm den Weg blockierte, doch es bestand kein Zweifel daran, wer den Kürzeren ziehen würde, wenn das Drücken und Schieben beginnen würde. Sammi schlüpfte an beiden vorbei und ließ die wummernde Musik hinter sich.

Soviel sie wusste, würde es nur ein paar Minuten dauern und wenige Dollars fürs Taxi kosten, um zu Candys Haus zu gelangen. Sehr gern wäre sie zu Fuß gegangen – ein strammer Spaziergang hätte ihr den Kopf freigemacht und ihr geholfen, gleich einzuschlafen. Doch Sammi war nicht sicher, in welcher Richtung sich Candys Haus befand. Und sie wollte nicht Gefahr laufen, sich zu verirren. Darum rief sie die Nummer des örtlichen Taxibetriebs auf, die Candy ihr als Vorbereitung auf den Abend eingespeichert hatte.

Als sie sich von der lauten Musik der Kneipe entfernte, bemerkte sie eine langsame Bewegung rechts von ihr. Ein alter, weißer Pick-up hielt neben ihr. Das Fahrzeug wirkte recht seltsam, da die offene Ladefläche mit verschweißten Riffelblechplatten eigenhändig erhöht und dann mit einem Verdeck überzogen worden war.

Das Fenster auf der Beifahrerseite des Pick-ups war heruntergekurbelt, und der Fahrer lehnte sich zu ihr herüber.

»Hey, Sammi, soll ich dich mitnehmen?«

Sammi erkannte sofort den Barkeeper aus der Kneipe wieder. Wie hieß er noch gleich? Dan? Don? Stimmt, Don. Sie blieb stehen und drehte sich zu ihm um.

»Hi, Don. Nein, ich rufe mir schnell ein Taxi, aber vielen Dank für das Angebot.«

»Du wirst hier um diese Uhrzeit eine ganze Weile auf ein Taxi warten müssen. Ich wette, du hattest dir ein anderes Ende für diesen Abend vorgestellt«, stellte er fest.

»Da ich weiß, wie meine Freundin tickt, habe ich im Grunde vorher schon geahnt, dass ich allein nach Hause gehen würde«, entgegnete Sammi, was er mit einem Lächeln quittierte.

»Mir wäre wohler bei dem Gedanken, wenn ich dich irgendwo absetzen könnte«, antwortete er. »Wahrscheinlich musst du mindestens eine Stunde lang auf ein Taxi warten, und um diese Uhrzeit laufen hier einige zwielichtige Typen herum.«

Wie aufs Stichwort tauchte plötzlich eine rote Limousine auf. »Zeig uns deine Titten!«, brüllte ein Teenager mit nacktem Oberkörper, der sich halb aus dem Fenster der Beifahrerseite lehnte, im Vorbeifahren.

Don legte den Kopf schief und zog die Augenbrauen hoch. »Komm schon, ich setze dich zu Hause ab.«

Sammi zögerte. Einerseits wollte sie hier nicht herumstehen und ewig auf ein Taxi warten müssen. Andererseits war er ein Fremder, doch sie war zuversichtlich, dass sie sich zu helfen wusste, wenn er sich irgendwie an sie ranmachen sollte. Außerdem wusste sie, wo er arbeitete.

»Okay, danke«, nickte sie. Schnell kletterte sie ins Auto und schnallte sich an. Das Innere des Pick-ups stank nach abgestandenem Zigarettenrauch und nassem Hund. Sammi war erleichtert, dass sie nicht weit fahren mussten. Sie sah zu Don hinüber und zwang sich zu einem Lächeln. Er packte eine von zwei Flaschen Cola, die in Becherhaltern standen.

»Ich habe die hier im Rausgehen aus der Bar mitgenommen. Hattest Du nicht eben Cola getrunken? Damit kannst du den Zigarettenrauch und den Schweiß runterspülen«, erklärte er, drehte den Deckel der Flasche ab und hielt sie ihr hin.

Sammi lächelte dankbar. »Vielen Dank.«

»Wohin?«, fragte er.

»Es wäre toll, wenn du mich am Einkaufszentrum rauslassen würdest.«

Er nickte und fuhr einen U-Turn.

Candys Haus befand sich um die Ecke des Einkaufszentrums. Sammi wusste, dass sie von dort aus den Weg allein finden würde – innerhalb einer halben Minute wäre sie zu Hause. Es bestand keine Notwendigkeit, Don Candys Adresse zu geben.

Sie fuhren ein paar Minuten, unterhielten sich über die Kneipe und das, was passiert war. Dabei fiel es Sammi immer schwerer, sich auf den unverfänglichen Small Talk zu konzentrieren. Ihr Mund fühlte sich plötzlich so trocken an, und sie war unglaublich durstig. Sie trank den Rest der Cola mit einem großen Schluck, wobei ihr schrecklich schwindelig wurde, als sie den Kopf in den Nacken legte, um den letzten Tropfen zu trinken. Übelkeit stieg in ihr auf, und obwohl sie merkte, dass Don immer noch mit ihr sprach, konnte sie nichts mehr davon verstehen.

Sie blickte zu Don hinüber. Sein Gesicht sah aus, als würde es schmelzen; Schweiß liefen an seinem Ziegenbärtchen hinunter und tropfte auf seinen Schoß. Obwohl sie sich dagegen wehrte, schlossen sich ihre Augenlider immer weiter. Schweißperlen bildeten sich auf ihrer Stirn, und ihre Gliedmaßen fühlten sich bleiern an, als wäre ihr Blut durch halbfesten Beton ersetzt worden.

Irgendetwas stimmte hier nicht. So fühlte es sich nicht an, wenn man betrunken war. Sie drehte sich zum Fenster um und schaute hinaus, wo die Welt heftigst zu taumeln schien. Die Straßenlaternen sahen wie explodierende Sonnen aus, und Sammi musste die Augen schließen, um sich vor dem grellen Licht zu schützen. Sie wurde ohnmächtig, und es gab nichts, was sie dagegen tun konnte. Ein letztes Mal zwang sie sich dazu, die Augen zu öffnen, und sah hilfesuchend zu Don hinüber. Ihr fiel sein hässliches Grinsen auf, doch es war zu spät, um etwas zu unternehmen.

Als sie das Bewusstsein verlor, war das Letzte, was Sammi sah, Dons Grinsen.

Samstag, 4:18 Uhr

Don fuhr ein weiteres Mal um den Block herum. In den letzten Minuten war er langsamer gefahren, während er beobachtet hatte, wie das Zolpidem Wirkung zeigte. Mittlerweile befand er sich nur noch wenige Kilometer von seinem Haus entfernt. Das dumme Miststück hatte nicht mal bemerkt, dass er in die falsche Richtung losgefahren war, als sie zu ihm in den Wagen gesprungen war. Er hatte in immer enger werdenden Runden sein Haus umkreist. Je mehr sie unter den Einfluss des Schlafmittels geriet, desto enger waren seine Kreise geworden. Er wollte sichergehen, dass sie wirklich bewusstlos war, bevor er zu sich nach

Hause fuhr. Wenn dieser Punkt erreicht war, hatte er etwa anderthalb Stunden Zeit, vielleicht sogar ein wenig mehr. Das reichte jedoch, um nach Hause zu fahren und mit den Vorbereitungen zu beginnen.

Don zündete sich eine Zigarette an und musterte den bewusstlosen Körper. Jetzt, da er ihr Gesicht offen betrachten konnte, sah sie ein wenig älter aus, als er zuerst angenommen hatte, vielleicht Mitte zwanzig. Er beugte sich vor, fuhr mit der Hand an ihrem Knie hoch und drückte den Oberschenkel. Sie war in Form – er konnte die festen Muskeln in ihren Beinen spüren. Er nahm an, dass sie Gegenwehr leisten würde. Das würde alles ein wenig interessanter machen. Allein der Gedanke daran jagte ihm einen erwartungsvollen Schauer über den Rücken.

Wieder beugte er sich vor und schnappte sich die Handtasche auf ihrem Schoß. Um diese Uhrzeit war die Straße menschenleer. Wenn er da ein wenig ins Schlingern kam, spielte es keine Rolle. Sollten die Cops ihn anhalten, könnte er erklären, dass seine arme Freundin zu viel getrunken hatte und eingeschlafen war. Bei einem Atemtest wäre sein Ergebnis unauffällig.

Don fuhr in seine Einfahrt hinein und öffnete das Garagentor. Nachdem er den Motor abgestellt hatte, nahm er ihre Handtasche und kramte das Handy heraus. Er blickte auf das Display und sah keinerlei Nachrichten oder verpasste Anrufe. Er stellte das Mobiltelefon ab und öffnete dann ihr Portemonnaie. Darin fand er ihren Führerschein, zusammen mit ihrem vollen Namen und dem Geburtstag.

Samantha Leigh Willis. Er flüsterte den Namen und kostete die Worte in seinem Mund aus wie einen gereiften Wein. Sechsundzwanzig Jahre alt. Ja, sie würde ihren Zweck erfüllen.

Samstag, 5:50 Uhr

Sammi war sich nicht mal sicher, ob sie wirklich bei Bewusstsein war. Sie spürte auf der rechten Seite ihres Gesichts einen Schmerz und konzentrierte sich darauf, weil sie wusste, dass dieser Schmerz real war. Ihre Augen fühlten sich an, als seien sie fest zugeklammert, und als sie es endlich geschafft hatte, die richtigen Muskeln zu bewegen und die Lider aufzureißen, nutzte es ihr rein gar nichts. Ein dickes, erstickendes Schwarz umhüllte sie. Sie konnte nicht denken, sich nicht einmal erinnern, was passiert war, doch eine Art Urinstinkt drängte sie, wach zu werden.

Ihr Körper wurde umhergestoßen, und ihr Gesicht prallte auf einen festen, metallischen Boden. Irgendetwas stieß ihr hart in den Rücken, mitten zwischen die Schulterblätter.

Ihr war unglaublich übel. Ihr Bauch verkrampfte sich, und die erste Ladung mit Erbrochenem kam hoch. Erst in diesem Moment bemerkte Sammi, dass ihr der Mund zugeklebt worden war, und sie musste würgen, als das Erbrochene nirgendwo anders hinkonnte als wieder die Kehle hinunter. Sammi hustete und trieb so eine kleine Menge Erbrochenes aus der Nase hinaus. Mühsam schluckte sie und schnaubte Luft durch die Nase, um wieder Luft zu bekommen. Sie versuchte, den Gestank des Auswurfs und der Galle zu ignorieren, und atmete gleichmäßig und tief durch die Nase ein.

Die wachsende Angst half Sammi, klar im Kopf zu werden; nach und nach kristallisierten sich ihre Gedanken durch den trüben Nebel hindurch.

Aber nicht nur ihr Mund war zugeklebt. Als sie mit

den Händen an den Mund greifen wollte, merkte sie, dass auch ihre Hände hinter dem Rücken zusammengebunden waren. Sie holte so viel Luft, wie ihre Lungen fassen konnten, und schloss die Augen. So still, wie es das Geholpere und Gerüttele erlaubte, lag sie da und konzentrierte sich einzig und allein auf den nächsten Atemzug. Sie konnte nicht mit Bestimmtheit sagen, wie lange sie einfach nur dalag und nichts tat, außer zu atmen, um die Übelkeit in den Griff zu bekommen. Ganz langsam, als der Drang, sich übergeben zu müssen, nachließ, gestattete Sammi es sich, den Fokus auf andere Dinge zu verlagern. Sie fing an, ihre Umgebung wahrzunehmen.

Vorsichtig wollte sie die Beine ausstrecken und empfand ein wenig Zufriedenheit, sie in verschiedene Richtungen bewegen zu können. Als sie jedoch den rechten Fuß ausstreckte, berührte dieser eine Wand. Beim Ausstrecken des linken Beines stieß sie an eine weitere Wand. Als sich ihre Augen allmählich an die Dunkelheit gewöhnten, konnte sie einige Spalten und ein paar trübe Lichtflecken erkennen. Das beständige und unverkennbare Brummen einer Maschine drängte sich in ihr Bewusstsein.

Sammi versuchte, sich in Sitzposition zu stemmen, indem sie sich mit den Ellbogen von der Wand abstützte. Es war keine flache Wand; ebenso wie der Boden bestand sie aus Metall und war mit Furchen und Vorsprüngen versehen. Ein heftiger Stoß beförderte sie mit einem dumpfen Aufschlag wieder auf den Boden. Tief aus ihrem Rachen ertönte ein leises Stöhnen. Weil ihre Hände hinter dem Rücken gefesselt waren, gab es keine Möglichkeit, einen solchen Stoß aufzufangen.

Nach und nach setzten sich die durcheinandergewürfelten Stücke zu einem Gesamtbild zusammen. Die Bar.

Candy, die mit zwei Typen getanzt hatte. Sammi, die in den Pick-up des Barkeepers gestiegen war. Die Colaflasche. Das böse, unheilvolle Grinsen des Barkeepers, das in völliger Schwärze geendet hat.

Sammi war sich jetzt ziemlich sicher, dass sie sich auf der Ladefläche des weißen Pick-ups befand, unter dem Verdeck.

Es gab nur eine einzige Erklärung dafür, warum sie das Bewusstsein verloren hatte – sie war betäubt worden. Sie war aus freien Stücken auf den Beifahrersitz des Pick-ups geklettert; jetzt lag sie gefesselt hinten auf der Ladefläche. Für sie bestand kein Zweifel daran, dass der Barkeeper hinter dem Lenkrad saß.

Galle stieg ihr im Hals hoch, als ihr der Ernst der Lage bewusst wurde. Sammi hatte Mühe, gleichmäßig zu atmen. Wenn sie sich jetzt übergab, würde sie höchstwahrscheinlich ersticken. Nur berühmte Leute starben auf diese Art und Weise, indem sie in völlig zugemüllten Hotelzimmern ihr eigenes Erbrochenes einatmeten, Alkohol und Tabletten neben sich. Sammi schloss die Augen und spürte, wie das kühle Metall unter ihrer Wange vibrierte. Jetzt ging es einzig und allein darum, die Ruhe zu bewahren.

Wie hatte sie nur so töricht sein können? In der Nacht war es ihr gar nicht so dumm vorgekommen. Da hatte sie lediglich ein Angestellter eines Pubs mitgenommen, den sie als Gast besucht hatte. Sie war beinahe wieder nüchtern gewesen und hatte das Gefühl gehabt, sich unter Kontrolle zu haben; keinen Gedanken hatte sie auch nur daran verschwendet, wie schnell sich ihr Zustand auf Hilflosigkeit und Verletzlichkeit würde minimieren lassen.

Sammi verlagerte ihre Position und rollte sich auf die Hüfte – für den unwahrscheinlichen Fall, dass sie ihr Handy in die Hosentasche anstatt in die Handtasche gesteckt hatte.

Nichts. Soweit sie sich erinnern konnte, hatte sie rein gar nichts in ihren Hosentaschen. Sie schlängelte sich noch ein wenig hin und her, doch sie bezweifelte, dass er ihr die Handtasche gelassen hatte. Er hatte dies gut durchdacht, vielleicht sogar schon einmal gemacht.

Trübes Licht schien durch die Spalten, wo das Verdeck an die Ladefläche angeschlossen war, und bildete schmale Linien in der Dunkelheit. Draußen ging die Sonne auf. Wenn Sammi den Pub gegen vier Uhr in der Frühe verlassen hatte und die Sonne etwa um sechs Uhr aufging, war sie vielleicht nur zwei Stunden lang bewusstlos gewesen. Oder aber einen ganzen Tag und eine ganze Nacht lang.

Sammi konzentrierte sich auf den Druck ihrer Handgelenke, die mit Klebeband aneinandergefesselt waren. Ihre Arme waren übereinandergelegt, wobei ihre linke Hand auf dem rechten Unterarm und die Rückseite ihrer rechten Hand gegen die Innenseite ihres linken Unterarms drückte. Sie spürte den Verschluss ihrer Armbanduhr an ihrem linken Handgelenk, doch sie konnte keinen Blick darauf werfen.

Sammi rollte sich auf den Rücken zurück, wobei sie die Arme unter sich quetschte. Sie schlängelte sich hin und her und presste die Schultern nach unten, um zu sehen, ob sie die gefesselten Handgelenke an ihrem Po vorbeischieben konnte, um sie an die Vorderseite des Körpers zu befördern. Es war sinnlos. Indem sie den Hals nach links und rechts reckte, versuchte sie, ein paar Umrisse unter dem Verdeck zu erkennen. Sie trug immer noch die High Heels mit Riemchen, doch nun streifte sie diese ab. Sie lehnte sich an die hintere Ladeklappe des Pick-ups, streckte zaghaft die Beine aus, um sie über den Boden gleiten zu lassen. Ihre Zehen fuhren über den harten Gegenstand, der ihr beim Aufwachen in den Rücken gestoßen war. Sammi erkannte das Gummiprofil eines Reifens und fuhr mit dem Fuß an den Speichen entlang, bis sie auf die Vorderradgabel stieß. Dies alles war viel zu groß und zu schwer für ein Fahrrad. Im hinteren Teil des Pick-ups stand eindeutig ein Motorrad. Es war nicht den Stößen ausgesetzt, die Sammi immer wieder an die Seiten der Ladefläche schleuderten, weshalb sie vermutete, dass es festgeschnallt war. Anhand der Profilgröße des Reifens schloss sie, dass es sich um eine Motocrossmaschine handelte.

An der Seite, eingeklemmt unter den Gurten des Motorrads, befanden sich Plastikkisten mit verschlossenen Deckeln. Darin konnte sich alles Mögliche befinden. Zudem war es ihr nahezu unmöglich, die Deckel zu öffnen.

Was wusste sie über den Mann im Pick-up?

Sein Name war Don, und er arbeitete als Barkeeper in einer Kneipe namens Lion's Head – er war also geistig so fit, dass er einer Arbeit nachgehen konnte. Er war etwa fünfunddreißig bis vierzig Jahre alt und fuhr einen weißen Toyota Landcruiser-Pick-up mit einem geschlossenen Verdeck hinten.

Und was wusste er über sie? Weder kannte er ihren Namen noch ihre Adresse. Sammi glaubte, ihm gegenüber nicht einmal Candys Namen erwähnt zu haben.

Dann wurde ihr schlagartig klar, dass er nun ihre Handtasche hatte. Mit geschlossenen Augen ging sie kurz den Inhalt ihrer Tasche durch. Er hatte somit ihren Führerschein, die Kreditkarte und das Handy, zusammen mit einer Handvoll Münzen und ein paar Rechnungen. Immerhin hatte sie nicht den gesamten Inhalt ihrer Geldbörse mitgenommen, sodass sie nicht alles verlieren würde, wenn die Handtasche verloren ging oder gestohlen wurde. Ihre Adresse war natürlich auf dem Führerschein angegeben.

Doch sie wusste, dass sie sich nicht auf der Ladefläche des Pick-ups befand, weil er sie ausrauben wollte. Hier ging es nicht darum, was er ihr aus der Tasche stehlen konnte. Darum war Sammi sich sicher, dass sie einen Trumpf in der Hinterhand hatte – etwas, was er nicht wusste. Sie war absolut sicher, dass sich in ihrer Handtasche nichts befand, was ihm verraten würde, dass sie ein Cop war.

Samstag, 6:40 Uhr

Gavin hatte kaum schlafen können. Wahrscheinlich lag es an der ungelösten Verärgerung, die ihn dazu gebracht hatte, dass er sich die ganze Nacht lang schlaflos im Bett hin und her gewälzt hatte. Das und das leere Bett neben ihm. Normalerweise war er nur dann allein, wenn Sammi Nachtschicht hatte.

Er hatte ein paar Stunden lang gedöst, bevor ihn das fahle Licht der Morgendämmerung geweckt hatte. Nach dem Aufwachen hatte er sich noch nicht bewegt und war unter der Bettdecke liegen geblieben. Als Erstes schnappte er sich sein Handy, das auf dem Nachttischchen lag, und sah nach, ob er eine Nachricht bekommen hatte, obwohl er die Antwort eigentlich schon kannte. Jetzt hielt er das Handy fest umklammert unter der Decke, falls es klingeln sollte.

Ein Gefühl des Unbehagens hatte seine Gedanken die ganze Nacht lang auf Trab gehalten. Gavin war besorgt, konnte aber nicht genau sagen, warum. Er war unsicher, ob es an ihrem Streit lag, an dem Gefühl, dass sie ihm nicht genügend vertraute. Eigentlich wollte er nichts anderes tun als Sammis Nummer zu wählen, bis sie ranging und er wusste, dass es ihr gut ging. Er wurde das Gefühl nicht los, dass etwas nicht stimmte.

Doch ihm war klar, dass es ihre Laune wahrscheinlich noch verschlechtern würde, wenn er sie um Viertel vor sieben am Morgen anrief, nachdem sie die Nacht über feiern gewesen war. Er hatte absolut nichts dagegen, dass sie ausging, doch normalerweise hätten sie sich jetzt längst schon einen Kuss gegeben und sich wieder vertragen.

Gavin wusste, dass Sammi ab mittags arbeiten musste. Er lud sich immer ihre Dienstpläne auf sein Handy, damit er wusste, wann ihre jeweilige Schicht begann. Sammi nahm ihre Arbeit sehr ernst, und sie würde sich eher zur Arbeit schleppen, als sich mit einer fragwürdigen Entschuldigung abzumelden, weil sie einen Kater hatte und übermüdet war.

Die Stadt war sehr klein. Irgendwer hatte wahrscheinlich schon längst mitbekommen, dass sie die ganze Nacht nicht zu Hause gewesen war. Die Mannschaft der Nachtschicht drehte regelmäßige Runden an den Häusern der anderen Polizisten vorbei und hatte garantiert schon gesehen, dass ihr Auto nicht im Carport oder in der Auffahrt stand. Sammi kannte das alles. Wenn sie nach einer durchfeierten Nacht nicht zum Dienst erschien, würde es Ärger geben, nicht nur mit dem Chef. Unter den Kollegen würde sie ihren guten Ruf verlieren, weil sie das Team im Stich gelassen und Schwäche gezeigt hatte. Unter Sammis Kollegen wurde gern damit geprahlt – es war wie ein Ehrenabzeichen, die ganze Nacht durchzufeiern und dann dennoch anschließend zur Schicht anzutreten. Die unvermeidlichen Neckereien, wenn sie verkatert zum Dienst auftauchen würde, waren immer noch besser als die abfälligen Kommentare, wenn sie gar nicht auftauchen würde.

Gavin vertraute Sammi, doch sie war mit Candy unterwegs. Er hatte Candy zwar erst wenige Male gesehen, aber er wusste genau, wozu sie in der Lage war. Und ihm war klar, dass das Ausgehen mit Candy Sammis Art war, ihn zu bestrafen.

Gavin rechnete kurz nach. Candy wohnte am westlichen Stadtrand von Brisbane, gute drei Autostunden entfernt. Sammi müsste also um Viertel vor neun aus dem Bett raus und auf der Straße sein. So, wie er sie kannte, würde sie sogar eher mehr als weniger Zeit für den Rückweg einplanen. Gavin warf einen Blick auf den Radiowecker. Er würde sie um Viertel nach acht anrufen. Vielleicht würde sie sogar dankbar sein, dass er sie rechtzeitig weckte, damit sie nicht zu spät kam. Er rollte sich auf die Seite und machte die Augen zu. Mit der Vorstellung, dass Sammi neben ihm lag, versuchte er, sich zu entspannen.

Samstag, 6:50 Uhr

Der Betäubungsnebel hatte sich ein wenig gelichtet, sodass Sammi sich besser konzentrieren konnte. Jetzt war es so weit, dass sie einen Plan schmieden konnte. Sie hatte zwar keine Ahnung, wie lange sie noch hinten auf der Ladefläche des Pick-ups herumgeschleudert werden würde, doch sie wusste mit absoluter Sicherheit, dass sie mit ihren fünf Sinnen bei der Sache sein musste, wenn der Wagen anhielt. Es zählte allein eine schnelle Reaktion von ihr.

Darum wurde es Zeit, sich mit kühlem Kopf ein paar

praktische Dinge zu überlegen. Denn immerhin war sie auf so etwas in ihrer Ausbildung vorbereitet worden.

Sammi war seit sechs Jahren Polizistin. Nach dem gescheiterten Versuch, Buchhalterin zu werden, gehörte sie nun zum Queensland Police Service. Sie hatte erst zwei Jahre lang BWL studiert, bevor ihr klar geworden war, dass sie sich damit selbst zu endlosen Bürostunden verurteilte. Obwohl der BWL-Abschluss schon fast erreicht war, hatte sie sich dann bei der Polizei beworben und war sofort genommen worden. Es hatten genau zwei Wochen zwischen dem Auszug aus ihrer Uni-WG und dem Einzug in die Rekrutenkaserne der Polizeiakademie in Oxley gelegen.

Bereits am ersten Tag in ihrer neuen Dienststelle, der gleich die erste Arbeitserfahrung für Möchtegern-Cops war, wusste sie sofort, dass sie die richtige Entscheidung getroffen hatte. Ihr gefiel der Überraschungsmoment, wenn man zu einem Einsatz gerufen wurde und nicht wusste, was einen dort beim Verlassen des Autos erwartete. Sie genoss es, mit Blaulicht und Sirene durch die Straßen zu rasen und nach der besten Route Ausschau zu halten, während der Verkehr darauf reagierte. Die Adrenalinschübe ließen sie geradezu aufblühen, wenn sie bei einem Faustkampf dazwischen ging und herauszufinden versuchte, wer die Guten und wer die Bösen waren – eine Hand dabei immer am Pfefferspray. Obwohl es natürlich nie so eindeutig war. Sammi fand auch Gefallen daran, in einer Auseinandersetzung beide Seiten anzuhören und diese Angaben zu überprüfen, um dann zu entscheiden, welche Seite sie anlog – und warum.

Zudem entwickelte sie sich zu einer guten Vermittlerin. Die Dienstvorgesetzte in Sammis erstem Jahr hatte ihr immer wieder geraten, »keinen Streit vom Zaun zu brechen, den man nicht beenden kann«. Da sie eine durchschnittlich große Frau war und die Mehrheit der Leute, die auf Streit aus waren, Männer waren, hatte sie mittlerweile einige Übung darin, diese zu beruhigen. Streithähne trennen, allen zuhören, Situation entschärfen.

Zu tatsächlichen Schlägereien war sie nur selten gerufen worden, hatte jedoch allen ein Ende setzen können, wenngleich auch manchmal mit ein wenig Unterstützung. Das war einer der tollen Aspekte, Police Officer zu sein – es war immer jemand da, der einem den Rücken freihielt. Nur ganz selten arbeitete sie allein, und sie empfand das Wissen als tröstlich, dass ihr Partner da weitermachen würde, wo sie aufgehört hatte, wenn sie scheiterte oder mit der Situation nicht zurechtkam. Es war ein ungeschriebenes Gesetz, dass man hundertprozentig hinter seinem Partner stand, auch wenn man diesen als Person nicht sonderlich leiden konnte. Die blaue Uniform schweißte zusammen, und man konnte sich absolut auf denjenigen verlassen, mit dem man bei jeder beliebigen Schicht Dienst hatte.

Selbst jetzt, als sie allein und in Schwierigkeiten war, hatte Sammi immer noch das Gefühl, als sei jemand an ihrer Seite. Sie wusste: Wenn sie nicht zur Arbeit erschien, würden ihre Kollegen anfangen, zu telefonieren, und bald schon würden Zehntausende Polizisten im ganzen Land nach ihr Ausschau halten. Mit diesem Wissen ging es ihr ein wenig besser. Sie musste ihren Kumpels einfach ein wenig Zeit geben, sie zu finden.

Sammi war klar, dass sie ihren Teil dazu beitragen musste, um ihnen dabei zu helfen, sie zu finden. Sie musste Hinweise hinterlassen, wo es nur möglich war, eine Spur legen, die gefunden werden konnte. Sie musste sie wissen lassen, dass sie auf der Ladefläche des Pick-ups gewesen war. Die Handgelenke waren nicht zu stramm zusammengeschnürt. Wahrscheinlich Klebeband. Sie wackelte mit den Händen und drehte sie in entgegengesetzte Richtungen. Obwohl sie sich nicht befreien konnte, gelang es ihr, die Fessel ein wenig zu lockern. Vorsichtig schwang sie sich auf die Knie. Dann hob sie die gefesselten Hände so hoch, wie ihre Schultergelenke es erlaubten. Sammi setzte einen Fuß vor sich und drückte sich dann langsam mit dem anderen Knie ab. Sie hielt den Kopf gesenkt, die Arme in die Höhe gereckt. Dabei versuchte sie, während sie auf der rumpelnden Ladefläche das Gleichgewicht hielt, die Hände zu spreizen und die Handflächen gegen das Dach des Verdecks zu drücken. Sie war sicher, dass sie einige Handabdrücke an der Decke hinterlassen hatte, bevor ein Schlagloch in der Straße dazu führte, dass ihr Körper nach vorn taumelte und sie auf dem Boden aufschlug. Die Hände konnte sie nicht ausstrecken, um sich festzuhalten, darum senkte sie den Kopf, um den Aufprall mit der Stirn abzufangen und nicht aufs Gesicht zu fallen. Es tat weh, doch sie ignorierte den Schmerz und konzentrierte sich stattdessen auf die Aufgabe, die sie sich gestellt hatte. Sie reckte sich empor und zur Seite, um so viele Fingerabdrücke wie möglich auf sämtlichen Oberflächen des Pick-ups, an die sie herankam, zu hinterlassen. Denn sollte die Ladefläche selbst einmal gereinigt werden, würden nun einfach nur einige Abdrücke fehlen. Ein Abdruck ihres kleinen Fingers würde genügen, um sie identifizieren zu können. Jeder Kriminaltechniker würde damit bestätigen können, dass sie hier gewesen war.

Immerhin ein Anfang. Sammi empfand ein wenig Genugtuung, dass sie daran gedacht hatte.

Sie musterte das Motorrad, das sich hinten bei ihr auf der

Ladefläche befand. Ob es wohl schon da gewesen war, als sie in den Pick-up eingestiegen war? Natürlich musste er mit ihr an einen abgeschiedenen Ort gefahren sein, um sie von vorne nach hinten zu befördern. Vielleicht war er irgendwo hingefahren und hatte unterwegs das Motorrad reingestellt. Die Maschine war wahrscheinlich Teil seines Plans. Sammi kannte sich nicht gut genug mit der Mechanik aus, um es unbrauchbar zu machen, aber wenn sie irgendetwas entfernte, einen Schlauch oder ein Kabel, würde ihn das vielleicht abbremsen. Denn Zeit war der entscheidende Faktor. Die Kollegen brauchten Zeit, um die Puzzlestücke zusammenzusetzen und sie zu finden.

Sie fragte sich, ob wohl irgendwer schon angefangen hatte, nach ihr zu suchen. Hatte Candy es bis nach Hause geschafft? War ihr aufgefallen, dass Sammi nicht da war? Wie lange dauerte es, bis Gavin noch einmal anrief?

Mit geschlossenen Augen stellte Sammi sich Gavin vor und erinnerte sich an jedes Detail seines Gesichts. Warum war sie wegen eines simplen Bankkontos bloß so wütend geworden? Sie würde Gavin jeden Cent geben, den sie hatte, wenn es nötig war, und er würde dasselbe für sie tun. Sie sollte jetzt warm und geborgen in ihrem Bett liegen und Gavin wie ein Fragezeichen zusammengerollt hinter ihr. Sie wusste mit absoluter Gewissheit, dass er derjenige war, der Alarm schlagen würde, wenn sie weder seine Anrufe beantwortete noch am Morgen bei ihnen zu Hause auftauchte. Seinen weichen Kern hielt Gavin gut versteckt – für Sammi war das okay –, doch sie hatte wiederholt seine Zärtlichkeit im Umgang mit seiner Mutter erlebt, bevor diese verstorben war.

Draußen war Tageslicht zu erkennen; so viel konnte sie feststellen, mehr aber auch nicht. Sie hatte nicht den blassesten Schimmer, wie lange sie diese Fahrt noch aushalten musste. Die Minuten wurden mit ihr auf der Ladefläche des Pick-ups durcheinandergewürfelt. Einerseits wollte Sammi, dass er anhielt, doch ihr war auch klar, dass ihr nichts geschehen würde, solange sie allein hier hinten gefesselt lag. Sie hegte keinerlei Zweifel daran, dass es um ein Vielfaches gefährlicher für sie werden würde, wenn der Pick-up anhielt.

Sie wand und schlängelte sich, bis sie mit dem Rücken zur Maschine vor dem Motorrad kniete. Dort fühlte sie, wo die Kabel vom Lenker zum Fahrgestell hinunter verliefen. Während sie alles abtastete, versuchte sie, ein Kabel in der Mitte zu finden, bei dem ihr Einwirken nicht gleich auffiel. Als sie eines zu fassen bekam, zog sie fest daran. Doch nichts passierte. Indem sie sich vorbeugte, wollte sie das Kabel nach oben ziehen. Es knirschte, als das, was die Kabel an Ort und Stelle hielt, nachgab und alles locker wurde. Sammi folgte dem nun losen Kabel mit den Fingern und versuchte, es wieder zu den anderen zu stopfen, damit es nicht sofort auffiel. Mehr konnte sie in dieser Situation nicht tun. Weder hatte sie eine Ahnung, welches Kabel sie da gelockert hatte, noch, ob es das Motorrad davon abhalten würde, loszufahren. Bei ihrem Glück hatte sie womöglich einfach nur den linken Blinker außer Betrieb gesetzt. Aber alles war besser als nichts. Vielleicht würde es nur dazu führen, dass er wütend auf sie war; doch alle Konsequenzen wurden durch den Zeitvorsprung wiedergutgemacht, den sie sich dadurch verschafft hatte. Langsam ließ sie sich wieder auf die Ladefläche hinunter. Dort presste sie das Gesicht an das kühle Metall und dachte nach. Jetzt konnte sie nichts anderes mehr tun als abwarten und sehen, was als Nächstes passierte.

Samstag, 8:40 Uhr

Gavin rief Sammi auf dem Handy an, nachdem er sich genau überlegt hatte, was er sagen wollte, wenn sie ranging. Er war absolut sicher, dass sie den Anruf annehmen würde. Sie hatten sich gestern gestritten. Sie beide hatten genügend Zeit gehabt, um sich zu beruhigen. Sobald sie ranging, wollte er ihr sagen, dass er sie liebte, damit sie keine Gelegenheit hatte, vorher aufzulegen. Sie hatte gewonnen, er würde Männchen machen und klein beigeben. Die Nacht war lang gewesen, und er würde sich für alles entschuldigen, wenn dies bedeutete, dass Sammi dann zurückkehren würde.

Sammis Handy schaltete direkt auf die Mailbox um. Warum war es abgestellt? Gavin hielt sich nicht damit auf, ihr eine Nachricht zu hinterlassen. Sein Unbehagen wuchs immer mehr. Es sah Sammi gar nicht ähnlich, das Handy auszuschalten. Aber vielleicht hatte sie es während der Nacht abgestellt und am Morgen einfach nur vergessen, es wieder anzuschalten.

Gavin stöberte in Sammis Nachttischschublade und kramte ein altes Adressbuch hervor. Er blätterte es durch, bis er Candys Festnetznummer gefunden hatte. Nachdem es dreimal geklingelt hatte, nahm Candy den Hörer ab. Gavin nahm an, dass er sie aufgeweckt hatte, doch das war ihm völlig egal.

»Wo ist Sammi?«, fragte er ohne Umschweife. »Sie muss jetzt los, wenn sie pünktlich zum Dienst erscheinen will.«

Gavin hörte, wie Candy Sammis Namen rief. Ihre Stimme klang nach dem vielen Alkohol und zu wenig Schlaf rau.

»Wir sind nicht gemeinsam nach Hause gegangen«, erklärte Candy.

»Sieh nach, ob ihr Auto immer noch da ist«, sagte Gavin. Er hörte, wie sie ein wenig schnaufte, als sie im Haus umherlief, Türen öffnete und Sammis Namen rief.

»Ich sehe sie nirgends«, antwortete Candy schließlich, »aber ihr Auto ist noch da.«

»Wann hast du sie zuletzt gesehen?«, bellte Gavin.

»Ähm, im Lion's Head in Inala«, erwiderte sie.

»Und wo ist Sammi dann jetzt?«, fragte er mit einem feindseligen, kontrollierten Tonfall.

Es folgte eine kurze Pause.

»Ich weiß es nicht«, antwortete Candy.

Gavin musste sich auf die Zunge beißen, um sie nicht anzuschreien und wüst zu beschimpfen.

»Wer weiß es denn?«, hakte Gavin nach und spuckte langsam und deutlich jedes Wort einzeln aus.

»Ähm ...«, stotterte Candy, bevor sie dann zu einem verlegenen Schweigen verstummte.

Gavin beendete die Verbindung und warf das Telefon auf das Sofa.

Samstag, 8:50 Uhr

Mit einem Schlingern hielt der Pick-up an. Voller Erleichterung, aber auch voller Angst beobachtete Sammi, wie der Lichtstrahl, der durch den Spalt hindurchschien, immer breiter wurde. Sonnenlicht durchflutete das Innere des Verdecks. Halb geblendet von der Sonne blinzelte Sammi, wollte aber nicht die Augen schließen. Sie sah die Hand nicht, die ihren Knöchel packte, und sie konnte nichts dagegen tun, als sie weggezerrt wurde. Das Klebeband auf ihrem Mund wurde mit einem Ruck abgerissen, sodass ihre Haut brannte und ihr die Tränen in die Augen stiegen.

Gegen ihren Willen drehte sich ihr der Magen um und das Erbrochene, gegen das sie so hart angekämpft hatte, bahnte sich seinen Weg mit voller Kraft nach draußen.

»Dreckiges Miststück«, knurrte eine Männerstimme. Sie wurde von der Ladefläche des Pick-ups gezerrt und plumpste hart auf den Boden. Ein weiteres Mal drehte sich ihr der Magen um, und sie ließ dem Erbrochenen freie Bahn. Nach und nach gewöhnten sich ihre Augen an das helle Licht, bis sie ein Paar schwarze Boots vor dem Hintergrund des Buschlandes erkannte. Sammi rollte sich ein wenig auf die Seite, sodass sie ihren Kidnapper sehen konnte.

Es war tatsächlich der Barkeeper. Er hatte seine Jeans und das Polohemd gegen ein schwarzes T-Shirt und eine Hose in Tarnfarbe eingetauscht. Diese steckte in Kampfstiefeln, die wiederum bis weit über die Knöchel zugeschnürt waren. In der Hand hielt er ein großes Jagdmesser, dessen breite silberne Klinge leicht gekrümmt zu einer scharfen Spitze verlief.

Schaudernd hielt sie die Luft an.

»Fertig mit Kotzen?«, fragte er laut.

Sammi nickte.

»Du baust keinen Scheiß, ja? Wir sind hier mitten im tiefsten Buschland. Hier ist niemand. Niemand außer dir und mir. Also hör gut zu und tu nur das, was ich dir sage.«

Da er auf eine Antwort zu warten schien, nickte sie erneut. Dann, ohne jede Vorwarnung, stürzte er sich mit dem Messer auf sie. Ihr Instinkt und ihr Reaktionsvermögen setzten ein; Sammi rollte sich zur Seite und versuchte, unter den Pick-up zu gelangen.

Dabei war sie jedoch nicht schnell genug, und Don lachte, als er sie am Arm packte. Er zerrte sie wieder unter dem Wagen hervor und verrenkte ihr die Schulter, wobei ihre Hände immer noch gefesselt waren. Er befand sich hinter ihr; aus den Augenwinkeln sah Sammi, wie die Klinge aufblitzte, bevor sie mit einer schwungvollen Bewegung nach unten sauste. Sie verspürte einen stechenden Schmerz an den Handgelenken, dann waren sie frei. Sie riss die Hände auseinander und schlug sie instinktiv vors Gesicht. Als ihr Blick auf Blut fiel, das aus einem Schnitt an der Außenseite ihrer Handgelenke tropfte, wo er sie mit dem Messer erwischt hatte, keuchte sie unbeabsichtigt.

»Noch nicht zu viel bluten«, rief der Barkeeper höhnisch. »Der Spaß hat ja noch gar nicht angefangen.«

Sammi presste einen Finger auf die Wunde, um die Blutung zu stoppen. Der Barkeeper griff durch die geöffnete Scheibe ins Wageninnere, holte eine Wasserflasche hervor und warf sie vor Sammi auf den Boden.

»Da, trink. Du wirst es brauchen.«

Sammi beäugte erst die Flasche, dann ihn.

»Nein danke. Darauf bin ich schon einmal hereingefallen.«

Er zuckte mit den Schultern. »Wie du willst. Aber du wirst es bereuen, wenn du jetzt nichts trinkst. Du wirst deine Energie noch brauchen.«

Sie schüttelte den Kopf, mittlerweile aus reiner Unnachgiebigkeit. Dabei war sie wie ausgetrocknet. Nach dem Alkohol, dem Betäubungsmittel, das er ihr verabreicht hatte, und dem säuerlich-bitteren Geschmack des Erbrochenen fühlte sich ihre Mundhöhle an wie das Innere eines Katzenklos.

Er ließ die Wasserflasche dort liegen, wo sie hingefallen war, und drehte sich wieder zum Pick-up um. Er ging zur Beifahrertür, wo Sammi durch die Scheibe eine Bewegung sah. Ein großer brauner Hund sprang aus dem vorderen Teil des Autos. Als er Sammi auf dem Boden liegen sah, stürzte er mit hocherhobener Rute und gespitzten Ohren auf sie zu.

»Aus!«, polterte der Barkeeper, woraufhin der Hund wenige Schritte von Sammi entfernt stehen blieb und sie mit seinen schwarzen Augen anstarrte. Sammi vermied es, ihm in die Augen zu sehen. Für sie sah der Hund wie ein Jagdhund aus – der Typ Hund, der von Jägern darauf trainiert wurde, Wildschweine aufzustöbern und zu erlegen. Der Hund besaß einen riesengroßen Kopf mit einem furchterregenden Gebiss. Kilotechnisch wog er wahrscheinlich genauso viel wie sie selbst, schätzte Sammi. Dies hier war eindeutig kein Haustier.

»Hier hin!«, bellte Don, woraufhin der Hund sich umdrehte und an seine Seite trottete. Er schien das Tier unter Kontrolle zu haben. Allerdings fragte sich Sammi, auf welche anderen Kommandos es wohl hörte. Einmal hatte sie zu einem Grundstück auf dem Land rausgemusst, wo ein Farmer einen seiner Hunde darauf abgerichtet hatte, auf Kommando zu attackieren. Pfefferspray hatte den Fall erledigt. Einmal ins Gesicht gesprüht, damit er sich umdrehte, und einmal aufs Hinterteil, damit er sich weiter bewegte.

Hier draußen hatte sie nichts dabei. Hier blieben ihr nur ihr Körper, ihr Verstand und ihre Sinne. Sie betete inständig, dass dies ausreichen würde.

Samstag, 8:53 Uhr

Langsam und unbewusst kochte sich Candy eine Tasse Kaffee, während sie damit beschäftigt war, den Nebel rund um die letzte Nacht zu lichten. Der Anruf von Gavin hatte sie zunächst verwirrt, doch mittlerweile drängten sich Angst und Sorge in den Vordergrund. Gewissenhaft spielte sie die Geschehnisse der Nacht im Kopf durch und suchte nach Hinweisen, warum Sammi nicht da war, ihr Auto aber noch in der Einfahrt stand.

Candy versuchte, sich Sammis letzte Worte in Erinnerung zu rufen, bevor sie gegangen war; doch an mehr als die schwindelerregende Menge von Zungenküssen und die verschwitzten Körper konnte sie sich nicht erinnern.

Wenn Sammi sich über Candy geärgert hatte, dann hätte sie doch sicherlich ihre Klamotten gepackt und wäre nach Hause gefahren, oder? Aber es war alles noch da. Ihre Reisetasche stand neben dem Gästebett, in dem niemand geschlafen hatte. Es gab keinerlei Hinweise darauf, warum sie verschwunden war.

Das sah ihr so gar nicht ähnlich. Sammi war die Verlässliche von ihnen beiden, diejenige, die sich darum kümmerte, dass alle heil nach Hause kamen. Candy dagegen trieb es wild und ging alles locker an, sie ging allein aus und ließ sich von fremden Männern nach Hause bringen. Eigentlich müsste sie diejenige sein, die vermisst wurde.

Candy merkte, wie Ärger in ihr aufstieg. Sie sprang auf und stürmte in ihr Schlafzimmer.

»Raus hier!«, schrie sie den einen nackten Mann an, der auf dem Bett lag, sowie den anderen, der auf dem Boden lag und das Bettzeug in Beschlag genommen hatte. Überrascht von ihrem Tonfall, richteten sie sich müde auf. Candy schnappte sich die Schuhe und Kleidung der Männer und warf sie ihnen zu.

»Ich weiß nicht einmal, wie ihr heißt! Raus hier – sofort!«

Die Leidenschaft der vergangenen Nacht hatte sich im Morgenlicht verflüchtigt. Die Männer streiften sich hastig ein Minimum an Bekleidung über und packten ihre Portemonnaies und Schlüssel, bevor sie zur Tür hinausstolperten.

Candy schlang sich den Morgenmantel enger um den Körper und kehrte in die Küche zurück. Sie kam sich nutzlos vor, und als sie nach dem Kaffee griff, zitterte ihre Hand. Sie wusste einfach nicht, was sie anderes tun sollte.

Samstag, 9:01 Uhr

Um neun Uhr machte sich Gavin auf den Weg zur örtlichen Polizeistation, in der Sammi arbeitete. Er kannte all ihre Kollegen, da man viele Stunden bei Bier und Würstchen im Innenhof der Wache zusammengesessen hatte. Außerdem ließ ein Großteil der Kollegen die Autos in der Werkstatt warten, in der er als Mechaniker arbeitete.

Der diensthabende Sergeant begrüßte ihn freundlich an der Empfangstheke. Gavin wusste, dass Bob Simpson auf der Wache gleichermaßen respektiert wie beschimpft wurde. Er erwartete von den Nachwuchskräften, dass sie ihre Arbeit gewissenhaft und fachmännisch erledigten, so wie er es tat.

In deren Haltung zu Bob spiegelte sich generell ihre Einstellung zur Arbeit: Diejenigen, die bei der Arbeit schluderten und improvisierten, mochten Bob in der Regel nicht, denn er handelte grundsätzlich streng nach Vorschrift.

Gavin kam gut mit Bob aus. Er war sich jedoch unsicher, ob dies alles erleichtern oder erschweren würde.

»Na, Kumpel, wie geht's?«, fragte Bob und beugte sich über die Theke, um Gavin die Hand zu schütteln.

»Hallo«, erwiderte Gavin.

Es folgte ein kurzer Moment des Schweigens. Bob blickte ihn erwartungsvoll an. Gavin wusste nicht, wie er anfangen sollte.

»Suchst du Sammi? Ich glaube, ihr Dienst beginnt erst um zwölf«, fuhr Bob fort, um das Schweigen zu brechen.

Gavin nickte. »Genau, um zwölf.« Er holte tief Luft. »Hast du was von ihr gehört?«

»Nein. Warum?«, hakte Bob nach.

»Ich glaube, sie ist verschwunden.«

Da. Jetzt hatte er es gesagt. Die angstvolle Sorge, die er den Morgen über mit sich herumgetragen hatte, war nun ausgesprochen.

Konzentriert musterte Bob ihn einen Augenblick lang, ohne ein Wort zu sagen.

»Dann komm mal besser durch.« Er öffnete die Tür, die die Empfangstheke mit der hinteren Polizeiwache verband, und geleitete Gavin in das Büro des Sergeants.

Dort setzten sie sich hin. »Was meinst du mit ›verschwunden‹?«

»Ich weiß nicht, wo sie ist, und ihr Handy ist ausgeschaltet«, erwiderte Gavin.

»Was ist denn passiert? Warum weißt du nicht, wo sie sich aufhält?«

Gavin ließ den Blick von seiner Schuhspitze zu einem Punkt direkt neben Bobs Ohr schweifen.

»Wir hatten gestern Abend Krach. Nichts Ernstes, nur das Übliche. Wir haben uns 'ne Weile angeschrien, danach ist jeder seiner Wege gegangen.«

Bob nickte, ohne weitere Fragen zu stellen. Sämtliche Kollegen von Sammi wussten, dass sie und Gavin hin und wieder lautstarke Auseinandersetzungen hatten. Doch ebenso wussten sie, dass es dabei niemals zu Handgreiflichkeiten kam. Jeder hatte mal gute und mal schlechte Zeiten – ein wenig Geschrei bedeutete darum nicht gleich, dass die Beziehung in Gefahr war.

Sammi hatte schon oft mit Bob über Gavin gesprochen. Trotz des Altersunterschiedes kamen sie prima miteinander aus. Sammi bemühte sich immer, ihre Arbeit ordnungsgemäß zu erledigen, und hörte Bob stets gut zu, wenn er ihr Ratschläge gab.

»Ihr seid also aneinandergeraten, und sie ist davongefahren?«, fragte Bob weiter.

»Ja. Ich bin eine Runde Joggen gegangen, und als ich zurückkam, war sie weg. Ihre Zahnbürste und die Reisetasche hat sie mitgenommen; seitdem habe ich nichts mehr von ihr gehört. Ich habe sie immer wieder angerufen. Irgendwann ist eine ihrer Freundinnen rangegangen und hat erzählt, dass Sammi bei ihr übernachtet. Sie ist eine alte Schulfreundin von Sammi und lebt unten in Brisbane. Sie heißt Candy und ist ein ziemlich wildes Ding. Ich habe sie vor einer Dreiviertelstunde aus dem Bett geklingelt. Sammi ist nicht da, und Candy hat keine Ahnung, wo sie ist. Sammis Auto steht immer noch bei ihr vor der Tür, und soweit Candy dies beurteilen kann, ist Sammi letzte Nacht nicht zu Candy nach Hause gekommen.«

»Warum bist du so sicher, dass sich ihr Ausgehabend nicht bis in den Morgen hineingezogen hat?«, erkundigte sich Bob.

»Na ja, das sähe ihr gar nicht ähnlich«, fing Gavin an.

Bob warf ihm einen zweifelnden Blick zu, woraufhin Gavin schnell fortfuhr. »Mir ist klar, dass ihr das hier wahrscheinlich andauernd bei Vermisstenmeldungen hört. Aber du weißt, dass es stimmt. Du kennst Sammi. Ja, wir haben uns gestritten, aber in der Regel ist sie immer schnell wieder darüber hinweg. Vielleicht hat sie keinen Bock, mit mir zu reden, aber sie schaltet so gut wie nie ihr Handy aus. Normalerweise lässt sie die Mailbox antworten oder drückt mich weg, wenn sie immer noch sauer auf mich ist. Aber am meisten bereitet mir Sorge, dass sie nicht pünktlich zur Schicht erscheinen wird. Jetzt ist es neun Uhr. Ihr Dienst fängt um zwölf an. Forest Lake ist eine dreistündige Autofahrt entfernt. Hätte sie rechtzeitig zurück sein wollen, um vorher noch schnell unter die Dusche zu springen, sich umzuziehen und eine Viertelstunde vor Dienstbeginn hier zu sein, hätte sie vor einer halben Stunde bei Candy losfahren müssen. Stattdessen steht ihr Auto noch da, ihr Handy ist aus, und niemand hat irgendetwas von ihr gehört. Egal, wie sauer sie auf mich ist – sie würde immer rechtzeitig bei der Arbeit erscheinen wollen. Und das weißt du auch. Du weißt, dass ihr das gar nicht ähnlich sieht.«

Bob nickte.

»Lass mich mal ihre Nummer anrufen. Wenn sie die Nummern filtert, dann nimmt sie meinen Anruf vielleicht an, wenn sie glaubt, es habe etwas mit der Arbeit zu tun.«

Gavin nickte und diktierte Bob die zehn Ziffern. Der Anruf wurde sofort auf die Mailbox umgeleitet. Das Handy war ausgestellt, aber es bestand immer noch die Möglichkeit, dass Sammi ihren Nachrichteneingang kontrollierte.

»Hi, Sammi, hier ist Bob von der Wache. Kannst du mich mal kurz zurückrufen, sobald du das hier abgehört hast? Es geht um deine Schicht heute. Danke.« Bob legte auf.

»Danke«, nickte Gavin. »Du hast recht, sie wird dich bestimmt gleich zurückrufen.« Er verlagerte sein Gewicht auf dem Stuhl. »Was können wir sonst noch tun?«

Bob schüttelte sanft den Kopf. »Hör mal Gavin, mal ernsthaft: Sie gilt noch nicht als vermisst, oder? Es tut mir leid, aber es ist wahrscheinlich, dass sie letzte Nacht einen …«, Bob hielt inne und suchte nach geeigneten Worten, »… einen neuen Freund gefunden hat. Sie ist mit jemand anderem nach Hause gegangen und hat dabei die Uhrzeit aus dem Blick verloren. Der Akku ihres Handys ist leer, deswegen hat die Weckfunktion versagt. Sie hat dich noch nicht angerufen, weil sie sich immer noch über euren gestrigen Streit ärgert. Sie taucht garantiert eine halbe Stunde zu spät beim Dienst auf – in den Klamotten von gestern Abend, mit lauter Entschuldigungen im Gepäck.«

Und so hatte Bob in Nullkommanichts für alles eine schlüssige Begründung gefunden.

Jetzt war es Gavin, der den Kopf schüttelte. »Ich habe ein komisches Gefühl dabei. Das ist nicht die Sammi, die ich kenne.«

»Ja, da stimme ich dir zu, Kumpel. Aber irgendwann kommt jeder einmal aus seinem Schneckenhaus raus. Und nur, weil es ihr nicht ähnlich sieht, bedeutet das nicht, dass sie es nicht getan hat. Und niemand außer Sammi und dir weiß, was gestern Nachmittag passiert ist.«

»Ja, aber …« Gavin verstummte. In der Tat hatte er kaum ein anderes Argument zu bieten als sein ungutes

Gefühl, nicht zu wissen, wo sich die Frau befand, die er liebte.

»Es tut mir wirklich leid, aber wir müssen realistisch sein. Ich mag Sammi, und ich würde ihr jederzeit helfen. Aber ich denke, sie nimmt sich eine kleine Auszeit, vielleicht sogar, um dich für den Streit von gestern zu bestrafen. Ich bin sicher, sie wird sich bald melden. Du musst einfach nur abwarten«, erklärte Bob.

Gavin atmete lautstark aus.

»Ich weiß, dass dir das nicht gefällt, aber sieh es einmal so: Wenn du darauf bestehst, dass ich sie als vermisst melde, und Sammi einfach nur zu spät kommt – was meinst du, wie viel Ärger ihr das einbringt? Wenn die Meldung einmal im System ist, wird sie automatisch an das Amt für Vermisstenmeldungen in Brisbane weitergeleitet. Sobald sie auf den Namen zugreifen, werden sie sehen, dass sie Polizistin ist. Sämtliche Vorgesetzte werden benachrichtigt. Und dann werden Fragen gestellt. Danach kann sie nicht mehr eine halbe Stunde zu spät hier hereingeschlichen kommen und sich entschuldigen, und damit wäre der Fall dann erledigt. Ich denke, dass eine Vermisstenmeldung jetzt keinem von euch beiden etwas nützen würde«, fuhr Bob fort. »Warum überlässt du die Sache nicht eine Stunde lang mir? Ich werde versuchen, sie auf dem Handy zu erreichen, und wir geben ihr so noch ein wenig Zeit, um wieder aufzutauchen.«

»Ja, okay.« Gavin rieb sich die Augen. Er hatte eine harte Nacht hinter sich, und es ging ihm kurz durch den Kopf, dass sein Schlafmangel vielleicht sein Urteilsvermögen derart trüben könnte, dass er nun aus einer Mücke einen Elefanten machte. Das und sein ungutes Gefühl, das er einfach nicht abschütteln konnte.

»Trotzdem danke«, sagte Gavin und erhob sich. Gemeinsam verließen sie das Büro. Gavin deutete auf den Flur, der nach hinten führte.

»Ich habe auf dem Mitarbeiterparkplatz geparkt. Macht es dir was aus, wenn ich hinten rausgehe?«, fragte er.

»Klar kannst du da raus«, nickte Bob.

Gavin kannte sich in der Wache gut aus. Der Weg zum Hinterausgang führte ihn an der sogenannten »Kaserne« der Station vorbei; sie bestand aus vier Schlafzimmern, einer gemeinsamen Küche, einem Aufenthaltsraum und einem Sanitärbereich. Sie war speziell gebaut worden, um die Arbeit auf der Wache für Polizisten attraktiv zu machen.

Ein Zimmer in der Kaserne war mietfrei. Doch gleichzeitig bedeutete dies, dass in der Küche die Essensspritzer per Radiokarbonanalyse auf ihr Alter hin untersucht werden konnten und Badeschuhe sowohl in der Dusche als auch auf der Toilette absolut unverzichtbar waren. Im schlimmsten Fall sah es dort aus wie bei einer Kreuzung aus Junggesellenbude und Hausbesetzung.

Vorn war eine Veranda angebaut, auf der sich Tische, Stühle und der obligatorische Grill befanden. Der Freizeitverein hielt hier regelmäßig Veranstaltungen ab und hatte einen münzbetriebenen Getränkeautomaten aufgestellt. Die Kehrseite beim Wohnen in der Kaserne war also, dass die Party immer in den eigenen vier Wänden stattfand. Für solche Eventualitäten besaß jeder Bewohner Ohrstöpsel.

Gavin zögerte leicht, bevor er an das Fenster des letzten Schlafraums klopfte. Die Vorhänge waren zugezogen und das Fenster geschlossen. Man wusste nie, wann ein Polizist im Schichtdienst schlief. Doch dies hier war wichtig.

Die Vorhänge wurden beiseite gezogen, das Fenster öffnete sich, und Tom Januschs Kopf mitsamt seinem nackten Oberkörper tauchten im Fensterrahmen auf.

»Hi, Gav!«, grüßte er.

»Hi, Tom. Ich habe dich nicht etwa aufgeweckt, oder?«, fragte Gavin.

»Nee, ich hab nur im Bett gelegen und Fernsehen geguckt.«

Gleich bei ihrer ersten Begegnung hatte Gavin Tom sympathisch gefunden, was aber auch nicht sonderlich schwer war. Er lachte viel und oft und besaß eine überbordende Begeisterung für beinahe alles, insbesondere aber für seine Arbeit. Obwohl er schon seit vier Jahren Polizist war, hüpfte er immer noch wie ein Flummi herum, als käme er frisch von der Polizeihochschule und sei voller Vorfreude auf den nächsten Job. Gavin wusste, dass Sammi in Tom nicht nur den Arbeitskollegen, sondern einen Freund sah. Er hoffte inständig, dass dieser ihn ernst nehmen würde.

»Tom, ich brauche Hilfe. Ich glaube, dass Sammi verschwunden ist«, erklärte er.

Toms Miene wurde ernst. Er runzelte die Stirn.

»Ich habe schon mit Bob gesprochen, aber er hat alles abgeblockt«, fuhr Gavin fort.

»Warte kurz«, rief Tom und verschwand hinter dem Vorhang. Wenige Minuten später nahm er Gavin gegenüber in einem verknitterten Hemd auf der Veranda Platz.

»Hmmm«, mehr brachte er nicht über die Lippen, nachdem Gavin die Ereignisse zusammengefasst hatte. Tom blickte an Gavin vorbei und kaute auf der Innenseite seiner Wangen herum.

»Was hast du noch mal gesagt, wo diese Freundin sie zum letzten Mal gesehen hat?«

»Im Lion's Head in Inala«, erwiderte Gavin, »das ist irgendein Pub oder Club oder so. Keine Ahnung. Ich kenne mich in Brisbane nicht aus.«

»Ich habe einen Kumpel da unten – Jake«, fuhr Tom fort. »Wir sind zusammen auf der Polizeischule gewesen. Er ist bei der Polizei beim CIB, beim Criminal Investigation Branch, in Inala. Ich kann ihn gern anrufen. Er könnte zu dem Pub fahren und sich dort mal umhören.«

Gavin zwang sich zu einem schiefen Lächeln. »Ich wusste, du würdest mir helfen, Kumpel.«

»Gib mir 'ne Minute.«

Tom stand auf und ging in die Kaserne zurück.

Nun erhob sich auch Gavin und kramte in seiner Hosentasche herum, während er zum Getränkeautomaten hinüberlief. Er zögerte einen Moment und blickte dann auf seine Armbanduhr. Den ganzen Morgen lang hatte er die Uhr immer wieder im Blick gehabt, als er darüber nachgedacht hatte, wann er zur Wache fahren sollte. Der Morgen war sehr lang für ihn gewesen, und es kam ihm viel später vor, als es tatsächlich war. Gavin warf die Münzen ein und drückte dann auf den Knopf für eine Dose der Marke »Sherbet«. Eine eiskalte Bierdose fiel klirrend aus dem Fach. Gavin öffnete sie und trank einen großen Schluck, bevor er sich wieder auf seinem Platz niederließ.

Kurze Zeit später kehrte Tom breit grinsend zurück.

»Hey, wir haben Glück. Mein Kumpel hat heute Frühschicht. Er wird ein paar Leute anrufen und beim Lion's Head vorbeischauen, um zu checken, ob irgendwer Sammi gesehen hat«, erklärte Tom. »Und ich habe ihm gesagt, dass Sammi um zehn Uhr bei der Arbeit sein sollte, nicht um zwölf. Dann nehmen sie das Ganze ernster.«

»Danke, Tom«, erwiderte Gavin erleichtert darüber, dass er jemanden auf seiner Seite hatte.

»Sie hätte mittlerweile angerufen, wenn sie sich einfach nur verspätet hätte«, fuhr Tom fort, als könne er Gavins Gedanken lesen.

»Danke, Kumpel«, nickte Gavin. Er kramte weiter in seiner Hosentasche. »Kann ich dir ein Bier spendieren?«, fragte er Tom.

Dieser ließ den Blick vom Bier zur Uhr wandern. »Nein, lieber nicht. Ich muss ab zwölf arbeiten.«

»Wie Sammi«, antwortete Gavin.

Samstag, 9:34 Uhr

Durch die Beifahrertür lehnte sich Don in das Innere des Pick-ups. Sammi beobachtete, wie er mit einer riesigen, schwarzen Tasche zurückkehrte. Er setzte sie auf dem Boden ab, machte den Reißverschluss auf und holte ein Jagdgewehr mit einem großen Sucher hervor. Vor Entsetzen gefror Sammi das Blut in den Adern. Sie versuchte, ihre Angst zu unterdrücken und eine teilnahmslose Miene aufzusetzen.

»Das ist ein gutes Gewehr«, stellte der Barkeeper fest und fuhr mit der Hand über den langen Schaft. »Eine Weatherby Ultra Light. Perfekt, um sie beim Jagen im Busch mitzunehmen. Magst du Waffen?«

Sammi nahm an, dass er sie zu einer Reaktion bringen wollte, aber den Spaß wollte sie ihm nicht gönnen. Sie antwortete ihm nicht, doch er schien auch gar keine Antwort erwartet zu haben, sondern redete einfach weiter.

»Früher bin ich hergekommen, um Kängurus und Wildschweine zu jagen«, berichtete er ihr. Ganz beiläufig sprach er, als würden sie sich gemeinsam die Zeit vertreiben, während sie an der Haltestelle auf den Bus warteten. Dies beunruhigte Sammi fast genauso sehr wie das, was er sagte.

»Aber das wurde irgendwann langweilig. Es kostet absolut keine Mühe, ein Känguru aufzuspüren und ihm eine Kugel zwischen die Augen zu jagen. Selbst wenn man es nur in die Schulter trifft und dann beobachtet, wie es wegläuft, erfordert es kein großes Können. Für Wildschweine muss man schon etwas mehr Aufwand betreiben; es braucht ein wenig mehr Grips, um sie zu töten. Sie sind intelligent, viel intelligenter als ein Hund, denke ich, nur viel hässlicher. Dennoch ist es nicht allzu schwer. Zwei Treffer in die Rippen, dann kann man den Hund den Rest erledigen lassen. Ich wollte eine Herausforderung.« Seine Pupillen waren weit und dunkel vor Aufregung.

»Wirst du mir eine Herausforderung bieten? Bist du intelligenter als ein Wildschwein?«, fragte er.

Sammi konnte ihm nicht in die Augen sehen. Ihre Atmung wurde schneller, als ihr allmählich immer klarer wurde, warum er sie hierhergebracht hatte.

»Ich weiß genau, was ich tue«, fuhr er fort. »Das mache ich nicht zum ersten Mal. Ich habe mit einer Nutte angefangen, die vermisst niemand. Sie war so ein nichtsnutziges, von Drogen total kaputtes Miststück, sodass ich darüber nachgedacht habe, wozu sie gut sein könnte. Ich habe mich gefragt, ob sie so intelligent ist wie ein Känguru oder vielleicht sogar wie ein Wildschwein. Deswegen habe ich sie laufen lassen, ihre Spur durch den Busch verfolgt und sie umgebracht, als ich so weit war. Es war so leicht! Sie hatte keine Chance.«

Er kam näher an die Stelle, an der Sammi auf dem

Boden saß. Bedrohlich ragte er vor ihr auf und redete weiter. Er genoss es sichtlich.

»Die zweite Nutte war noch schlimmer. Sie wollte nicht mal weglaufen, so sehr war sie daran gewöhnt, nur auf dem Rücken zu liegen. Sie stand genau da, wo du jetzt bist, und hat mich angefleht, sie gehen zu lassen, sie würde auch nicht zur Polizei gehen. Was für eine Verschwendung. Sie war für nichts zu gebrauchen. Sie war sogar noch dümmer als ein Wildschwein. Ein Wildschwein wäre wenigstens davongerannt und hätte gekämpft. Sie hat sich nicht mal erhoben, sondern nur geschrien. Ich habe ihr an Ort und Stelle den Hals aufgeschlitzt und sie ausbluten lassen. Siehst du den Baum da? Darunter ist sie begraben.« Er zeigte auf einen Eukalyptusbaum in etwa fünf Metern Entfernung.

Gegen ihren Willen blickte Sammi zu der Stelle hinüber, auf die er deutete. Dort entdeckte sie jedoch nichts Ungewöhnliches und fragte sich, ob er vielleicht einfach nur versuchte, sie einzuschüchtern.

»Das war vor einiger Zeit. Wie sich herausstellte, war sie doch noch für etwas zu gebrauchen. Kompostdünger! Der Eukalyptusbaum wächst seitdem richtig gut!«

Er lachte, rau und trocken. »Seitdem habe ich geübt. Durch die Nutten habe ich viel gelernt. Ihnen waren nur Geld und Drogen wichtig. Die haben sich nicht mal mehr genug um ihr eigenes Leben gekümmert, um sich richtig zu wehren. Seitdem bin ich wählerischer.«

Er holte einen Lappen aus der Gewehrtasche und rieb dann mit langen, streichelnden Bewegungen den Gewehrlauf, während er auf Sammi hinunterstarrte. Es wirkte wie eine fast unterbewusste Handlung. Sammi brachte es jedoch nicht fertig, ihm in die Augen zu sehen. In ihrem

Inneren schrie sie lauthals, doch sie presste eisern die Lippen aufeinander.

»Nummer drei war etwa im selben Alter wie du. Sie war ziemlich fit und einigermaßen clever. Ich habe ihr einen ordentlichen Vorsprung gelassen, damit die Suche länger dauert. Doch sie hat es irgendwie geschafft, den Weg zurück zu dem Pfad zu finden, auf dem wir hergekommen waren. Ich musste sie also auf der Stelle töten. Du darfst nicht den gleichen Fehler machen wie sie. Versuch nicht, den Weg zu finden, über den wir hier in den Busch hineingekommen sind. Hier gibt es niemanden, der dir helfen könnte.

Nummer vier war ein hübsches junges Ding. Gelegentlich taucht ihr Foto immer noch in den Zeitungen auf. Sie hat eine Ewigkeit gebraucht, um wieder zu Bewusstsein zu kommen, und dann hat sie sich nur noch übergeben. Ich hatte nicht viel Zeit mit ihr. Obwohl sie es echt wert war. Und jedes Mal, wenn ich sie in der Zeitung sehe, erinnere ich mich an ihren Gesichtsausdruck, als ich ihr die Kehle durchgeschnitten habe. Sie wusste, dass das Ende damit gekommen war.«

Sammi schaute auf und sah, dass Don seinen Blick auf einen Punkt richtete, der sich kurz über Sammis Kopf befand. Der Hauch eines Lächelns umspielte seine Mundwinkel.

»Sie war die Beste von allen.«

Seine dunklen Augen wanderten zu Sammi. »Bis jetzt.«

Er ließ die Andeutung in ihr Bewusstsein dringen.

»Heute Morgen haben wir ein wenig mehr Zeit. Eine Weile wird erst mal niemand nach dir suchen. Deine Freundin war zu betrunken und zu beschäftigt, um zu bemerken, dass du nicht nach Hause gekommen bist. Sie wird jetzt immer noch schlafen, und danach wird sie sich mit ihren zwei neuen Freunden wieder besaufen, wenn sie alle wach sind. Ich schätze, dass sie erst gegen Mittag bemerken werden, dass du verschwunden bist.

Sie war echt ein hübsches Miststück. Eigentlich hätte ich gern euch beide genommen. Schätze, ich habe mittlerweile genug Übung, um mit zwei Schlampen klarzukommen. Aber für heute musst du reichen. Wir werden dann ja sehen, wie lange es dauert, bis dein Gesicht in der Zeitung auftaucht. Dienstag, schätze ich. Was meinst du? Wie lange wird es dauern, bis dich jemand vermisst?«

Er grinste, ein verzerrtes Zähnefletschen. Er hatte aufgehört, den Lauf zu polieren, und fummelte nun am Schaft herum.

»Ich habe für jede von euch hier eine Kerbe hineingeschnitzt«, verkündete er. Er strich mit den Fingern über vier Furchen im hölzernen Schaft des Gewehrs. »Siehst du? Eine Ritze für jede Fotze.«

Sammi sah die Kerben. Jede davon zählte ein Leben auf. Und ihres war als Nächstes an der Reihe.

Schweißperlen bildeten sich über Sammis Augenbrauen, die Atmung war abgehackt. Ihr eigener donnernder Herzschlag war so laut, dass sie ihn kaum hören konnte. Sie hielt das Gesicht gesenkt, abgewandt von seinen schwarzen Augen und den finsteren Absichten.

»Ich will dir etwas zeigen.«

Er schlang das Gewehr über die Schulter und drehte sich zum Pick-up um. Er kramte auf dem Vordersitz herum und holte dann ein kleines schwarzes Kästchen hervor. Einen Fotoapparat.

Samstag, 9:47 Uhr

Bei der Inala CIB, dem Criminal Investigation Branch, hatte der Tag sehr still begonnen. Die einzige Unruhe in dieser friedlichen Gelassenheit entstand durch das Umrühren einer Tasse Kaffee, während man ungestört interne E-Mails lesen und Arbeitslisten durchsehen konnte. Die Nachtschicht war ruhig gewesen, und die Kollegen hatten keine Fälle, die übergeben werden mussten. Es wäre ein hervorragender Tag, um Ermittlungen anzustellen oder auch ein paar Zeugenaussagen aufzunehmen. Wenn keine neuen Fälle hereinkamen. Janine und Jake waren die Einzigen, deren Schicht um sechs Uhr in der Frühe begann, und beide hätten es sehr begrüßt, den Morgen mit der bereits vorliegenden Arbeit zu verbringen, anstatt noch einen neuen Fall hinzuzubekommen.

Detective Senior Constable Janine Postlewaite war die ranghöhere Polizistin dieser Schicht, empfand es jedoch selten als nötig, ihre Autorität unter Beweis zu stellen. Nach ihrer langen Dienstzugehörigkeit und vom beruflichen Werdegang her hätte sie eigentlich mittlerweile ein Sergeant sein können, doch sie wollte Inala nicht verlassen. Für sie war es praktisch, zudem mochte sie die Mannschaft. Niemand in den Diensträngen über ihr ging in den Ruhestand oder ließ sich versetzen, daher pausierte sie auf dem Rang eines Senior Constables.

Die meiste Zeit arbeitete sie mit Jake zusammen. Dessen richtiger Name lautete zwar Anthony Johnson, doch selbst die Polizisten, die den Ursprung des Spitznamens nicht kannten, nannten ihn Jake, weil es alle anderen taten. Er hielt sich selbst für einen absoluten Frauentyp, und das war er auch, wenn man nach Quantität ging und nicht nach Qualität. Eines Nachts bei der Verabschiedungsfeier eines Kollegen hatte er nach ein paar bernsteinfarbenen Getränken, die seine Zunge gelockert hatten, den Kosenamen für sein Geschlechtsteil preisgegeben: »Jake the Love Snake«. Das hatte schnell die Runde gemacht, und der Name war an ihm kleben geblieben. Er trug ihn jedoch mit einem gewissen Grad an ungeniertem Stolz und weihte gern jeden, der fragte, in die Details ein. Insbesondere, wenn es sich dabei um eine Auszubildende – noch naiv und leicht in Verlegenheit zu bringen – handelte.

Er machte so ziemlich alles an, was nicht bei drei auf den Bäumen war. Janine hatte einmal beobachtet, wie er erfolgreich eine Frau angebaggert hatte, während er einen Durchsuchungsbefehl in ihrem Haus ausführte. Sie war ein Junkie, und Jake legte ihr den Besitz von Gras und Amphetaminen zur Last. Doch sie hatte beeindruckend viel Holz vor der Hütte und kannte sich mit Männern aus, also machte sie Jake etwas vor in der Hoffnung, dass es sie von den Vorwürfen reinwaschen würde. Am Ende bekam sie zweihundert Sozialstunden sowie eine saftige Geldstrafe; er bekam Filzläuse sowie eine Hauptrolle in einer jener Bürogeschichten, die man sich noch lange erzählen würde, nachdem er schon längst versetzt wäre.

Davon einmal abgesehen war Jake ein guter Zivilpolizist. Seine angeborene Arroganz und der Mangel an Schamgefühl bedeuteten, dass er auch dann noch weitere Fragen stellte, wenn ein eher respektvoller Kollege schon aufgehört hätte. Und der Knackpunkt beim Fragenstellen war, dass man manchmal lohnenswerte, interessante Antworten bekam.

Der Detective Sergeant vom Inala CIB hatte sein Potenzial erkannt, den Tratsch ignoriert und die Aufmerksamkeit darauf gelenkt, wie Jake arbeitete. Er hatte ihn dann protegiert, als das nächste Mal in der Wache eine Dienststelle frei wurde. Dies war keine Beförderung an sich gewesen, sondern eher eine Spezialisierung von Fähigkeiten. Sämtliche Detectives fingen mit dem normalen Wach- und Streifendienst an und bekamen dann nach entsprechenden Leistungen eine Stelle im Zivilbereich, um ihre Ausbildung zu beenden, indem man einen Detective vor die eigene Rangbezeichnung setzen konnte. Diese Position erforderte eine messerscharfe Intuition, die Fähigkeit, Menschen Informationen zu entlocken, sowie die Erfordernis, auch kleinsten Details Beachtung zu schenken. Bei Jake konnte man hinter all dem ein Häkchen setzen, weshalb er schnell in das kleine Team aufgenommen wurde.

Janine arbeitete gern mit Jake zusammen, nachdem sie ein für alle Mal klargestellt hatte, wie sie zueinander standen. Denn fast aus der Gewohnheit heraus hatte er gleich zu Beginn einen halbherzigen Versuch gestartet, sie anzumachen. Auf der Stelle hatte sie seine Avancen abgeschmettert und ihm die übliche Warnung ausgesprochen: »Don't screw the crew« – von Arbeitskollegen sollte man besser die Finger lassen. Janine war zu oft Zeuge geworden, wie Büroromanzen ein schlimmes Ende genommen hatten. Daher hatte sie es sich zur Regel gemacht, niemals mit einem anderen Polizistenkollegen auszugehen. Nachdem er verstanden hatte, dass bei ihr nichts zu holen war, behandelte er sie wie einen Freund. Je mehr sie zusammenarbeiteten, desto leichter fiel es ihnen, die Stärken des jeweils anderen zu ergänzen. Janine versuchte, mit gutem Beispiel voranzugehen und professionell und sorgfältig zu agieren. Das Gleiche erwartete sie von Jake, und der war nicht zu überheblich, um einzusehen, wie wichtig dies war.

Nach Toms Anruf lief Jake sofort zu Janine hinüber. »Hey, ich bin gerade von einem alten Kumpel aus Angel's Crossing angerufen worden, den ich noch von der Ausbildung kenne. Eine der Polizistinnen aus der Wache fehlt unentschuldigt. Heute Morgen gegen vier Uhr wurde sie zum letzten Mal im Lion's Head gesehen.«

Das Lion's Head war als anrüchiges Vergnügungslokal bekannt und in der Stadt eher als Löwengrube verschrien, da normalerweise dort immer jemand auf der Pirsch war.

»Haben wir Zeit, um ein paar Nachforschungen anzustellen?«, fragte er.

»Natürlich«, antwortete Janine. Wie konnte er nur annehmen, sie würden sich dafür keine Zeit nehmen? Sie bedachte ihn mit einem strengen Blick, doch ihre Stimme wurde sanfter. »Zuallererst ist sie als Polizistin eine von uns. Zweitens: Wenn wir der Sache nicht nachgehen und sich herausstellen sollte, dass sie wirklich vermisst wird, bekommen wir einen Tritt in den Allerwertesten. Es kostet uns drei Minuten, ein bisschen herumzutelefonieren und zu überprüfen, was an der Sache dran ist.«

»Ich bin nicht sicher, wie ernst wir das nehmen sollten. Mein Kumpel versucht meist, irgendwen zu beeindrucken, er könnte also auch gerade aus einer Mücke einen Elefanten machen«, erklärte Jake.

»Du weißt doch selbst, wie das mit verschwundenen Leuten ist. Die Frau wird wahrscheinlich auftauchen, sobald wir mit den ersten Telefonaten starten«, entgegnete Janine.

Jake nickte, immer noch verunsichert.

»Ist sie Single? Vielleicht springt dabei noch ein Date für dich raus?«, zog Janine ihn auf.

Jake lächelte strahlend. Dies war sein echtes Lächeln, nicht das mit Grübchen versehene, das er den Mädels zeigte. Mittlerweile konnte Janine den Unterschied merken.

»So denkst du also über mich?«, fragte er. »Dass ich eine Vermisstenmeldung ausnutze, um dann mit derjenigen was anzufangen?«

»Ich habe nichts von einer *Beziehung* gesagt!«, schoss Janine zurück.

»Na ja, die Frau hat einen Freund. Aber vielleicht will sie den ja gegen mich austauschen, wenn sie mich einmal kennengelernt hat. Was denkst du, was wir als Erstes machen sollen?«, fragte er.

»Was wissen wir denn über sie?«, erkundigte sich Janine.

»Die Frau – sie heißt übrigens Sammi – hat Streit mit ihrem Macker. Sie fährt nach Brisbane runter und geht mit einer Freundin namens Candy aus. Allerdings macht sie sich allein ohne Candy wieder auf den Heimweg, und das ist das Letzte, was man von ihr weiß. Sie ist nirgendwo aufzufinden, ihr Handy ist ausgeschaltet, und sie sollte schon auf halbem Wege nach Angel's Crossing sein, um rechtzeitig zum Schichtbeginn da zu sein. Ihr Auto steht jedoch noch vor Candys Haus, und wie es aussieht, ist sie letzte Nacht nicht nach Hause gekommen.«

»Vielleicht hat irgendein Typ sie aufgegabelt?«, hakte Janine nach.

»Möglicherweise, aber ich war gestern gar nicht aus«, witzelte Jake.

»Okay, verstehe. Das wäre nicht ihre Art, und ihr Freund bekommt jetzt Panik, weil sie ihn mit Funkstille bestraft?«, fragte Janine weiter.

»Ja, so was in der Art«, nickte Jake.

»Okay«, wiederholte Janine. »Ganz einfach. Du rufst diese Freundin an und besorgst ein paar mehr Informationen. Und bitte keine Flirts mit potenziellen Augenzeuginnen, ja? Verstanden? Ich rufe mal in dem Pub an und sehe zu, ob ich da irgendwen auftreiben kann. Vielleicht erinnert sich dort ja jemand an sie.«

Beide griffen nach den Telefonhörern.

Janine räusperte sich, als es am anderen Ende der Leitung klingelte. Ein Anrufbeantworter teilte ihr mit, dass der Pub geschlossen sei, aber alle Anfragen ans Stammhaus gerichtet werden könnten. Janine notierte die Nummer und tippte sie anschließend ein. Obwohl es Samstagmorgen war, ging zu ihrer großen Überraschung jemand ans Telefon.

Sie stellte sich kurz vor. »Wir untersuchen den Fall einer vermissten Person und glauben, dass sie in der vergangenen Nacht in einem Ihrer Clubs gewesen ist ... Im Lion's Head in Inala ... Könnten Sie uns vielleicht die Namen der Barmitarbeiter oder der Security geben? Oder von irgendwem, der nach drei Uhr heute früh dort gearbeitet hat?«

Sie notierte eine Liste von sieben Namen und Telefonnummern, bevor sie schließlich auflegte.

Janine dachte einen Moment lang nach, kramte dann ihr privates Handy heraus, scrollte durch ihre lange Liste mit Kontakten und tätigte einen weiteren Anruf.

Kurz, nachdem Jake sein Telefonat mit Candy beendet hatte, legte sie auch auf.

»Wie ist es bei dir gelaufen?«, fragte sie Jake.

»Candy ist eine hohle Nuss. Und völlig verkatert. Sie sagte, Sammi habe den Pub zwischen drei und vier Uhr in der Früh allein verlassen. Genauer konnte sie es nicht eingrenzen. Sie sagte außerdem, dass Sammi niemanden abschleppen wollte und auch schon deutlich früher am

Abend aufgehört hatte, Alkohol zu trinken. Dann ließ sie durchblicken, dass der Typ, der Sammi anbaggern wollte, letzten Endes mit ihr selbst nach Hause gegangen ist. Zusammen mit noch einem Kerl.« Jake grinste. »Allmählich glaube ich, ich muss ihr mal persönlich einen Besuch abstatten, um abzuklären, ob sie sich noch an weitere Details erinnert.«

Janine erwiderte sein Grinsen. Jake war so vorhersehbar. »Danach also hat sie Sammi nicht mehr gesehen?«

»Nein. Sammi sollte eigentlich über Nacht bleiben. Sie wusste, wo der Ersatzschlüssel lag, damit sie sich aufschließen konnte. Als die drei nach Hause kamen, nahm Candy nach eigener Aussage an, dass Sammi im Bett lag. Ihr war gar nicht aufgefallen, dass sie nicht da war, bis Sammis Freund heute Morgen angerufen hat. Was ist denn mit dir – hast du was herausgefunden?«, fragte Jake.

»Na ja, du bist nicht der Einzige mit einem Freund in Angel's Crossing. Ich habe mit einem der Sergeants zusammengearbeitet, als er und ich noch Constables waren. Ich habe ihn angerufen, um an ein paar Hintergrundinfos zu kommen. Sammi scheint sehr beliebt zu sein, sie wurde als eine gute, verlässliche Kollegin beschrieben. Und alle mögen auch ihren Freund. Anscheinend ist es nichts Ungewöhnliches für die beiden, dass sie sich ab und zu streiten. Aber sie sind schon jahrelang zusammen. Soweit wir wissen, war er die ganze Nacht lang zu Hause, etwa drei Autostunden von dem Ort entfernt, an dem sie verschwunden ist. Der Hauptverdächtige wäre damit aus dem Rennen«, erklärte Janine.

Entführungen und Mord kamen nur sehr selten vor. Als tatverdächtig galten immer zuerst der Ehemann oder die Ehefrau, oder derjenige, der den Vermisstenfall anzeigte.

Die Beamten nahmen die Meldung auf, und zunächst wurde jedes Mal die Vergangenheit des Partners im Hinblick auf häusliche Gewalt, Waffenscheine und mögliche frühere Straftaten geprüft. Manchmal war danach sofort klar, in welche Richtung die Ermittlungen gehen würden. Manchmal konnten sie aber auch nur Vermutungen äußern, und ihnen blieb nichts anderes übrig, als sich mit der Bitte um Hinweise an die Öffentlichkeit zu wenden. Solche Verbrechen waren nicht alltäglich, darum wurden dann auch viele Beamte auf diese Fälle angesetzt.

Zum Beispiel auf den Fall Tahlia Corbett. Selbst vier Monate später gab es jetzt immer noch einen Einsatzraum, in dem Beamte jeder einzelnen Spur und jedem Hinweis aus der Bevölkerung nachgingen. Wenn eine Achtzehnjährige abends in der Stadt unterwegs war, von ihren Freunden getrennt wurde und dann in der Nacht abtauchte und nie wieder gesehen wurde, wurden die Ermittlungen zügig ausgeweitet.

Tahlias sämtliche Familienmitglieder hatten Aussagen darüber gemacht, was sie wussten und wo sie sich in jener Nacht aufgehalten hatten. Jeder von ihnen war einer so eingehenden Befragung unterzogen worden, dass eine Aussage schon zu einem möglichen Verhör hätte werden können, doch daraus hatte sich keine Spur ergeben.

Wie es aussah, galt Corbett tatsächlich als vermisst. Für die Polizei erwies sich dies als ein totaler Albtraum – alle wollten wissen, was mit dem hübschen Teenager passiert war, diesem Pferde liebenden Mädchen, dessen einziger Fehler es gewesen war, nicht bei seinen Freunden zu bleiben, als diese von einem Nachtclub zum nächsten zogen. »Wir gehen verschiedenen Spuren nach«, so lautete die unbefriedigende Antwort, die man den Eltern und den

Medien geben konnte. PR-Umschreibung für »wir haben nichts Konkretes«.

Die Ähnlichkeit der beiden Fälle blieb Janine nicht verborgen. Eine junge Frau verschwand, während sie in Brisbane ausging. Doch für Spekulationen war es noch zu früh. Normalerweise tauchten vermisste Personen kurze Zeit später wieder auf – beschämt und reuevoll, weil sie so viel Sorge ausgelöst und vielen Leuten Unannehmlichkeiten bereitet hatten. Manchmal wollten Leute auch aus freien Stücken als vermisst gelten. Wenn diese Polizistin mit ihrem Freund Streit gehabt hatte – wenn dieser zu weit gegangen war oder sie genug von ihm gehabt hatte –, so hatte sie vielleicht beschlossen, erst einmal abzutauchen, entweder um sich eine Auszeit von ihm zu nehmen oder um sich von ihm zu trennen. Es gab zahllose Gründe, und alle davon waren wahrscheinlicher als eine Entführung – und die meisten davon waren kein Gegenstand polizeilicher Ermittlungen.

Entgegen der landläufigen Meinung musste ein Mensch nicht erst eine gewisse Zeit lang verschwunden sein, bevor man eine Vermisstenanzeige aufgeben konnte. Eine Achtjährige, die eine Viertelstunde lang nicht aufzufinden war, gab durchaus Grund zur Sorge, während es durchaus ein oder zwei Monate dauern konnte, bis jemandem auffiel, dass einer der Landstreicher aus dem Dorf nicht mehr da war, und man dann versuchte, ihn ausfindig zu machen. Es kam auf die Umstände an, auf die entscheidenden Faktoren.

Janine reichte Jake die Namensliste. »Okay. Kannst du die mal anschauen und nachsehen, ob du dazu was findest? Das sind die Namen der Angestellten aus der Bar. Lass sie durch den Computer laufen und such dann einen heraus, der sich wahrscheinlich am besten an die vergangene Nacht erinnern kann.«

Kurz darauf ließ sich Jake in den Stuhl fallen, der gegenüber von Janines Schreibtisch stand.

»Die Türsteher sind relativ sauber«, verkündete er. »Das sieht bei der Thekenmannschaft ein wenig anders aus. Nach drei Uhr heute Nacht waren nur noch zwei Angestellte vor Ort. Eine fünfunddreißigjährige Frau. Als ich ihren Namen eingegeben habe, habe ich einige Treffer im System gelandet. Doch die waren alle von Familienangehörigen. Von ihr selbst gibt es nicht viel, allerdings ist ihr Sohn wiederholt wegen bewaffneter Überfälle verurteilt worden. Er ist zwanzig Jahre alt, man kann also ein wenig nachrechnen und seine Schlüsse ziehen.

Außerdem gibt es einen Barkeeper, der Typ ist zweiundvierzig. Er hat zweimal Auflagen wegen häuslicher Gewalt bekommen, einmal war seine Freundin betroffen, einmal seine Mutter. Er hatte einen Waffenschein, doch die Waffen wurden ihm abgenommen, als die ersten Auflagen gemacht wurden; er hat sie nie zurückbekommen.

Aber wirklich interessant ist die Tatsache, dass er vor vier Jahren im Zusammenhang mit einem Vermisstenfall aufgetaucht ist. Die Vermisste war eine Prostituierte. Er war der letzte Freier auf der Liste, der bei ihr war. Sie hat immer einer Freundin eine Nachricht mit dem Nummernschild des Kunden geschickt, in dessen Auto sie eingestiegen ist. Er war ihr letzter Kunde, bevor sie verschwand. Er wurde verhört, hat jedoch angegeben, sie nach dem Akt wieder an der Straßenecke abgesetzt zu haben, an der sie in sein Auto gestiegen war. Es gab keine Hinweise, die etwas anderes hätten beweisen können. Sie wird immer noch vermisst.«

Jake drehte sich auf dem Stuhl und lehnte sich über Janines Schreibtisch.

»Wenn diese Sache hier in die Hose geht, mache ich dich verantwortlich, Janine. Du bist wie ein Magnet für so einen Mist«, verkündete er.

»Ich bin kein Magnet für so einen Mist. Mit wem arbeite ich denn zusammen, wenn die großen Jobs reinkommen? Na, wie lautet die Antwort?«, entgegnete sie.

»Du ziehst schon seit achtzehn Jahren diesen ganzen Scheiß an. Ich bin erst seit einem Jahr hier. Also mach nicht mich dafür verantwortlich; ich hänge nur wegen dir immer mit drin«, entgegnete Jake.

Janine antwortete nicht, da sie fürchtete, er könnte recht haben. Sie hatte ihre Lektionen gelernt und auf die harte Tour ihre Erfahrungen gemacht. Doch sie merkte, wie sich ihr Puls beschleunigte, als sie über die Möglichkeiten nachdachte, die sich im Hinblick auf ihren ersten Verdächtigen aufdrängten.

»Wo wohnt die Barfrau, diese Mutter?«, fragte Janine.

»In der Stadt«, erwiderte Jake.

»Dann lass uns zuerst zu ihr fahren und mit ihr reden – mal sehen, was sich ergibt. Vielleicht kann sie uns Hintergrundinformationen zu dem zwielichtigen Barkeeper liefern, bevor wir zu ihm gehen und mit ihm reden. Wir sollten allerdings vorsichtig sein, falls die beiden befreundet sind. Außerdem bin ich überzeugt, dass diese Barfrau nach der polizeilichen Vergangenheit ihres Sohnes nicht sonderlich gut auf uns zu sprechen ist.«

Janine drehte sich um und grinste Jake an. »Jetzt ist der Zeitpunkt gekommen, um deinen legendären Charme spielen zu lassen.«

Samstag, 9:55 Uhr

Das Bier war nicht sonderlich hilfreich. Gavins Nerven waren ohnehin schon so angespannt, dass er kaum noch still sitzen konnte. Ein weiteres Mal lief er an der Kaserne vorbei, blickte um die Ecke auf den Parkplatz und wünschte sich, dass Sammi hier jede Minute eintraf. Zwar hatte ihm das niemand gesagt, doch er wusste selbst, dass die Wahrscheinlichkeit, dass sie einfach zurückkehrte, umso geringer wurde, je länger sie fort war.

Geduld war nicht gerade Gavins Stärke. Wenn es ein Problem gab, so ging er hin und schaffte es aus der Welt. Dies war eine der Eigenschaften, die Sammi an ihm so anziehend gefunden hatte. Beide waren stets bereit, sich in ein Abenteuer zu stürzen – um etwas zu erleben, das Leben zu spüren, um einfach etwas zu tun. Jetzt gab es allerdings nichts, was er hätte tun können.

Innerlich spielte er mit dem Gedanken, nach Brisbane zu fahren und einen Ein-Mann-Suchtrupp zu bilden. Doch drei Stunden im Auto waren im Augenblick eine zu große Zeitverschwendung. Es war besser, dass er zu Tom gegangen war und dafür gesorgt hatte, dass das Polizeinetzwerk in Gang kam. Obwohl es das Warten auch nicht einfacher machte.

Gavin lief wieder zu seinem Platz zurück. Er setzte sich und trank den letzten Schluck Bier. Dann zerdrückte er die Dose und ließ zu, dass ihm die scharfen Aluminiumecken in die Haut schnitten. Er wollte den Schmerz spüren, um sich von der Warterei abzulenken. Sich um zehn Uhr in der Frühe zu betrinken, wenn die Freundin verschwunden war, war so ziemlich das Letzte, was er wollte, doch die

Situation machte ihn wahnsinnig. Und ruhig und entspannt wäre er eine größere Hilfe für alle, überlegte er. Also stand er auf, ging zu dem Automaten und zog sich eine zweite Bierdose.

Kurz nachdem die Dose klirrend in den Ausgabeschacht gefallen war, tauchte Tom wieder auf. Er kam aus der Küche und setzte sich mit einer Scheibe Toast in der Hand neben Gavin.

»Wahrscheinlich ist ihr Auto nicht angesprungen. Und jetzt ist sie irgendwo auf einer Landstraße unterwegs, wo sie keinen Empfang hat.«

Tom gab sich Mühe, rational und überzeugend zu klingen. Unweigerlich fragte sich Gavin, ob er wohl selbst glaubte, was er da sagte. Er nickte, aber weniger als Zustimmung, sondern eher um zu zeigen, dass er Toms Worte zur Kenntnis genommen hatte.

»Leider weiß ich nicht, wie lange es dauern wird, bis mein Kumpel sich darum kümmern kann«, entschuldigte sich Tom. »Wir können nur abwarten.«

»Ich bleibe, bis ich etwas von ihr höre«, antwortete Gavin.

Tom nickte. »Aber bitte gib dir jetzt nicht die Kante«, bat er Gavin. »Sammi wird wahrscheinlich jede Menge Ärger am Hals haben, wenn sie wiederkommt. Dass du hier stockbesoffen rumhängst, wird wohl das Letzte sein, was sie dann gebrauchen kann.«

»Warten ist eben nicht mein Ding«, entgegnete Gavin. »Ich muss ein wenig Entspannung reinbringen, sonst drehe ich durch.«

»Alles wird gut. Sie wird schon noch auftauchen.« Dieses Mal klang Tom allerdings weniger überzeugt.

Schweigend saßen sie beisammen und starrten auf verschiedene Punkte auf dem Boden, während die unausgesprochene Sorge um Sammi den Sauerstoff aus der Luft sog und sie so schwer machte, dass man kaum atmen konnte. Es dauerte einige Minuten, bevor einer von den beiden wieder etwas sagte.

»Hast du das Spiel am Wochenende gesehen?«, fragte Tom.

Samstag, 10:01 Uhr

Janine und Jake fuhren vor Michelle Lewis' Haus vor. Es war klein und heruntergekommen; auf dem Rasen davor stand ein nicht zugelassenes Auto, dem ein Rad fehlte – ein typisches Bild. Beide hatten bereits beschlossen, dass Jake anfangen und das Gespräch führen würde.

Michelle war zu Hause und eindeutig nicht gerade erfreut darüber, das Bett verlassen zu müssen, um die Tür aufzumachen. Sie beäugte die beiden, musterte ihre seriöse Kleidung und rechnete offenbar schon mit dem Schlimmsten. Sobald sie sich mit ihren Dienstmarken identifiziert hatten, stöhnte sie und verdrehte die Augen.

»Hat Teddy schon wieder Probleme?«, fragte sie und schlang sich den Morgenmantel enger um den Körper.

»Nein, darum geht es nicht«, erwiderte Jake und ließ ein freundliches Lächeln aufblitzen. »Wir hoffen, dass Sie uns vielleicht helfen können. Es geht um eine Frau, die letzte Nacht im Pub war. Können wir reinkommen und uns kurz mit Ihnen unterhalten?«

Michelle blieb reglos. »Sie meinen also, dass Sie nicht wegen Teddy hier sind?«, hakte sie nach.

»Nein, wir –«

»Einen Moment«, unterbrach Michelle Jake, bevor er den Grund für ihr Kommen aufklären konnte.

Ohne eine Antwort abzuwarten, schlug sie ihnen die Tür vor der Nase zu. Wenige Sekunden später schoss ein Motorrad mit vollem Tempo aus dem Garten hervor. Darauf saß ein junger Mann, der ein Tanktop, eine kurze Hose und einen Helm trug. Er sauste die Einfahrt hinunter, schoss quer über die Straße, zwischen zwei Häusern hindurch und war bald schon aus ihrer Sichtweite verschwunden.

Janine winkte dem Motorrad hinterher. »Man sieht sich, Teddy!«, sagte sie mit sarkastischem Unterton.

»Kennst du ihn etwa?«, fragte Jake.

»Nein«, entgegnete Janine, »aber wer sonst sollte das gewesen sein?«

Die Vordertür schwang auf, und Michelle trat mit einem süffisanten Lächeln heraus. »Wenn Sie wegen Teddy gekommen sind: Er ist nicht zu Hause, wie schade. Sie haben ihn knapp verpasst.«

Jake lächelte sie schief an, gerade so, dass seine Grübchen sichtbar wurden. Er neigte den Kopf. »Wir sind wirklich nicht wegen Teddy hier. Wir wollen in Erfahrung bringen, ob Sie eine Frau im Lion's Head gesehen haben. Vielleicht haben Sie sie bedient. Ihr Chef sagte uns, dass Sie bis heute früh gearbeitet haben.«

»Ja. Okay«, nickte sie. Dann trat sie abrupt zur Seite und deutete ihnen an, einzutreten. »Dann kommen Sie rein. Ich bin sicher, dass sich die Nachbarn gleich wieder das Maul zerreißen werden.«

Sie geleitete sie in die Küche, wo sie sich alle um den Tisch herum setzten. Hausarbeit rangierte nicht gerade oben auf der Liste von Michelles Prioritäten. Die fleckige graue Kunststoff-Tischplatte war mit klebrigen Marmeladenklecksen und Kaffeerändern übersät.

Jake beschrieb, wie Sammi und ihre Freundin aussahen, und lieferte dann noch die Kurzversion der Geschichte, wann Candy Sammi das letzte Mal gesehen hatte.

Michelle schüttelte leicht den Kopf. »Ich achte kaum auf die Leute, wenn ich sie nicht bediene. Wenn ich ihnen keine Drinks ausgeschenkt habe, habe ich sie wahrscheinlich auch nicht beachtet. Ich kann nicht mit Sicherheit sagen, ob ich die Mädchen gesehen habe. Dafür habe ich zu lange in dunklen, verrauchten Kneipen gearbeitet. Solange sie sich nicht die Shirts vom Leib reißen und den Kerlen auf der Tanzfläche einen blasen, interessieren die mich nicht. Tut mir leid.«

»Was ist mit dem zweiten Barkeeper, Don Black? So heißt er doch, oder? Könnte er die beiden bedient haben?«

Janine entging nicht, wie Michelle bei der Erwähnung von Dons Namen die Miene verzog.

»Jetzt, wo Sie's erwähnen … das war gestern Nacht ein wenig seltsam. Don ist früh gefahren«, fuhr Michelle fort. Janine konnte beinahe zusehen, wie in Michelles Gehirn die Gedankenprozesse in Gang kamen.

»Also ganz ehrlich, ich kann den Kerl nicht leiden. Er ist mir nicht geheuer. Er hat eine Art an sich, die mir einen kalten Schauer über den Rücken jagt. Jedenfalls war es um etwa 4:15 Uhr heute Morgen, als er zu mir kommt und mir sagt, dass er sofort wegmuss. Er faselte was von einem Notfall in der Familie. Er ist gar kein Familienmensch, aber das gehört wahrscheinlich nicht zur Sache. Aber er muss über telepathische Kräfte verfügen, denn ich habe nicht gesehen, dass er zuvor telefoniert hätte.«

Janine lehnte sich ein Stück vor und nickte, um die Frau zum Weiterreden zu bewegen.

Michelle fuhr fort. »Er wollte, dass ich für ihn weitermache. Um fünf machen wir eh zu. Für mich war das okay, da nicht viel zu tun war. Wahrscheinlich hatte er einfach nur irgendeine Tussi gesehen, die besoffen genug war, um ihn abzuschleppen. Deswegen war das in Ordnung für mich, ich habe aber gesagt, dass ich erst noch zum Klo muss und dass er warten soll, bis ich wieder zurück bin. Deswegen habe ich mich zu den Toiletten verdrückt. Als ich da so sitze, höre ich aber, wie der Motor seines Pick-ups startet. Der Parkplatz liegt direkt hinter den Toiletten. Don fährt eine alte Karre mit einem großen Verdeck auf der Ladefläche; sieht aus, als hätte er es selbst zusammengezimmert. Das ist ein Diesel und deswegen ziemlich laut, wie ein echter Truck. Ich dachte noch, der wird doch wohl nicht gegangen sein, ohne auf mich zu warten. Ich konnte es nicht fassen, dass er einfach gegangen ist und die Bar unbeaufsichtigt gelassen hat. Dass dieser vorgetäuschte Notfall in der Familie nicht mal zwei Minuten warten konnte, bis ich mit Pinkeln fertig war. Wenn man sich auf den Klositz stellt, kann man durch ein kleines Fenster gucken, runter auf die Straße. Das war natürlich Dons Pick-up, der vom Parkplatz runterfuhr. Ich habe gesehen, wie er auf der Straße neben einer Tussi angehalten hat. Sie hat sich mit ihm einen Moment lang durchs Beifahrerfenster unterhalten. Dann ist sie eingestiegen, und sie sind weggefahren.«

Michelle hielt einen Moment inne und rieb sich die Augen.

»Die waren recht weit weg, aber ich glaube, die Frau könnte blond gewesen sein.«

Janine wurde es bange ums Herz. Langsam entwickelte sich hier tatsächlich ein Fall.

Samstag, 10:09 Uhr

Es war ein alltäglicher Gegenstand. Eine Kamera. Um Erinnerungen und Momente festzuhalten. Um sich an besondere Ereignisse erinnern zu können. Doch bei der Vorstellung dessen, was der Barkeeper unter besonderen Ereignissen verstand, drehte sich Sammi der Magen um. Zuerst ließ er sie aufstehen, um Fotos von ihr zu machen. Drei Stück – eine Ganzkörperaufnahme, eine von der Seite und zum Schluss eine Nahaufnahme vom Gesicht.

Sie versuchte, aufrecht stehen zu bleiben, als er mit der Kamera auf sie zukam.

»Hier, guck dir das mal an«, sagte er mit einem morbid-schaurigen Ausdruck des Entzückens im Gesicht.

Sie hätte einfach die Augen schließen und den Kopf senken können. Doch sie tat es nicht. Wenn man an einer Unfallszene vorbeifuhr, verhielt es sich ähnlich – die menschliche Natur zwang die Leute, langsamer zu fahren und hinzuschauen.

Er hielt ihr die Kamera hin, damit sie zusehen konnte, wie er die Fotos zurückklickte. Auf den Bildern waren drei verschiedene Frauen zu sehen, im Hintergrund jeweils das Buschland, in dem sie sich befand. Sofort erkannte sie Tahlia Corbetts Gesicht. Monatelang hatte sie eine lächelnde Tahlia in den Nachrichtenblättern gesehen, in denen ihre Eltern um die Mithilfe der Bevölkerung gebeten hatten. Anhand der Reaktion der Polizei nahm Sammi an, dass es keine Verdächtigen gab. Die junge Frau war in der Stadt ausgegangen, ganz genau wie sie selbst. Und nun war Sammi genauso verschwunden wie Tahlia. Gab es eine Verbindung zwischen Tahlia und

Sammi und somit auch dem Barkeeper? Oder würde nun auch Sammi ein ungelöster Vermisstenfall werden?

Drei Frauen in jeweils drei verschiedenen Aufnahmen, wie er sie auch von Sammi gemacht hatte. Nach jedem Trio folgten mehrere Bilder von den Leichnamen der jeweiligen Mädchen in verschiedenen Stadien der Zerstückelung. Dann gab es noch ein einzelnes Foto einer vierten Frau, das nachts aufgenommen worden war und eindeutig das erste der Serie war. Don lieferte dazu einen grausamen, schonungslosen Kommentar über jede der Frauen ab, und er schien sich an seinem Bericht zu ergötzen. Es war, als würde er Sammi eine Vorschau auf ihren eigenen Tod geben.

In den vielen Jahren als Polizistin hatte Sammi so einiges gesehen. Sie war eingesetzt worden, nachdem sich ein Selbstmörder vor einen Zug geworfen hatte und seine Überreste eher mit einem Eimer als einem Leichensack eingesammelt werden mussten. Und sie war die Erste am Ort des Geschehens gewesen, als ein Großvater versehentlich beim Zurücksetzen des Autos seine zweijährige Enkelin überfahren hatte.

Es lag also nicht an den Fotos, dass Sammi das Blut in den Kopf stieg und sie es nicht mehr schaffte, aufrecht stehen zu bleiben. Es war vielmehr die Erkenntnis, dass nun sie an der Reihe war, die Aufnahmen nach den ersten drei Bildern zu liefern. Sie schluckte schwer, holte tief Luft und versuchte, gegen die aufsteigende Panik anzukämpfen. Sie wusste, dass der Barkeeper ihre Reaktion beim Ansehen der Fotos genau unter die Lupe nahm. Er stieß ein raues, kehliges Geräusch aus, das vielleicht ein Lachen sein sollte, und lief zum Auto zurück. Genau das war sein Ziel gewesen. Er wollte Todesangst auslösen.

Der Barkeeper war wieder außerhalb von Sammis Sichtweite vorn in seinem Pick-up. Sie hatte keine Ahnung, was er da machte, nahm aber an, dass es zu seiner Vorgehensweise gehörte. Keine der anderen Frauen war in der Lage gewesen, seinen mörderischen Plan zu durchkreuzen. Es war, als würde er sie ködern, indem er ihr den Rücken kehrte, um dann zu sehen, was sie vielleicht zu tun versuchte. Doch hier und jetzt gab es keinerlei Möglichkeit, ihm zu entkommen. Sie konnte nirgends hin. Sie konnte definitiv nicht schneller laufen als der Hund, und der Kerl würde sie mit dem Zielfernrohr erfassen, bevor sie es außer Sichtweite geschafft hätte. Flucht war vollkommen sinnlos.

Stattdessen konzentrierte Sammi sich auf die Dinge um sie herum. Auf der immer noch geöffneten Ladefläche des Pick-ups stand eine Tasche. Es war durchaus möglich, dass er einen Fehler machte und eine Waffe offen herumliegen ließ. Darum versuchte sie, genau hinzuschauen, ohne dies jedoch allzu offenkundig zu tun. Doch als sie ihr Gewicht verlagerte, um sich auf die Knie zu erheben, war er schon wieder zurückgekehrt. Er stand breitbeinig vor ihr, das Gewehr in der Hand. Schnell tat sie, als würde sie sich ein wenig angenehmer hinhocken, konnte ihn jedoch nicht täuschen.

Er schlang sich das Gewehr über die Schulter und kramte in der Jackentasche eine Zigarettenpackung hervor. Ohne den Blick von Sammi abzuwenden, klopfte er einen Glimmstängel aus der Packung und zündete ihn an. Er starrte sie weiter unverhohlen an, während er einen langen, tiefen Zug nahm und das Ende der Zigarette rot aufleuchten ließ. Sammi hielt den Kopf gesenkt und beobachtete ihn aus den Augenwinkeln, weil sie ihm nicht in die Augen schauen wollte.

Er beugte sich zurück zum Vordersitz. Als er zu ihr

hinübergelaufen kam, hielt er sowohl etwas Rotes als auch etwas Weißes in den Händen.

»Zieh die Hose aus«, befahl er kühl.

Sammi starrte ihn an. Natürlich war es ihr in den Sinn gekommen, dass er sie vielleicht vergewaltigen könnte, doch seine Drohungen und Fotos hatten diese Befürchtung verdrängt. Aber warum sonst sollte er von ihr verlangen, sich die Hose auszuziehen?

Das rote Teil warf er ihr vor die Füße. Sammi erkannte, dass es sich dabei um eine kurze Hose mit Gummibund handelte. Ein Paar Laufschuhe und Socken gesellten sich zu der Hose auf dem Boden.

»Ich will, dass das hier eine Herausforderung für mich wird«, erklärte er. »In der langen Hose und mit Pumps kommst du nicht weit.«

Sprachlos schüttelte Sammi den Kopf. Von diesem Psychopathen wollte sie keine Gefälligkeiten annehmen.

»Ich werde dich nicht vergewaltigen«, verkündete er. »Zumindest jetzt nicht. Damit warte ich, bis du tot bist. Dann muss ich mich nicht mit deinem Geheule und Rumzucken herumschlagen. Ich werde es tun, solange du noch warm bist.«

Er verzog sein Gesicht zu einem schiefen Grinsen. »Jetzt zieh die Shorts und die Schuhe an, damit du schneller laufen kannst.«

Sammi schüttelte den Kopf, da ihr kein Ton über die Lippen kam.

Der Barkeeper zog ein weiteres Mal genüsslich an seiner Zigarette, legte dann den Kopf in den Nacken und blies eine Rauchwolke über seinem Kopf aus. Dann sah er zu Sammi hinunter; ihre Blicke trafen sich kurz, bevor Sammi den Kopf wieder senkte.

»Für jede Minute, die du jetzt hier vergeudest, ziehe ich zehn Minuten von deinem Vorsprung ab.«

Sammi zögerte.

»Ich habe auch andere Möglichkeiten, Ungehorsam zu bestrafen«, fuhr er sanft fort.

Ihr blieb keine Wahl.

Sammi stand auf und schälte sich aus ihrer schwarzen Hose. Er beobachtete genau, wie diese an ihren Beinen hinunterrutschte und auf den Boden fiel. Sammi bückte sich, um nach der roten Shorts zu greifen.

»Gib mir auch deine Unterwäsche«, befahl er, als sie die Shorts in der Hand hielt. »Der Hund braucht sie, um deine Fährte aufzunehmen.«

Sammi hielt den Blick starr zu Boden gerichtet. Sie streifte ihren Slip hinunter und trat ihn mit dem Fuß zum Barkeeper. Dann schlüpfte sie schnell in die Shorts und zog sie hoch.

»Du wirst auch die Schuhe und Socken brauchen«, wies er sie an. Sammi stand barfuß da, da sich ihre Pumps immer noch auf der Ladefläche des Pick-ups befanden. Ruckartig zog sie erst die Socken, dann die Laufschuhe an und versuchte, die Schnürsenkel mit zitternden Händen und tauben Fingern zuzubinden. Die Schuhe waren alt und verschmutzt, die Schnürsenkel grau und ausgefranst. Auf dem linken Schuh befanden sich oben dunkelbraune Flecken. Sammi hielt die Luft an, als ihr klar wurde, dass es sich dabei um getrocknete Blutflecken handelte. Diese Schuhe waren auch von den anderen Frauen getragen worden.

Der Barkeeper hob ihre Unterwäsche auf und musterte sie mit einem süffisanten Lächeln. Sammi hatte eine beigefarbene Unterhose getragen, einen biederen Schlüpfer im Omastil. Diese Vertrautheit, mit der er sie anschaute, beunruhigte sie mehr, als sie wollte. Sammi hielt den Kopf gesenkt und beobachtete ihn heimlich. Dabei spürte sie, wie ihr der Schweiß über den Rücken lief, obwohl sich ihre Haut kalt und feucht anfühlte. Sie verschränkte die Arme und presste sie fest an ihren Körper. Den Gestank ihres Erbrochenen, übelriechend und bitter, hatte sie immer noch in der Nase.

Sammi konzentrierte sich auf jedes Detail – darauf, wie seine Stiefel geschnürt waren, auf das Reifenprofil des Pick-ups mit Allradantrieb. Alles insgesamt eher nebensächliche, unwichtige Dinge, die aber ihren Verstand auf Trab hielten und ihr halfen, den Gedanken an das drohende Unheil auszuhalten. Wenn sie nur eine minimale Chance hatte, das hier zu überleben, war es unerlässlich, dass sie einen kühlen Kopf behielt. Sollte sie zulassen, dass sich die heiße rote Decke der Panik über ihr ausbreitete, wodurch sämtliche Sinne und der Verstand blockiert würden, wäre alles aus.

Der Barkeeper ging neben seinem Hund in die Hocke und redete leise auf ihn ein. Ihre Unterhose befand sich zusammengeknüllt in seiner Faust, die er nun direkt unter die Nase des Hundes hielt. Plötzlich stand der Barkeeper jedoch auf und ließ das Jagdgewehr von der Schulter in die Hände rutschen. Dann lief er mit großen Schritten so entschlossen auf Sammi zu, dass sie sich instinktiv nach hinten warf und auf dem Boden liegend einen halben Meter von ihm wegrutschte. Direkt vor ihr blieb er stehen und ragte bedrohlich über ihr auf.

»Jetzt beginnt der Spaß erst«, stellte er fest. Sein Atem ging schwerer als zuvor, und Sammi spürte deutlich das Vergnügen, das er in dieser Situation empfand.

»Du wirst gleich laufen und versuchen, mir zu entkommen. Ich werde dich jagen und töten. Aber ich gewähre dir einen Vorsprung von einer Stunde.«

Er warf einen Blick auf seine Uhr. »Jetzt ist es zwanzig nach zehn.«

Sammi stieß sich vom Boden ab, um mit etwas Abstand von ihm aufstehen zu können.

»So. Die Zeit läuft. Los!«, rief er.

Sammi erhob sich mühsam und ging auf wackeligen Beinen ein paar Schritte zurück. Ungläubig schüttelte sie den Kopf. Tief in ihrem Inneren hoffte sie immer noch, dass das hier ein schlechter Scherz war.

»Los! Lauf!«, wiederholte er.

Sammi drehte sich um und lief mit einem ruckartigen Trott los, bei dem ihr Körper allein dem Verstand gehorchte. Währenddessen fühlte sie sich gezwungen, ihn immer wieder über die Schulter zurück im Blick zu halten. Er war teilnahmslos stehen geblieben, der Hund neben ihm, das Gewehr in der Hand, und beobachtete sie. Beobachtete, wie sie stolperte. Beobachtete ihre Angst. Beobachtete, wie sie lief.

Samstag, 10:15 Uhr

Tom saß immer noch mit Gavin zusammen und unterhielt sich über alles und nichts. Einer der anderen Jungs, Aiden, war aus der Kaserne gekommen und hatte sich zu ihnen gesellt. Aidens Schüssel mit Rice Krispies stand im krassen Gegensatz zu Gavins Bier. Bier wurde auf der Polizeiwache zu jeder Uhrzeit getrunken. Es wirkte vollkommen normal, nach einer langen Schicht ein Bierchen zu genießen, selbst wenn es sechs Uhr in der Frühe war und alle anderen gerade erst aufstanden. Selbst mit dicken Augen und immer noch im Halbschlaf schien Aiden die Anspannung zu spüren, hütete sich aber davor, Fragen zu stellen. Manche Informationen konnte man nicht erfragen, man konnte sie nur freiwillig zum richtigen Zeitpunkt bekommen. Er war klug genug, um nicht zu fragen, und niemand erklärte etwas, darum unterhielten die drei sich über belanglose Dinge.

Gavin wurde jedoch nervös, als Toms Handy klingelte. Das Missverhältnis seines Klingeltons – »Satisfaction« von den Rolling Stones – ärgerte Gavin, obwohl er nicht genau sagen konnte, warum eigentlich.

Tom warf einen Blick aufs Display, erhob sich dann und machte ein paar Schritte, bevor er ranging. Gavin hörte, wie er »Hallo Jake« sagte, dann auf den Parkplatz lief und außer Hörweite geriet. Dies war der Anruf, auf den sie alle warteten. Gavin wäre ihm am liebsten gefolgt, doch er verstand auch, warum Tom sich von ihnen entfernt hatte. Die Polizei war im Hinblick auf Kommunikation speziell ausgebildet; die Überbringung schlechter Nachrichten gehörte zu ihrer Aufgabe, und Tom wollte auf diese Art und Weise kontrollieren, wie er die Informationen weitergab.

Es dauerte ein paar Minuten, bis Tom wieder zurückkehrte. Gavin war aufgefallen, dass Tom einmal um die gesamte Polizeiwache herumgelaufen und durch den Haupteingang wieder hineingegangen war, wahrscheinlich, damit er zuerst mit Bob sprechen konnte, bevor er sich mit Gavin unterhielt. Toms Gesichtsausdruck verriet alles.

Er schluckte schwer. »Komm, Kumpel. Wir gehen jetzt zum Sergeant und geben eine Vermisstenanzeige auf.«

Dieses Mal gab es keine Ausflüchte mehr.

Samstag, 10:19 Uhr

Don lachte, als er sah, wie Sammi die Lichtung verließ und beim Weglaufen über einen abgestorbenen Ast auf dem Boden stolperte.

»Dämliches Miststück«, murmelte er, doch er beobachtete sie aufmerksam, bis die Bäume ihm die Sicht auf sie verdeckten. Daraufhin drehte er sich zu seinem Hund um und kraulte ihn zwischen den Ohren. Der Hund hob den Kopf, presste seine Schnauze unter Dons Hand und schleckte diese kurz ab.

»Das wird heute ein Spaß für uns werden. Der Fall wird schnell erledigt sein«, verkündete er dem Hund. »Wir erwischen sie.«

Der Hund – Zeus – presste seine Flanke an Dons Knie. Zeus war sein bester Freund, der Einzige, auf den er sich verlassen konnte. Er war überzeugt, dass Zeus diese Abenteuer fast genauso genoss wie er. Mittlerweile kannte der Hund den Ablauf – er wusste, wann er an der Reihe war, wann er zubeißen musste und Blut schmecken konnte. Auch wusste er, wann er aufzuhören hatte, um seinem Herrchen die Beute zu überlassen. Mit der Abrichtung seines Hundes hatte Don hervorragende Arbeit geleistet. Er konnte ein Steak vor Zeus auf den Boden legen, und der Hund würde es nicht anrühren, bis Don ihm die Erlaubnis dazu gab. Außerdem würde er auf Kommando aufhören, zu fressen, und den Rest unangetastet zurücklassen. Don hatte sich mit Zeus' Abrichtung viel Zeit gelassen, nachdem er begonnen hatte, seine Jagdpläne zu schmieden. Er besaß Zeus schon, seitdem dieser ein Welpe gewesen war, und hatte ihn als Wachhund ausgebildet. Seitdem hatten sich die Einsätze jedoch erhöht, und es war zwingend notwendig geworden, dass er den Hund absolut unter Kontrolle hatte. Zeus wusste, wer in ihrem Zweiergespann der Boss war.

Erst mit Ende zwanzig hatte Don das Jagen erlernt. Waffen hatten ihn schon immer magisch angezogen; er hatte sich strikt an die Vorschriften gehalten, sich einen Waffenschein besorgt und dann ein paar Gewehre gekauft. Zuerst hatte er mit ein paar ähnlich gesinnten Kumpels abgehangen, mit ihnen Kängurus gejagt und Bier getrunken. Von ihnen hatte er so viel wie möglich gelernt, er war jedoch immer lieber allein gewesen. Zur selben Zeit etwa, als er der Gruppe seiner Jagdkumpels entwachsen war, hatte er sich Zeus zugelegt. Mittlerweile fühlte er sich allein am wohlsten, wenn er im Busch war.

Die erste Kerbe in seinem Gewehr, die Hure, konnte man beinahe einen Unfall nennen. Sie war ihm vollkommen ausgeliefert gewesen, nachdem er sie mitgenommen hatte. Huren nahm er nie mit nach Hause, und er wollte kein Geld für ein Hotelzimmer verschwenden.

Sie in der freien Natur zu vögeln, hatte ihn sehr gereizt, deswegen hatte er kurz entschlossen entschieden, mit ihr raus in den Busch zu fahren, dort ein Zelt aufzuschlagen und vielleicht sogar ein Lagerfeuer zu entfachen. Normalerweise hatte er die Basisausrüstung hinten in seinem Pick-up immer dabei.

Er war zu einem Staatsforst in der Nähe gefahren. Die Nutte hatte er ruhiggestellt, indem er ihr versprochen hatte, sie pro Stunde zu bezahlen. Doch nachdem sie dort angekommen waren, hatte sie nicht mehr aufgehört zu meckern und herumzuzicken. Erst war es zu kalt, dann hatte ein Moskito sie gestochen, dann war die Luftmatratze zu dünn.

Sie zerstörte die friedliche Ruhe des Waldes und raubte ihm die Euphorie, auf die er gehofft hatte. Dafür hasste er sie.

Zu der Zeit hatte er nur sein Jagdmesser dabeigehabt, keine Gewehre. Diese erste Tat war nicht geplant gewesen. Er war einfach ausgerastet, hatte ihr gegenüber die Beherrschung verloren. Glasklar erinnerte er sich daran, wie er zur Ladefläche des Pick-ups gegangen war und sein Messer herausgeholt hatte. Ihren Gesichtsausdruck sah er noch vor sich, als er das Messer gezückt hatte und die Klinge im Licht des Feuers aufgeblitzt war.

»Lauf!«, hatte er ihr befohlen. »Wenn du mir entkommen kannst, bleibst du am Leben.«

Sie war ins Gebüsch gestolpert, kreischend und schluchzend. Vor dem dunklen, buschigen Gelände schien sie fast genauso viel Angst zu haben wie vor dem Mann mit dem Messer. Er hatte ihr ein paar Minuten Vorsprung gewährt, doch eine echte Chance hatte sie nie gehabt. Er hörte, wie die Blätter unter ihren Füßen zermalmt wurden, und konnte ihre panische Angst riechen.

Er war erstaunt gewesen, wie viel Vergnügen ihm die Jagd bereitet hatte. Er hatte sich im Takt ihrer Tritte bewegt, damit sie seine Schritte nicht hörte, als er sich ihr näherte. Sein Herz hatte immer schneller geschlagen, und der Nervenkitzel der Jagd hatte seine Sinne geschärft, klarer gemacht, gebündelt. Dank des Adrenalins hatte er sich stark gefühlt, als er sie allmählich einholte und sie es nicht einmal merkte. Er war ein Superheld, allwissend und allmächtig. Er packte sie von hinten und hörte, wie sie scharf einatmete und die Luft anhielt. Dann hatte er ihr mit einem Schnitt den Hals aufgeschlitzt und sie zu Boden fallen lassen, um ihre Miene zu beobachten, während das Blut auf den schmutzigen Boden und das Laub spritzte.

Nachdem er dies einmal getan hatte, war es um ihn geschehen. Er musste es wieder tun. Es war unvergleichlich. Dieser Augenblick, im Moment des Todes, war intensiver als alles, was er je erlebt hatte. Es war besser noch als Sex. Es war ein eindringlicher Farbfilmmoment in einem sonst vollkommen grauen Leben. Ihm war klar, dass er wieder jagen musste.

Aber ihm war ebenso klar, dass er Fehler gemacht hatte. Der Ort des Geschehens war falsch gewesen – zu viele Menschen spazierten durch diesen Wald, und irgendjemand würde früher oder später die Leiche finden. Er wartete immer noch darauf, die Schlagzeile in der Zeitung zu erblicken: »Menschliche Überreste im Staatsforst entdeckt – die Polizei bittet bei der Aufklärung die Bevölkerung um Mithilfe«.

Er hatte die Leiche in einem flachen Erdgrab verscharrt. Eine Schaufel hatte er nicht mitgebracht, und es war zu schwer gewesen, ein richtiges Loch mit bloßen Händen und einem Stock zu graben. Es war genug Erde da gewesen, um den Leichnam zu bedecken, aber nicht genug, um Wildtiere davon abzuhalten, sie für einen Imbiss wieder auszugraben.

Aber selbst wenn jemand diesen Haufen Knochen jemals finden sollte, so gab es nichts, was diesen mit ihm in Verbindung hätte bringen können. Man hatte bereits einmal versucht, ihm die Sache anzuhängen. Die blöden Bullen hatten erwartet, dass er alles gestand und sich entschuldigte. Mit jedem Tag, der verstrich, wurde es unwahrscheinlicher, dass die Leiche entdeckt und identifiziert wurde.

Schon als er die Hure vergrub, plante er, wie er ein zweites Mal töten würde. Dann würde er vorsichtiger sein, einen sicheren Ort dafür finden und sein Gewehr mitbringen.

Die Bullen hatten seine Waffen mitgenommen, als die erste Verfügung wegen häuslicher Gewalt gegen ihn wirksam geworden war. Doch sie konnten natürlich nur die Waffen mitnehmen, von denen sie wussten. Er besaß noch ein gestohlenes Gewehr, das er außerordentlich gut versteckt hatte in einer falschen Mauer an der Seite von Zeus' Hundehütte. Waren sie zu Hause, bewachte Zeus den Garten. Waren sie zusammen unterwegs, dann immer bei einem Jagdausflug, bei dem er das Gewehr bei sich hatte. Die Bullen würden es nie finden.

Er hatte Nachforschungen angestellt und beschlossen, dass Captain's Creek eine deutlich geeignetere Örtlichkeit war als Yonga. Nicht zu weit entfernt, doch entlegen, und obendrein für Camper und Wanderer uninteressant. Vierhundertfünfzig Quadratkilometer mit Buschwerk bewachsenes Gelände, dessen einzige Besonderheit ein Bach war, der die Fläche in zwei Teile teilte. Er hatte ein paar Campingausflüge mit seiner Motocross-Maschine gemacht, bei denen er alles genau unter die Lupe genommen und ausgearbeitet hatte, wie weit er auf dem einen unwegsamen Pfad in das Gelände hineinfahren konnte. Alles diente seinen Zwecken.

Er begann, seine Opfer besonnener auszuwählen, da er Mädchen wollte, die temperamentvoller waren, die das Spiel länger aufrechterhalten würden als so eine kaputte alte Hure. Mit seiner heutigen Wahl war er sehr zufrieden. Samantha Willis hatte noch nicht angefangen zu heulen und war zudem recht starrköpfig gewesen. Er würde es so viel mehr genießen, sie zu zerstören.

Samstag, 10:21 Uhr

Janine hatte sich eingeschaltet. Ihre Gedanken überschlugen sich, als sie gedanklich eine Liste aufstellte, was weiterverfolgt werden sollte. Dies war die Mutter aller großen Fälle – eine vermisste Polizistin.

Der Druck war hoch, alle Kriterien mussten erfüllt werden. Zuerst musste eine Vermisstenanzeige aufgegeben werden, bevor offiziell die Ermittlungen aufgenommen werden konnten. Die Anzeige musste von dem Informanten persönlich erstattet werden, dem Freund, der die Frau als vermisst gemeldet hatte. Jake hatte seinen Kumpel von der Polizeischule in Angel's Crossing angerufen, um das in die Wege zu leiten. Janine hatte ebenfalls den Sergeant in Angel's Crossing, einen Freund von ihr, angerufen, um ihn vorzuwarnen. Es handelte sich um eine kleine Gemeinde, und der Sergeant schätzte es, die Nachricht von Janine übermittelt zu bekommen, anstatt es aus der Klatschpresse zu erfahren. Er würde sich gleich auf den Weg zur Polizeiwache machen, um seinen Vorgesetzten in Kenntnis zu setzen und die Nachwuchskräfte zu unterstützen. Sobald die Vermisstenanzeige reinkam, würde der Mitarbeiterstab mit der Arbeit loslegen.

Die Bosse im Headquarter würden allerdings auch Wind davon bekommen. Irgendjemand würde den Local Inspector anrufen, und ab dann würde die Nachricht immer weiter nach oben gereicht werden. Innerlich hoffte Janine, dass dies kein falscher Alarm war. Denn wenn sie zu schnell handelten und Sammi keine Chance ließen, von selbst wieder aufzutauchen, hätte diese eine Menge zu erklären. Die Top-Bosse im Headquarter würden dann ihren Namen aus den falschen Gründen kennen.

Wenn sie jedoch tatsächlich vermisst war und sie wirklich Hilfe brauchte, würde es hinterher jeder bedauern, nicht so schnell wie möglich gehandelt zu haben. Insbesondere Janine. Ob Sammi nun eine von ihnen war oder nicht, war dabei Nebensache. Je schneller Nachforschungen angestellt wurden, desto klarer waren die Ereignisse noch in der Erinnerung der Leute, und je mehr Details sie erfuhren, desto größer war die Chance, Sammi zu finden.

Für Janine galt es aber auch, jetzt keine Fehler zu machen. Denn sollte das Worst-Case-Szenario tatsächlich eintreten und eine Polizistin entführt worden sein, so würden auf jeden Fall interne Ermittlungen eingeleitet werden. Würden ihr Handeln und ihre Entscheidungen einer genauen Überprüfung standhalten? Viele, viele Polizisten waren schon verbrannt, weil sie zu langsam gehandelt oder jemanden abgewimmelt hatten, der für die Ermittlung entscheidend gewesen wäre.

Janine war diese Situation sehr vertraut, da sie sie selbst schon einmal erlebt hatte. Bei einer internen Ermittlung hatte niemand alle Antworten, selbst wenn man sich strikt an die Regeln gehalten hatte. So etwas wie hundertprozentig richtige oder falsche Antworten gab es nicht. Erklärungen und Begründungen waren alles. Doch Janine war einmal dabei erwischt worden, wie sie eine unliebsame Beschwerde einfach weitergeleitet hatte. Sie hatte die Bedeutung der Information völlig falsch beurteilt und dann keine Antworten mehr zu bieten gehabt, als ihr die wirklich schwierigen Fragen gestellt wurden. In diesem Moment war ihre Karriere ins Schwanken geraten.

Darum neigte sie mittlerweile dazu, eher überzureagieren als zu wenig zu tun. An dem Punkt, an dem ein trägerer Polizist die Sache vielleicht auf die lange Bank geschoben und Entschuldigungen und Erklärungen für Sammi gefunden hätte, leitete Janine schon die Ermittlungen in die Wege.

Jetzt, da die Frau per Anzeige als vermisst gemeldet war, konnte Janine den offiziellen Weg einschlagen. Triangulation war das Mittel, um Sammis Handy zu orten. Dann musste ein Profil des Barkeepers angelegt werden. Die Bar sowie mögliches Material aus Überwachungskameras musste überprüft werden. Die Türsteher und Security-Leute mussten gecheckt und Sammis Freundin musste für eine Aussage verhört werden.

Sie mussten den Barkeeper finden, der seinen Arbeitsplatz so Hals über Kopf verlassen hatte.

Und sie mussten »Operation Echo« verständigen. Angesiedelt im Headquarter, war dies die Ermittlungskommission im Corbett-Fall. Neuerdings wurden die Namen der Ermittlungskommissionen wahllos vergeben, im Gegensatz zu früher, wo der Name der Kommission noch etwas mit dem Fall zu tun gehabt hatte. Der Stab wurde aus verschiedenen Wachen zusammengesetzt, um eine fortlaufende Besetzung zu ermöglichen, bis der Fall gelöst war, mit welchem Ergebnis auch immer. Es gab Ähnlichkeiten, die Janine direkt ins Auge sprangen. Ob die OP Echo wohl in der Lage wäre, noch weitere Übereinstimmungen zu finden? Das gleiche Bauchgefühl, das Janine dazu getrieben hatte, gleich schon nach den ersten Informationen zu reagieren, stieß sie in Richtung des Corbett-Falls. Standen diese beiden Fälle miteinander in Verbindung? Konnte es unter Umständen mehr als einen Täter geben, der Frauen von den Straßen Brisbanes entführte? Janine benötigte mehr Informationen – über Tahlia, über die vermisste Prostituierte und über Sammi.

All das – noch bevor sie überhaupt nur darüber nachdachten, mit dem Barkeeper persönlich zu sprechen, der seinen Arbeitsplatz so überstürzt verlassen und auf der Straße eine Blondine mitgenommen hatte.

Es wäre kontraproduktiv, ohne einen konkreten Beweis in der Hand zu haben, jetzt zu seinem Haus zu rasen. Er würde sie nur auslachen und sie wieder zurückschicken. Schlimmer noch: Er wüsste dann, dass die Polizei ihm auf den Fersen war. Da war es besser, erst einmal genügend Beweise zu sichern, um dann mit einem Durchsuchungsbefehl in der Hand bei ihm aufzukreuzen. Auf diese Art und Weise konnten sie ihn festnehmen und dann sein Haus gründlich durchkämmen.

Janine fiel eine Bewegung auf der anderen Seite des Raumes auf. Jake hing immer noch am Telefon, doch er winkte ihr mit einem Stück Papier zu. Schnell lief sie zu ihm hinüber und griff nach dem Zettel. Darauf hatte er die offizielle Registrierungsnummer der Vermisstenanzeige notiert. Janine nahm das Papierstück und hob ihren Telefonhörer wieder ans Ohr.

Samstag 10:22 Uhr

Es dauerte einige Minuten, bis Sammis Verstand die einzig wichtige Nachricht verarbeitet hatte, sich vorwärtszubewegen, weg vom Mörder.

Keine Panik! Tief einatmen! Keine Panik!, wiederholte sie immer und immer wieder innerlich. Sammi versuchte, ihren keuchenden Atmen zu beruhigen und die aufsteigende Woge der Angst zu unterdrücken, die über ihr zusammenzubrechen drohte. Wenn sie in Panik verfallen würde, gäbe es für sie keine Hoffnung mehr. Ihre einzige Chance bestand darin, ihren Verstand zu nutzen und einen Plan zu schmieden. Sie atmete im Einklang mit ihren Schritten: Einatmen zwei Schritte, Ausatmen einen Schritt. Dieser Rhythmus beruhigte sie nach und nach.

Eine Stunde. Sie warf einen Blick auf ihre Uhr. Es war 10:23 Uhr. Würde er ihr wirklich so viel Zeit lassen? Oder spielte er nur ein Spiel? Eine Stunde war eine verdammt lange Zeit. Sie wusste, dass sie in dieser Zeit vielleicht sieben oder acht Kilometer im Busch zurücklegen konnte, wenn sie sich anstrengte. Dann würde sie etwas mehr Zeit haben, während er die Entfernung zurücklegte, um sie zu finden.

Er schien sich verschiedener Dinge sehr sicher gewesen zu sein – sicher, dass er ihre Spur würde aufnehmen können und dass sie niemanden treffen würde, der sie retten konnte. Doch es musste eine minimale Chance geben, dass hier noch irgendwer unterwegs war. Wenn der Barkeeper diese Umgebung hier kannte, musste irgendjemand sie ebenfalls kennen. Es war zwar vollkommen abgelegen, doch es hatte so etwas wie einen Pfad hier herein gegeben, also musste es auch einen geben, der hier herausführte. Die Fahrt auf der Ladefläche war sehr holprig gewesen, doch Sammi konnte sich nicht daran erinnern, dass sie an irgendeiner Stelle angehalten hätten.

Sie verlangsamte ihren Lauf und schaute sich um. Er hatte ausdrücklich gesagt, dass sie nicht zu dem Pfad zurückkehren sollte, auf dem sie hereingefahren waren. Sammi bezweifelte ohnehin, dass sie diesen wiederfinden würde, selbst wenn sie es gewollt hätte. Sie war für ihren schlechten Orientierungssinn bekannt, und die größte Gefahr für sie wäre, sich im Kreis zu bewegen und so vielleicht Don wieder in die Arme zu laufen, anstatt sich von ihm zu entfernen.

Sie hielt inne und schaute zur Morgensonne hinauf, die jetzt schon ziemlich hoch am Himmel stand. Sie musste die Augen zusammenkneifen und sich die Hand schützend über die Augen halten, doch hier begann ihr Plan, und dieser war besser als nichts. Sie würde geradewegs auf die Sonne zulaufen. Auf diese Art und Weise konnte sie sich an etwas orientieren, um einigermaßen geradeaus zu laufen. Und wenn sie es als störend empfand, dass die Sonne sie blendete, so würde wahrscheinlich auch er es so empfinden, wenn er ihr folgte. Dies war vielleicht nur ein minimaler Vorteil, doch sie würde sich an jeden Strohhalm klammern, der sich ihr bot. Zumindest hatte sie nun eine Richtung, in die sie laufen konnte.

Sie lief in östlicher Richtung los und begann mit einem langsamen Trab. Ihr Ziel war es, ein gleichmäßiges Tempo aufrechtzuerhalten. In ihrer Freizeit ging sie regelmäßig joggen und trainierte ihre Fitness; ihr war klar, dass sie deutlich mehr Strecke schaffen konnte, wenn sie mit einer gleichmäßigen Geschwindigkeit lief. Würde sie zu Beginn schon schneller laufen, wäre sie sehr früh schon erschöpft und müsste eine Pause machen, um wieder zu Atem zu kommen. Natürlich wusste sie nicht, wann sie sich umdrehen und kämpfen musste, und wollte dafür noch Kraft in Reserve haben. Denn sie würde zweifellos kämpfen müssen, wenn er sie einholte.

Als sie sich konzentrierte, ließ das Zittern nach. Das Terrain war Buschland, aber doch zumeist flach. Sie versuchte, einen so geraden Weg wie möglich einzuhalten, und schenkte dabei kleinen Zweigen, die an ihrer Kleidung rissen und ihr die nackten Arme und Beine zerkratzten, keinerlei Beachtung. Sie lief einfach geradeaus.

Sammi dachte kurz darüber nach, ihre Spur zu verwischen. Sie schaute sich um, und obwohl sie nicht mit Bestimmtheit sagen konnte, wo sie gelaufen war, würde ein geübter Fährtenleser die Anzeichen wahrscheinlich deuten können. Da gab es besondere Tricks. Sie lief zwar keine Büsche um und brach Äste ab, doch unter ihren Füßen raschelte abgestorbenes Laub und knackten Zweige mit jedem Schritt, ganz gleich, wie vorsichtig sie war. Dies ließ sich nicht vermeiden. Das Buschland bestand aus Bäumen und Büschen, hauptsächlich gab es hier jedoch langes Gras und Gestrüpp.

Aber wurde sie von einem Fährtenleser verfolgt? War der Barkeeper aus der Großstadt Brisbane in der Lage, eine Fährte zu lesen? Das Bild eines Buschmannes passte so gar nicht zu dem matten, bleichen Raucher, den sie hinter der Bar kennengelernt hatte.

Aber dann war da noch sein Hund. Sie würde ihn als Pig Dog bezeichnen, als eine australische Mischlingsrasse, die dazu gezüchtet wurde, um Wildschweine zu jagen und sich durch ihr robustes, unnachgiebiges Wesen auszeichnete. Dies war ganz sicher kein Spürhund. Doch konnte ein Hund wie dieser ihren Geruch aufnehmen und aus kurzer Entfernung ihre Fährte wittern? Wenn sie auf einen Baum kletterte, würde er dann in der Lage sein, ihren Geruch aufzuspüren? Sie dachte intensiver darüber nach, auf einen Baum zu klettern, während sie sich einen Weg um einen Wasserlauf herum bahnte. Ein Baum wäre wahrscheinlich das beste Versteck, aber wenn er sie fand, würde sie feststecken, ohne irgendwo hinzukönnen – dort wäre sie leichte Beute. Es wäre ein großes Risiko – ein viel zu großes Risiko. Es war besser, wenn sie auf dem Boden bliebe.

Sammi hatte auf der Polizeischule ein wenig Kampfsport

und Ringen gelernt. Bei der Arbeit war sie in einige Raufereien geraten und hatte dabei Männer, die größer und breiter waren als sie, unter Kontrolle bekommen und ihnen Handschellen angelegt. Aber es war immer jemand da gewesen, der ihr Rückendeckung gegeben hatte; an ihrer Seite war stets ihr Partner gewesen, der sie nie im Stich gelassen hatte. Noch wichtiger war, dass sie immer ihre Ausrüstung dabeigehabt hatte – Pfefferspray, Handschellen, Schlagstock, Elektroschocker und eine Glock-Pistole.

Wenn man das alles abzog, blieben ihr zwei Fäuste und zwei Füße gegen einen Mann, der Gewehre, Messer und einen scharfen Hund besaß. Panikschieben brachte sie nicht weiter. Sie musste weiterlaufen.

Samstag, 10:23 Uhr

»Jake?«, rief Janine quer durch das gesamte Büro. »Was machst du?«

Jake saß an seinem Schreibtisch vor dem Computer, tippte auf der Tastatur herum und klickte etwas an. Vielleicht arbeitete er, aber es war mindestens genauso wahrscheinlich, dass er überprüfte, ob sein Gehalt schon überwiesen war, oder nachsah, wer befördert worden war. Janine hatte gerade den Hörer aufgelegt, nachdem sie mit Pam vom Nachrichtendienst telefoniert hatte. Pam war hilfsbereit und sehr entgegenkommend gewesen, doch es würde immer noch mindestens eine Stunde dauern, womöglich auch länger, bis das Telekommunikationsunternehmen Telstra die Ergebnisse von Sammis Handy liefern konnte. Die Rufdatenaufzeichnung vom Handy des Barkeepers würde sogar noch länger dauern. An Wochenenden dauerte alles länger, da kaum Mitarbeiter da waren, sodass sie bis zum Eingang der Ergebnisse nur mit dem arbeiten konnten, was sie vorliegen hatten.

»Komm mal her und sieh dir das an«, erwiderte Jake und deutete auf seinen Bildschirm. Janine hockte sich auf eine Schreibtischecke und blickte Jake über die Schulter.

»Ich sehe mir gerade unseren Barkeeper etwas genauer an, diesen Don Black. Scheint ein fieser Kerl zu sein«, stellte Jake fest.

»Was hast du gefunden?«, fragte Janine.

»Der Typ ist echt krank«, erwiderte Jake. »Es wurden zwei Verfügungen wegen häuslicher Gewalt gegen ihn wirksam. Die erste Verfügung wurde von der Polizei im Namen seiner Mutter erteilt. Nachbarn haben den Notruf gewählt, nachdem sie Gebrüll und Geschrei aus seinem Haus gehört hatten, gefolgt von einem Schuss. Die Polizei fuhr sofort raus. Zu dem Zeitpunkt hat der Typ noch mit seiner Mutter zusammengewohnt. Sie wollte ihn rausschmeißen, woraufhin er durchgedreht ist. Er hat ihren Hund erschossen, als dieser neben ihr saß. Die Mutter stand eindeutig unter Schock, aber sie hat ihre Aussage revidiert, und er kam davon. Sie wollte der Polizei weismachen, dass der Hund krank war und ihr Sohn ihr nur einen Gefallen getan habe, als er ihn erschossen hat, damit sie nicht mit dem Hund zum Tierarzt müsse, um den dann für die Einschläferung des Tieres bezahlen zu müssen. Nachdem die Mutter für ihn gelogen hatte, wurden alle Vorwürfe fallen gelassen; nur die Standard-Verfügung wegen häuslicher Gewalt blieb bestehen. Er verlor dadurch seinen Waffenschein und musste seine registrierten Waffen abgeben. Wie es aussieht, ist seine Mutter ohne ihn ausgezogen.«

»Du meine Güte«, schüttelte Janine den Kopf. »Das wird ja von Minute zu Minute schlimmer.«

»Das war aber noch nicht alles«, fuhr Jake fort. »Es gab noch eine weitere Verfügung wegen häuslicher Gewalt, die von seiner Freundin erwirkt wurde. Eine weitere Frau, die er in Angst und Schrecken versetzt hat. Sie kam auf die Polizeiwache und hatte seine Initialen in ihre Oberschenkel geritzt. Damals haben sie weiter im Westen gewohnt. Es waren alles oberflächliche Schnitte, die nicht genäht werden mussten, aber sie erklärte wiederholt, dass er ihr gesagt habe, versteckte Waffen zu besitzen. Er habe mehrfach gedroht, sie damit zu erschießen.«

»Danach wurde er doch sicherlich wegen Tätlichkeit oder vorsätzlicher Körperverletzung angeklagt, oder?«, fragte Janine.

»Ja, schon, aber wieder wurden alle Anschuldigungen fallen gelassen; die Freundin ist abgehauen. Sie war aus Neuseeland und ist nach Hause zurückgekehrt. Nach dem ersten Auftauchen auf der Polizeiwache hat sie jeden weiteren Kontakt mit der Polizei verweigert. Vier Tage, nachdem es passiert war, hat sie das Land verlassen, ohne irgendeine Nachsendeanschrift zu hinterlassen. Ohne ihre Beweise und Zeugenaussage blieb der Polizei nur eine Aussage in einem Notizbuch. Die Spurensicherung konnte nicht einmal Kontakt zu ihr aufnehmen, um vor ihrer Abreise noch Fotos ihrer Verletzungen zu machen. In ihrer Abwesenheit wurde eine Verfügung wegen häuslicher Gewalt erlassen. Doch wieder nur die vorgeschriebenen Maßnahmen – ihm konnte nichts zur Last gelegt werden.«

»Dieser Typ ist also offensichtlich ein gefährlicher Irrer, aber alle hatten zu viel Angst, um auch tatsächlich eine Anzeige durchzuziehen«, fasste Janine zusammen.

»So sieht es aus. Dieser Kerl sollte im Gefängnis schmoren. Und das sind nur die Fälle, von denen wir wissen. Wie viele Frauen er wohl misshandelt hat, die sich *nicht* bei der Polizei gemeldet haben? Oder die dann einfach verschwunden sind?«

Jake öffnete mit einem Mausklick die frühere Vermisstenanzeige, mit der man Black in Verbindung gebracht hatte. Janine schaute Jake über die Schulter, als er verschiedene Fenster auf dem Bildschirm öffnete – die Maske mit den Angaben zum Verdächtigen und die Details des Opfers. Zum Schluss öffnete sich ein altes Polizeifoto des Opfers.

»Ist das die vermisste Prostituierte?«, fragte Janine.

Irgendetwas an diesem Foto erregte ihre Aufmerksamkeit. Sie beugte sich vor, griff an Jake vorbei und klickte das Polizeifoto an, sodass es den gesamten Bildschirm ausfüllte. Die Frau wirkte vollkommen unauffällig. Blondes Haar, das ein blasses Gesicht einrahmte; der Blick war leicht abgewandt. Und genau das war es, was Janine ins Auge sprang. Dies hätte eine alte Schulfreundin sein können. Eine Kassiererin im örtlichen Supermarkt. Ihre Schwester.

»Ich frage mich, was passiert ist, dass sie anschaffen gehen musste. Was für eine Schande«, stellte Janine fest.

Jake zuckte mit den Schultern. »Frauen werden normalerweise nicht ohne Grund zu Prostituierten.«

»Ja, mag stimmen«, räumte Janine ein. »Aber niemand verdient das Schicksal, ohne jede Spur zu verschwinden.«

Jake klickte sich durch die Protokollseiten. »Jim Dyson hat ihn verhört. Ich kenne ihn. In meinem ersten Jahr war er ein paarmal mit mir draußen. Er ist ziemlich erfahren in diesen Dingen. Ich kann ihn gerne mal anrufen, wenn du willst, und fragen, was nicht in seinem Bericht steht, was zum Beispiel sein Bauchgefühl ihm aber gesagt hat.«

Das Polizeinetzwerk war mächtig und wurde viel zu selten genutzt.

»Gute Idee«, lobte Janine.

Sie nahm Jakes Telefon und reichte es ihm, damit Jake auch wirklich merkte, dass er diesen Anruf für Janine sofort erledigen sollte.

Wieder an ihren Platz zurückgekehrt, klappte Janine ihren Notizblock auf und versuchte, Ordnung in ihre Gedanken zu bringen und das weitere Vorgehen zu planen.

Kurze Zeit später tauchte Jake vor ihrem Schreibtisch auf.

»Jim konnte sich noch sehr genau an das Verhör mit dem Barkeeper erinnern. Er hat ihn als durchtrieben, raffiniert und selbstgefällig beschrieben. Er sagte, der Typ habe ein wenig schockiert und wie in Panik gewirkt, als sie bei ihm zu Hause aufgetaucht sind und mit ihm über den Fall reden wollten. Ihm war nicht aufgefallen, dass die junge Frau eine SMS geschrieben hatte, während er die Zulassung seines Pick-ups verlängert hatte. Zuerst hat er alles abgestritten und sich dann geweigert, mit der Polizei zu sprechen, weil er einen Anwalt brauche. Als er dann zu einem formellen Verhör auf die Wache kam, hatte er sich seine Geschichte zurechtgelegt. Jim sagte zwar, dass er ihn bei ein paar kleinen Lügen ertappt habe, aber es reichte insgesamt nicht, um ihn unter Anklage zu stellen. Sie haben seine Handydaten ausgewertet und sein Haus durchsucht, konnten aber nichts finden. Er hat zugegeben, dass sie in seinem Auto gesessen hatte, und man hat auch tatsächlich dort ihre Fingerabdrücke gefunden, aber er blieb bei seiner Darstellung, dass er sie irgendwo abgesetzt hat«, erklärte Jake.

Janine nickte. »Und was sagte Jims Bauchgefühl?«

»Dass er sie umgebracht hat. Aber es wäre nie im Leben

genügend Beweismaterial zusammengekommen, um ihn zu überführen. Sie war eine Prostituierte, und niemand hat sich genug um sie gesorgt, um die Ermittlungen voranzutreiben. Ihre Leiche wurde nie gefunden, und die Spur ist erkaltet. Sie gilt immer noch als vermisst.«

Mit einem wachsenden unguten Gefühl wählte Janine die Nummer der OP Echo. Janine hatte zuvor schon in großen Ermittlungskommissionen gearbeitet, und der Job war mit den manchmal Hunderten von sinnlosen Spuren und Informationen, die zumeist aus der Bevölkerung stammten und denen sie jedem einzeln nachgehen mussten, oft ermüdend gewesen.

Janine stellte sich dem Polizeibeamten, der sich meldete, vor. »Ich wollte mich kurz mal bei euch melden, Leute. Wir haben hier eine junge Frau, die vermisst wird, nachdem sie in der Stadt tanzen war. Sie ist Polizistin. Zwar wird sie noch nicht lange vermisst, aber wir haben Grund zu der Annahme, dass sie in ernsthafte Schwierigkeiten geraten und nicht einfach nur irgendwo aufgehalten worden ist.«

Janine fasste kurz alles zusammen, was sie über den Barkeeper wussten, wo er wohnte, wie er aussah, welches Auto er fuhr sowie seine Vorgeschichte. Danach bat der Mann sie, in der Leitung zu bleiben und zu warten.

»Hi, Janine war Ihr Name? Ich bin Bill Johns.« Ein anderer Mann war nun am Telefon. »Man hat mir gerade einen Überblick über Ihre Vermisste gegeben. Wir hatten Hunderte Spuren im Fall Tahlia. Eine davon lautete, dass sie gesehen wurde, wie sie in einen Pick-up eingestiegen ist mit einem Frontschutzbügel und einem überdimensionalen Verdeck über der Ladefläche. Könnten Sie zu uns runterkommen und meinem Team eine knappe Einweisung in Ihren Fall geben? Wir kümmern uns dann darum und überprüfen, ob es weitere Übereinstimmungen gibt und ob wir in diesen Fällen gemeinsam weiterkommen.«

Mit einem einzigen Anruf arbeiteten nun vier weitere Ermittler an ihrem Fall.

Samstag, 10:34 Uhr

Auf der Wache fanden hinter verschlossenen Türen viele Gespräche statt, was Gavin gar nicht gefiel, denn er blieb im Ungewissen. Die wichtigen Gespräche fanden allesamt im Büro des Sergeants statt, während Gavin mit Bob im Aufenthaltsraum sprach. Bob arbeitete einen für Gavins Geschmack endlosen und wirklich sinnlosen Fragenkatalog ab, um die Vermisstenanzeige zu vervollständigen.

»Welchen Mobilfunkanbieter hat sie?«, fragte Bob.

»Ähm, Telstra«, erwiderte Gavin.

»Und wer ist ihr Zahnarzt?«, fuhr Bob fort.

»Johannes in der Mill Street«, antwortete Gavin.

»Hatte sie dort kürzlich einen Termin?«

»Nein. Warum?«, hakte Gavin nach.

»Nur falls wir zahnärztliche Unterlagen brauchen sollten«, erklärte Bob und hielt den Blick starr auf den Fragenblock gerichtet.

»Bei welcher Bank ist sie?«, lautete seine nächste Frage.

»Sammi ist Kundin bei der Commonwealth Bank. Überprüft ihr ihre Kontoaktivitäten und all das?«, fragte Gavin und wurde von Minute zu Minute frustrierter.

»Die Fragen gehören zum Standardvorgehen«, entgegnete Bob.

»Ich kann dir alles jetzt gleich zeigen. Sie hat sich nicht aus dem Staub gemacht«, erwiderte Gavin scharf.

»Das behauptet auch niemand. Wenn sie ihre Karte bei sich hatte und sie gestohlen wurde, könnte jetzt jeder damit herumrennen«, erklärte ihm Bob.

Gavin atmete geräuschvoll aus. »Was hat man denn mittlerweile herausgefunden? Warum nimmst du plötzlich meine Aussage auf? Immerhin warst du doch derjenige, der mir geraten hat, abzuwarten.«

»Ich verstehe ja, dass es für dich nicht einfach ist, aber wir müssen eins nach dem anderen machen. Ich brauche alle Details, die dir nur einfallen. Wir haben keine Ahnung, welche Information sich noch als nützlich herausstellen könnte«, fuhr Bob fort.

»Mich kotzt es an, dass du mir nicht...« Gavin hielt plötzlich inne, als ihm ein Licht aufging. »Werde ich verdächtigt?«, fragte er und fixierte Bob.

Bob erwiderte seinen Blick. »Nein. Du wirst nicht verdächtigt. Du warst die ganze Nacht zu Hause. Wir alle wissen das.«

Er sprach ruhig und gelassen. Gavin war das reinste Pulverfass, das kurz davor war, zu explodieren.

»Ich versuche nur, dir zu helfen«, erklärte Bob. »Ich weiß, wie zermürbend das für dich sein muss. Du willst am liebsten losstürmen und irgendetwas tun. Nun ja, das hier ist im Augenblick der wichtigste Beitrag, den du leisten kannst: Du kannst uns alle Details geben.«

Gavin starrte zu Boden. »Was haben sie herausgefunden?« Seine Stimme hatte etwas Flehentliches an sich.

»Nicht viel«, antwortete Bob. »Aber die Vermisstenmeldung muss rausgehen, bevor sie einen Antrag stellen können, ihr Mobiltelefon zu verfolgen.«

Gavin musste mehrmals scharf blinzeln. »Okay. Wie lautete die letzte Frage?«

Samstag, 10:50 Uhr

Zielstrebig liefen Janine und Jake mit großen Schritten in die Ermittlungszentrale der Sonderkommission. Vier Köpfe drehten sich ruckartig zu ihnen um. Die Tagesschicht der OP Echo kam zusammen, alle stellten sich vor. Bill Johns war als Detective Senior Sergeant der Ranghöchste im Raum.

Janine übernahm das Kommando und stellte kurz die Fakten dar. Sammi war Polizistin. Sie war nicht zum Dienst erschienen, ihr Auto stand immer noch vor dem Haus ihrer Freundin in Brisbane, ihr Handy war abgestellt, sie hatte die Bar allein verlassen. Der Barkeeper war früher nach Hause gegangen, etwa zur gleichen Zeit wie sie, besaß eine Vorgeschichte, bei der häusliche Gewalt im Spiel war, und er war im Zusammenhang mit einem anderen Vermisstenfall verhört worden. Die Barfrau hatte eine Blondine in den Pick-up des Barkeepers einsteigen sehen.

Dann ging Janine bei den Nachforschungen, die sie bislang angestellt hatten, genauer ins Detail. Sie reichte das Polizeifoto vom Barkeeper herum, das auf der Wache aufgenommen worden war. Er wirkte darauf jedenfalls relativ normal mit seinem dunklen, kurz geschnittenen Haar und dem kurz geschnittenen Bart. Auf dem Polizeibild sah er an der Kamera vorbei und blickte mit dem Hauch eines Lächelns über die Schulter des Fotografen hinweg.

Dann übernahm Bill.

»Vanessa«, sagte er und reichte das Polizeibild einer jungen Polizistin, die links von ihm stand. »Geh die Datenbank der Crime Stoppers durch und sieh zu, ob da irgendwelche Beschreibungen auf diesen Kerl hier passen. Und treib bitte die Akte mit dem Zeugen auf, der Tahlia in einen Pick-up hat steigen gesehen. Fahr zu ihm hin und stell weitere Fragen. Frag nach allem, woran er gedacht hat, seit er damals das erste Mal angerufen hat.«

Jake warf Vanessa einen anhaltenden Blick zu, und als er einen freien Stuhl neben ihr zurückzog, sah Janine sein Lächeln und die Grübchen. Er liebte es, an fremde Orte zu gehen und neue Leute kennenzulernen. Aber nur, weil er sich über seinen Job freute, bedeutete das nicht, dass er nützlich sein würde. Er war zu leicht abzulenken, sobald Angehörige des anderen Geschlechts ins Spiel kamen.

Bill drehte sich zu Janine um. »Haben Sie schon irgendetwas im Hinblick auf den Barkeeper unternommen? Haben Sie versucht, ihn anzurufen? Oder sind Sie bei ihm zu Hause gewesen?«

Janine schüttelte den Kopf. »Ich wollte erst so viele Informationen wie möglich über ihn sammeln, bevor ich ihm einen Besuch abstatte.«

»Rufen Sie ihn an«, wies Bill sie an. »Nur um zu sehen, ob jemand ans Telefon geht. Wenn er abhebt, tun Sie so, als wollten Sie ihm etwas verkaufen. Mit einer Frauenstimme funktioniert das besser. Versuchen Sie es zuerst mit seiner Festnetznummer, dann über sein Handy. Rufen Sie bitte von meinem Büro aus an, wo es keine Hintergrundgeräusche gibt«, schlug er vor.

Ihnen beiden war klar, dass nur dort die Rufnummernanzeige unterdrückt war, falls der Barkeeper eine Anrufer-ID angezeigt bekam. Da war es besser, sie gab sich als jemand anderes aus, anstatt einfach aufzuhängen, wenn er ranging. Wäre er nervös oder paranoid, könnte ihn dies in Alarmbereitschaft versetzen.

Janine nickte langsam, während sie innerlich schon formulierte, was sie sagen würde, sollte sich der Barkeeper melden.

Bill schüttelte den Kopf. »Keine Sorge. Ich würde darauf wetten, dass niemand rangeht.«

»Wahrscheinlich haben Sie recht, aber ich möchte nicht überrascht werden«, entgegnete Janine.

Nachdem sie in Bills Büro gegangen war, ließ sie sich gedankenversunken auf seinem Stuhl nieder. Wenn sie erklärte, Geld für einen wohltätigen Zweck zu sammeln, würde er bestimmt gleich auflegen. Aber das reichte ihnen ja auch, sie wollten nur hören, ob er da war und ans Telefon ging.

Das Herz klopfte ihr bis zum Hals, und ihre Kopfhaut kribbelte, als sie die Nummer wählte und das Telefon klingelte. Nachdem es sechsmal geklingelt hatte, meldete sich der Anrufbeantworter. Janine wartete noch ab, bis sie seinen Namen bestätigt bekam, und legte dann auf, bevor der Piep kam. Sein Handy klingelte auch, doch es klingelte einfach weiter. Nachdem es siebenmal geklingelt hatte, legte Janine auf und kehrte ins Hauptzimmer zurück.

»Niemand rangegangen?«, fragte Bill, und Janine nickte.

»Sehen wir uns das hier mal an.« Er deutete auf den Computerbildschirm, auf den er über Vanessas Schulter hinweg starrte.

Janine sah ein Google-Earth-Bild des Hauses, dessen Telefonnummer sie gerade gewählt hatte.

»Er hat einen Hund«, stellte Bill fest und deutete auf eine

Hundehütte in dem verwilderten Garten. Ein schwerer, hoher Zaun trennte ihn von den anderen Häusern rundum.

»Lassen Sie uns mal schauen, ob wir irgendwas über die Nachbarn haben«, wies Bill Vanessa an. Sie klickte und tippte etwas, woraufhin das Luftbild des Hauses hinter einem weiteren Bildschirmfenster verschwand.

»Haben Sie genügend Beweise für einen Durchsuchungsbefehl zusammen?«, erkundigte sich Bill.

Janine schüttelte den Kopf. »Ich denke nicht. Alles, was wir bis jetzt haben, ist eine junge Frau, die zu spät zur Arbeit kommt und nicht ans Handy geht. Ich warte immer noch auf die Ergebnisse der Handyauswertung. Das könnte vielleicht helfen. Außerdem hat möglicherweise auch die Überwachungskamera interessante Bilder für uns. Damit sollten wir zumindest die genaue Uhrzeit bekommen, zu der sie den Pub verlassen hat. Zudem können wir überprüfen, ob sie allein rausgegangen ist. Ich weiß allerdings nicht, wie groß der Außenbereich vor dem Pub ist, den die Kamera noch abdeckt. Mit Glück reicht die Kamera bis zur Straße.«

»Okay, sehen Sie zu, dass Sie an das Videomaterial herankommen. Und kümmern Sie sich darum, dass sich das irgendwer heute noch anschaut, auch wenn man uns im Pub vielleicht keine Kopie des Videos brennen kann.«

Janine sah zu Jake hinüber, der sich gerade tief zum Computerbildschirm hinunterbeugte, was Janine jedoch als Trick entlarvte, damit er näher an Vanessa herankam. »Ich habe eine Aufgabe für dich, Jake«, sagte sie.

Samstag, 10:53 Uhr

Sammis Beine liefen wie vom Autopilot gesteuert und hielten einen gleichmäßigen Rhythmus ein, doch ihr Verstand lief auf Hochtouren. Das war nicht die Art und Weise, wie es mit ihr enden sollte, allein im Busch mit einem bleichgesichtigen Barkeeper aus der Großstadt. Sie musste ihn austricksen, es musste eine Möglichkeit geben, dem zu entkommen.

Gab es vielleicht etwas, was sie sagen konnte, damit er sie verschonte? Um Gnade zu flehen, wäre jedoch eindeutig eine Zeitverschwendung.

Was war seine Motivation?

Macht?

Hass?

Was konnte sie ihm bieten, das seine Bedürfnisse erfüllte und sein Verlangen, sie zu töten, außer Kraft setzte?

Sammi spielte verschiedene Szenarien durch, war jedoch nicht sicher, ob es überhaupt eine Antwort auf diese Frage gab. Sie hatte einmal von zwei Männern gehört, die zwei Jungs im Teenageralter entführt hatten. Als der erste Junge getötet wurde, tat der zweite Junge, als würde er sich auf die Seite der Mörder stellen. Diese verschonten ihn, weil sie ihm die Wandlung vom Opfer zum Verbrechenspartner abgekauft hatten.

Wie konnte sie sich an seine Seite stellen und ihn davon überzeugen, dass auch sie böse war? Sollte sie ihm Sex anbieten und ihm sagen, dass sie dieses Spielchen aufregend und erregend fand? Und dann so tun, als wollte sie es noch einmal machen, dass sie seine Freundin werden wollte, damit sie sich regelmäßig sadistischen Spielchen hingeben konnten? Würde er ihr das glauben? Dass es eine Frau gab, die seine Dominanz sexy fand?

Sammi bezweifelte jedoch, dass Sex sein hauptsächlicher Beweggrund war. Hier ging es eher um Macht und Kontrolle über andere. Konnte sie ihm anbieten, ihm dabei zu helfen, eine namhaftere, bekanntere oder aufregendere Frau als sie selbst in die Falle zu locken? Konnte sie ihm weismachen, eine berühmte Frau zu kennen und ihm diese im Austausch gegen ihr eigenes Leben auszuliefern? War die Situation so ausweglos, dass sie ernsthaft versuchen wollte, mit einem Psychopathen zu verhandeln?

Ihr erschien alles so sinnlos. Sammi war sich absolut sicher, dass sie derart in Panik verfallen würde, dass ihr Sprachvermögen und sämtliches logisches Denken sie im Stich lassen würden, wenn er in ihre Nähe kam.

Von ihrer Ausbildung her wusste Sammi, wie Verstand und Körper in Extremsituationen reagierten. Sie selbst hatte bereits am eigenen Leib einige der abgeschwächten Symptome und Auswirkungen zu spüren bekommen. Beim ersten Mal, als sie einem mit einem Messer bewaffneten Mann begegnet war, hatte sie so schrecklich gestammelt und gestottert, als sie ihm zurufen wollte, das Messer fallen zu lassen, dass er »Wie bitte?« zurückgebrüllt hatte. Und nach einer gewaltsamen Festnahme hatten ihre Hände einmal so schlimm gezittert, dass sie den winzigen Schlüssel für die Handschellen immer wieder fallen gelassen hatte – selbst dann noch, als sie schon längst die Polizeiwache erreicht hatten.

Wahrscheinlich stand ihr ein Verlust der Feinmotorik bevor, zudem konnte es zu Hörstörungen kommen, bei denen sie nicht erfassen würde, was man ihr sagte. Außerdem drohten Erinnerungslücken, Verwirrtheit, Distanziertheit oder Rückzug aus der Situation. Andererseits besäße sie ja vielleicht auch übermenschliche Kräfte oder würde alles in Zeitlupe erleben; möglicherweise würde auch ihr Verstand doppelt so lange brauchen, um ihre möglichen Optionen zu verarbeiten.

Eines war sicher. Ihr Leben hing davon ab, dass sie alles richtig machte.

Samstag, 11:08 Uhr

Janines Telefon klingelte. Am anderen Ende war Pam vom Nachrichtendienst.

»Ich habe die Liste der Einzelverbindungen von Sammis Handy«, erklärte sie. »Das letzte Mal wurde von dieser Handynummer aus am Freitag um 16:22 Uhr angerufen. Ich habe die Nummer überprüft. Diese gehört zu einem Anschluss, der auf eine Candy Curtis in Brisbane angemeldet ist. Eingegangene Anrufe gab es drei Stück, allesamt von Gavin Porters Anschluss gestern zwischen 19:45 Uhr und 19:55 Uhr, die zur Mobilbox weitergeleitet wurden. Der vierte Anruf um 19:58 Uhr wurde entgegengenommen. Dann ging eine Textnachricht von Porters Nummer um 22:14 Uhr ein. Inhalt: ›Tut mir leid, dass wir uns gestritten haben. Ich vermisse Dich. Hab einen schönen Abend! Bis morgen früh! Ich liebe Dich. Kuss Gavin‹.

Das Handy war die ganze Nacht über eingeschaltet bis um 4:21 Uhr heute Morgen. Dann wurde es entweder ausgeschaltet oder der Akku war leer. Wir können das Handy nicht orten, da keine Anrufe mehr ab- oder eingegangen sind. Aber wir wissen, in welcher Funkzelle sie eingeloggt war, als ihr Handy noch eingeschaltet war. Der erste Anruf bei Candy wurde aus dem Bereich Angel's Crossing getätigt; von da aus kann man im Grunde das Handy bis Forest Lake verfolgen. Dann ging es in die Stadt und wieder zurück nach Inala. Die letzte Funkzelle, in der sie eingeloggt war, war Bald Hills. Nicht in der Nähe vom Lion's Head, aber sehr nah beim Haus des Verdächtigen.«

»Verdammt«, stöhnte Janine.

»Gleichzeitig habe ich auch die Handynummer des Verdächtigen überprüft, die ihr von seinem Arbeitgeber bekommen habt. Während der Arbeit war er die ganze Nacht im Inala-Funknetz angemeldet. Dann um etwa 4:20 Uhr in der Frühe hat er nach Bald Hills gewechselt und ist immer noch dort im Funknetz eingeloggt. Wir können daraus gewisse Schlüsse ziehen. Bei der Arbeit hat er das Handy bei sich und nimmt es mit nach Hause. Es befindet sich immer noch in seinem Haus, eingeschaltet, aber niemand geht ran. Keine eingehenden Anrufe außer unserem, keine abgehenden. Wahrscheinlich hat er zwei Handys; eines ist sein normales registriertes Handy, das andere möglicherweise ein Prepaidhandy, wahrscheinlich unter gefälschtem Namen, wenn er etwas zu verheimlichen hat. Das wird schwierig, dafür die Handynummer herauszufinden. Aber ich arbeite daran«, sagte Pam.

»Vielen Dank. Das war sehr hilfreich!«, bedankte sich Janine.

»Ich habe gehört, die Vermisste ist eine Polizistin. Stimmt das?«, fragte Pam.

»Ja. Aber im Augenblick wollen wir diese Info zurückhalten«, erklärte Janine. »Wir sind immer noch dabei, alle Puzzleteile zusammenzusetzen.«

»Wenn wir irgendwie helfen können, lassen Sie es uns wissen. Heute Abend ist unser Büro bis zweiundzwanzig Uhr besetzt.«

Janine dankte ihr, bevor sie auflegte, und erstattete Bill Bericht.

Bill schüttelte betrübt den Kopf. »Du meine Güte, ich hoffe nicht, dass es das ist, wonach es aussieht.«

»Selbst wenn Sammi wieder auftaucht, sollten wir den Kerl im Auge behalten.«

Bill nickte. »Okay, es sieht also alles danach aus, als sei sie zum Haus des Barkeepers gefahren. Freiwillig oder gezwungen?«

»Wie dem auch sei – wir müssen für dort einen Durchsuchungsbefehl erwirken. Warum sollte sie beim Eintreffen dort ihr Handy ausschalten?«, gab Janine zu bedenken.

»Mir bereitet es ein wenig Sorge, dass ein Großteil der Gründe für einen Durchsuchungsbefehl auf reiner Spekulation basiert. Es sieht so aus, dass etwas passiert sein könnte, aber es ist durchaus möglich, dass etwas ganz anderes geschehen ist. Zum Beispiel, dass sie sich entschlossen hat, ihren Freund wegen des Streits zu verlassen, dass sie diesen Barkeeper bereits kennt und mit ihm geht. Ihr ist bewusst, dass das Ärger geben wird, sie stellt ihr Handy aus und hält sich bedeckt. Nicht sehr wahrscheinlich, aber definitiv im Bereich des Möglichen«, erwiderte Bill.

»Da bin ich anderer Meinung. Sie hat den Pub, den sie besucht haben, nicht ausgesucht, und das Gespräch mit dem Barkeeper hat sich zufällig ergeben. Es gibt absolut keine Anhaltspunkte dafür, dass sie ihn kannte. Selbst wenn sie vorhatte, mit ihm zu gehen, hätte sie gewartet, bis seine Schicht zu Ende war, anstatt ihn dazu zu bringen, Hals über Kopf mit einer vorgetäuschten Entschuldigung dort abzuhauen. Er ist so fluchtartig aufgebrochen, weil er wusste, dass sie allein war; weil er sie abfangen wollte, bevor sie in ein Taxi stieg«, widersprach Janine.

Bill nickte. »Das ist durchaus logischer, aber ich spiele hier den Advocatus Diaboli. Ich möchte, dass Sie alle Möglichkeiten in Betracht ziehen.«

»Wenn er sie wirklich entführt hat, dann zählt jetzt jede Sekunde. Um Sammis willen. Ich finde, wir haben genug beisammen für einen Durchsuchungsbefehl«, stellte Janine klar. »Meinen Sie, wir brauchen ein SERT-Team, um ihn festzunehmen?«

Das SERT-Team – ein Spezialeinsatzkommando –, das waren die Männer in Schwarz. Sie traten schwerbewaffnet und mit Sturmhauben ausgerüstet auf den Plan, wenn es für die normale Mannschaft zu gefährlich wurde.

Bill zuckte leicht mit der Schulter. »Keine Ahnung, ob das wirklich eine Aufgabe für das SERT-Team ist. Für einen Vermisstenfall ist das alles noch recht früh.«

»Auch da möchte ich Ihnen widersprechen«, erklärte Janine. »Wenn das hier tatsächlich das ist, was ich vermute, müssen wir schnell handeln und mit aller Macht gegen ihn vorgehen. Dieser Mann ist ein Mistkerl. Selbst wenn er mit Sammis Verschwinden nichts zu tun haben sollte, spielt das keine Rolle. Er hat es jeden einzelnen Tag verdient, dass wir ihm die Tür eintreten.«

»Folgen Sie Ihrem Instinkt. Dies sind Ihre Ermittlungen«, nickte Bill. »Fangen Sie an, den Durchsuchungsbefehl vorzubereiten. Wir werden ihn bald brauchen. Jede Wette, dass wir schon mehr in der Hand haben gegen ihn, wenn Sie damit fertig sind.«

Samstag, 11:12 Uhr

Sammi joggte verbissen weiter. Ihre Aufmerksamkeit war vollkommen auf ihr Inneres konzentriert; sie versuchte, Pläne zu schmieden, und übersah dabei eine Baumwurzel, die vorstand. Sammi stolperte und fiel hin. Wieder. Sie wusste gar nicht mehr, wie oft sie schon hingefallen war. Es spielte aber auch keine Rolle. Als sie sich wieder aufrichtete, blieb ihr Blick an etwas hängen. Es war ein mittelgroßer Stein, der vor ihr auf dem Boden lag. Er war weitgehend glatt und rund und besaß etwa die Größe eines Tennisballs. Sammi hob ihn auf. Er passte gut in ihre Handfläche; ihre Finger umschlossen ihn beinahe. Zu schwer war er auch nicht, aber man konnte durchaus jemanden damit verletzen, wenn man ihn mit aller Kraft warf. Sammi hielt sich zwar nicht gerade für eine gute Werferin, doch aus nächster Nähe, selbst wenn sie das Ziel verfehlen sollte, konnte der Stein von ihr ablenken oder den Verfolger verwirren. Außerdem kam ihr eine Idee.

Sie lief weiter und suchte den Boden ab, bis sie das Gesuchte gefunden hatte – einen langen, relativ geraden Stock. Sie legte ihn übers Knie und brach ein Stück ab, das etwa die Länge eines Wanderstabs besaß. Sie testete, wie stabil er war, lehnte sich auf ihn und war zufrieden, dass er nicht so leicht brach. Die Abbruchstelle war nicht sauber, sodass ein Ende des Stabes scharfkantig war. Sammi hockte sich auf die Erde und bearbeitete das zerklüftete Ende des Stocks mit ihrem Stein, bis sie die Spitze zu einem groben Speer bearbeitet hatte. Jetzt war sie bewaffnet. Das war besser als nichts.

Samstag, 11:22 Uhr

Jake brauchte eine halbe Stunde bis in die Stadt, um das Material aus dem Pub in deren Stammhaus weiter bearbeiten zu können. Ein grantiger Mann mittleren Alters holte Jake an der Tür ab. Er trug ein fleckiges T-Shirt, das behauptete, er sei ein Dreibein. Jake musste grinsen und überlegte, wie er die griesgrämige Fassade des Mannes durchbrechen konnte. Seinem Verhalten und der Kleidung nach zu urteilen ging Jake davon aus, dass dieser Mann normalerweise samstagmorgens nicht arbeitete.

»Die haben Sie jetzt aber nicht extra hierfür aus dem Bett geholt, oder?«, fragte er.

Der Mann grunzte.

»Wissen Sie«, fuhr Jake fort, »warum Frauen sich morgens nach dem Aufwachen die Augen reiben?«

Der Mann schaute ihn verwirrt an. »Hä?«

»Weil sie sich nicht am Sack kratzen können«, lieferte Jake die Pointe.

Mit gerunzelter Stirn starrte der Mann ihn einen Moment lang an. Dann brach er in lautes Gelächter aus.

»Können Sie mir denn sagen, warum Frauen beim Sex die Augen schließen?«, konterte der Mann, dessen finsterer Blick sich nun aufgehellt hatte.

Zwar kannte Jake den Witz schon, doch er spielte mit. »Keine Ahnung.«

»Weil sie es einfach nicht ertragen können, wenn der Mann sich amüsiert.«

Der Mann lachte wieder. Jake hoffte, er würde nun ein wenig entgegenkommender dabei sein, das entsprechende Filmmaterial ausfindig zu machen.

»Kommen Sie schon rein, Kumpel«, rief der Mann und geleitete Jake in einen kleinen Raum, der nur für die Leute vom Sicherheitspersonal vorgesehen war. »Ich bin nämlich der Einzige, der hier dieses beschissene System richtig bedienen kann. Wir helfen euch gern. Es ist ein Geben und Nehmen, nicht wahr?«, fuhr er fort.

Jake nickte zustimmend. »Das schätzen wir sehr. Das hier ist echt wichtig.«

»Okay – um welchen Zeitraum geht es?«, fragte der Mann.

»Um die Zeit zwischen drei und vier Uhr heute Morgen. Um eine junge Frau, blond, mit einer schwarzen Hose und einem weißen Top bekleidet, die ohne Begleitung das Lion's Head verlassen hat.«

Der Mann drückte ein paar Knöpfe, woraufhin eine Kamera eine Weitwinkelaufnahme des Eingangsbereichs des Lion's Head zeigte. Er drehte an einem Knopf und spulte die Aufnahme vor, wodurch die Personen auf dem Bildschirm zur Tür hineinrannten und herausliefen. Das Filmmaterial war körnig, doch es reichte aus, um die wichtigsten Gesichtsmerkmale erkennen zu können. Bei der Zeitanzeige verstrichen die Minuten, und als sie beinahe über vier Uhr hinaus waren, fragte Jake sich allmählich, ob er Sammi übersehen hatte. Doch dann tauchte plötzlich etwas Weißes auf dem Bildschirm auf.

»Da!«, rief Jake und deutete auf die Anzeige.

Der Mann hielt die Aufnahme an und spulte ein wenig zurück, Einzelbild für Einzelbild. Zuerst waren dort ein paar Türsteher zu sehen, die mit einem jungen Mann in ein kurzes Handgemenge gerieten. Eine Frau schlängelte sich an ihnen vorbei, und Jake erkannte anhand des Fotos, das ihm gezeigt worden war, ganz klar Sammi.

Und tatsächlich war sie allein. Auf dem Display wurde 3:54 Uhr angezeigt.

»Ist die Zeitanzeige korrekt?«, erkundigte sich Jake.

»Ja«, nickte der Mann. »Soll ich sie für Sie zurückverfolgen?«

»Was meinen Sie?«, fragte Jake.

»Na ja, wir wissen ja jetzt, um welche Zeit sie gegangen ist«, antwortete der Mann. »Im Innenraum gibt's auch Kameras, wir können schauen, was sie gemacht hat, während sie drinnen war.«

Jake lächelte, als der Mann erneut einen Knopf betätigte und auf dem Bildschirm der Anblick aus Sicht der Tanzfläche auftauchte. Er spulte zurück, woraufhin Sammi rückwärts in den Bildausschnitt lief und eine junge Frau auf der Tanzfläche küsste, die von zwei Männern umschlungen wurde. Jake war sofort klar, dass es sich bei der Frau um Candy handelte, und musste feststellen, dass sie echt scharf war. Immer noch im Zurückspulen, lief Sammi rückwärts zur Theke.

Dann fiel Jakes Blick auf ihn. Da war der Hauptverdächtige. Der Barkeeper hatte einen dunklen kurzen Ziegenbart und trug ein schwarzes Poloshirt mit dem Logo der Bar. Sammi unterhielt sich mit ihm. Jake sah im Rückwärtsgang zu. Als Sammi rückwärts von der Bar wegging und aus dem Bild verschwand, bat Jake den Mann, den Ausschnitt in Echtzeit laufen zu lassen.

Jake schaute genau hin und achtete auf den Barkeeper. Er war derjenige, der sich über die Bar beugte. Er war derjenige, der Sammi seine Hand über die Theke hinweg hinhielt. Sie lehnte an der Bar, wandte dem Barkeeper zunächst den Rücken zu, bevor sie sich gerade so weit zu ihm umdrehte, um ihm über die Schulter hinweg antworten zu können. Sie war nicht an ihm interessiert. Sie antwortete nur, um nicht unhöflich zu sein. Er hatte vielleicht versucht, bei ihr zu landen, doch es funktionierte nicht. Jake wusste genau, wie eine erfolgreiche Anmache aussah. Was er da jedoch sah, war die sprichwörtlich kalte Schulter, die Sammi dem Barkeeper zeigte.

Dann spulte der Mann das Filmmaterial weiter zurück und wählte einen anderen Blickwinkel – bis plötzlich wieder Sammi zu sehen war, wie sie sich mit einem anderen Mann unterhielt.

»Wer ist das denn jetzt wieder?«, fragte sich Jake laut.

»Keine Ahnung«, antwortete der Mann und spulte alles so weit zurück, bis alle vier zur Tür hereinkamen. Jake beobachtete, wie der Typ Sammi berührte, sie sich aber wegdrehte und der Typ sich daraufhin zu Candy und dem anderen Mann auf der Tanzfläche gesellte. Bild für Bild setzten sie so Sammis Aufenthalt im Pub zu einem Gesamtbild zusammen.

»Könnten Sie bitte all das für uns auf eine DVD brennen?«, bat Jake den Mann.

»Klar. Kein Ding, da ich ja jetzt weiß, wonach Sie suchen.«

»Dauert das lange?«

»Geben Sie mir zehn Minuten«, entgegnete der Mann.

»Super«, nickte Jake. »Da habe ich noch einen Witz für Sie. Wieso kommen Frauen nicht in den Himmel?«

Der Mann schüttelte den Kopf, grinste aber schon.

»Na, Drachen steigen nur bis zweitausend Meter. Ich bin in zehn Minuten wieder da«, rief Jake. Begleitet vom Glucksen des Mannes ging Jake hinaus.

Janine ging gleich beim ersten Klingeln ran.

Ohne sich aufzuhalten, lieferte Jake sofort eine Beschreibung des Filmmaterials. »Sie kommt also mit ihrer Freundin rein; sie sind in Begleitung von zwei Typen. Sie bilden zwei Pärchen, doch Sammi zeigt dem Kerl die kalte Schulter. Er geht dann zum anderen Pärchen und bildet einen Dreier mit Sammis Freundin und ihrem Typ. Sammi geht an die Bar und bestellt sich einen Drink. Es sieht aus wie eine Cola in einem großen Glas; das war kein kleines Glas für Alkoholisches. Der Barkeeper – ja, also unser Barkeeper – fängt ein Gespräch mit ihr an, aber sie ist nicht interessiert. Sie wendet ihm die meiste Zeit über den Rücken zu. Sie antwortet ihm aus reiner Höflichkeit, aber er lehnt sich zu ihr herüber und versucht, sie immer wieder in ein Gespräch zu verwickeln. Dann verlässt sie die Bar um 3:54 Uhr allein. Von dem, was draußen vor der Tür passiert, gibt es kein Bildmaterial.«

»Okay, sie geht also allein. Ihre Freundin hat Besseres zu tun, also macht Sammi sich allein auf den Heimweg. Laut seiner Kollegin verlässt der Barkeeper die Bar Hals über Kopf. Das Nächste, was wir an gesicherten Fakten haben, ist, dass ihr Handy in der Nähe des Hauses des Barkeepers ausgestellt wird.« Janine fasste die Ereignisse sowohl für sich als auch für Jake zusammen.

»Mir ist da ein Gedanke gekommen«, erklärte Jake. »Man sieht, dass der Barkeeper ihr einen Drink reicht. Was, wenn er ihr da was reingemixt hat?«

»Durchaus möglich. Komm zurück, Jake. Ich habe einen Durchsuchungsbefehl beantragt«, sagte Janine.

Samstag, 11:39 Uhr

Nachdem die Stunde Vorsprung längst vorbei war, schaute Sammi immer wieder auf die Uhr. Wie weit war sie gekommen? Würde sie immer noch das Motorrad hören können, wenn er den Motor anließ? Würde es überhaupt anspringen? Hatte sie es erfolgreich lahmlegen können und sich dadurch ein wenig mehr Zeit verschafft? Oder hatte er ihren plumpen Sabotageversuch bemerkt und alles längst repariert? Unzählige Fragen gingen Sammi durch den Kopf, aber sie joggte entschlossen weiter, während sie versuchte, sich einen Plan zurechtzulegen. Sie wurde allmählich müde, doch sie trieb sich trotz der Schmerzen an und ignorierte sowohl die verhärtenden Beinmuskeln als auch das Brennen in der Lunge.

Sammi blockierte den Teil ihres Verstandes, der hysterisch kreischen wollte, der »Warum ich?« und »Das ist doch nicht fair!« schreien und sich am liebsten in die Arme ihrer Mutter schmeißen wollte. Diesen Teil drängte sie zurück, weit zurück mit aller Macht. Darin war Sammi ziemlich gut. Dies war eine Fähigkeit, die die meisten Polizisten durch die reine Notwendigkeit gelernt hatten. Man musste einen Teil von sich abstellen, um an die Tür von jemandem anklopfen und sagen zu können, dass die Tochter gestorben war, und dann mit der Reaktion zurechtzukommen. Oder um bei jemandem sitzen zu können, der mit offenen Knochenbrüchen im Auto eingeklemmt war, bis die Feuerwehr kam, um ihn herauszuschneiden.

Gefühle durften keine Rolle spielen bei dem, was hier im Busch passieren würde. Logik, Gerissenheit, auf alles vorbereitet sein – das war das Einzige, was sie hier hindurchlotsen würde, was ihr eine Außenseiterchance ermöglichen würde. Wenn sie einmal anfangen würde, zu heulen, wäre das ihr Ende.

»Sie hat sich nicht mal erhoben, sondern nur geschrien. Ich habe ihr an Ort und Stelle den Hals aufgeschlitzt ...«

Seine Worte verfolgten sie. Waren ihr eine Warnung. Gnade würde es nicht geben. Es war sinnlos, zu betteln. Mut und Stärke könnten zumindest von ihm respektiert werden. Weniger konnte sie sich nicht leisten.

Nach und nach begann sie, einen Plan zu schmieden, irgendeinen Plan, irgendetwas. Etwas tun. Nicht erstarren. Reagieren, bewegen, verteidigen, angreifen.

Sie beschloss, ihn zu beißen, wenn sich ihr die Chance bot. In die Hand oder ins Gesicht, wenn sie konnte. Wenn ihr dies an einer auffälligen Stelle gelang, wurde es vielleicht von einem Polizisten gesehen, der etwas vermutete und einen Grund gefunden hatte, mit Don zu reden. Sammi war bewusst, dass ihre obere Zahnreihe leicht schräg war, und sie hatte vor etwa einem Jahr die Zähne geröntgt bekommen. Ein gerichtsmedizinischer Zahnarzt würde daher keine Probleme haben, sie mit dem Barkeeper in Verbindung zu bringen, wenn sie ihren Abdruck auf ihm hinterlassen konnte. Eine sichtbare Bisswunde wäre sofort erkennbar – und verdächtig.

Nachdem sie alle Gefühle verdrängt hatte, versuchte sie, sich auszumalen, was passieren würde, wenn er sie fasste. Wenn er sie einholte. Er würde nicht aus der Ferne schießen, da war sie sich relativ sicher. Es ging um Macht und Angst, und er wollte beides steuern. Aus der Ferne konnte er dies nicht.

Wahrscheinlich würde er den Hund auf sie hetzen, damit dieser sich auf sie stürzte und sie fasste. Zweifellos war er gut ausgebildet. Was konnte sie tun, falls der Hund sie tatsächlich angriff? Irgendwer hatte ihr mal erzählt, dass sich die Vorderläufe eines Hundes nur nach vorne und hinten bewegen konnten – nicht aber zur Seite. Wenn man die Beine auseinanderzwang, würden sie in den Brustkorb des Hundes einbrechen und ihn töten. Stimmte das? Konnte das funktionieren?

Der Hund war eine Bestie. Es erschien ihr unwahrscheinlich, dass sie irgendetwas anderes tun könnte, als sich zu einer Kugel zusammenzurollen und ihren Hals zu schützen, damit er ihr nicht die Halsschlagader herausriss. Möglicherweise gelang es ihr, ihm den scharfen Spieß in die Augen oder den Mund zu rammen.

Aber welche Auswirkungen würde das auf den Psychopathen haben, wenn sie seinen Hund verletzte? Wenn sie den Hund kampfunfähig machte, würde sie dies nicht vor dem Verrückten retten, der mit einem Gewehr und einem Messer bewaffnet war. Er müsste nah genug an sie herankommen, damit sie ihm von Angesicht zu Angesicht gegenüberstand, denn das war die einzige Chance, die sie hatte. Alles, was über eine Entfernung hinausging, aus der sie zumindest auf ihn eintreten konnte, war nutzlos. Denn er würde wahrscheinlich das Gewehr auf sie gerichtet haben, bis er das Messer zog.

Die Lehrer auf der Polizeiakademie hatten ihr einige Fertigkeiten beigebracht, ebenso wie fortlaufende Weiterbildungen. Generell konnte sie es mit jeder Frau ihrer Größe locker aufnehmen, doch das hier war etwas anderes.

Sammi war fest entschlossen, nicht in Stillstand zu geraten. Kämpfe oder stirb – wenn man es von dieser Seite aus betrachtete, blieb ihr keine Wahl. Sie würde sich auf den Überraschungsmoment verlassen müssen. Und auf die

Kraft des Adrenalins, das ihr durch die Adern schoss. Wahrscheinlich rechnete er gar nicht damit, dass sie kämpfte. Es gab für ihn keinerlei Anhaltspunkte, zu wissen, dass sie eine Polizistin war.

Was, wenn sie sich vom Hund anfallen ließ und sich dann totstellte? Konnte sie sich bei einem Hundeangriff totstellen? Unter normalen Umständen war dies unmöglich, doch es war unfassbar, was der menschliche Körper leisten konnte, wenn es nötig war. Auf keinen Fall würde der Barkeeper zulassen, dass der Hund mehr anrichtete, als sie zu stellen. In dem Punkt hatte er sich klar ausgedrückt. Unaufgefordert blitzten seine Worte in ihrem Kopf auf und jagten ihr einen Schauer nicht nur über den Rücken, sondern über den ganzen Körper.

Nachdem er den Hund weggerufen haben würde, war es sehr wahrscheinlich, dass er nah an sie herankommen würde. Dies wäre ihre einzige Chance. Gedanklich spielte sie verschiedene Szenarien durch. Sie stellte sich vor, wie sie aufsprang und ihm den Stock in den Körper rammte und ihm zwischen die Beine trat. Wie sie sich das Gewehr schnappte und den Hund ausschaltete und den Barkeeper außer Gefecht setzte.

Sammi stellte sich das Gewehr vor. Es würde eine Abzugsicherung haben. Sie stellte sich vor, wie diese aussehen könnte, wie sie das Gewehr entsichern konnte und wie viele Patronen im Gewehr waren, bis man nachladen musste.

Dann stellte sie sich den Hund vor. Manche dieser Rassen hatten in der Tat dicke Schädel. Wäre es da nicht das Beste, ihm in die Brust zu schießen? Vor ihrem geistigen Auge spielte sie eine Vielzahl an möglichen Szenarien durch. Ihr Job hatte sie das gelehrt: Wenn man auf eine Situation vorbereitet war und alles durchdacht hatte, war es wahrscheinlicher, dass man im entscheidenden Moment so reagierte, wie es nötig war. Sollte etwas nicht funktionieren, hätte sie dann Plan B bereit, um diesen stattdessen umzusetzen.

Über die Jahre hinweg hatte sie natürlich auch Fehler gemacht und Dinge falsch beurteilt. Sie war mit Jobs nicht klargekommen. Danach jedoch hatte sie alles noch einmal überdacht, ihr Handeln analysiert und dann erarbeitet, was besser gewesen wäre. Jedes Mal hatte sie dabei etwas gelernt und sich verbessert.

Nachdenken und Pläne schmieden. Nachdenken und Pläne schmieden. Nachdenken und Pläne schmieden mit jedem Schritt, den sie machte.

Samstag, 12:01 Uhr

Eine schreckliche Stille legte sich über die Wache, als Sammis Schicht ohne sie begann. Die gewohnten unbeschwerten Wortgeplänkel im Tagesraum verstummten. Inzwischen wussten alle, dass sie nun offiziell als vermisst galt. Die Mannschaft hier hielt zusammen wie Pech und Schwefel, und das Gerücht war mittlerweile bestätigt worden.

Ihr Handy war ausgestellt. Selbst wenn der Akku leer sein sollte, hätte sie eine Möglichkeit gefunden, sich in der Zwischenzeit zu melden. Ihr Auto parkte immer noch vor einem Haus, drei Stunden von hier entfernt. Irgendetwas war passiert, und jede Minute, die ohne eine Nachricht von Sammi verstrich, bekräftigte dies.

Tom ließ Gavin draußen vor der Kaserne sitzen, als seine

Schicht begann. Gavin hatte unmissverständlich erklärt, nicht eher nach Hause gehen zu wollen, bevor er Neuigkeiten von Sammi gehört hatte.

Der Senior Sergeant traf in voller Uniform ein. Shane Layton, der Chef der Wache, war für gewöhnlich gerne der Leiter. Normalerweise arbeitete er nicht an Wochenenden, daher war es sofort klar, dass er Sammis Verschwinden sehr ernst nahm.

Shane kam zu Tom herüber. »Trinkt Gavin immer noch draußen?«, fragte er leise.

Tom nickte verdrießlich.

»Sie müssen nicht die volle Ausrüstung anlegen, aber stecken Sie sich mal für den Fall der Fälle die Handschellen in die Tasche«, befahl Shane.

Tom nickte und kam eine Minute später wieder aus der Umkleide zurück.

»Kommen Sie«, nickte Shane. Tom folgte ihm hinaus zur Kaserne, wo Gavin immer noch saß. Gavin erhob sich ein wenig, um Shane die Hand zu schütteln.

»Wie schlagen Sie sich, Kumpel?«, erkundigte Shane sich bei Gavin.

Gavin zuckte mit den Schultern, während er immer noch auf den Boden starrte. Die Uhrzeit – der Beginn von Sammis Schicht – war nicht ohne Wirkung auf ihn geblieben. »Ich weiß nicht, was ich tun oder denken soll. Ich komme mir so nutzlos vor«, antwortete er.

»Kumpel, Sie können sehr wohl etwas tun. Verstehen Sie mich nicht falsch, aber wir müssen zu Ihnen nach Hause gehen und schauen, was wir finden können«, erklärte Shane.

Gavin starrte ihn feindselig an. »Was meinen Sie damit? Was glauben Sie denn, dort zu finden?«

»Sie sagten, Sammis Reisetasche sei weg. Wir müssen

herausfinden, welche Kleidung sie mitgenommen hat, und ob sie etwas Besonderes eingepackt hat«, erwiderte Shane.

»Sie denken, sie hat mich verlassen«, stellte Gavin fest, und es klang wie ein Vorwurf.

»Nein, Kumpel.« Shane schüttelte entschieden den Kopf, um seine Absicht klarzumachen. »Ich kenne Sie beide gut genug. Aber wenn die Detectives aus Brisbane anfangen, Fragen zu stellen, dann will ich jede Antwort für sie parat haben. Ich will ihnen sagen können, dass sie eine Kleidungsgarnitur mitgenommen und ihre ganzen Lieblingsklamotten hiergelassen hat. Wenn die nämlich unterstellen, dass sie Sie verlassen hat, will ich in der Lage sein, dem gleich einen Riegel vorzuschieben. Wir sind auf Ihrer Seite. Okay?«

Gavin nickte langsam und erhob sich.

Shane musste nicht darauf hinweisen, dass Gavin nicht fahren würde. Sie nahmen einen Polizeiwagen, und Gavin nahm auf dem Rücksitz Platz.

Die wenigen Minuten bis zu Sammis und Gavins Haus fuhren sie schweigend.

»Wir sind doch hier alle der gleichen Meinung, oder? Wir müssen lediglich zeigen, dass Sammi die volle Absicht hatte, heute Morgen nach Hause zu kommen und um zwölf bei der Arbeit zu sein, okay?«, fragte Shane, als sie die Einfahrt hochfuhren.

Gavin nickte kurz.

»Haben Sie Zugang zu ihrem E-Mail-Account, Gavin?«, erkundigte sich Shane.

»Ich glaub schon«, nickte Gavin. »Sie ist bei Hotmail, und ich glaube, ihr Kennwort ist gespeichert. Wir nutzen beide denselben Computer, aber ich bin bei Yahoo.«

Er warf Shane einen gequälten Blick zu. »Ich möchte

ihre Mails eigentlich gar nicht lesen. In diesen Dingen vertrauen wir einander.«

»Sie wird es verstehen«, entgegnete Shane. »Wenn es Ihnen lieber ist, übernehme ich diese Aufgabe. Wir müssen auch auf ihr Facebook-Profil gehen, falls sie eines hat.«

Missbilligend presste Gavin die Lippen fest zusammen.

»Sehen Sie mal, Gavin: Wenn wir das nicht tun, dann wird der Nachrichtendienst sich ohnehin einhacken, wenn das hier noch länger dauert«, erklärte Shane.

Die Vorstellung, dass entweder Sammis Chef oder ein völlig Fremder sich ihre E-Mails anschauen würde, kam Gavin noch mehr wie ein Eindringen in ihre Privatsphäre vor, als wenn er selbst es tun würde. Er wusste, dass er nichts finden würde. Er wusste, was am vorherigen Nachmittag passiert war, und dass Sammi mit ihrer Fahrt nach Brisbane einzig und allein Dampf abgelassen hatte. Er wusste, dass es keinen vorgefassten Plan gegeben hatte, dass er keine geheimen Mails finden würde, in denen sie irgendwem von einer Flucht erzählte. Doch, wie Shane eben gesagt hatte: Er musste dies allen beweisen.

Samstag, 12:08 Uhr

Jetzt war es beinahe schon zwei Stunden her, seitdem Sammi ihren einstündigen Vorsprung gewährt bekommen hatte. Sie hatte keinerlei Vorstellung davon, wie weit sie gelaufen war. Hätte sie nicht ihre Armbanduhr gehabt, hätte sie sogar geschätzt, schon doppelt so lange unterwegs zu sein. Ihr Plan, der Sonne entgegenzulaufen, war mittlerweile hinfällig, da die Sonnenstrahlen gerade auf sie herunterschienen. Sie konnte lediglich hoffen, dass sie immer noch in ein und dieselbe Richtung lief und nicht etwa im Kreis. Sammi schätzte, dass ihr die Manipulation des Motorrads die zusätzliche Zeit beschert hatte. Wozu jedoch?

Wo Leben ist, ist Hoffnung, dachte sie sich. Vielleicht war jemand anderes hier im Busch auf Wildschweinjagd unterwegs, anstatt von einem wild gewordenen Menschen gejagt zu werden. Der Gedanke war vielleicht weit hergeholt, darum verschwendete Sammi keine Zeit darauf.

Ihr war klar, dass nur sie selbst sich aus dieser Situation befreien konnte. Superman würde nicht heruntergestürzt kommen und sie retten. Mehr Zeit bedeutete mehr Gelegenheit, um nachzudenken, und mehr Zeit für irgendwen, nach ihr zu suchen.

Erneut warf Sammi einen Blick auf die Uhr. 12:09 Uhr. Vor neun Minuten hätte sie bei der Arbeit sein sollen. Das alles kam ihr so unendlich weit entfernt vor, die Arbeit, ihre ordentlich gebügelte Uniform und der Gürtel mit ihrer Ausrüstung. Natürlich würden sie sie bei der Arbeit vermissen. Selbst wenn Gavin immer noch dachte, sie würde irgendwo sitzen und schmollen, so würde sie dies niemals als Vorwand vorschieben, um nicht zur Arbeit zu gehen oder unentschuldigt zu fehlen. Sie war einfach nicht der Typ dafür, nicht aufzutauchen und nicht mal anzurufen. Sie fragte sich kurz, wo wohl ihr Handy war und ob es geortet werden konnte. Irgendwer würde schon nach ihr suchen, selbst wenn Gavin es nicht tat.

Das war zumindest das, was sie für einen vermissten Kollegen tun würde. Sie würde nicht abwinken. Polizisten waren für gewöhnlich misstrauische Leute, und wenn nicht von Natur aus, so doch dann, weil sie das Worst-

Case-Szenario selbst oft genug miterlebt hatten. Die Male, wenn Menschen vermisst wurden und dann im Haus eines Freundes wiedergefunden wurden, wie sie einen Rausch ausschliefen – das waren nicht die Geschichten, die die Polizei zu hören bekam.

Wenn alles schiefging und alles auf den schlimmsten Fall hindeutete, dann wurde die Polizei gerufen. Schon oft hatte Sammi Vermisstenanzeigen aufgenommen und dabei von ängstlichen Eltern und Geliebten die Worte gehört, »das sieht ihr/ihm gar nicht ähnlich«. Die meiste Zeit löste sich alles in Wohlgefallen auf. Aber manchmal eben auch nicht: Die vermisste Person blieb vermisst, und die Familienangehörigen mussten in einer Art Schwebezustand leben, bis sie an einen Punkt kamen, an dem selbst schlechte Nachrichten willkommen geheißen wurden, da es bedeutete, dass die Zeit des Wartens vorüber war und die Trauer beginnen konnte.

Tahlia Corbetts Familie zum Beispiel. Ihre Eltern machten die Hölle durch, indem sie ihr Leben damit verbrachten, Appelle an die Öffentlichkeit zu richten, und damit im Zentrum des medialen Interesses standen. Vor einem Nachtklub in der Stadt stand eine Modepuppe in einem blauen Kleid, wie sie es getragen hatte, als sie zum letzten Mal gesehen worden war. Seitdem hatte es Tausende nutzlose Informationen von der Bevölkerung gegeben, die alle abgearbeitet werden mussten.

Wenn sie das hier überlebte, würde sie für Tahlia um Gerechtigkeit kämpfen. Das Bild von Tahlias zerstückelter Leiche tauchte vor ihrem geistigen Auge auf. Dieser Anblick würde sie bis an ihr Lebensende verfolgen, ebenso wie das Bild von Tahlia, auf dem ihr die nackte Angst in den Augen gestanden hatte.

Sammi kannte diese Angst. Ein ähnliches Bild von ihr war auf der Speicherkarte der selben Kamera vorzufinden.

Sie musste überleben. Für sich. Für die anderen jungen Frauen. Für ihre Familien.

Samstag, 12:16 Uhr

Gavin betrat vor Tom und Shane sein Haus. Zum ersten Mal fiel ihm dabei auf, wie dunkel das Haus zu dieser Tageszeit war. Selbst Jess' Gebell an der Gartentür klang düster und gedämpft.

Shane bewegte sich eilig durchs Haus, und Gavin beobachtete, wie er einen Blick in jedes Zimmer warf. Ihm war klar, dass Shane hier nur seine Arbeit erledigte, dennoch kam es ihm wie ein grober Eingriff in seine Privatsphäre vor.

Gavin wollte glauben, was Shane ihm gesagt hatte, dass Sammi nicht abgehauen war. Wenn sie ihn jedoch nicht verlassen hatte, war die Alternative zu grauenvoll, um darüber nachzudenken.

Gemeinsam gingen sie Sammis Kleiderschrank durch. Dabei fanden sie heraus, dass eine Reisetasche, Toilettenartikel, ein Paar Schuhe, eine schwarze Stoffhose sowie ein weißes Shirt mit einem Rock-'n'-Roll-Motiv darauf fehlten. Bei allem anderen war sich Gavin nicht sicher. Ihre Lieblingskleidung hing jedoch immer noch auf Bügeln im Schrank. Es gab keinerlei Anzeichen dafür, dass sie mehr eingepackt hatte, als sie für eine einzige Nacht bei ihrer Freundin brauchte.

Bei ihren E-Mails verhielt es sich ebenso. Obwohl Gavin derjenige war, der vor der Tastatur saß, schaute ihm Shane dabei über die Schulter. Gavin fühlte sich in dieser Situation derart unbehaglich, dass er versuchte, die Sache so schnell wie möglich hinter sich zu bringen; er scrollte schnell durch den Maileingang, die gesendeten Nachrichten und den Papierkorb. So sehr alle Sammis Privatsphäre respektieren wollten, so musste Shane dennoch auf einzelne Nachrichten deuten und ihren Inhalt kontrollieren. Gavin kam es wie eine intellektuelle Leibesvisitation vor.

Erneut warf er einen Blick auf die Uhr; mit jeder Minute, die verstrich, wurde Sammi weiter von ihm fortgezerrt. Irgendwann hatte Shane Gavin alle Fragen gestellt und machte sich mit Tom auf den Weg zur Haustür.

»Wie gut kennen Sie Sammis Eltern?«, fragte Shane.

Gavin musste zweimal blinzeln, als ihm aufging, dass es noch andere Menschen gab, die diese Geschehnisse ebenso hart wie ihn treffen würden.

»Wir müssen überprüfen, ob sie etwas von Sammi gehört haben. Das bedeutet jedoch, dass wir ihnen einiges erklären müssen«, fuhr Shane fort.

Gavin nickte langsam.

»Soll ich ihre Eltern anrufen? Oder meinen Sie, sie würden es besser verkraften, wenn Sie sie anrufen?«, hakte Shane nach.

»Ich mach's«, erwiderte Gavin. »Das sind sehr liebe Menschen, ich komme gut mit ihnen aus. Lassen Sie mir kurz eine Minute zum Nachdenken, wie ich ihnen alles am besten erklären kann.«

»Okay, dann überlassen wir das Ihnen«, bestätigte Shane. »Sie melden sich natürlich, wenn es irgendwelche Neuigkeiten gibt. Wir melden uns ebenfalls, wenn wir etwas hören.«

Gavin nickte. Darauf konnte er im Augenblick nichts antworten.

Samstag, 12:32 Uhr

Das Motorrad hatte Sammi nun schon mindestens zwanzig Minuten lang gehört. Zuerst war es nur ein Brummen in solch weiter Ferne gewesen, dass sie es ignoriert und so getan hatte, als sei es ein Insekt. Doch das Motorgeräusch kam unaufhaltsam näher – ein beständiges mechanisches Brummen. Er hatte keine Eile. Die Maschine heulte nicht auf, doch sie kam langsam aber sicher näher und war ihr auf den Fersen. Die Zeit des Davonrennens war vorbei. Jetzt würde sie kämpfen müssen.

Sammi hatte sich für einen Plan entschieden. Sie würde sich, so gut es ging, verstecken. Dabei würde sie ihren spitzen Stock in der einen und den Stein in der anderen Hand halten.

Von dem Geräusch des sich nähernden Motorrads umgeben, sah Sammi sich nach einem passenden Versteck um. Sie entschied sich für einen dicken, umgefallenen Baumstamm. Dieser verrottete allmählich und war teilweise hohl, sodass Sammi gut dahinter in die Hocke gehen und sogar ein wenig hineinkriechen konnte, damit man sie nicht sah. Zudem war das Holz an einigen Stellen gespalten, sodass sie hindurchsehen und die Umgebung beobachten konnte. Das war das beste Versteck, das sie finden konnte. Sammi hatte absichtlich nach einem Platz gesucht, an dem sie sich nicht hinlegen musste. Es war wichtig, dass sie auf den Beinen blieb.

Das Warten darauf, dass das Motorrad sie erreichte, war unerträglich. Sie wünschte sich sehnlichst, dass es die Richtung ändern und das Motorengeräusch in der Ferne wieder schwächer werden würde. Das Blut pochte ihr in den Ohren, und Sammi atmete tief und langsam ein, um einen klaren Kopf zu bewahren. Das ungeheure Ausmaß ihrer Situation wurde ihr allmählich klar und ließ sie zittern. Sie hatte sich unglaubliche Mühe gegeben, sich allein auf den Moment zu konzentrieren und mit diesem Albtraum in kleinen, zu bewältigenden Stücken umzugehen. Dies alles im Ganzen zu betrachten, würde bedeuten, im unabwendbaren Schrecken und der Einsamkeit unterzugehen.

Tränen hatte sie in einem kurzen Moment der Disziplinlosigkeit vergossen, als sie von der Ladefläche des Pick-ups heruntergerollt war. Jetzt brach ein kurzer, jäher Schrei der Todesangst aus ihrem Hals hervor und erschütterte sie mit der unkontrollierbaren Verzweiflung, die sich darin zeigte. Sofort gewann jedoch die Angst die Oberhand über die Verzweiflung, und sie brachte sich unter Kontrolle.

Wie weit war der Schrei zu hören gewesen? Hatte er ihn über das Dröhnen seines Motorrades hinweg gehört? Sammi holte hastig tief Luft und wusste, dass sie leben wollte. Sie klemmte sich den Knöchel ihres Zeigefingers zwischen die Zähne und biss zu. Der scharfe Schmerz riss sie ins Hier und Jetzt zurück. Das war der Moment, als das Motorrad anhielt.

Sammi konnte ihn durch ihre winzigen Gucklöcher sehen. Der Barkeeper schwang das Bein über den Fahrersitz und holte mit einem Fußtritt den Ständer heraus. Er war etwa zwanzig Meter von ihr entfernt. Das Gewehr hing über seiner Schulter. Der Hund sprang von der schmalen Ablage hinter dem Fahrersitz. Sofort schnüffelte er herum, bis der Barkeeper ihn mit einem kurzen Kommando wieder zurückrief. Sammi konnte das perverse Grinsen im Gesicht des Mannes erkennen.

»Saaaa-*man*-tha«, rief er mit einer Art Singsang, »komm raus, komm aus deinem Versteck raus! Jetzt ist es Zeit, zu sterben!«

Er machte zwei Schritte in ihre Richtung. »Das war lustig, du hast deine Sache gut gemacht. Sogar die gelösten Leitungen beim Motorrad. Das hat mich zwar nur ein oder zwei Minuten gekostet, war aber echt einfallsreich. Du hast die Messlatte für das nächste Mädchen recht hoch gelegt. Vielleicht werde ich zwei nehmen müssen, um die Sache interessant zu halten. Du bist so viel besser als das letzte Mädchen! Aber jetzt ist es an der Zeit, dich zu ihr zu gesellen.« Er kickte einen Stein beiseite, der in Richtung von Sammis Versteck gerollt kam.

»Hast du keine Angst? Oh, jetzt sehe ich es. Du zitterst so sehr, dass der ganze Baumstamm wackelt.« Er drehte sich zum Hund um, bückte sich und zog einen Gegenstand aus seiner Hosentasche. Sammi erkannte ihre Unterhose. Er redete leise auf seinen Hund ein und hielt ihm ihre Unterhose vor die Schnauze.

Plötzlich sprang der Barkeeper auf und ließ das Gewehr in seine Hände fallen. Damit zielte er dann auf den verrottenden Baumstamm. Instinktiv ging Sammi so nah wie möglich zu Boden. Etwa einen Meter über ihren Kopf hinweg feuerte er einen einzelnen Schuss in die Luft ab. Sammi versetzte dies so sehr in Angst und Schrecken, dass sie sich in die Hose machte, bemerkte jedoch die warme Flüssigkeit kaum, die ihre kurze Hose durchnässte. Rationales Denken war ihr nicht mehr möglich, alles Handeln geschah nur noch instinktiv. Es schnürte ihr die Kehle zu, als würden unsichtbare Hände diese zudrücken, sodass sie kaum atmen konnte. Jetzt schrie er etwas, doch er musste es erst dreimal wiederholen, bevor Sammi sich auf die einzelnen Worte konzentrieren konnte.

»Ich habe viel zu viel Spaß gerade«, rief er laut, und lachte zwischen seinen Sätzen. »Du hast dir eine weitere Viertelstunde verdient.«

Er zielte und taxierte den Bereich knapp über dem Baumstamm durch seinen Sucher. »Mach schon! Lauf!«, rief er. »Wir sehen uns in einer Viertelstunde.«

Es dauerte, bis die Nachricht vom Verstand bis zu den Beinen gelangt war. So geduckt wie möglich rannte sie los. Sie hatte keine Ahnung, in welche Richtung sie laufen sollte. Sammi lief einfach fort von ihm. Hinter sich hörte sie sein Lachen, als sie im Zickzack loslief und im Unterholz verschwand. Sie wusste nicht, wie viel Zeit bereits vergangen war, bevor sie daran dachte, einen Blick auf die Uhr zu werfen.

Samstag, 12:40 Uhr

Der Richter musste am Wochenende hinzugezogen werden, um über den Erlass eines Durchsuchungsbeschlusses zu verhandeln. Er musste darüber entscheiden, ob er der Polizei die rechtliche Befugnis gewährte, in das Haus und die Privatsphäre einer Person einzudringen. Janine hatte zunächst jedoch gezögert, den Richter anzurufen. Dass er deswegen schlechte Laune hatte, war das Letzte, was Janine wollte, doch es gab keine andere Möglichkeit. Sie hoffte inständig, dass er ihr zustimmen würde. Als sie ihm den Antrag reichte, schenkte sie ihm ihr gewinnendstes Lächeln, während sie innerlich in Stellung ging, um – falls nötig – für ihren Fall einzutreten.

Bill war sowohl zur Rückendeckung mitgekommen als auch als zusätzliches Verhandlungspfund, das er als Senior Sergeant in die Waagschale warf. Jake war gern in der Ermittlungszentrale der OP Echo geblieben und überließ Janine die Aufgabe, den Richter zu beschwatzen.

Der Richter nahm sich viel Zeit, die Begründung des Antrags durchzulesen. Dann sah er Janine über den Rand seiner Lesebrille hinweg an.

»Sie haben also keine handfesten Beweise, über die Sie die Polizistin mit dem Besitzer des Hauses, das durchsucht werden soll, in Verbindung bringen?«, fragte er.

»Ich habe mehrere wichtige Hinweise dafür aufgeführt, dass sie bei ihm ist. Wir sind in großer Sorge um die Sicherheit der Kollegin, Euer Ehren«, antwortete Janine.

»Nun, ich frage mich, ob es begründete Hinweise darauf gibt, die die Annahme stützen, dass eine strafbare Handlung begangen wurde. Nehmen wir einmal an, diese Frau befindet sich bei Ihrem Verdächtigen. Woher wissen wir, dass sie nicht freiwillig mit ihm mitgegangen ist?«, hakte er nach.

Janine war auf diese Frage vorbereitet und sprach aus Überzeugung. »Es gibt absolut keine Anhaltspunkte dafür, dass Constable Willis Mr. Black kennt. Ganz im Gegenteil. Wie es scheint, sind sie sich per Zufall flüchtig begegnet. Wir haben Filmmaterial vorliegen, auf dem er sich ihr im Pub allem Anschein nach vorstellt, woraufhin sie sich kurz unterhalten. Dazu haben wir eine Augenzeugin, die zu Protokoll gegeben hat, eine Frau gesehen zu haben, die in sein Auto einsteigt und die ihrer Beschreibung entspricht. Wir können beweisen, dass ihr Handy im Umkreis seines Hauses ausgestellt wurde. Der Hauptgrund unserer Beunruhigung ist die Tatsache, dass sie nicht zur Arbeit erschienen ist. Irgendwo, nur wenige Kilometer abseits der Strecke zwischen dem Pub und dem Haus ihrer Freundin ist Sammi Willis verschwunden; wir haben den begründeten Verdacht, dass sie in Mr. Blacks Haus gelandet ist, daher ist es unbedingt erforderlich, dass wir unsere Ermittlungen dort so schnell wie möglich aufnehmen«, schloss Janine mit ruhiger Stimme.

»Erwarten Sie eine Sonderbehandlung, weil die vermisste Person eine Polizeibeamtin ist?«, fragte der Richter und nahm die Brille ab, als könnte er dadurch besser Janines Reaktion abschätzen.

»Auf keinen Fall, Euer Ehren. Ich würde jeden anderen Fall mit der gleichen Aufmerksamkeit und Dringlichkeit behandeln«, entgegnete Janine. »Obwohl es sehr, sehr viele Polizeikollegen gibt, die sich für Constable Willis' Seriosität und Zuverlässigkeit verbürgen würden.«

Der Richter setzte die Brille wieder auf die Nasenspitze. Er las die Begründung des Antrags auf richterliche Anordnung noch einmal durch, wobei er jeden Zeilenbeginn mit der Spitze seines Kugelschreibers antippte.

»Hat er irgendetwas mit dieser anderen vermissten jungen Frau zu tun?«, fragte der Richter.

»Ja, wir glauben, dass die Fälle miteinander zusammenhängen.«

»Ein wirklich trauriger Fall. Ich habe eine Tochter etwa im gleichen Alter. Mir würde es das Herz brechen. All die Warterei, ohne zu wissen, was ...«

Er verstummte, als er den Durchsuchungsbefehl unterschrieb und schließlich mit einem Stempel versah.

Bill warf Janine ein triumphierendes Lächeln zu, als sie die Amtsräume des Richters verließen. Janine verspürte einen Adrenalinstoß, der ihre Finger kribbeln ließ.

Samstag, 12:41 Uhr

Sammi lief weiter, doch nun nicht mehr mit der gleichen Zielstrebigkeit, mit der sie begonnen hatte. Die Begegnung mit dem Barkeeper hatte sie erschüttert, und ein umfassendes Gefühl der Hilflosigkeit hatte sie gepackt. Er spielte mit ihr, er quälte sie psychisch, bevor er sie tatsächlich leibhaftig fing und das unvorstellbare Grauen ausübte, das sie auf seinen Fotos gesehen hatte. Welche Chance hatte sie, sich gegen einen Mann mit einem Hund und einem Gewehr zu wehren?

Sie wurde beträchtlich langsamer, all die düsteren Gedanken drohten sie zu lähmen. Es war nicht einmal so sehr der Tod, der sie ängstigte, sondern vielmehr das, was sie vorher durchmachen müsste. Diese Qualen würden den Tod wie eine Erlösung erscheinen lassen.

Wenn sie ihm schon nicht entkommen konnte, so wollte sie ihm wenigstens das Vergnügen nehmen, sie zu töten. Sie würde es selbst tun. Verzweifelt schaute sie sich nach einem hohen Baum um, auf den sie klettern konnte. Sie könnte sich von dort kopfüber hinunterstürzen, einen Kopfsprung auf den Boden unter ihr. Oder sie versteckte sich auf dem Baum und stürzte sich erst hinunter, wenn er sie fand. Vielleicht konnte sie sogar noch auf ihm landen und ihn dabei töten. Das war der beste Plan, der ihr einfiel. Das Schlimmste wäre, wenn sie ihren Selbstmordversuch überleben sollte, sie verletzt und ihm ausgeliefert und auf sein Mitleid angewiesen wäre. Denn Mitleid hatte sie von ihm nicht zu erwarten. Nur Leid.

In diesem Moment meinte sie, etwas zu hören – das entfernte Gurgeln von Wasser. Sie hielt einen Moment inne und lauschte.

Ja. Wasser. In der Nähe musste es einen Bach oder einen kleinen Fluss geben. Ihre Gedankengänge schlugen eine neue Richtung ein. Sie könnte sich ertränken. Das kam ihr vergleichsweise wie eine angenehme Lösung vor. Sich kopfüber ins kühle Wasser stürzen, so viel trinken, wie sie wollte, und dann tief einatmen und die Lunge mit Wasser füllen. Vorher müsste sie sich Steine in ihr Shirt wickeln und das Gesicht runterhalten. Sie würde sich eher dem Wasser hingeben, als sich ihm auszuliefern. Sie hatte immer schon Angst davor gehabt, zu ertrinken, aber jetzt im Angesicht der unvorstellbaren Alternative sah das anders aus. Dann lieber zurück zu ihrem Ursprung, wo sie im Mutterleib in Flüssigkeit geschwommen war.

Sie wollte leben. Aber wenn sie sterben sollte, würde dies nun zu ihren eigenen Bedingungen geschehen.

Samstag, 12:43 Uhr

Gavin starrte eine gefühlte Ewigkeit lang aufs Telefon. Er konnte sich nicht dazu überwinden, den Hörer in die Hand zu nehmen. Die Stille in diesem Zimmer, im ganzen Haus, erdrückte ihn, als sei sie körperlich anwesend.

Er stand auf, lief zur Hintertür und rief nach Jess. Voller Begeisterung kam sie angesprungen. Gavin beneidete sie um ihre Ahnungslosigkeit. Die Hündin setzte sich und blickte schwanzwedelnd und erwartungsvoll zu ihm hoch. Er schob alles noch ein wenig auf, indem er auf den Hinterhof hinaustrat, das Wasser im Trinknapf der Hündin austauschte und ihr den Ball warf. Er konnte es nicht ewig aufschieben.

Vielleicht hatten Sammis Eltern ja etwas von ihr gehört. Wenn sie sich entschieden hatte, ihn zu verlassen, wüssten sie davon. Mittlerweile war er an einem Punkt angelangt, an dem es ihm nicht mehr so wichtig war, ob Sammi ihn tatsächlich verlassen hatte. Er wollte einfach nur wissen, ob es ihr gut ging.

Mit Jess zusammen ging er wieder nach drinnen. Das Telefon in seiner Hand kam ihm wie ein Mühlstein vor.

Gavin war normalerweise ein Mensch, der die Dinge unerschrocken anpackte; einer, der sich ein Pflaster in einem Rutsch abriss. Dieses Verzögern und Verschleppen sah ihm gar nicht ähnlich. Die Nummer von Sammis Eltern war auf einer Schnellwahltaste abgespeichert. Gavin holte tief Luft, als es am anderen Ende der Leitung klingelte.

Sammis Eltern, Juleen und Patrick, waren immer freundlich zu ihm gewesen. Er hoffte, dass Patrick ans Telefon gehen würde. Sie hatten mehr Gemeinsamkeiten und verstanden sich besser.

Doch dieses Glück war ihm nicht vergönnt.

»Hallo!«, meldete Juleen sich gut gelaunt und mit heller Stimme. Gavin tat es leid, dass er ihre Fröhlichkeit gleich zerstören würde.

»Hi Juleen, hier ist Gavin«, erwiderte er.

Sein Tonfall verriet ihn wahrscheinlich. Denn es folgte kein nettes Geplauder, und auch die Leichtigkeit in ihrer Stimme war auf einmal verschwunden.

»Oh, hi Gavin. Ist alles in Ordnung?«, fragte sie.

»Ich will nur kurz nachfragen, ob ihr heute schon etwas von Sammi gehört habt. Oder gestern«, fügte er hinzu.

»Nein … was ist denn passiert?«, erkundigte sich Juleen. »Habt ihr beide euch gestritten?«

»Ähm, ja«, antwortete Gavin. »Ich bin mir nicht sicher, ob Sammi mich nur mit Schweigen straft oder ob ihr etwas –« Er brachte es nicht fertig, den Satz fortzuführen.

»Wir haben nichts von ihr gehört.« Juleens Stimme war tonlos, als sie diese überraschenden Informationen sacken ließ.

»Sie ist nicht bei der Arbeit erschienen«, stellte Gavin fest.

»Das passt aber gar nicht zu ihr«, entgegnete Juleen. »Ich ruf sie mal eben an.«

»Ihr Handy ist ausgeschaltet«, warf Gavin ein.

Es herrschte Schweigen, während Juleen nachzudenken schien.

»Vielleicht ist der Akku leer«, fuhr Gavin fort, der jedoch nicht einmal selbst an das glaubte, was er da sagte. Weiteres Schweigen. Er traute sich nicht einmal, ihr zu sagen, dass die Polizei schon eingeschaltet war. »Ich hoffe nur –«, setzte Gavin erneut an, um das Schweigen zu brechen.

»Wie schlimm war der Streit zwischen euch?«, unterbrach ihn Juleen mit einem harten Tonfall.

»Nein, so war es nicht, Juleen. Wir haben nur –«, entgegnete Gavin, beendete den Satz jedoch nicht.

»Du weißt schon, dass sie mit mir redet, oder? Sie hat mir schon öfter von euren Streitereien erzählt«, erwiderte

Juleen, und darin erklang das Knurren einer Tigermutter, die ihr Junges beschützt. »Meinst du wirklich, dass das die richtige Art und Weise ist, wie man eine Frau behandelt? Da hat sie Besseres verdient, Gavin.«

»Ich habe gar nicht –«, hob Gavin ein weiteres Mal an, wurde jedoch wieder unterbrochen.

»Ich muss Sammi finden.« Juleen legte auf.

Gavin lauschte einen Moment lang noch dem Tuten, bevor er dann ebenfalls auflegte. Manchmal hatte er das Gefühl, dass er in Juleens Augen nicht gut genug für ihre Tochter war, dass Sammi es hätte besser treffen können als mit einem Landmaschinenmechaniker. Ihre Reaktion war abzusehen gewesen. Doch es änderte nichts an dem tonnenschweren Gewicht, das auf seiner Brust lastete.

Samstag, 12:47 Uhr

Der Bach, der sich durch das Buschland schlängelte, war mit den glatten Felsen, die seine Ufer säumten, wirklich malerisch. Als Allererstes kniete sich Sammi an den Uferrand und tauchte das Gesicht ins Wasser. Sie trank große Schlucke und genoss das glasklare Wasser. In ihrem ausgetrockneten Mund schmeckte es geradezu süß, und sie spürte, wie ihr Körper zu kribbeln begann, als das kühle Wasser in ihren Bauch lief. Sie lehnte sich zurück. Wo Leben war, war Hoffnung. Sie konnte ein wenig länger überleben.

Selbstmord durch Ertrinken war ihr Plan B. Sie hatte nicht einmal gehört, wie der Motorradmotor gestartet worden war. Immer noch war alles möglich. Einen Augenblick lang musterte sie den Bach, dessen Wasser beständig weiterfloss. Konnte er sie immer noch verfolgen, wenn sie durch den Bach lief? Dies schien eine vernünftige Idee zu sein. Spontan zog sie sich die Schuhe aus. So blieben nicht nur die Schuhe trocken, es wäre zudem auch einfacher, mit bloßen Füßen voranzukommen, als mit Schuhen zu laufen, die von Wasser durchtränkt waren.

Zuerst zog sie den linken Schuh aus und ließ ihn neben sich auf den Boden fallen. Ihr Blick fiel auf den Blutfleck. Sie hielt inne, die Hände um den rechten Schuh gelegt, der sich immer noch an ihrem Fuß befand. Eine ganze Weile schon hatte sie dieses nagende Gefühl tief in ihrem Inneren gehabt, dass irgendetwas an der Sache nicht stimmte. Jetzt nahm es all ihre Gedanken ein.

Er hatte ihr diese Schuhe gegeben. Jemand war in diesen Schuhen gestorben und hatte die Blutflecken hinterlassen. Wahrscheinlich war es Tahlia gewesen. Der Barkeeper hatte Sammi die Unterwäsche weggenommen, angeblich, damit der Hund sie damit verfolgen konnte. Das war jedoch kein Spürhund, sondern ein Kampfhund. Sie hatte das Dröhnen des Motorrads etwa zwanzig Minuten lang ununterbrochen vernommen, ohne Pausen dazwischen. Er hatte nicht angehalten, um ihre Fährte aufzuspüren – er hatte gewusst, wo sie war.

Sie hatte sich gut versteckt, doch er hatte exakt gewusst, wo er anhalten musste und wohin er mit dem Gewehr schießen musste, ohne sie gesehen zu haben. Plötzlich und mit absoluter Klarheit wusste sie, dass er ihr nicht auf den Fersen war, indem er ihrer Spur folgte.

Langsam fügten sich die Puzzleteile zusammen. Sammi löste die Schnürsenkel des rechten Laufschuhs. Sie zog ihren Fuß heraus und musterte das Innenleben des Schuhs. Sie zog an der Sohle und wackelte mit dem Zeigefinger, um diese vom Schuh zu lösen. Ein wenig Druck, und schon war die Sohle aus dem Schuh.

Und da war es. In einer kleinen, wiederverschließbaren Tüte am Absatz, wo es am unwahrscheinlichsten war, dass man es erspürte, befand sich ein kleines schwarzes Kästchen. Ohne so etwas jemals zuvor gesehen zu haben, wusste Sammi, dass dies ein Peilsender war. Sie musste würgen, und ihre Finger fühlten sich wie fette Würstchen an, als sie das Tütchen hervorholte.

Er nutzte einen Peilsender, um jeden ihrer Schritte verfolgen zu können. Auf diese Art und Weise hatte er sie auf seinem Motorrad verfolgen können; so hatte er gewusst, wo sie war, ganz gleich, welche Tricks sie versucht hatte oder wie gut sie sich versteckt hatte. Sie – und die anderen Frauen – waren zum Scheitern verurteilt gewesen.

Doch jetzt hatte sie einen Rettungsanker. Die Lösung befand sich in ihren Händen. Daraus musste sie etwas machen.

Sammi holte tief Luft, schloss die Augen und versuchte, ihr klopfendes Herz zu beruhigen. Sie legte die zitternden Hände übereinander und um das kleine Kästchen. Ein weiteres Mal holte sie tief Luft und konzentrierte sich in diesem Augenblick einzig und allein darauf, wie die Luft an ihren Lippen vorbeizog.

Alles war so friedlich. Das Dröhnen des Motorrads hatte die Ruhe noch nicht zerstört. Einzig und allein das Rascheln einer leichten Brise, die durch die Blätter streifte, sowie das gelegentliche Vogelgezwitscher in der Ferne und das Geräusch des Wassers, das über die Flusskiesel gurgelte, waren zu hören.

Sammi riss die Augen auf und wusste, was sie zu tun hatte.

Zuerst brauchte sie ein Schiff. Mühsam erhob sie sich, ignorierte dabei ihre Schmerzen und suchte im Unterholz herum. Es dauerte nicht lange, bis sie fand, was sie suchte. Ein unbiegsames Stück Baumrinde, das an den Enden etwas nach oben gebogen war, leicht und perfekt schwimmfähig. Sie legte die kleine Tüte in die Mitte des Rindenstücks, bedeckte sie mit ein wenig Erde und tröpfelte genau so viel Wasser darauf, dass diese dann zu Matsch wurde, der verhindern sollte, dass die Tüte von der Rinde rutschte. Sammi fand ein weiteres Stück Rinde vom selben Baum. Es war ein wenig dünner und länger und konnte zwischen die Seiten des größeren Rindenstücks geklemmt werden, um ein kleines Dach zu bilden. Nun war von der kostbaren Ladung des Rindenschiffchens nichts mehr zu sehen. Es sah aus, wie ein Stück Rinde, die sich zusammengerollt hatte. Zumindest hoffte Sammi das.

Sie lief zum Bachufer. In Socken sprang sie hinein. Das Wasser stand ihr bis zu den Knien. Sie watete bis zur Bachmitte und ließ das Boot behutsam zu Wasser. Es trieb dahin. Obwohl sie nicht gläubig war, murmelte Sammi ein Stoßgebet, als sie das kleine Floß losließ. Einen Augenblick lang beobachtete sie noch, wie es langsam davontrieb.

Doch das Boot war nur die eine Hälfte ihres Plans. Jetzt musste sie sich bewegen, aber wohin?

In der Ferne wurde das Motorrad angeworfen.

Wie weit war sie gekommen? Wie lange würde es dauern, bis er bei ihr war? Panik stieg in ihr auf. Sie hechtete zwei Schritte stromaufwärts, änderte dann ihre Meinung und machte drei große Schritte stromabwärts. Dann hielt sie wieder inne und holte tief Luft.

Spiel es durch. Sein Peilsender würde nun anzeigen, dass sie sich stromabwärts bewegte. Der Barkeeper würde annehmen, dass sie vielleicht schwamm oder im Wasser bleiben wollte, damit der Hund ihre Geruchsfährte nicht aufnehmen konnte. Doch wie lange würde es dauern, bis das kleine Boot an einem Zweig oder einem Felsvorsprung hängen blieb? Oder bis es umkippte? Wie lange würde es dauern, bis er es entdeckte und merkte, dass sie fort war? Was würde *er* tun? Wo würde *er* anfangen, nach ihr zu suchen?

Sammi dachte kurz darüber nach, seinen Pick-up zu suchen und so auch den Weg aus dem Buschland zu finden. Doch nein: Es war höchst unwahrscheinlich, dass sie den Pick-up wiederfinden würde. Sie war mehr als zwei Stunden gelaufen und hatte womöglich mehr als zehn oder fünfzehn Kilometer Strecke hinter sich gebracht. Wenn sie jedoch den Weg nach draußen nicht fand, wäre sie im Busch vollkommen verloren, und Erschöpfung und Dehydrierung würden ihr wahrscheinlich den Rest geben.

War es das, was er von ihr erwartete? Irgendwann würde er sicherlich zu seinem Auto zurückkehren, wahrscheinlich sofort, wenn ihm klar wurde, dass er sie verloren hatte. Doch verfügte er tatsächlich über die Fähigkeit, eine Fährte zu lesen? Wenn er sie verfolgen konnte, indem er die Zeichen im Buschland deutete, dann würde er garantiert zu der Stelle zurückkehren, an der er sie verloren hatte, und versuchen, von dort aus ihre Spur aufzunehmen. Dann würde er genau an diese Stelle hier kommen und nach ihr suchen.

Sammi lief im Wasser los. Gegen den Strom. Er würde davon ausgehen, dass sie in die entgegengesetzte Richtung lief, weg von dem Punkt, an den ihr Köder ihn lockte. Sie lief weiter und watete schließlich, als ihre Kraft allmählich zur Neige ging. Nach etwa hundert Metern und einer leichten Krümmung des Bachlaufs war ihr Startpunkt nicht mehr zu sehen. Sie kletterte ans Ufer, auf die gleiche Seite, an der sie weiter stromabwärts ins Wasser gegangen war, und gab sich keinerlei Mühe, ihre Spuren zu verwischen – sie hinterließ sogar einen halben Fußabdruck in der weichen Erde am Rande des Ufers.

Dem Klang nach zu urteilen schien das Motorrad wieder näher zu kommen. Es fuhr nicht schnell, und die Drehzahlen waren nicht sonderlich hoch. Sammi wurde klar, dass dies ein fester Bestandteil seines Spiels war, um sie zu terrorisieren und durch den Klang seines allmählichen Herannahens ihre Panik zu steigern.

Sammi zögerte nicht mehr; sie lief durch den Busch, den ganzen Weg zurück, den sie gekommen war, dem Motorengeräusch und wahrscheinlich der Straße entgegen. Sie hielt an einem umgefallenen Baum inne. Die Laufschuhe hielt sie immer noch in der Hand. Ein Teil von ihr wollte sie immer noch behalten, doch in ihren Augen waren die Schuhe vergiftet. Sie wurde das ungute Gefühl einfach nicht los, dass er sie irgendwie immer noch benutzen konnte, um sie aufzufinden.

An dem umgefallenen Baum befand sich eine Art Erdloch. Einen nach dem anderen, quetschte sie die Laufschuhe, so tief es ging, in das dunkle Loch hinein. Danach stopfte sie noch abgestorbenes Laub und Erde in das Loch und versuchte, es so aussehen zu lassen, als sei sie bei dem Versuch, über den Baum zu springen, ausgerutscht. Die Schuhe waren nun fort, und Sammi hoffte, dass es bei den Shorts und den Socken keine miesen Überraschungen gab. Sie dachte kurz darüber nach, auch diese loszuwerden, doch dann überwog die Vernunft.

Vorsichtig kehrte sie zum Bach zurück. Dabei kümmerte sie sich nicht um abgebrochene Zweige oder abgerissene Ästchen, sondern war nur sehr vorsichtig, um keine Fußspuren zu hinterlassen, die zum Bach gingen. Am liebsten wäre sie rückwärtsgegangen, doch das Motorengeräusch kam immer näher. Falls er doch Fährten lesen konnte, konnte er die Spur aus dem Bach in den Busch finden und denken, dass sie in Richtung der Straße zurückgelaufen war. Es war keine sehr lange fingierte Spur, doch es würde vielleicht ausreichen, um ihn zu verwirren. Aber wäre er ein fähiger Spurensucher – und hätte er vor eine echte Herausforderung gestellt werden wollen –, hätte er den Peilsender nicht benötigt.

Sammi lief zum Bach zurück und sprang vom Ufer aus in die Mitte des Wasserlaufs. Von dort aus watete sie wieder stromaufwärts, bis sie einen Fels am gegenüberliegenden Uferrand fand. Schnell kletterte sie hinauf. Dieser lag in der Sonne, sodass sie die Wärme unter ihren Füßen spüren konnte. Die nassen Fußspuren würden schnell trocknen. Langsam machte sie sich auf den Weg in den Busch und gab sich dabei größte Mühe, nicht irgendwelche Zweige abzubrechen oder das Unterholz zu beschädigen.

Sammi hatte beschlossen, so nah wie möglich beim Bach zu bleiben. Sie hatte kaum Hoffnung, die Straße wiederzufinden, doch der Fluss würde irgendwo hinführen. Zudem wäre sie nah am Wasser und konnte etwas trinken, wenn sie durstig war. Vor lauter Hunger hatte sie Magen- und dröhnende Kopfschmerzen, aber die hatte sie bislang ignoriert. Vielleicht würde es helfen, dem Körper Wasser zuzuführen.

Damit ihr Plan funktionierte, musste sie dem Bach stromabwärts folgen. Stromaufwärts würde sie der Weg in die

Berge und noch tiefer ins Buschland hineinführen. Doch stromabwärts würde sie irgendwo hingelangen – irgendwann. Bäche mündeten in Flüsse, die wiederum zur Küste flossen, zum Meer.

Menschen und ihre Rettung befanden sich stromabwärts. Derzeit aber auch noch der Barkeeper. Das hieß, nur so lange, bis er ihr kleines Boot fand. Dann würde er wahrscheinlich stromaufwärts nach ihr suchen oder zu seinem Auto zurückeilen. Darauf baute Sammi.

Es war ein mutiger Schritt, und beim Gedanken daran, dass nun Sammi diejenige war, die den Barkeeper belauerte, flatterte ihr Magen. Sie würde auf ihrer Seite des Baches bleiben und ihm wie ein Schatten folgen – ein Risiko, das sie einging in der Hoffnung, dass er nach dem Auffinden des Bootes nicht hier mit der Suche nach ihr beginnen würde.

Es war riskant, doch Sammis Instinkt riet ihr, dass es für sie am sichersten war, in seiner Nähe zu bleiben. So oder so wollte sie, dass die Jagd beendet war.

Samstag, 13:28 Uhr

Für die Hausdurchsuchung hatten sie sich gegen einen Einsatz des Spezialkommandos SERT entschieden. Stattdessen rückten sie mit acht Polizisten an, die den Überraschungsmoment auf ihrer Seite hatten.

»Er wird nicht damit rechnen, dass ihm so schnell die Tür eingetreten wird«, erklärte Bill, und Janine pflichtete ihm bei. »Wie viele Vermisstenanzeigen werden denn schon so wichtig genommen, wenn der oder die Vermisste erst seit neun Stunden verschwunden ist? Er verlässt sich darauf, dass alle annehmen würden, sie sei mit irgendwem nach Hause gegangen oder habe verschlafen. Wahrscheinlich geht er gar nicht davon aus, dass sie heute arbeiten muss, und weiß möglicherweise nicht einmal, dass sie Polizistin ist.«

Janine nickte. »Das ist unser großer Vorteil. Aber wenn wir mit ihm recht haben, ist er gefährlich.«

Für die Ausführung des Durchsuchungsbefehls wurden Janine und Jake von Bill und einem weiteren Mitglied der OP-Echo-Mannschaft sowie zwei uniformierten Teams unterstützt. Im Schlepptau hatten sie zudem einen Kriminaltechniker und Bernard Johnson. Bernard, ein ehemaliger Gefängnisaufseher, war ihr verlässlichster und kooperativster Friedensrichter. Er befand sich mittlerweile im Ruhestand, liebte es jedoch, ein Teil des Geschehens zu sein, wann immer es ihm nur möglich war. Bernard kam, da alles danach aussah, als sei niemand zu Hause. Die Aufgabe des Friedensrichters war es, die Rechte des abwesenden Bewohners zu wahren. Mit Bernard im Gepäck, der sicherstellte, dass der Durchsuchungsbefehl korrekt ausgeführt wurde, konnten sie die geeigneten Mittel nutzen, um sich Zugang zu verschaffen und die Hausdurchsuchung auszuführen, ohne dass der Bewohner in seinem Haus anwesend war.

Von Sammi gab es nach wie vor kein Lebenszeichen. Ihr Auto stand immer noch vor dem Haus der Freundin, und mittlerweile lief ihre Dienstschicht schon seit mehr als zwei Stunden. Janine war erleichtert, dass sie den ersten Anruf aus Angel's Crossing so ernst genommen hatte. Bei der Untersuchung im Fall von Tahlias Verschwinden hatte es eine Weile gedauert, bis die Ermittlungen in Gang gekommen waren; danach waren diese immer wieder auf Hindernisse gestoßen. Janine hoffte inständig, dass sie für Sammi schnell genug reagiert hatte.

Janine hatte ein kurzes Briefing abgehalten, bevor sie das Büro verlassen hatten. Sie und Bill würden an die Vordertür anklopfen. Zur gleichen Zeit würden die zwei uniformierten Crews über den Zaun springen und jedes Team an einer Seite des Hauses entlanglaufen. Jake und der OP-Echo-Kollege würden versuchen, entweder in die Garage hineinzukommen oder doch zumindest hineinzusehen. Bernard sollte draußen auf der Straße warten und erst hereingerufen werden, wenn die Lage sicher war.

Sie näherten sich von beiden Straßenseiten her, parkten mindestens ein paar Häuser weiter und gingen die Straße hinauf, damit sie gemeinsam am Haus ankamen. Die uniformierten Teams sprangen über den Zaun, als Janine dreimal an die Haustür anklopfte. Obwohl ihr Bauchgefühl ihr sagte, dass niemand zu Hause war, schlug ihr Herz doppelt so schnell, und sie musste die Hände zu Fäusten ballen, damit sie nicht zitterten. Janine schaute zu Bill hinüber, doch dieser stand schon am Fenster neben der Tür; er schirmte die Augen mit den Händen ab, um durch den Spalt in den zugezogenen Gardinen Bewegung oder Umrisse erkennen zu können.

Es gab eine Sicherheitstür, gefolgt von der eigentlichen Haustür, die mit einem Bolzenschloss verriegelt war. Es würde schwer werden, dort hineinzukommen. Janine versuchte vorsichtig, die Klinke der Sicherheitstür herunterzudrücken. Die Tür war abgeschlossen. Sie klopfte ein weiteres Mal, jetzt viel stärker, während Bill ans Fenster klopfte. Janine warf einen Blick über ihre Schulter zurück und sah, wie jemand im Haus auf der gegenüberliegenden Straßenseite durchs Fenster zu ihnen hinüberschaute. Wenn vier Polizeiautos vorfuhren, schaffte man es einfach nicht, *keine* Aufmerksamkeit zu erregen.

Das Gesicht eines Kollegen tauchte am Gartenzaun auf.

»Der Hund ist nicht da. Im Haus ist niemand«, ließ der uniformierte Beamte verlauten.

»Gibt es einen Weg hinein?«, rief Bill zurück.

»Einen Augenblick!«, kam die Antwort, und das Gesicht des Beamten tauchte wieder ab.

Jake kam zur Haustür. »Ich konnte durch ein Fenster einen Blick in die Garage werfen. Der Pick-up ist nicht da. Kein Auto, kein Hund. Ich gehe jede Wette ein, dass auch niemand im Haus ist.«

»Tu mir bitte den Gefallen und geh kurz zur Nachbarin von gegenüber, die uns die ganze Zeit beobachtet. Finde heraus, ob sie gesehen hat, dass er weggefahren ist«, trug Janine Jake auf.

Die meisten Nachbarschaften verfügten über selbsternannte Nachbarschaftspatrouillen – Leute, die viel zu Hause waren, weil sie entweder schon im Ruhestand oder arbeitslos waren, und die genau wussten, was auf der Straße vor sich ging. Mit ein wenig Glück hatte die Lady von gegenüber beobachtet, wie der Barkeeper weggefahren war.

Einer der uniformierten Beamten kletterte wieder über den Zaun und wandte sich an Bill. »Hinten sind die meisten Vorhänge aufgezogen. Im Haus deutet nichts darauf hin, dass jemand da ist. Ein paar Fenster stehen offen, wir müssten nur ein Fliegengitter öffnen, um hineinzukommen. Wie es scheint, ist er mit einem Hund im Garten nicht allzu besorgt um seine Sicherheit. Sollen wir einbrechen und die Tür von innen öffnen?«

»Noch nicht«, entgegnete Bill. »Könnten Sie erst zur Straßenecke gehen und Bernard holen?«

Jake kehrte von der gegenüberliegenden Straßenseite zurück. »Du hattest recht. Die Frau ist über alles informiert, was hier abgeht. Sie sagt, der Barkeeper lebe allein, und sein Hund sei bissig. Er arbeite nur abends und nachts und habe keinen Kontakt zu den Nachbarn. Sie hat gehört, wie er um kurz vor fünf heute Morgen heimgekommen ist und dann gegen sechs wieder gefahren ist. Sie bezeichnet seinen Pick-up als ›laute Karre‹ und hat sich erbittert darüber beschwert, dass sie wegen ihres leichten Schlafs jedes Mal von seinem Truck geweckt werde. Ich schätze, es würde sich lohnen, sie noch einmal zu befragen«, berichtete Jake.

»Also … Er hat Sammi mitgebracht und dann eine Stunde später das Haus mit seinem Hund wieder verlassen. Hat er sie mitgenommen? Ist sie hier? Das sind die dringenden Fragen«, stellte Bill klar.

Er beobachtete, wie Bernard mit dem Constable auf das Haus zukam.

»Ich schätze, wir werden es gleich sehen.«

Bill nickte dem uniformierten Polizisten zu. »Achtung. Zwei von Ihnen gehen rein, aber bitte zuerst die Handschuhe anziehen. Überprüfen Sie die Eingangstür auf eine versteckte Sprengfalle hin. Die Vorhänge sind zugezogen. Ich kann nicht sehen, was sich in diesem Zimmer verbirgt.«

Der Polizist in Uniform nickte begeistert. Diese Art von Einsatz war stets interessanter, als Betrunkene zu verhaften oder Schulschwänzer zu jagen. Er verschwand wieder hinter dem Zaun.

»Ich gehe auch rein«, verkündete Jake und machte sich auf, über den Zaun zu springen. Die Eingangstür schwang eine Minute später auf. Jake wirkte ein wenig erhitzt, als er sich mit seinen behandschuhten Händen an die Innenseite des Türpfostens lehnte.

»Hier drinnen wimmelt es von Messern. Futterale sind an die Wand geklebt, eines liegt zudem auf dem Küchentisch«, berichtete er. »Hier ist noch eines.« Jake tippte auf ein Messer, das im Türrahmen auf Brusthöhe angebracht war.

Die drei anderen Ermittler kamen herein, und Bill deutete Bernard mit einem Winken an, noch kurz an der Tür stehen zu bleiben. Erst wollten sie wirklich sicher sein, keine bösen Überraschungen zu erleben, bevor sie einen Zivilisten hier hereinbrachten. Sie teilten sich in Zweiergruppen auf und durchsuchten alles langsam und sorgfältig. Dabei überprüften sie alle Zimmer, alle möglichen Verstecke, ja sogar die Deckenhohlräume.

Der Kriminaltechniker, ein kleiner, drahtiger Kerl namens Geoff, trottete nach den Polizisten herein. Er befand sich in einem gewissen Interessenkonflikt. Wenn sich herausstellen sollte, dass es sich hierbei um einen wichtigen Tatort handelte, würden die sechs Polizisten, die durch das Haus trampelten, die Untersuchung bedeutend erschweren.

Das Haus war nur spärlich möbliert und überwiegend ordentlich. Ein muffiger Geruch lag in der Luft – eine Kombination aus Körpergeruch, frittiertem Essen und Zigarettenqualm. Nachdem sie sicher waren, dass niemand da war, dankte Bill ihnen und schickte die uniformierten Kollegen weg. Die vier Detectives führten die restliche Hausdurchsuchung durch – allesamt voll und ganz darauf konzentriert, etwas zu finden, das für die Ermittlungen von Wert sein konnte. Mit Glück konnten sie vielleicht offensichtliche Dinge wie Sammis Handtasche oder Einzelteile ihrer Kleidung finden.

Möglicherweise auch Hinweise darauf, wo der Barkeeper sie hingebracht hatte. Sie suchten nach Adressen, Stadtplänen, Karten, einem Straßenverzeichnis, in dem einzelne Straßen markiert waren – jeder Spur, egal wie klein sie sein mochte, musste nachgegangen werden. Geheimverstecke, jedes Teil, das einer Frau gehören konnte, Fotoalben, Kameras und Adressbücher waren ausschlaggebend und mussten gefunden werden.

Bernard stand im Wohnzimmer, als die Suche um ihn herum begann. Die Detectives hatten bereits ihre digitalen Aufzeichnungsgeräte aktiviert, um ihr Vorgehen zu dokumentieren. Unter anderen Umständen hätte Janine versucht, den Bewohner zu kontaktieren und heimzubitten, damit dieser während der Durchsuchungsaktion anwesend war. Doch wenn dem Barkeeper einmal klar geworden wäre, dass sie hinter ihm her waren, könnte er in Panik geraten. In diesem Moment könnte allerdings auch schon ein Nachbar, der dem Barkeeper freundlich gesonnen war, am Telefon hängen und ihm von der ganzen Wagenladung Polizisten in seinem Haus berichten. Doch das konnten sie nicht verhindern – es war wichtig, dass sie jetzt das Haus gründlich unter die Lupe nahmen.

Janine und die drei anderen Detectives gingen bei der Durchsuchung des Wohnzimmers systematisch vor. Janine kribbelte es in den Fingern, ins Schlafzimmer zu gehen. Sie wurde das Gefühl nicht los, dass es dort mehr Hinweise und Spuren gab. Sie deutete Bernard an, ihr zu folgen. Bill musste die gleiche Idee gehabt haben und folgte ihr schnell. Die anderen zwei Detectives gingen in ein Gästezimmer.

Das Erste, was Janine ins Auge fiel, war eine Bong in

Form eines Totenkopfes auf dem Nachttisch. Am Kopfteil der Wasserpfeife befanden sich noch Überreste, daneben stand eine kleine Schale mit ein wenig Gras darin. Das war kaum überraschend. In fast jedem Haus, das sie durchsuchten, gab es eine Wasserpfeife, doch das war nicht der Grund, warum sie heute hier waren.

Sie öffnete die Schublade des Nachttischs, während Bill den Kleiderschrank durchsuchte.

»Ziemlich viel Khakifarbenes und Tarnkleidung hier drin«, stellte er fest. »Wissen wir, ob er bei der Armee war oder Reservist ist?«

»Das könnte sein. Der Nachrichtendienst hat mir lediglich eine Kurzversion seines Profils übermittelt«, erwiderte Janine.

Sie zog eine Schachtel mit Munition aus der Nachttischschublade. »Ein schlechtes Zeichen«, urteilte sie.

»Es könnte aber auch ein gutes Zeichen sein, wenn er die Munition hiergelassen hat, anstatt sie mitzunehmen«, entgegnete Bill, doch Janine bemerkte sehr wohl, dass er seinem eigenen Optimismus keinen Glauben schenkte.

Janine schob die Schublade wieder zurück, nachdem sie sie gründlich in Augenschein genommen hatte; danach suchte sie unter und in der Kommode weiter. Aus den Augenwinkeln heraus konnte sie sehen, wie Bill die Taschen aller Jacken untersuchte, die im Kleiderschrank hingen. In jedem Haus gab es Tausende hervorragende Verstecke. Was die Sache hier jedoch erschwerte, war die Tatsache, dass sie nicht ganz genau wussten, wonach sie suchten.

Janine warf einen Blick unters Bett, unter die Matratze, unter die Decken sowie das Kopfkissen und war froh, dass sie Latexhandschuhe trug. Hygiene stand nicht gerade oben auf der Prioritätenliste des Barkeepers. Janine ging zur

Kommode hinüber. Ganz hinten in der untersten Schublade fand sie vier Damenschlüpfer, die unter noch weiteren tarnfarbenen Hosen versteckt waren. Das war doch mal etwas Interessantes.

Janine rief Geoff herein. Zuerst fotografierte er sie an Ort und Stelle. Dann wies er ihnen einen Barcode zu und nahm von jedem Höschen einen Abstrich, bevor er sie in Papiertüten packte, um sie später für eine DNA-Analyse ans Labor zu schicken. Zwar war es mehr als unwahrscheinlich, dass sie irgendetwas mit Sammi zu tun hatten, doch sie könnten sich als wertvolle Beweise für weitere Verbrechen an anderen Frauen erweisen, wenn ihre Besitzerinnen identifiziert werden konnten.

Geoff untersuchte das Bett auf Blut- oder sonstige Flecken hin. Janine war jedoch ziemlich sicher, dass er dort nichts finden würde. Sie hatte bereits für sich beschlossen, dass Sammi nicht ins Haus gebracht worden war. Dies hier war kein Tatort. Der Barkeeper war ins Haus zurückgekehrt, um etwas zu holen, möglicherweise den Hund, bevor er dann wieder losgefahren war. Währenddessen hatte er Sammi im Auto gelassen. Vielleicht war sie betäubt oder gefesselt worden, um sie sprachlich wie auch körperlich außer Gefecht zu setzen, während er seine Angelegenheiten erledigt hatte. Hier würden sie keine Spuren von Sammi finden.

Bill holte einen Schuhkarton aus dem Kleiderschrank und hob den Deckel hoch.

»Hier sind Fotos«, rief er. Er stellte den Karton auf die Kommode, und gemeinsam sahen sie die Bilder durch. Fotos waren früher bei Durchsuchungsaktionen immer ein großartiger Fund gewesen. Heutzutage schossen Verbrecher zwar immer noch Trophäenfotos, druckten sie jedoch nur noch selten aus, sodass die Cops Smartphones und Digitalkameras, SIM-Karten und Memorysticks finden mussten. Bereits als sie die ersten Bilder durchblätterten, sah Janine, dass sie vor Jahren mit einer Kamera aufgenommen worden waren. Es gab viele Jagdfotos. Auf einem davon lagen sechs tote Kängurus nebeneinander auf der Erde aufgereiht, auf einem weiteren Bild war ein junger Mann zu sehen, der den Fuß auf einem toten Keiler stehen hatte. Es gab keinerlei Angaben darüber, wo oder wann die Aufnahmen gemacht worden waren.

»Nichts, was uns gerade weiterhilft«, stellte Janine fest. »Aber er liebt es, zu töten, nicht wahr?«

Bill nickte zustimmend und legte die Fotos wieder in den Karton zurück. Sie fuhren mit der Durchsuchung fort und überprüften dabei sogar die Innenseiten der Vorhangschienen und suchten nach losen Teppichecken.

Das Gästezimmer war uninteressant. In der Küche stand eine weitere Bong. Und das war's – nichts von Interesse.

»Wir müssen seinen Pick-up finden«, erklärte Janine mit Nachdruck, als sie das Schlafzimmer verließen.

Jake deutete ihnen an, durch die Doppelgarage hinauszugehen, die durch eine Tür mit dem Haus verbunden war. Hier waren an den Seiten Werkzeug und Gerümpel aufgestapelt; in der Mitte war Platz für ein Auto.

»Hier drinnen gibt es viel Schrott, aber auf den meisten Sachen liegt eine dicke Staubschicht, und es sieht aus, als habe sie eine Weile lang niemand angepackt. Die Werkbank sieht allerdings aus, als sei sie viel benutzt worden. Ich habe Waffenöl und Munition gefunden, 5,6mm-Patronen. Außerdem gibt es hier noch weitere Messer und einige Werkzeuge zum Schärfen. Wie es aussieht, besitzt er auch ein Geländemotorrad, ich habe einen alten Helm und Reifen gefunden.

Von der Maschine jedoch ist nichts zu sehen«, berichtete Jake.

»Er hat das Verdeck für seinen Pick-up selbst gebaut, vielleicht hat er das Motorrad darunter stehen. Würde so etwas auf die Ladefläche eines Pick-ups passen?«, erkundigte sich Janine. Sie hatte nur laut gedacht, doch es schien durchaus einen Sinn zu ergeben.

Jake nickte. »Schon möglich. Die Nachbarn können dabei vielleicht weiterhelfen. Wenn er mit einem Motorrad fährt und den Motor hochjagt, dann weiß die Oma von gegenüber bestimmt davon.«

»Irgendwas Interessantes dabei?«, wollte Janine wissen.

»Ja. Das andere, was ich gefunden habe, sind Karten. Ziemlich viele Landkarten sogar, einige davon Ausdrucke von Google-Maps. Sie scheinen jeweils von Staatswäldern und Nationalparks der südöstlichen Landesteile zu sein. Von verschiedenen Orten gibt es jeweils einen kleinen Stapel. Wir sollten uns das genauer ansehen und überprüfen, was zu unserem Fall passt oder wo es Verbindungen gibt. Auch, ob irgendwas besonders eingekreist oder durch ein Kreuz markiert ist.«

»Okay, gut«, erwiderte Janine. »Hol Geoff, um alles zu fotografieren, dann beschlagnahmen wir die Karten und schauen sie uns im Büro genauer an.«

Janine und Bill liefen mit Bernard im Schlepptau wieder ins Haus zurück, sprachen mit ihren Kollegen und prüften, ob in einem der anderen Zimmer oder im Hinterhof tatsächlich nichts anderes gefunden worden war.

»Falls es irgendetwas geben sollte, was für uns von Interesse wäre, ist es gut versteckt«, gab Bill zu bedenken. »Ich glaube nicht, dass er Sammi hier ins Haus gebracht hat.«

»Da stimme ich Ihnen zu«, nickte Janine. »Ich denke,

wir suchen nach einem zweiten Ort. Die Antwort könnten wir auf diesen Landkarten finden.«

Samstag, 13:29 Uhr

Aus lauter Hilflosigkeit, von Schuldgefühlen geplagt und ganz spontan war Candy nach Angel's Crossing gefahren. Doch jetzt, da sie draußen vor Sammis und Gavins Haus im Auto saß, wusste sie nicht mehr, warum sie hergekommen war oder was sie sagen sollte. Lange hatte sie darüber nachgedacht, was Sammi über Gavin gesagt hatte – wie sie zusammenpassten, das Vertrauen zwischen ihnen. Da sie davon ausging, dass er genauso im Hinblick auf Sammi empfand, musste er sich in dieser Situation verloren fühlen, musste verzweifelt sein, weil er nicht wusste, wo sie war oder warum sie verschwunden war. Candy hatte angenommen, dass Gavin es zu schätzen wissen würde, dass sie zu ihm hinausgefahren war. Er würde begreifen, dass auch sie sich um Sammi sorgte, was ihnen beiden vielleicht Trost spenden würde. Doch jetzt, da sie hier war, kam ihr die Idee plötzlich abstrus vor.

Candy stellte den Motor ab. Ohne die Klimaanlage heizte sich das Innere in der Nachmittagssonne schnell auf, während sie den Mut sammelte, den Schutz ihres Autos zu verlassen. Schweißperlen kribbelten ihr unter den Armen, und sie konnte den penetranten Gestank vom Alkohol des gestrigen Trinkgelages riechen, der durch jede Pore ihrer Haut nach draußen drang. Es war ein Fehler. Sie hätte nicht herkommen dürfen. Wahrscheinlich war sie immer noch betrunken. Und eine Hilfe war sie auch nicht. Noch schlimmer als das – sie hatte zu allem beigetragen. Sie hätte mit Sammi heimgehen sollen. Nichts von allem wäre passiert, wenn sie mit Sammi nach Hause gegangen wäre.

Candy merkte nicht, dass sich die Haustür öffnete. Einzig aus dem Augenwinkel heraus fiel ihr eine Bewegung auf, als Gavin schon an ihrer Autoscheibe stand. Er stand so dicht davor, dass sie die Tür nicht öffnen konnte, ohne ihn damit zu treffen, und sie konnte das elektrische Fenster ohne laufenden Motor nicht herunterlassen. Ängstlich schaute sie durch die Scheibe zu ihm auf.

Gavin packte den Türgriff und riss die Tür auf.

»Du!«, brüllte er. Kleine Speichelsprenkel spritzten bei diesem Wort durch die Luft.

Candy senkte den Kopf, da sie ihm nicht in die wütenden Augen schauen konnte.

»Du hast vielleicht Nerven, hier einfach aufzutauchen!«, schrie er.

»Es tut mir leid«, stammelte sie. Das tat es ihr wirklich, doch ihre Worte klangen hohl und sinnlos.

»Deine Entschuldigung wird verdammt noch mal Sammi auch nicht zurückbringen, oder?«, schrie Gavin.

Candy biss sich auf die Lippe. Sie wollte nicht weinen, doch die ersten Schluchzer kamen schon hoch. Gavin musste gesehen haben, wie ihr Oberkörper zu beben begann, als sie sich bemühte, nicht in Tränen auszubrechen. Er trat zurück und ging beiseite. Dann holte er tief Luft, und als er das nächste Mal das Wort ergriff, hatte er seine Wut unter Kontrolle. Seine Verärgerung und Abneigung waren jedoch deutlich spürbar.

»Was hast du hier zu suchen?«, fragte er und schüttelte leicht den Kopf.

»Ich wollte mich entschuldigen. Und dir sagen, dass ich mir Sorgen mache und Angst habe und nie gewollt habe, dass so etwas passiert. Sammi wollte sich ein Taxi rufen und direkt nach Hause fahren. Ich weiß nicht, was da passiert ist.« Sie ließ den Kopf hängen. »Es tut mir leid. Das ist zwar nicht viel, aber ich wollte es gerne sagen. *Dir* sagen.«

Gavin zuckte mit den Schultern. »Okay, jetzt hast du es gesagt. Dann kannst du ja wieder fahren.« Sein Tonfall war etwas weicher geworden.

Candy wollte sich wieder entschuldigen, hielt dann jedoch inne. Sie konnte an nichts anderes denken. Sie ließ den Motor an, schloss die Fahrertür und fuhr langsam an. Dann warf sie einen Blick in den Rückspiegel. Gavin war schon an der Haustür angelangt und verschwand gerade nach drinnen.

Candy fuhr gerade so weit, dass Gavin ihren Wagen nicht mehr sehen konnte. Dann fuhr sie an den Straßenrand und heulte los.

Samstag, 13:32 Uhr

Sammi hatte sich hinter einem dicken Baumstamm im dichten Gestrüpp versteckt. Durch die Zweige hindurch beobachtete sie den Bach. Der Barkeeper würde bis jetzt noch nicht bemerkt haben, dass sie sich von seinem Peilsender getrennt hatte, und würde nirgendwo anders nach ihr suchen als am Bach. Dennoch zitterte Sammi am ganzen Körper, als sie sich dazu zwang, dort zu bleiben und zu beobachten, anstatt sich umzudrehen und wegzulaufen.

Sie war weit genug vom Bachlauf entfernt, um einen Vorsprung zu haben, wenn alles danach aussah, als würde er doch auf sie zusteuern. Das Geräusch des Motorrads, das sie eigentlich quälen sollte, war mittlerweile nützlich geworden. Sie lauschte, wie er sich näherte.

Während sie dort hockte und wartete, hatte sie einen Geistesblitz. Das Motorrad war immer noch weit genug entfernt. Das langsame, höhnische Tuckern der Maschine würde noch viel lauter werden, bevor er so nah war, dass er sie sehen konnte. Sie eilte zum Bach hinunter, bückte sich und schöpfte Wasser in den Mund. Dann kehrte sie schnell wieder in ihr Versteck hinter dem Baum zurück und schob die Blätter und Äste so weit beiseite, bis sie auf den nackten Boden stieß. Sie spuckte das Wasser auf die Erde und vermengte alles mit den Fingern. Dann rieb sie sich den Matsch auf ihr Gesicht und die Arme. Zwar konnte sie nicht sagen, wie ihr Gesicht nun aussah, doch ihr Plan schien an den Armen zumindest aufzugehen, indem die helle Haut nun ein wenig getarnt war. Sie versuchte das Gleiche mit den roten Shorts, indem sie sich die matschverschmierten Finger vorne auf der Hose abwischte. Ihr Shirt war bereits mit Schweiß- und Schmutzflecken übersät, doch auch hier fügte sie noch ein paar braune Flecken hinzu. Alles war besser als nichts.

Er kam nicht bis zum Bachufer gefahren. Sammi konnte ihn nicht sehen – er wurde durch das Gestrüpp verdeckt –, doch sie hörte, wie sich das Dröhnen des Motorrads von ihr entfernte, als er den Bach entlangfuhr. Wenn sie ihn nicht sah, würde er sie auch nicht sehen können. Obwohl sie wusste, dass das durchaus einleuchtend war, hatte sie eine Heidenangst, dass er sie entdecken könnte. Sie lugte hinter dem Baum hervor, hinter dem sie sich versteckte, und als es keinerlei Anzeichen dafür gab, dass das Motorrad langsamer wurde oder anhielt, lief sie vorsichtig stromabwärts. Sie dachte an ihr kleines Boot und hoffte, dass es immer noch auf dem Wasser schwamm. Je weiter sie sich von der Stelle entfernten, an der sich ihr Weg mit dem Bach gekreuzt hatte, desto sicherer war es für sie.

Beide bewegten sich etwa zehn Minuten lang vorwärts, der Jäger nun voraus, ohne zu wissen, dass seine Beute hinter ihm schlich.

Dann hielt das Motorrad an. Sofort ließ sich Sammi zu Boden fallen und kroch hinter einen Busch. Sie reckte so lange den Hals, bis sie eine gute Sicht auf den Bach hatte. War ihr Boot irgendwo hängen geblieben oder gesunken? Sie konnte den Barkeeper immer noch nicht sehen.

»Saaaa-*man*-tha!«

Als sie ihren Namen von seinen Lippen hörte, blieb ihr das Herz stehen. Hatte er sie etwa gesehen? Nein, er wollte sie wieder quälen, wie er es beim letzten Mal gemacht hatte, als er sie eingeholt hatte.

»Ist das Wasser kalt?«, rief er.

Er dachte, sie sei im Bach. Sammi musste sich anstrengen, um ihn zu hören.

»Hast du Spaß gehabt? Ich schon. Aber es wird spät. Das Spiel ist vorbei.«

Mit diesen Worten tauchte der Barkeeper in ihrem Sichtfeld auf und lief zum Bachufer hinunter. Sammi erzitterte, als sie das Jagdmesser in seiner Hand erblickte. Der Hund war neben ihm und folgte seinem Herrn.

Der Barkeeper hielt inne und schaute sich um. Sammi presste sich flach auf den Boden. Sie hörte ihn wieder reden, dieses Mal jedoch leiser, und nahm an, dass er dem Hund ein Kommando gab. Ganz langsam hob sie den Kopf, nur so viel, dass sie durch die Blätter blinzeln konnte. Er hielt etwas in der Hand – vielleicht ein Handy? Er betrachtete es eingehend. Der Hund lief um ihn herum und schnüffelte hier und da. Jetzt trat der Barkeeper direkt ans Ufer des Baches und drehte den Kopf hin und her, als würde er etwas suchen.

Er brauchte einen Augenblick, doch dann hatte er ihr Boot in der Hand. Er fischte seinen Peilsender aus dem Wasser. Dann fluchte er so laut, dass Sammi es hören konnte. Er schmiss das Rindenboot auf den Boden und zertrat es, bis es vollkommen zerstört war. Dann stieß er einen langen Pfiff aus, als er sich wieder auf sein Motorrad setzte. Der Hund kam zu ihm gelaufen und hatte gerade noch so viel Zeit, hinten wieder aufzuspringen. Der Barkeeper hielt nicht an, um sich noch weiter umzusehen. Er jagte den Motor lautstark hoch und fuhr mit Höchsttempo davon.

Er hatte recht. Das Spiel war vorbei. Doch Sammi hatte gewonnen.

Sammi merkte plötzlich, dass sie den Atem angehalten hatte. Sie atmete laut auf und traute sich kaum, zu glauben, dass ihr Plan aufgegangen war. Tatsächlich ließ das Dröhnen des Motorrads immer weiter nach. Sami sprang auf und lief los. Wieder schoss ihr das Adrenalin durch den Körper und prickelte von Kopf bis Fuß. Das Herz klopfte Sammi bis zum Hals, doch nach und nach wurde die Angst immer mehr von Erleichterung durchsetzt.

Es hatte funktioniert: Er raste stromaufwärts, fort von ihr. Sein Plan A war gescheitert, und er hatte keinen Plan B. Er hatte nie auch nur die Möglichkeit bedacht, dass sie den Peilsender finden könnte. Er war kein Jäger, er war lediglich dem leuchtenden Punkt auf einem Bildschirm gefolgt, um sie zu finden. Dies vergrößerte ihre Chancen. Wenn er betrügen musste, um sie zu jagen, bedeutete das wohl, dass er sich nicht auf seine eigene Fähigkeit verlassen konnte, Fährten zu lesen?

Was wäre wohl sein nächster Schritt? Sammi bezweifelte, dass er ihr einfach den Rücken zukehren und nach Hause fahren würde. Dafür stand zu viel für ihn auf dem Spiel. Wenn sie überlebte und Hilfe fand, würde er den Rest seines Lebens hinter Gittern verbringen. Sie wusste, wer er war und welche Verbrechen er begangen hatte. Jetzt ging es um ihr Leben gegen seins.

Die Galgenfrist verlieh ihren Füßen Flügel. Sie hörte auf, stolpernd und schwankend durch den Busch zu laufen. Sie hatte ihr Ziel nun klar vor Augen – es galt, so viel Entfernung wie möglich zwischen sich und den Mörder zu bringen. Jeder Schritt weg vom Dröhnen des Motors war ein Schritt in Richtung Sicherheit. Sie sprang über heruntergefallene Äste und überwand niedrige Büsche. Die Müdigkeit und die Schmerzen waren einen Moment lang vergessen. Vielleicht konnte sie diesen Albtraum überleben.

Samstag, 16:15 Uhr

Gavin fühlte sich nutzlos. Er konnte absolut nichts tun, aber wie sollte er *nichts* tun? Er wollte am liebsten in der Polizeiwache sitzen, heimlich allen Telefongesprächen lauschen und herausfinden, was sie wussten, da sie ihm nicht alles berichteten. Er nahm an, dass sie ihn lediglich zu schützen versuchten und ihm daher nur Fakten erzählten, nicht jedoch die Vermutungen, wenn es nichts gab, was diese untermauern konnte. Doch er war verzweifelt auf der Suche nach jeder noch so kleinen Information, damit er sie abwägen und für sich auswerten konnte.

Ihm war klar, dass er zu gleichen Teilen Opfer und Verdächtiger war.

Und er war sich nicht sicher, ob er derzeit auf der Wache willkommen war. Zumindest in seiner Vorstellung hatte sich die Dynamik verändert. Sammis Kollegen, also Menschen, die er als Freunde betrachtet hatte, könnten nun das Schlimmste von ihm annehmen.

Dieser verdammte Streit, den sie gehabt hatten, bevor Sammi gefahren war. Er war bedeutungslos und albern gewesen, doch jetzt verlieh er allem eine andere Nuance mit der Wut und den Anspielungen, die damit verbunden waren. Mehr noch: Gavin hatte Angst, dass seine zornigen, harschen Worte die letzten sein könnten, die er an die Frau gerichtet hatte, die er liebte.

Sein Handy klingelte, und Gavin ging direkt ran. Tom war am anderen Ende der Leitung.

»Kumpel, Barbecue und Bier auf der Wache. Soll dich jemand abholen kommen?«

Gavin zögerte. »Ernsthaft? Ich bin eingeladen?«, fragte er ungläubig.

»Gavin, Kumpel, du gehörst doch zur Mannschaft!«, entgegnete Tom.

»Okay. Danke! Ich komme selbst«, erwiderte Gavin und freute sich nicht nur über die Ablenkung, sondern auch darüber, dass er miteinbezogen wurde.

Schnell sprang er unter die Dusche und zog sich Jeans und T-Shirt an. Auf dem Weg nach draußen schnappte er sich eine Jacke; es sollte abends kalt werden.

Die Fahrt zur Wache dauerte nur wenige Minuten, doch

den ganzen Weg über fühlte er sich beklommen. Er konnte nicht mehr sagen, wie viel von seiner Sorge und seinem Unbehagen Sammis Verschwinden zuzuschreiben war und wie viel der Situation, in die er dadurch geraten war. Doch sobald er hinten zur Kaserne durchgegangen war, wurde er von einem halben Dutzend Leuten begrüßt, die ihm auf den Rücken klopften, wodurch die Anspannung in seiner Brust ein wenig nachließ. Shane hatte recht gehabt – sie waren auf seiner Seite.

Im Gegensatz zu dem, was hier sonst abging, war die Stimmung dieses Mal trübe und gedämpft. Der Grillplatz auf dem Hof hinter der Kaserne mit dem praktischen Getränkeautomaten, der kühle Drinks lieferte, hatte schon viele Zusammenkünfte dieser Art erlebt. Manchmal waren sie lange im Voraus geplant gewesen, und die Ehefrauen der Sergeants hatten jeweils Essen vorbereitet, und alles war aus der Gemeinschaftskasse gezahlt worden. Manchmal aber, wie eben heute, waren es auch spontane, improvisierte Treffen, bei denen alle einfach beisammen sein wollten. Wenn es einen wichtigen Vorfall gegeben hatte, wie zum Beispiel einen tödlichen Unfall oder ein abgebranntes Haus, wurde das Treffen als »Einsatznachbesprechung« bezeichnet, bei dem sie sich dann unterhielten, während man gemeinsam etwas trank.

Nicht nur Gavin vermisste Sammi. Der Gedanke, dass ihr etwas Schreckliches zugestoßen sein könnte, schweißte sie alle zusammen. Wie konnte etwas Schlimmes passieren, wenn sie immer noch gemeinsam trinken und Würstchen essen konnten, wie an jedem anderen Abend?

Dies hier waren die Leute, die die Antwort auf die Frage »Was, wenn?« kannten. Dies hier waren die Leute, die das Böse gesehen hatten. Da, wo andere Menschen sagen würden, »das wird schon nicht passieren«, konnten die Polizisten oftmals antworten, »das habe ich schon erlebt«.

Nach und nach trafen die Mitarbeiter ein, wie Motten, die vom Licht angezogen wurden. Es war eine Familienangelegenheit – das war es immer. Ehefrauen, Ehemänner, Partner und Kinder kamen. Jeder kannte Sammi. Das Abendpersonal kam von der Wache herüber; die Beamten hatten den Polizeifunk eingeschaltet und die Funkgeräte an ihre Gürtel geschnallt.

Als das Bier floss und die Kinder lachten und spielten, wurden die schlimmen Gedanken ein wenig zurückgedrängt, und die Stimmung hob sich. Irgendwer hatte einen Fußball mitgebracht, und ein paar Jungs fingen an, mit den Kindern zu bolzen. Ein anderer hatte ein Radio ins Fenster der Kaserne gestellt, und der Geruch von gegrillten Würstchen hing in der Luft. Alle vermieden es, über Sammis Schicksal zu spekulieren, oder zumindest besaßen sie den Anstand, darüber außerhalb von Gavins Hörweite zu sprechen. Alle waren nett und unterstützend, und Gavin war Tom dankbar, dass er ihn eingeladen hatte und so für die dringend benötigte Ablenkung sorgte.

Als der Abend voranschritt und das fettige Essen sowie das kalte Bier anfingen, Wirkung zu zeigen, wurde Gavin unglaublich müde. Die Anstrengungen des Tages und der fehlende Schlaf der vorherigen Nacht – gepaart mit dem Alkohol – bewirkten, dass er kaum noch die Augen offen halten konnte. Tom fiel das auf und führte Gavin zu seinem Auto.

»Komm, ich fahr dich nach Hause«, bot er Gavin an. »Ich rufe dich an, wenn wir etwas hören.«

Gavin nickte dankbar.

Samstag, 17:57 Uhr

Die Schatten wurden immer länger und dunkler, als der Nachmittag zum Abend wurde. Sammi steuerte auf eine neue Gefahr zu. Ohne die Wärme der Sonne würde die Temperatur unter dem klaren Abendhimmel deutlich sinken, und ihre Kleidung war angesichts der heraufkriechenden Kälte ein Witz. Sie hatte ihre Jeans gegen die mit Gummiband versehene Shorts eintauschen müssen. Und sie trug nicht einmal eine Unterhose. Sie hatte neben einem BH nur noch ein figurbetonendes, ärmelloses Tanktop am Leib. Ihre Shorts waren seit ihrem Lauf im Bach zwar schon wieder getrocknet, doch das war das Einzige, was zu ihren Gunsten passiert war. Durch ihre Erschöpfung und die sinkenden Temperaturen würde bei Einbruch der Nacht ein neuer Überlebenskampf für sie beginnen.

Sie bahnte sich einen Weg hinunter zum Ufer des Baches und kniete sich dort hin, um ein paar Schlucke Wasser zu trinken. Schnell. Sie war sicher, dass der Barkeeper immer noch im Busch unterwegs war und nach ihr suchte. Sie lief wieder ins Unterholz zurück, blieb jedoch nah genug am Wasser, um sich am Bachlauf orientieren zu können, aber doch weit genug davon entfernt, um nicht gleich jemandem aufzufallen, der am Ufer entlanglief. Allmählich bekam sie Schwierigkeiten, sich zu konzentrieren. Die Aufgabe, die vor ihr lag, war einfach – beweg dich vorwärts, achte auf Geräusche oder Bewegungen, die ungewöhnlich sind – doch selbst das wurde immer schwieriger. Ihre Gedanken schweiften andauernd ab, und sie träumte von einer heißen Mahlzeit und einer noch heißeren Dusche.

Die erste Fahrt in den Schnee tauchte aus der Tiefe

ihrer Erinnerungen auf. Irgendwer – war es ein Skilehrer? – hatte ihr gesagt, dass man die meiste Körperwärme über den Kopf verlor. Daraufhin waren jede Menge anzügliche Witze darüber gemacht worden, nackt bis auf eine Wollmütze Skifahren zu gehen, und die Bilder des Kopfkinos waren hängen geblieben. Darum zog sie sich das Shirt so über den Kopf, dass ihr Gesicht durch den Halsausschnitt hindurchschaute. Dann stopfte sie das Top in sich zusammen und versuchte, die Ohren und den Hals zu bedecken. Jetzt war zwar ihr Oberkörper nackt, doch wenn die Theorie mit dem Verlust der Körperwärme stimmte, wäre das die eindeutig bessere Wahl. Sammi zog sich die Shorts so hoch, wie sie konnte, und war für die Socken dankbar. Sie hoffte, dass wenn sie ihr Blut in Wallung hielt, ihre eigene Körperwärme sie stützen würde.

Denk nicht an die Nacht, die vor dir liegt, redete sie sich ein. *Lauf einfach weiter. Einen Schritt nach dem anderen. Ein weiterer Schritt.*

Samstag, 19:55 Uhr

Der Tag war seit dem Beginn ihrer Schicht sehr lang gewesen, doch es gab immer noch so viel zu tun. Janine aß einen pappigen Burger an ihrem Schreibtisch, während sie weiter etwas am Computer tippte. Sie musste die Gegenstände, die sie bei der Hausdurchsuchung konfisziert hatten, etikettieren und einlagern. Sie hatte alle Schreiben vervollständigt, die mit dem Durchsuchungsbefehl im Zusammenhang standen. Dann musste sie noch haufenweise Informationen durchlesen – Berichte und Profile vom Nachrichtendienst sowie Spekulationen über mögliche Verbindungen zum Corbett-Fall.

Im OP-Echo-Raum war es nun still geworden, und außer dem Murmeln von Telefongesprächen war nur das Klappern der Computertastaturen zu hören. Ein paar neue Leute hatten gerade mit der Abendschicht ihren Dienst begonnen. Bill hatte sie Janine vorgestellt, bevor er Feierabend gemacht hatte, doch ihre Namen waren in dem Wust aus Informationen, die Janine durch den Kopf wirbelten, verloren gegangen.

Janine unterhielt zudem eine laufende E-Mail-Konversation mit dem Vorsitzenden der Media Liaison Unit. Sie hatte alles mit Bill abgesprochen. Es wurde Zeit, eine Pressemitteilung zu veröffentlichen. Die Ergreifung des Barkeepers hatte nun oberste Priorität, und wenn das bedeutete, einige Informationen an die Öffentlichkeit zu geben, dann musste es so geschehen. Dies war eine weitreichende Entscheidung, doch wenn jemand einen wichtigen Hinweis darauf liefern konnte, wo Sammi abgeblieben war, lohnten sich die Mühe und der Ärger, die das Einschalten der Presse stets mit sich brachte.

Nun galt es nicht mehr, sich für den Fall eines falschen Alarms vorsichtig zu verhalten. Denn es bestand absolut kein Zweifel mehr daran, dass Sammi sich in Schwierigkeiten befand.

Die Kollegin wurde nun schon seit mehr als fünfzehn Stunden vermisst; man konnte nicht sagen, wie weit der Barkeeper sie fortgebracht hatte. Sämtliche Beamte in Queensland und rund um die Fernstraßen waren angemailt worden mit der Bitte, die Augen offen zu halten und nach Sammi zu suchen. Die Mail beinhaltete Details über den

Barkeeper, das Auto und die Umstände von Sammis Verschwinden.

Die Nachtschichten würden die Informationen gleich bei Beginn ihrer Schicht vorliegen haben, doch Janine hegte kaum Hoffnung, dass es während der Nacht noch irgendwelche Entwicklungen geben würde. Die Frühschicht würde die Infos zur gleichen Zeit erhalten, wie begrenzte Details in den Morgenblättern veröffentlicht wurden. Nach den Erfahrungen mit früheren Fällen hatte man dem Büro für Verbrechensbekämpfung sogar zusätzliches Personal zugeteilt, um mit der Flut von neuen Spuren und Hinweisen zurechtzukommen, die eingehen würden und verfolgt werden mussten.

Die Landkarten, die man im Haus des Barkeepers gefunden hatte, interessierten Janine. Darunter war eine Faltkarte vom Südosten Queenslands. Große Teile des Nationalparks waren darauf eingekreist, und von Google Maps waren Luftbilder ausgedruckt worden. Ein spezieller Waldabschnitt, auf den sich der Barkeeper offenbar konzentriert hatte, war Captain's Creek, etwa hundertfünfzig Kilometer nördlich von Tara – ein riesengroßes Stück unbebautes Buschland; der perfekte Ort, wenn man nicht gestört werden wollte.

Janine war klar, dass ein paar Karten mit Kreisen darauf nicht ausreichten, um eine Suche zu starten, auch wenn sie das starke Gefühl hatte, hier richtig zu liegen.

Obwohl Janine Sammi nie begegnet war, hatte sie dennoch den Eindruck, sie zu kennen. Sammi hätte gut und gern eine der Kolleginnen sein können, mit denen sie nach der Arbeit noch etwas trinken ging, oder eine der uniformierten Polizistinnen, mit denen sie auf der Wache gern mal plauschte. Janine nahm den Fall persönlich. Sie würde für Sammi kämpfen.

Viel war schon geschehen, doch es gab noch mehr zu tun, so viele potenzielle Zeugen zu vernehmen. Und Janine war überzeugt, dass der Barkeeper früher oder später auftauchen würde – zu Hause oder anderswo. Sie wollte da sein, wenn dies geschah. Sie wollte mit eigenen Augen sehen, wie er aussah, und hören, was er sagte. Ob er blinzelte oder schwer schluckte oder sich räusperte, wenn er nach Sammi gefragt wurde.

Das Aufgabengebiet hatte wenig mit ihrer eigenen Abteilung zu tun, aber dennoch war Janine mittlerweile zum Dreh- und Angelpunkt der Ermittlungen geworden, sodass sie nicht gehen konnte. Sowohl Jake als auch sie waren daher wieder für eine Schicht um acht Uhr in der Frühe am nächsten Tag eingetragen. Janine hatte bereits beschlossen, sich in der Ermittlungszentrale der OP Echo einzurichten. Jake würde um acht Uhr in Inala anfangen und dann zur OP Echo dazustoßen, wenn er sich eingestempelt hatte.

Jake war eine Stunde zuvor gegangen und hatte auch Janine dazu gedrängt, Feierabend zu machen, als er zur Tür hinausgeeilt war. Immerhin war es Samstagabend, und gemessen an seinem hektischen SMS-Tippen, konnte Janine darauf wetten, dass Jake bereits wieder irgendein armes Mädel sitzengelassen hatte. Es war ein klares Zeichen für sein Bekenntnis zu seinem Junggesellendasein, dass er nach einem Tag wie dem heutigen immer noch raus in die Stadt und ausgehen wollte. Der morgige Dienstbeginn war früh, und zweifellos würde es wieder ein langer Tag werden, in welche Richtung auch immer sich die Ermittlungen entwickeln würden.

Ihr Festnetztelefon klingelte. Bill war am anderen Ende der Leitung.

»Gehen Sie nach Hause«, befahl er ohne Umschweife. »Vor dem morgigen Tag brauchen Sie eine ordentliche Portion Schlaf.«

»Ich komme mir vor, als würde ich Sammi im Stich lassen«, erwiderte Janine.

»Das tun Sie nicht. Jetzt sitzen andere Polizisten an diesem Fall. Nur weil Sie nach Hause gehen und sich schlafen legen, heißt das nicht, dass wir nicht nach ihr suchen. Versprechen Sie mir, dass Sie jetzt nach Hause gehen.«

Janine seufzte. »Okay«, gab sie schließlich nach. »Gute Nacht.«

Sie sah auf und erblickte ein Mitglied der Mannschaft, das vor ihr stand – ein offenbar noch sehr junger Constable.

»Tut mir leid, wenn ich Sie störe. Aber hier ist eine Nachricht für Sie«, erklärte er.

»Oh?«

»Jemand von Ihrer Heimatwache hat angerufen. Derjenige wollte nicht mit Ihnen reden, sondern bat mich nur, Ihnen diese Nachricht zu geben.« Er warf einen Blick auf den Zettel in seiner Hand. »Eine Michelle Lewis hat angerufen. Don Black ist nicht zu seiner Schicht um 19 Uhr erschienen.«

Janine starrte den Constable ausdruckslos an. Dann erst fiel der Groschen. Es kam ihr vor, als hätten sie vor mehreren Tagen in der schmuddeligen Küche der Frau gesessen, dabei war es erst heute Morgen gewesen.

»Können Sie damit was anfangen?«, fragte der Constable. »Mehr hat sie nicht gesagt. Es klang, als würde sie auch nur eine Nachricht weitergeben.«

»Ja. Vielen Dank!«

Das war ein wichtiger Hinweis. Nun war auch der Barkeeper verschwunden.

Samstag, 20:59 Uhr

Ihre Armbanduhr verfügte über ein leuchtendes Zifferblatt, sodass Sammi selbst dann noch problemlos sehen konnte, wie spät es war, wenn das dichte Baumkronendach das Mondlicht nicht hindurchließ. Sie klammerte sich an die Uhrzeit, die ihr als eine Art Anker diente. Sammi setzte sich ein Ziel: Sie würde vier Minuten lang gehen, dann eine Minute lang ausruhen. Wenn sie das zwölfmal machte, wäre sie der Sicherheit wieder um eine Stunde näher gekommen. Die Zahlen gerieten in ihrem Kopf durcheinander, doch auf diese Art und Weise lief sie zumindest mit einem kleinen Ziel vor Augen weiter. Immer wieder warf sie einen Blick auf die Uhr, auf der der Minutenzeiger langsam, aber beständig weiterrückte. Es funktionierte. Es bescherte ihr etwas, worauf sie sich konzentrieren konnte, sowie einen Grund, warum sie den nächsten Schritt gehen sollte. Dabei versuchte sie, jeweils nicht länger als eine Minute Pause zu machen. Denn sobald sie stehen blieb, fing sie zu zittern an.

Eine Pausenminute war gerade halb vorüber, als Sammi es roch. Zigarettenrauch. Der beißende Gestank drang durch ihre Nasenlöcher, bis zu ihrem Empfindungszentrum. Sofort ließ sie sich zu Boden fallen und duckte sich so tief wie möglich, dass ihre Finger den Boden berührten wie ein Sprinter beim Startblock. Sie reckte den Kopf nach vorn und nach hinten – um alles abzusuchen, zu schauen und zu hören und um herauszufinden, woher der Gestank kam. Ihr kam nicht einmal der Gedanke, dass es von irgendeiner anderen Person als dem Barkeeper stammen könnte. Was ihre Rettung anbelangte, hatte sie keinerlei Illusionen.

Sammi hatte sich an die Geräusche gewöhnt, die nachts im Busch vorherrschten, doch nun achtete sie sehr genau auf jedes Rascheln und Scharren. Sie war nahe am Bach. Zu nah. Immer noch in geduckter Haltung, bewegte sie sich langsam und so geräuschlos wie möglich vorwärts, um ein Gebüsch zwischen sich und das Wasser zu bekommen. Was aber sinnlos war, wenn er sie bereits gesehen hatte. Oder lenkte sie gerade mit ihren Bewegungen seine Aufmerksamkeit auf sich? Sie legte sich auf den Boden und presste sich flach auf die Erde. Der erdige Geruch von verrottenden Blättern überlagerte nun den Zigarettenqualm. Sammi lag ganz still da. Alles prickelte, alle Sinne waren geschärft. Doch sie hörte nichts außer den ganz gewöhnlichen Buschgeräuschen. Hatte sie sich alles vielleicht nur eingebildet?

Als irgendwo Zweige krachten, presste sie sich noch flacher auf den Boden. Sie drückte ihre Wange in den Dreck und sah zur anderen Uferseite hinüber.

Da! Eine dunkle Tiergestalt bewegte sich auf der anderen Uferseite durch die Bäume. Dann blieb ihr jedoch die Luft weg. Ein roter Punkt leuchtete mitten in der Luft auf. Das unverkennbare Glühen einer Zigarette. Er verhielt sich so still wie sie; sie beide beobachteten, lauschten. Das Spiel war noch nicht beendet. Wie sollte es auch? Zu viel stand auf dem Spiel. Sein Leben stand nun gegen ihres.

Wusste er, wie nah er ihr war? War er mit einem Nachtsichtgerät ausgestattet? Hatte er gesehen, wie sie sich bewegt hatte? Hörte er ihr Herz, das ihr bis zum Hals klopfte? Roch er ihre Angst?

Das ungeheure Ausmaß ihrer Situation wurde ihr mit einem Schlag wieder bewusst. Eine falsche Bewegung konnte sie umbringen. Das Herz schlug ihr gegen den Rippenbogen und drohte, ihr aus der Brust zu springen, so sehr pochte es.

»*Lauf* doch einfach weiter«, flehte sie innerlich. Der Hund lief weiter. Doch noch während sie beobachtete, leuchtete der Zigarettenstummel wieder rot auf, immer noch an der gleichen Stelle. Beobachtete er sie? Was würde sie tun, wenn er sie fand? Den geschärften Stock hielt sie immer noch in der Hand. Der war zwar so gut wie nutzlos. Doch dessen Festigkeit, die Art, wie ihre Hand ihn umschließen konnte, verlieh ihr Mut. Ein winziges Zeichen von Tapferkeit und Widerstand ruhte da in ihrer Hand. Sie hatte es bis hierher geschafft. Das hier würde nicht das Ende sein.

Sie hörte ein Stampfen und Blättergeraschel. Er hatte die Zigarette auf den Boden geworfen und zermahlte sie mit der Schuhsohle. Ein Moment der Stille folgte. Absolute Stille. Dann bewegte er sich vorwärts. Er lief stromaufwärts, weg von Sammi.

Sammi merkte, dass sie den Atem angehalten hatte. Sie musste so viel Luft holen, dass sie ein winziges Stück von einem Laubblatt in den Mund sog. Sie würgte und widerstand dem Drang, husten zu müssen. Sie wartete fünf weitere Minuten ab und blieb still im Dreck liegen. Mit der rechten Hand deckte sie das winzige Leuchten ihres Armbanduhren-Zifferblattes ab. Mit den Augen konzentrierte sie sich auf den Sekundenzeiger, während sie angestrengt allen ungewöhnlichen Geräuschen lauschte. Der Zigarettengestank hatte sich aufgelöst, doch sie hatte ja gehört, wie er die Zigarette mit der Schuhsohle ausgedrückt hatte, deswegen war dies kein verlässlicher Indikator mehr. Sie wartete daher noch fünf weitere Minuten, in denen sie zitterte, bevor sie sich leise aufrichtete. Langsam bewegte sie sich stromabwärts, wurde schneller, als sie mehr Entfernung gewonnen hatte, bis sie schließlich in vollem Tempo durch den Busch lief. Damit konnte sie kurz ihre nervöse Energie ablassen. Denn dieses irre Tempo war auf Dauer nicht durchzuhalten. Sie bremste auf ein normales Gehtempo ab, blieb dann jedoch plötzlich stehen.

Erschöpfung überkam sie, nachdem das Adrenalin verebbte. Keuchend lehnte sie sich an einen Baumstamm. Sie rutschte an der rauen Rinde herunter und merkte kaum, wie diese die nackte Haut an ihrem Rücken zerkratzte, bis sie auf dem Boden saß. Sammi ließ den Kopf so weit nach hinten sinken, bis dieser auf dem Baumstamm ruhte. Ihr Körper war bleischwer, die Glieder fühlten sich wie Säcke mit nassem Sand an. Sie konnte die Energie nicht mehr aufbringen, sich wieder aufzurichten. Wenn sie nur drei Minuten hier pausierte, könnte sie wieder zu Kräften kommen. Sie warf einen Blick auf die Uhr. Jetzt war alles so friedlich. Außer dem Zirpen der Heuschrecken und dem gelegentlichen Flattern von Fledermausflügeln in der Nachtluft war kein Geräusch zu hören.

Sie würde die Augen nur eine Minute lang schließen.

Samstag, 23:02 Uhr

Janine wurde von Dunkelheit und Stille empfangen, als sie die Haustür ihrer Wohnung aufschloss. Sogar ihre Katze hatte sich davongemacht und verbrachte mehr Zeit bei den Nachbarn als zu Hause. Janine machte im Flur das Licht an, dann im Wohnzimmer und in der Küche, bevor sie den

Fernseher einschaltete und so ein wenig Leben in das leere Haus brachte. Sie holte eine Dose Katzenfutter aus dem Küchenschrank, bevor sie die Gartentür öffnete und mit einem Löffel gegen die Dose schlug. Innerhalb weniger Sekunden tauchte Tabby oben auf dem Zaun auf, sprang herunter und schlängelte sich schmusend um Janines Beine. Dann verschwand sie in die Küche zu ihrem Futternapf.

Es hatte einmal eine Zeit gegeben, als Janine nach Feierabend bei ihrer Heimkehr mit einem liebevollen Kuss und dem Duft vom Abendessen im Ofen begrüßt worden war. Doch Janine konnte sich nicht von ihrer Arbeit trennen. Die andauernden Nachtschichten und die Beschäftigung mit dem jeweils aktuellen Fall, an dem sie gerade arbeitete, waren die Auslöser für ihre jüngste Trennung gewesen.

Damon und sie waren vier Jahre lang zusammen gewesen. Damon war Lehrer; er hatte einen festen Stundenplan und Schulferien, auf die er sich freute. Wenn er einmal lange arbeitete, dann nur, weil er Klassenarbeiten korrigierte. Er hatte kein Verständnis dafür, dass Janine am Ende ihrer Schicht nicht einfach abschalten konnte. Er hatte nie das Gefühl erlebt, was es bedeutete, für die Sicherheit und das Wohlergehen eines Menschen verantwortlich zu sein. Er hatte es verabscheut, wenn Janine in aller Frühe aufbrechen musste; ebenso hatte er die Überstunden am Abend gehasst, die als Detective einfach dazugehörten. Obwohl es bei anderen ziemlich oft vorkam, hielt es Janine nicht gerade für eine gute Idee, mit einem anderen Polizisten auszugehen, doch zumindest würde dieser verstehen, was dieser Beruf bedeutete.

Selbst jetzt, als Janine das Katzenfutter in Tabbys Napf löffelte, war sie in Gedanken noch bei der Arbeit. Hatte sie irgendetwas übersehen? Was wäre der nächste Schritt? Sie versuchte sich vorzustellen, wo Sammi sein könnte, was sie heute womöglich hatte erleiden müssen. Sie stellte sich vor, dass sie noch am Leben war, Angst hatte und verwirrt war; dann schob sich ein lebloser Körper vor ihr inneres Auge, der darauf wartete, aufgefunden zu werden. Beides war gleichermaßen möglich, doch Janine war realistisch. Entführer ließen ihre Opfer in der Regel nicht allzu lange am Leben, es sei denn, sie waren schwach und folgsam. Bei einer starken, intelligenten Frau wie Sammi bestand immer das Risiko, dass sie eine Möglichkeit fand, zu fliehen oder sich zu wehren.

Janine warf einen Blick in den Kühlschrank und fand dort eine beinahe leere Weißweinflasche. Der Inhalt reichte gerade noch für ein halbes Glas. Janine schnappte sich ein paar Schokoladenkekse und ließ sich damit vor dem Fernseher nieder. Kurz darauf sprang ihr Tabby auf den Schoß, wo sie sich zu einem warmen, schläfrigen Fellknäuel zusammenrollte. Janine schaltete auf den Nachrichtenkanal um. Sie empfand es als seltsam entspannend, sich internationale Unglücksfälle und Tragödien anzuschauen und dabei zu wissen, dass dies außerhalb ihrer Kontrolle lag und sie nicht dafür zuständig war, sich darum zu kümmern.

Janine war klar, dass sie heute Nacht schlafen musste. Es gab genügend Beamte, die darauf schworen, dass eine durchgeschlafene Nacht den Durchbruch bei einer Ermittlung bescheren konnte: Man ließ das Unterbewusstsein an dem Problem arbeiten, während man selbst schlief. Ausgeschlafen und mit frischem Blick würde sie viele Dinge vielleicht in einem anderen Licht sehen. Doch ihre Gedanken kreisten unaufhörlich um Sammi, und sie würde kein Auge zumachen können, solange sie im Kopf immer noch Fakten, Menschen und Ideen durchging.

Sie war sicher, dass während der Nacht niemand anrufen würde. Obwohl sie diese Ermittlungen ins Rollen gebracht hatte, würde man sie nicht benachrichtigen, selbst wenn man den Barkeeper fand. Man kannte sie nicht, ihr Dienstrang war dafür einfach nicht hoch genug. Sie würden Bill anrufen. Er würde sich dann hoffentlich bei ihr melden, würde damit wahrscheinlich aber bis zum Morgen warten.

Wenn etwas Unbedeutenderes geschah, würde sie dann eben am nächsten Morgen davon erfahren.

Darum tat sie nun etwas, worauf sie in letzter Zeit immer öfter zurückgriff: Sie nahm eine Schlaftablette und trank ein großes Glas Wasser. In manchen Nächten machte sie nämlich kein Auge zu. Bilder von vergangenen Fällen tauchten immer wieder ungebeten in ihren Träumen auf. Eine schwarze Zunge, die aus dem verquollenen Gesicht eines erhängten Opfers hing, das erst nach drei Tagen gefunden wurde. Der erste Schnitt die Brust hinunter bei der Autopsie eines Zehnjährigen, der ertrunken war. Das verkohlte Skelett eines Bikers, das im Kofferraum eines ausgebrannten Autos gefunden worden war. Die meiste Zeit beschäftigte sie dies nicht.

Doch sie würde unausweichlich an Charli denken. Janine hatte das Mädchen nie kennengelernt, sondern sie nur auf dem einen Bild gesehen, das immer wieder in den Fernsehnachrichten aufgetaucht war – die weißblonden Babylocken, das unschuldige, strahlende Lächeln, das über beide pausbäckigen Wangen ging, das speckige Händchen, das eine rote Gerbera hielt. Für Janine war sie eine Fremde. Ebenso wie Charlis Mutter, deren Herz gebrochen war. Ebenso wie Charlis gefühlloser Vater, der sie bei einem Besuch im Rahmen seines Umgangsrechtes ertränkt hatte, nachdem Charlis Mutter ihn verlassen hatte. Janine war ihnen nie begegnet. Doch sie hatte in diesem Fall versagt. Eigentlich hatte sie mit dem Fall nichts zu tun gehabt, doch sie war diejenige gewesen, die den ersten Anruf entgegengenommen hatte. Sie hatte Charlis Mutter abgewimmelt, als diese wegen ihrer Sorgen angerufen hatte. Woher hätte Janine auch wissen sollen, welch schlimmes Ende dieser Fall nehmen sollte.

»Die Polizei hat gesagt, man könne nichts tun«, hatte die Mutter vor den Fernsehkameras geschluchzt.

In den meisten Nächten, wenn sie gedanklich immer noch bei der Arbeit war und nicht zur Ruhe kommen konnte, kamen ihr, wenn sie die Augen schloss, all die Fälle in den Sinn, die ein böses Ende genommen hatten. Gab es irgendetwas anderes, das sie tun konnte, um Sammi zu finden? In welcher Verfassung war Sammi wohl, wenn man sie fand? Würde sie ein neues Bild in Janines persönlicher Horrorsammlung abgeben?

Ihre Schlafstörungen waren nichts, was Janine mit ihren Kollegen besprach. Als sie vor achtzehn Jahren bei der Truppe angefangen hatte, hatte es sie viel Arbeit und Mühe gekostet, sich den Respekt und das Vertrauen der Kollegen – insbesondere der Männer – zu verdienen. In gewissen Teilen der Polizei herrschte immer noch die althergebrachte Meinung vor, dass Frauen – wenn sie darauf bestanden, Officer zu werden – auf der Wache bleiben und Anrufe entgegennehmen sowie Aussagen aufnehmen sollten.

Zum ersten Mal hatte sie Gefühle gezeigt, als sie mit ihrem ersten Fall von plötzlichem Kindstod zu tun gehabt hatte. Ihr Schichtleiter, ein launischer alter Sergeant, der eigentlich nicht mehr da sein wollte, jedoch keine andere Möglichkeit hatte, riet ihr, einen »Esslöffel Beton zu schlucken und verdammt noch mal härter zu werden, Mädchen«. Die Bezeichnung »Mädchen« war genauso erniedrigend gewesen wie sein Rat. Sie hatte sich jedoch diesen Kommentar sehr zu Herzen genommen. Janine hatte nie wieder einem männlichen Kollegen die Gelegenheit geben wollen, ihr zu sagen, dass sie es nicht packte. Sie zeigte keinerlei Schwäche mehr oder gab irgendwem Anlass zu der Annahme, sie sei nicht stark genug oder nicht so gut wie ein Kerl.

Sie schob ihr angeborenes Einfühlungsvermögen und Mitgefühl beiseite und verhielt sich in jeder Situation professionell und strikt nach Vorschrift. Ihre »Schwäche« manifestierte sich auf andere Art und Weise – in ihrer Weigerung, ein Opfer aufzugeben, indem sie sich gegen alle Widerstände festbiss, wo andere Beamte schon längst aufgegeben hatten. Und eben in ihrer Unfähigkeit, nach einem Tag wie diesem schlafen zu können.

Janine legte das Handy auf den Nachttisch. Dann stellte sie die Weckfunktion auf sechs Uhr in der Frühe ein und überprüfte die Lautstärke des Klingeltons. Sie schloss die Augen und versuchte, an nichts zu denken.

Samstag, 23:16 Uhr

Sammi träumte. Einen Albtraum. Doch ihr ganzer Tag war ein einziger Albtraum gewesen, und es fiel ihr immer schwerer, das tatsächliche Geschehen von ihrem Traum zu unterscheiden. Die Dunkelheit und die Paranoia vernebelten ihre Sinne. Doch sie sah Gavin neben sich im Busch, daher konnte es nicht real sein. Ihr Gehirn wusste es, selbst wenn der Verstand es nicht tat.

Sie lag inmitten von Erde und Blättern, die auf dem Boden verteilt waren. Gavin stand wenige Meter von ihr entfernt. Er hielt ihr seine Hand hin.

»Komm schon«, rief er. Er klang gefrustet, als habe er lange gewartet und würde sich nun ärgern.

»Hierher.«

Dieses Mal klang es dringlicher.

»Wir können eine Lösung finden.« Nun klang es flehentlich.

Sammi versuchte, aufzustehen. Sie wollte Gavins Hand ergreifen. Sie sehnte sich danach, ihn zu umarmen und sich für den Streit zu entschuldigen, den sie gehabt hatten. Es kam ihr vor, als sei die Auseinandersetzung so lange her, dass sie Mühe hatte, sich daran zu erinnern, worum es dabei gegangen war. Gavin stand so nah, doch er wich zurück und verschwand aus ihrem Sichtfeld, als sie nach ihm greifen wollte.

Sie wollte sich erheben, konnte es jedoch nicht. Je mehr sie es versuchte, desto schwächer wurde sie. Ihre Beine bewegten sich nicht. Sie konnte sie nicht einmal spüren und wusste nicht, warum das so war. Verwirrt schaute sie zu ihren Füßen hinunter. Ein riesengroßer schwarzer Hund in der Größe eines Löwen ragte über ihr auf. Er war so groß, dass sie nur seinen Kopf sehen konnte; der Rest seines Körpers war eine dunkle, schattenhafte Bedrohung. Er hatte ihre Füße in seinem enorm großen Rachen eingeklemmt und hielt sie am Boden. Er knurrte, fletschte seine messerscharfen Zähne, die silbrig wie die Schneide eines Jagdmessers aufblitzten. Blut tropfte von seinen Lefzen, und sie sah nun, dass das Tier ihr die Füße abgebissen hatte. Selbst wenn sie dies hier überleben sollte, würde es sie für immer verändern. Sie würde nie wieder laufen können.

Sie schrie, und der Schrei riss sie wieder ins echte Leben zurück.

Sammi richtete sich mit einem Ruck dort auf, wo sie unter einem Baum eingeschlafen war. Ihr schriller Schrei hallte ihr in den Ohren. Ihr Kopf schoss von links nach rechts und wieder zurück, um nach irgendwelchen Bewegungen zu suchen. Die Dunkelheit bedrängte sie von allen Seiten. Sie hielt still und lauschte jedem Geräusch. Ein heiseres Bellen in der Ferne – war das ein Hund, der da bellte? Das Einzige, was sie klar und deutlich hörte, waren das Wummern ihres Herzens und ihr keuchender Atem.

Wie weit war er entfernt? Hatte er sie gehört?

Sie rollte sich auf alle viere und drückte sich dann langsam hoch, bis sie stand. Alles war steif und wund, dazu kroch ihr die Kälte in die schmerzenden Muskeln und Gelenke. Sie musste sich weiterbewegen.

Sammi warf einen Blick auf die Uhr: 0:06 Uhr. Sie hatte den Tag überlebt. Jetzt war es Sonntag, ein neuer Tag. Sie orientierte sich kurz am Bachlauf und drehte sich Richtung stromabwärts.

Einen nächsten Schritt. Nur einen nächsten Schritt.

Sonntag, 3:00 Uhr

Ohne bestimmten Grund wachte Gavin mit einem Ruck auf und wollte sofort nach Sammi tasten. Dabei wäre er beinahe auf den Boden gefallen, wenn er sich nicht im letzten

Moment mit einem Arm abgestützt hätte. Erst da erinnerte er sich wieder, dass er sich zum Schlafen ins Wohnzimmer auf die Couch gelegt hatte.

Er warf einen Blick auf sein Handy, das er im Augenblick stets in Reichweite hatte. Punkt drei Uhr. Er hatte mal gehört, dass man dies als die Stunde des Teufels bezeichnete. Man sagte, dass Jesus um drei Uhr nachmittags gestorben sei, weshalb der Teufel die entgegengesetzte Zeit für sich beanspruchte, für seine eigenen Zwecke. Das Volkstum behauptete, dass dies die Zeit war, in der das Böse am mächtigsten war. Gavin fragte sich, was ihn wohl aufgeweckt hatte, und ob dies ein schlechtes Omen war. Unfreiwillig lief ihm ein Schauer über den Rücken, und er schaltete den Fernseher ein, um die gespenstische Stille zu brechen und ihr die Schärfe zu nehmen.

Die Hündin schlief auf dem Wohnzimmerboden. Es war eine Belohnung für sie, woanders zu schlafen als auf ihrer Matte unter der Veranda. Gavin beugte sich vor und stupste sie an. Jess sah auf, wackelte zweimal mit dem Schwanz und machte dann die Augen wieder zu. Sogar die Hündin wusste, dass Schlafenszeit war.

Gavin zappte durch die Fernsehkanäle, um sich abzulenken. Doch jeder Sender schien gerade eine Sendung auszustrahlen, in der es um Verbrechen ging – überall gab es Opfer und Angreifer und Polizisten in verschiedenen Variationen und an verschiedenen Orten, und alle erzählten von Angst und Gewalt. Gavin entschied sich schließlich für eine Werbesendung, in der es um Sportgeräte ging, die für ihn völlig uninteressant waren, in der Hoffnung, dass es ihn so langweilen würde, dass er einschlafen konnte. Doch seine Gedanken kreisten unaufhörlich um Sammi, wo auch immer sie war, tot oder lebendig.

War sie allein? Was hatte sie erleiden müssen? Dachte sie gerade an ihn? Wollte sie nach Hause kommen? Obwohl er es nicht wirklich glauben konnte, dass sie ihn verlassen hatte und mit einem anderen abgehauen war, erschien ihm um diese Uhrzeit alles möglich. Er schlang sich die Decke enger um den Körper, doch nichts konnte die kalte Furcht vertreiben, die ihn gepackt hatte.

Sonntag, 3:01 Uhr

Sammi lief weiter, aber sie taumelte und schwankte mehr, als dass sie ging. Nachts gab es im Busch viele Geräusche und viel Bewegung. Die Tiere hatten ein ähnliches Ziel wie Sammi – nämlich Überleben. Das natürliche Geraschel und Gescharre beruhigten Sammi ein wenig, und ihre Schritte vermischten sich mit den Buschgeräuschen.

Zuerst dachte sie, durch die Bäume ein Licht zu sehen. Zögerlich und leise bewegte sie sich darauf zu und versuchte, dabei zu vermeiden, dass kleine Äste und Zweige knackten, obwohl sich ihre Füße wie Betonblöcke anhörten. Vor ihr stand auf einer kleinen Lichtung ein Heizpilz, ein glühender Ball auf einer Stange. Sammi hatte das Gefühl, die Hitze zu spüren, die von dem Gerät ausging, und hob die Hände in Richtung des Heizpilzes. Als sie die Augen schloss, wurde das warme Gefühl noch stärker, und ganz langsam ging sie einen Schritt nach dem anderen darauf zu, bis sie in einen kleinen Baum lief und der Heizpilz verschwunden war. Der Zusammenprall fügte ihrer Sammlung ein paar weitere Kratzer hinzu. Schrammen,

Schnitte und Blutergüsse bedeckten jeden Zentimeter ihrer nackten Haut, doch Sammi spürte davon nichts mehr. Ihr Körper begann, die nicht-lebenswichtigen Funktionen zugunsten ihres Gehirns und der inneren Organe abzuschalten.

Wieder stolperte sie, und sie fiel hin. Dabei kam sie auf den Händen und den Knien auf, und Schmerz schoss ihr durch die Handgelenke und Ellbogen. Sie blieb auf allen vieren hocken und versuchte mit aller Macht, wieder hochzukommen. Sie musste weiter. Doch die Arme unter ihr begannen zu zittern, und es war zu schwer. Sammi ließ sich auf den Boden fallen. Langsam zog sie die Knie zur Brust hoch und rollte sich in die Embryonalstellung zusammen.

Zum ersten Mal, seit sie entführt worden war, weinte Sammi. Tiefe Schluchzer schüttelten ihren ganzen Körper. Obwohl die Lautstärke ihrer Schluchzer Sammi Angst machten, konnte sie nicht aufhören. Wenn der Barkeeper irgendwo in der Nähe war, würde er sie durch die stille Nachtluft hören.

»Hey!«

Es war kaum mehr als ein Flüstern, doch der Ruf zerriss die stille Nachtluft. Obwohl Paranoia und Angst an ihr genagt hatten, seit sie auf der Ladefläche des Pick-ups zu sich gekommen war, wusste sie, dass dies niemand war, vor dem sie Angst haben musste. Sie streckte sich ein wenig und hob den Kopf.

Eine junge Frau stand ein paar Meter vor Sammi; sie wurde von einem silbrigen Schimmer eingerahmt, als würde der Mond sie von hinten anleuchten.

»Komm schon. Du musst aufstehen. Wir zählen auf dich.«

Die Erscheinung kam zu Sammi herüber, wobei ihre

Füße die Spitzen von Zweigen und Blättern streiften. Sie bückte sich, streckte den Arm aus und hielt Sammi die Hand hin. Es war Tahlia Corbett; sie trug die Kleidung, in der sie verschwunden war.

Sammi griff nach der Hand, und obwohl sie nur nach Luft griff, reichte dies aus, um wieder in Bewegung zu geraten. Mühsam kam sie wieder auf die Beine. Sie schwankte leicht; Tahlia kam an ihre Seite und hakte sich bei ihr unter. Sammi blickte hinunter und sah, wie sich schimmernde Finger mit ihren tauben Fingern verschränkten.

»Du musst weiterlaufen, wir verlassen uns auf dich«, sagte Tahlia, deren sanfte Stimme in Sammis Kopf hallte. Eine Antwort war nicht nötig.

Erst da fielen ihr die anderen jungen Frauen auf. Drei andere waren da, alle glühten in einem unterschiedlichen Intensitätsgrad, eine war kaum noch sichtbar; Sammi erhaschte nur aus dem Augenwinkel einen Blick auf sie.

Eines der anderen Mädchen, die zweithellste nach Tahlia, kam schweigend auf Sammi zu und nahm ihre andere Hand. Ihre Lippen bewegten sich, doch ihre Stimme klang so schwach, dass Sammi ihre Worte nicht verstehen konnte. Alles geschah wie in Zeitlupe; Sammi wurde von beiden Seiten von den Seelen der verstorbenen Frauen geleitet und gestützt, und so machte sie einen Schritt vorwärts. Und noch einen. Indem sie sich an die Geisterhände klammerte und indem sie alle die Erinnerungen dessen teilten, was die anderen Frauen erlitten hatten, bewegte sich Sammi vorwärts. Jeder Schritt brachte sie dem Sonnenaufgang und einem neuen Tag näher.

Sonntag, 8:04 Uhr

»Kommen wir zu den weiteren Nachrichten. Die Polizei von Queensland untersucht das Verschwinden einer Kollegin. Constable Samantha Willis ist in der Gegend rund um Brisbane verschwunden, nachdem sie am Samstag in den frühen Morgenstunden nicht in das Haus einer Freundin zurückgekehrt ist. Die Polizei sucht dringend nach Donald Black, um ihn zu vernehmen.«

Janine und Bill schauten die Frühnachrichten auf einem kleinen Fernseher in der Ecke der Ermittlungszentrale. Die gesamte Mannschaft pausierte, und es wurde mucksmäuschenstill, als alle zuhörten. Das Polizeifoto des Barkeepers tauchte auf dem Bildschirm auf, und Janine hoffte inständig, dass die Zuschauer das Böse in seinen Augen erkennen konnten. Es folgte ein Bild eines Pick-ups, der seinem ähnelte, dazu wurde sein Kennzeichen eingeblendet.

»Die Polizei bittet die Bevölkerung, sich bei jeder beliebigen Dienststelle zu melden, wenn Willis oder Black gesichtet werden …«

»Das ist schon recht ungewöhnlich, wenn eine Polizistin verschwindet, oder?«, fragte der Co-Moderator.

»Ja, ich denke, da steckt noch mehr dahinter. Wir werden Sie auf dem Laufenden halten.«

Das war's. Es ging mit einer Geschichte über einen Rugbyspieler weiter, der festgenommen worden war, ohne dass die Nachrichtensprecher wussten, was sie da gerade angerichtet hatten.

»Verdammt noch mal! Mussten die sagen, dass es sich um eine Polizistin handelt?« Janine war aufgebracht. »Unsere Presseabteilung hätte es doch besser wissen müssen. Verdammt! Was, wenn sie immer noch lebt und er das jetzt gehört hat? Können wir nichts tun?«, flehte sie Bill an.

Bill stöhnte. »Wir können denen nicht vorschreiben, was sie sagen sollen, das wissen Sie«, erwiderte er. »Wer weiß, woher sie Wind davon bekommen haben? Aber auf lange Sicht wären wir ohnehin nicht in der Lage gewesen, das geheim zu halten. Es war doch klar, dass sie das aufgreifen würden. Dadurch erhält das Ganze doch erst einen Nachrichtenwert!«

»Schon klar, aber die Presseabteilung hätte sie einnorden müssen. Wenn er Sammi immer noch in seiner Gewalt hat und herausfindet, dass sie Polizistin ist …« Janine schüttelte den Kopf. »Ich will mir nicht vorstellen, was er dann mit ihr anstellen wird. Die Presseabteilung muss doch wissen, in welche Gefahr sie Sammi damit gebracht hat! Er guckt doch die Nachrichten. Jede Wette. Er will wissen, wie weit wir mit den Ermittlungen sind. Verdammter Mist. Vielleicht gibt ihm das sogar noch einen Kick, indem er dabei zusieht, wie wir uns abmühen, herauszufinden, was passiert ist. Bei dem Gedanken dreht sich mir der Magen um.«

»Jetzt ist es zu spät, Janine. Das Thema ist durch. Die Info ist raus, und es hilft gar nichts, wenn Sie sich jetzt darüber aufregen. Wir müssen uns darauf konzentrieren, unsere Aufgabe so gut wie möglich zu erledigen.«

Ein Aufruf an die Öffentlichkeit war ein doppelseitiges Schwert, und zwar nicht nur, weil man sich den Medien auslieferte, die ein eigenes Interesse dabei verfolgen. Andererseits konnte vielleicht der entscheidende Anruf eingehen – jemand hatte Black mitten in der Nacht an einer Tankstelle gesehen oder auf der Straße neben ihm angehalten.

Doch mit jedem nützlichen Anruf gab es zwanzig falsche Fährten von Leuten, die zwar helfen wollten, aber falsche oder zweifelhafte Informationen hatten. Es gingen immer noch regelmäßig Anrufe im Fall Tahlia ein, und jede Spur wurde vom Team der OP Echo verfolgt. Eine unfassbare Zahl an Polizeistunden ging für eine solche Untersuchung drauf, die aber auch manchmal erfolgreich war – indem man sich durch riesengroße Informationsmengen durcharbeitete und die Puzzlestücke erkannte, die zusammenpassten.

Sonntag, 8:38 Uhr

»Hallo, Sonderermittlung, Sie sprechen mit Constable Tracey Snell.«

Schweigen schlug ihr entgegen.

»Hallo?«

Wenn der Anrufer auflegte, wartete gleich der nächste auf sie.

»Hallo.« Die Stimme der Frau klang sanft und zögerlich. »Ich war mir nicht sicher, ob ich anrufen sollte. Ich kenne Don Black.«

»Gut. Uns wäre im Augenblick sehr daran gelegen, ihn zu sprechen.«

»Ich habe keine Ahnung, wo er sich jetzt aufhält, aber die Frau, die bei ihm ist, befindet sich in großer Gefahr.«

»Was bringt Sie zu dieser Vermutung?«

»Er ist ein brutaler, gefährlicher Mann. Ich glaube, er wollte mich umbringen.«

»Oh nein! Bitte erzählen Sie weiter.«

»Ich bin mit ihm zusammen gewesen. Ich hatte eine schlimme Kindheit und scheine diese gewalttätigen Männer irgendwie anzuziehen. Eines Nachts war er betrunken und hat mich verprügelt, bis ich ohnmächtig wurde. Ich glaube nicht, dass ich lange bewusstlos war; er hatte nicht bemerkt, dass ich wieder bei Sinnen war, da ich reglos und mit geschlossenen Augen liegen geblieben war. Er redete mit sich selbst und sagte etwas davon, mich in den Busch zu bringen und mich dort umzubringen. Es war, als würde er ein Streitgespräch mit sich selbst führen, ob er es tun sollte oder nicht.

Er sagte: ›Sie in den Pick-up zu verfrachten, ist nicht das Problem‹, dann ›Diese Schlampe, ihre Schwester, wird sie aber suchen.‹ Meine Schwester hat ihm nicht über den Weg getraut und mich andauernd angerufen, um zu sehen, ob es mir gut geht. Dann – und das werde ich nie vergessen – hat er gesagt: ›Sie wird bluten wie ein Schwein, und dann ficke ich sie zu Tode.‹ Die Ausdrucksweise tut mir leid, aber das ist exakt das, was er gesagt hat. Ich lag eine Stunde lang da und habe auf eine Gelegenheit gewartet, abzuhauen. Irgendwann hat er sich ins Bett gelegt. Sobald er eingeschlafen war, habe ich mir meine Handtasche geschnappt und bin weggelaufen. Ich hatte Panik. Die habe ich auch immer noch.«

»Hat er irgendwas angedeutet, wohin er Sie bringen wollte?«

»Nein, er hat immer nur vom ›Busch‹ gesprochen. Er hat noch irgendetwas davon gesagt, den Captain zu sehen.«

»Wie lange ist das her?«

»Etwa ein Jahr.«

»Haben Sie damals die Polizei gerufen?«

»Nein. Ich weiß, dass ich das eigentlich hätte machen

müssen, aber ich hatte Angst. Ich wollte den Teil meines Lebens am liebsten vergessen und einfach weitermachen.«

»Möchten Sie uns Ihre Adresse und Nummer angeben, damit ein Detective Sie zurückrufen kann?«

»Ich habe immer noch Angst vor ihm. Ich habe Panik, seitdem ich ihn verlassen habe. Er hat mir mit einigen schrecklichen Dingen gedroht.«

»Aber Sie haben heute hier angerufen. Sie wollen Hilfe.«

»Genau. Es muss aufhören.«

Sonntag, 9:08 Uhr

Sammis rettende Engel hatten sich im Tageslicht aufgelöst, doch sie spürte ihre Anwesenheit immer noch. Sie war nicht allein. Verbissen bewegte sie sich vorwärts, während ihre Gliedmaßen in der Morgensonne auftauten. Hoffnung brach wie Sonnenstrahlen durch das dichte Blätterdach der Bäume.

Wie weit war sie gekommen? Der Bach war nun breiter und tiefer geworden. Die Landschaft hatte sich leicht verändert. Die Bäume hatten sich gelichtet, und Sammi musste sich nicht mehr durch das Gestrüpp schlagen. Gelegentlich lagen vereinzelte Felsen am Ufer, und das Wasser floss schneller, weil sich ein paar Nebenflüsse hinzugesellt hatten. Gewiss floss der Bach in Richtung Zivilisation. Sie konnte sich in Sicherheit bringen. Der Barkeeper hatte sie nicht besiegt – und der Busch würde es auch nicht tun.

Sammi gelangte zu einer kleinen Lichtung, einem sonnigen, einladenden Plätzchen, das mit ein wenig Gras bewachsen war. Sammi ließ sich dort auf dem Boden nieder. Sie legte sich auf den Rücken und verschränkte die Finger hinter dem Kopf zu einer Art Kissen. Paranoia war kraftraubend. Sie brauchte das Gefühl, dass jemand über sie wachte. Sie schloss die Augen und fiel sogleich in einen traumlosen Schlaf.

Sonntag, 9:12 Uhr

In der Zentrale der OP Echo war die Hölle los – jeder schien zu telefonieren, nachdem die Informationen der Anrufer zusätzlich zu den bereits bestehenden Ermittlungsergebnissen nach und nach hereinkamen. Janine hatte gehofft, auf Jake zu treffen. Sie kannte das andere Team nicht gut genug, um ihnen Aufgaben zuzuweisen, und sie hatte bereits mindestens drei Hinweise, auf die sie Jake angesetzt hätte. Er kam oft ein wenig später und sonntagmorgens zudem oft auch noch ein wenig verkatert zum Dienst, doch sie hatte angesichts der Bedeutung dieses Falles mehr von ihm erwartet. Hocherfreut sah sie, dass seine Nummer eine Stunde nach seinem Schichtbeginn auf dem Display aufleuchtete.

»Hey, Janine, wie läuft's bei euch da unten? Gibt es Neuigkeiten?«, fragte er.

»Wir stecken knietief in den Ermittlungen. Wo versteckst du dich, Jake?«, erwiderte Janine barsch.

»Warum? Vermisst du mich?«, neckte er sie. Offenbar war er doch nicht verkatert.

»Der Fall hier ist eine Riesennummer geworden, und du machst dir im Büro einen lauen Vormittag und drehst Däumchen, oder was?«, fragte Janine ungläubig.

»Nein, tut mir leid«, erwiderte Jake jetzt mit ernster Stimme. »Hier saßen um acht Uhr schon Leute, die auf mich gewartet haben. Sie wollten letzte Nacht Anzeige erstatten, aber einer der Oberen hat den schwarzen Peter schön weitergereicht und sie angewiesen, doch bitte heute Morgen zu mir zu kommen. Das ist gerade die erste Möglichkeit, die ich hatte, dich anzurufen«, erklärte er.

»Worum geht's?«, erkundigte sich Janine.

»Letzte Nacht ist ein alter Mann gestorben. Es sah alles nach einer natürlichen Todesursache aus. Aber jetzt habe ich seine Tochter hier sitzen, die behauptet, dass ihr Bruder den lieben Dad umgebracht hat, um an sein Geld ranzukommen.«

Janine stöhnte auf. »Du kommst also nicht so schnell hierher, oder?«

»Nein. Tut mir leid. Ich erledige hier nur das Minimum, danach versuche ich, so schnell wie möglich nachzukommen.«

»Tu, was du tun musst«, antwortete Janine. »Sei froh, dass du eine hieb- und stichfeste Entschuldigung hast. Ich war schon auf dem besten Wege, ganz schön sauer zu werden.«

»Ich würde dich doch niemals hängen lassen, Janine. Jedenfalls nicht absichtlich«, antwortete Jake.

Janine konnte sich sein Grinsen genau vorstellen, als sie auflegte.

Sie überflog weiter die Berichte im Corbett-Fall und suchte nach Verbindungen. Bill sah aus, als sei er seit dem Beginn seiner Schicht nicht mehr vom Telefon losgekommen, und Janine fiel auf, dass auch er sich vollkommen in diesen Fall stürzte und völlig darauf konzentriert war. Er stand in seiner Bürotür und rief ihren Namen.

»Ich will, dass Sie sich das hier anhören«, rief er und winkte sie in sein Büro.

Janine sah, dass der Telefonhörer noch nicht wieder aufgelegt war.

»Das ist einer der Detectives aus Caboolture. Irgendjemand hat dort Knochen gefunden. Ich wüsste gern, was Sie davon halten«, erklärte Bill und drückte auf eine Taste, um den Lautsprecher zu aktivieren.

»Nev, Sie sind jetzt auf Lautsprecher gestellt, und ich habe Janine bei mir«, stellte Bill klar. »Sie arbeitet am Willis-Fall. Ich hätte gern, dass sie informiert ist, falls es eine Verbindung zu unserem Fall gibt. Erzählen Sie uns etwas über die Knochen.«

»Ja. Hi Janine! Ich hatte nur das Gefühl, dass ihr davon erfahren solltet, aber vielleicht bildet ihr euch eine eigene Meinung darüber. Wir hatten hier vor einer halben Stunde eine Dame auf der Wache, die sich am Tresen gemeldet hat. Sie ist durch den Yonga State Forest oben in der Nähe von Woodford geritten und hatte einen Hund dabei. Sie selbst ist einen Pfad entlanggeritten, aber der Hund lief frei umher. Er ist im Gebüsch verschwunden und ist mit einem großen alten Knochen im Maul wieder zurückgekehrt. Sie hat dem Hund den Knochen abgenommen und stellte fest, dass es sich um einen menschlichen Knochen handelte. Sie ist pensionierte Ärztin. Sie hat den Knochen mit auf die Wache gebracht; ich habe mit ihr gesprochen. Sie hat ihn schon am Freitagnachmittag gefunden, ihn aber erst jetzt hergebracht. Irgendwas war mit ihrem Pferd, es hat sich verletzt, da hatte sie den Knochen ganz vergessen und ihn heute erst wieder im Auto entdeckt. Ich habe ihr gesagt, dass es wahrscheinlich der Knochen von einem Känguru ist oder von einer Kuh. Daraufhin hat sie die Nase gerümpft und mir erklärt, dass sie durchaus ein menschliches Schulterblatt erkenne, wenn sie eines vor sich habe.«

»Und, was glauben Sie?«, fragte Bill.

»Ich kann nur raten. Ich denke, dass es diese Ärztin wahrscheinlich besser weiß als ich. Der Knochen sieht alt aus, als wäre er eine Weile lang der Witterung ausgesetzt gewesen. Ich habe sofort an den Corbett-Fall denken müssen. Darum habe ich angerufen.«

»Prima, sehr gut. Wenn auch nur die Möglichkeit besteht, dass das ein Knochen von Tahlia Corbett ist, müssen wir das Ganze als Tatort behandeln und die Spurensicherung hinschicken«, fuhr Bill fort.

»Die Ärztin führt gerade eine Streifenwagenbesatzung zu der Stelle, wo der Hund mit dem Knochen aufgetaucht ist«, erzählte Nev.

»Können Sie sich mit ihnen in Verbindung setzen und sie anweisen, den Tatort abzusperren? Haben Sie einen Detective, den Sie hinunterschicken können, damit er nach weiteren Knochen sucht?«, fragte Bill.

»Ja, ich könnte mit einem der Kollegen runterfahren«, erwiderte Nev.

»Es wäre gut, wenn Sie das Ganze vorrangig behandeln. Wenn der Knochen menschlicher Natur ist, wäre das äußerst verdächtig!«, antwortete Bill.

»Ja. Wir können im Prinzip sofort los, aber wir brauchen etwa eine halbe Stunde, bis wir dort sind«, erwiderte Nev.

»Prima. Halten Sie uns auf dem Laufenden.« Bill gab dem Mann seine direkte Durchwahl und legte auf. Dann lehnte er sich auf seinem Bürostuhl zurück und streckte sich. »Was halten Sie davon?«, fragte er Janine.

»Es könnte Corbett sein, aber ich hätte nicht gedacht, dass die Knochen so alt aussehen würden. Das ist doch erst vier Monate her.«

»Da stimme ich Ihnen zu, aber der Begriff ›alt‹ lässt genügend Interpretationsspielraum. Wenn die Knochen der Witterung, Wildtieren und Insekten ausgesetzt waren, ist schon nach kurzer Zeit kein Fleisch mehr an ihnen, denke ich. Außerdem war es recht heiß in letzter Zeit. Aber das ist alles reine Spekulation. Wir sollten zusehen, dass sich die Spurensicherung an die Arbeit macht.«

»Okay, ziehen Sie einen Gerichtsmediziner hinzu, und dann werden Sie sehen, was dieser Ihnen sagen kann. Ich sage ›Sie‹, weil ich am Willis-Fall arbeite«, erklärte Janine.

Bill grinste. »Schon, aber ich vermute, dass das alles miteinander zusammenhängt.«

»Es werden jedenfalls nicht Sammis Knochen sein, so viel steht fest«, entgegnete Janine.

»Ich weiß. Aber wenn sie von Tahlia stammen sollten, dann könnten wir unseren zweiten Ort haben, einen Punkt, von dem aus wir nach Sammi suchen können. Wir wissen, dass er sie irgendwo hingebracht hat, in einem Pick-up, mit einem Hund und einem Geländemotorrad. Der Yonga State Forest ist nicht weit von seinem Haus entfernt, und er umfasst ein sehr großes Gebiet – dort gibt es genügend Orte, wenn man nicht gestört werden möchte. Nun, gehen wir einmal davon aus, dass dieser Knochen menschlich ist und im Busch gerade ein Skelett zu Tage gefördert worden ist. Wer ist das? Wie viele Menschen stehen auf der Vermisstenliste? Bei wie vielen davon müssen wir das Schlimmste befürchten? Wie viele davon sind zuletzt im

Gebiet in und rund um Brisbane gesehen worden? Diese wird man an einer Hand abzählen können. Mein Bauchgefühl sagt mir, dass das hier mit Sammis Fall in Verbindung steht. Je schneller wir an frische Informationen herankommen, desto besser stehen die Chancen, dass wir sie finden«, erklärte Bill.

Janine fiel auf, dass er nicht das Wort »lebendig« benutzte.

»Und wie geht es jetzt weiter?«, fragte sie.

»Ich wollte Sie nur auf dem Laufenden halten. Der Fall liegt jetzt in den Händen unserer Leute vor Ort. Wir werden sehen, ob sie für uns eine Leiche finden«, antwortete Bill.

»Schon traurig, sich so etwas zu wünschen«, bemerkte Janine, als sie Bills Büro verließ.

Sonntag, 10:07 Uhr

Auf Nev und Rob warteten am Ausgangspunkt des Wanderweges durch den Yonga Park drei Leute und ein Tier: Zwei Constables, deren Namen Nev entfallen waren, sowie eine ältere Dame mit einem Australian Kelpie an der Hundeleine. Alle, selbst der Hund, drehten sich um und beobachteten, wie die Detectives aus dem Auto stiegen und herüberkamen.

Man stellte sich kurz vor. Die Dame hieß Sylvia und hatte den Knochen auf die Wache gebracht. Sie war hier, um ihnen zu zeigen, wo der Hund mit dem Knochen aufgetaucht war.

»Ich habe Ziggy mitgebracht. Wenn ich ihn an der Stelle, wo er mir den ersten Knochen gebracht hat, von der Leine lasse, wird er uns zu der Stelle führen, wo er ihn gefunden hat, jede Wette«, erklärte sie.

Nev sah zu dem Hund hinunter, der ungeduldig von einer Pfote auf die andere hüpfte, und warf dann Rob einen Blick zu.

»Vielen Dank, aber wir möchten lediglich, dass Sie uns die Stelle zeigen, wo der Hund … wo Ziggy mit dem Knochen aufgetaucht ist«, erwiderte Nev.

»Und genau darum habe ich ihn angeleint«, nickte die Dame. »Kommen Sie, es ist nicht weit bis dort.«

Nev drehte sich zu den Constables um. »Ihr bleibt hier, um sicherzustellen, dass niemand hier raufkommt. Wir müssen dies hier bis auf Weiteres als Tatort betrachten. Ihr fangt bitte schon mal mit einem Tatort-Protokoll an«, wies er die Streifenpolizisten an.

Sie liefen den Weg hinauf, indem sie Sylvia folgten, der Hund allen voran. Das Tier wetzte schnüffelnd hin und her, so weit die Leine es zuließ. Nev musste sich in Erinnerung rufen, dass wahrscheinlich Hunderte von Füßen hier entlanggelaufen waren, seitdem die Frau, deren Schulterblatt gefunden worden war, hier spaziert war. Wenn es hier noch Beweise gab, dann nur noch an den eigentlichen sterblichen Überresten. Wenn sie diese denn finden sollten.

Es bestand immer noch die Chance, dass es gar keinen Tatort gab. Selbsttötungsdelikte kamen deutlich öfter vor als Morde, und eine ganze Reihe von Vermissten waren einfach nur Leute, die sich das Leben genommen hatten und noch nicht gefunden worden waren. Genauso gut konnte es sich um den Knochen eines toten Tieres handeln. Darauf hoffte Nev, als sie den Pfad durch den Busch entlangliefen.

Sollte Bill dennoch recht haben, was aber arg zu bezweifeln war, würde es ein sehr langer Tag werden. Er dachte kurz darüber nach, seine Frau anzurufen, um sie zu warnen, dass es spät werden könnte.

»Da!«, rief Sylvia und deutete auf einen großen Eukalyptusbaum. »Ich war auf dem Rückweg zum Ausgangspunkt am Parkeingang. Ziggy lief auf dieser Seite des Wanderweges. Ich konnte hören, wie er im Laub geraschelt hat, er war also nicht sehr weit im Busch drin, bevor er mit dem Knochen im Maul wieder herausgekommen ist. Ich bin ziemlich sicher, dass er unter diesem Eukalyptusbaum gewesen ist.«

»Okay, vielen Dank dafür. Es gibt keinen Grund, zu warten, Sie können wieder gehen«, erklärte Nev.

»Sind Sie sicher, dass Sie Ziggy nicht brauchen? Er wird nicht mehr Unheil anstellen, als er es bereits schon getan hat«, entgegnete Sylvia.

»Nein, danke. Wir müssen alles so sichern, wie wir es vorfinden«, entgegnete Nev.

Manche Leute liebten es, miteinbezogen zu werden und so zu tun, als könnten sie behilflich sein. Diese Ärztin hier schien zu jenen zu gehören. Es stimmte schon, Ziggy hatte den Schaden bereits angerichtet, doch dies war geschehen, bevor hier alles zu einer polizeilichen Ermittlung geworden war. Nun war Nev verantwortlich, und obwohl die Frau recht hatte – Ziggy würde schneller suchen als sie selbst –, würde er später einiges zu erklären haben, sollte er sich für diese Möglichkeit entscheiden. Er wandte sich an die Ärztin.

»Vielen Dank für die Zeit, die Sie uns geschenkt haben. Es war sehr hilfreich, dass Sie uns hergebracht und uns die richtige Richtung gezeigt haben«, bedankte sich Nev und geleitete sie ein Stück den Weg hinunter.

»Können Sie mir wenigstens Bescheid sagen, wenn Sie dort noch weitere menschliche Knochen finden? Ich bin sicher, es handelt sich um ein Schulterblatt, aber es wäre einfach nett zu wissen, dass ich Ihnen die korrekten Informationen gegeben habe«, bat sie.

»Natürlich. Wir werden Ihnen zwar keine Details nennen können, aber ich sorge dafür, dass Sie jemand darüber aufklärt, ob wir weitere Skeletttteile gefunden haben.«

»Komm, Ziggy«, wandte sich Sylvia an den Hund. »Dann lassen wir diese Herren jetzt in Ruhe ihre Arbeit erledigen.«

Sonntag, 10:18 Uhr

»Hallo, Sonderermittlung, Sie sprechen mit Constable Tracey Snell.«

»Ja, hi. Ich denke, ich habe ein paar Informationen über diese verschwundene Polizistin.«

»Dann legen Sie mal los. Was möchten Sie uns sagen?«

»Ich bin ein Medium, ein Hellseher. Ich bin nicht sehr bekannt, denn ich versuche, mich unverdächtig zu verhalten.«

»Okay …«

»Die junge Frau wird irgendwo in einem Keller gefangen gehalten. Sie ist noch am Leben, hat aber viele Verletzungen. Das Haus befindet sich in der Stadt, und ich bin ziemlich sicher, dass es sich um Brisbane handelt. Es handelt sich um einen für Queensland typischen Bau, grün gestrichen, mit einem unterirdischen Verlies. Man hat dort einen geheimen Keller gebaut, doch die Tür dorthin ist versteckt. Achten Sie auf eine Schildkröte. Das ist alles, was ich im Augenblick empfange, aber ich melde mich noch einmal, wenn ich noch mehr sehe. Wird irgendwer diese Spur verfolgen?«

»Ja, wir folgen allen Hinweisen. Vielleicht steht dies mit etwas anderem in Verbindung. Möchten Sie Ihre Adressdaten hinterlassen, falls wir noch einmal in Kontakt mit Ihnen treten müssen?«

»Nein, ich melde mich bei Ihnen.«

»Vielen Dank.«

Tracey legte auf und vergrub geschlagene zehn Sekunden lang den Kopf in den Händen, bevor das Telefon wieder klingelte.

Sonntag, 10:32 Uhr

Bill steckte den Kopf zu seiner Bürotür heraus.

»Sie haben die sterblichen Überreste einer Leiche im Yonga Park gefunden«, rief er zu Janine hinüber.

In dem Großraumbüro entstand ein lautes Stimmengewirr, als Fragen aufkamen.

»Ist es Sammi?«

»Ist das Tahlia?«

»Weder noch, wie es aussieht. Bislang haben wir nur ein paar Kleiderfetzen und einen Schuh«, verkündete Bill. »Die Knochen sehen zu alt aus, um zu einer der beiden jungen Frauen zu gehören, außerdem passt die Kleidung nicht zu den Beschreibungen. Die Abteilung für Vermisstenmeldungen klemmt sich dahinter und vergleicht die Kleidungsreste mit den Angaben in ihren Akten.«

Er ging zu Janines Schreibtisch hinüber, damit er nicht mehr durch das ganze Büro brüllen musste.

»Ich habe sie angewiesen, die Details mit der vermissten Prostituierten abzugleichen, zu deren Verschwinden der Barkeeper vernommen worden war.«

»Sie sind überzeugt, dass die Fälle alle zusammenhängen«, nickte Janine. Dies war eine Feststellung, keine Frage.

»Ja.«

»Sie sind also der Meinung, dass wir es hier mit einem fest entschlossenen Serienkiller und mindestens drei Opfern zu tun haben«, fragte Janine kritisch nach.

»Das ist durchaus möglich. Es gibt Verbindungen zwischen allen drei Fällen«, erwiderte Bill.

»Diese Verbindungen sind aber recht dürftig«, stellte Janine klar.

»Ja, aber dieses Mal höre ich auf mein Bauchgefühl. Sagen Sie mir eines – glauben Sie wirklich, dass die Fälle nicht miteinander im Zusammenhang stehen? Oder wollen Sie einfach nicht glauben, dass sie zusammenhängen, weil es bedeutet, dass Sammi höchstwahrscheinlich tot ist?«, fragte Bill.

Janine zuckte mit den Schultern, ohne Bill dabei in die Augen zu sehen. Sie hatte keine Zeit für eine solche Gewissensprüfung. Sie musste eine vermisste Polizistin finden.

Sonntag, 11:09 Uhr

Don hatte richtig schlechte Laune. Sogar sein Hund merkte das. Das Tier hatte den Schwanz zwischen die Beine geklemmt und war seinem Herrn ängstlich aus dem Weg gewichen. Der Hund hatte an diesem Morgen schon ein paar Mal Dons Stiefelspitze zu spüren bekommen und ging ihm daher lieber aus dem Weg.

Der vorherige Tag war nicht so verlaufen wie geplant. Der Reiz der Jagd war verpufft, und er hatte dieses blöde Miststück immer noch nicht gefunden. Wie zum Teufel hatte sie den Peilsender entdeckt? Sie hatte Glück gehabt, aber sie würde dennoch sterben – er würde es nur eben nicht miterleben. Doch er tröstete sich mit der Vorstellung, dass sie dem Tod ins Auge sehen würde, wenn er sich mit der Kälte der Nacht heranschlich.

Es war kein kompletter Reinfall gewesen. Er hatte immer noch ihre Panik im Blick gesehen – und spürte noch die Kraft, die wie eine Droge durch seine Adern gejagt war. Er hatte aus der Sache auch einiges gelernt. Er plante bereits wieder und hatte schon neue Ideen. Die Nächste würde ihm nicht entkommen.

Außerdem gab es immer noch einen Kick, dem er entgegenfieberte: seinem Bekanntheitsgrad. Er drehte im Pick-up das Radio an, als er das Motorrad auflud und festschnallte. Der Empfang war zwar nicht sonderlich gut, doch es reichte, um zu hören, was gesagt wurde. Vielleicht würde heute schon etwas berichtet werden, aber wahrscheinlich eher nicht. Ihre Freundin war eine betrunkene Schlampe – wer wusste schon, wann sie in der Lage sein würde, festzustellen, dass ihre Freundin verschwunden war?

Er war fast schon wieder auf der Straße angelangt, als die Nachrichtensendung begann. In freudiger Vorausahnung drehte er die Lautstärke höher. Ein Grinsen machte sich auf seinen Lippen breit, als er das Wort »Vermisste« hörte.

»Die Polizei wendet sich an die Bevölkerung mit der Bitte um Mithilfe bei der Suche nach der Vermissten Samantha Leigh Willis, die eine ihrer Kolleginnen ist.«

Sie war ein Bulle!

»Im Zusammenhang mit dem Fall sucht die Polizei nach Donald Charles Black…«

Don stieg auf die Bremse, sodass Zeus gegen das Armaturenbrett knallte und aufjaulte. Es war vollkommen unwirklich, seinen eigenen Namen im Radio zu hören.

»Er ist wahrscheinlich mit einem weißen Toyota Landcruiser Pick-up unterwegs mit dem amtlichen Kennzeichen 542GCU. Es besteht begründete Sorge um Samantha Leigh Willis' Sicherheit. Jeder, der Informationen zum Aufenthalt dieses Mannes machen kann, wird gebeten, sich unverzüglich bei der nächsten Polizeistation zu melden.«

Verdammt!

Sollte er zurückfahren? Sollte er sie finden und sie dann auf eine Art und Weise erledigen, wie sie es für ihren Job verdient hatte? Wie schwer konnte es sein, eine müde Schlampe aufzufinden, die in seinem Jagdrevier herumtaumelte?

Er hielt inne und trat dann wütend aufs Gaspedal. Er hasste es, seine Entscheidungen noch einmal neu überdenken zu müssen. Es war unmöglich, dass sie es schaffte, den Busch zu verlassen. Vollkommen unmöglich. Dass sie ein Bulle war, hatte darauf keinerlei Einfluss. Sie würden ihre Leiche niemals finden, ihm die Sache niemals anhängen können. Sie hatten nichts in der Hand. Dass sie ein Cop war, bereitete ihm ein zusätzliches Vergnügen.

Hatte irgendwer gesehen, wie sie in sein Auto eingestiegen war? Na und? Er hatte sie nach Hause gefahren, nachdem ihre Freundin sie versetzt hatte. All das konnte überprüft werden. Sie hatten absolut nichts in der Hand, was ihn mit ihrem Verschwinden in Verbindung bringen konnte. Genau wie damals, als sie ihn wegen der ersten Nutte befragt hatten. Die Bullen waren dämlich. Sie folgten strikt ihren Regeln, und wenn sie nicht jedes Kästchen abhaken konnten, ließen sie einen wieder in Ruhe. Schnelles Reagieren war nicht ihre Sache. Anders als er. Er war schlau. Schlauer als die Bullen.

Er musste schleunigst einen Platz finden, wo er die Ladefläche seines Autos abspritzen konnte, und das schnell. Mit DNA-Spuren konnten sie alles Mögliche anstellen. Plötzlich überkam ihn Furcht. Dieses dumme Miststück! Er hätte sie abknallen sollen, als er noch die Gelegenheit dazu gehabt hatte.

Er hatte keinen Bock auf den ganzen Mist! Er würde einfach über die Grenze fahren. Er hatte alles, was er brauchte. Seinen Hund, sein Gewehr, seine Brieftasche. Er würde ins Northern Territory abtauchen und keinen Blick zurückwerfen.

Der Nachrichtenbeitrag hatte um die Mithilfe der Öffentlichkeit gebeten, ihn zu finden. Das bedeutete, man hatte keine Ahnung, wo er sich aufhielt. Wenn er auf den Nebenstraßen bleiben und im Busch sein Nachtlager aufschlagen würde, wäre seine Chance gut, unentdeckt zu bleiben.

Diese Gedanken schossen ihm durch den Kopf, als er ein Rudel Kängurus aufscheuchte, das sich neben der Straße im Busch aufgehalten hatte. Das brachte ihn auf eine Idee. Sofort hielt er an und sprang mit dem Gewehr in der Hand aus dem Auto. Er wählte ein Känguru aus, das am nächsten am Pick-up dran war, damit er es nicht zu weit mitschleppen musste. Er legte das Gewehr an, starrte durch das Zielfernrohr und schoss dem Känguru durch den Rücken. Dann rief er den Hund; gemeinsam liefen sie zu dem verwundeten Tier. Es zuckte und grunzte. Absichtlich hatte er dem Tier ins Rückgrat geschossen, damit es nicht mehr um sich treten konnte. Er packte das Tier bei den Beinen, zerrte es zum Pick-up und hievte es auf die Ladefläche. Es lebte noch und blutete schwer – ganz, wie er es geplant hatte.

Don war mit seinem Geistesblitz zufrieden. Es erinnerte ihn daran, wie clever er war. Er belohnte Zeus, indem er ihm den Kopf tätschelte. Die Cops konnten ihm gar nichts nachweisen. Außerdem würden sie ihn erst noch schnappen müssen. Er grinste, als er beim Pick-up den ersten Gang einlegte.

Er würde aus dieser Nummer unbeschadet rauskommen, keine Sorge.

Sonntag, 11:12 Uhr

Gavin kannte die beiden Männer nicht, die vor seiner Haustür standen, begriff aber sofort, dass sie Detectives aus der Stadt waren. Mittlerweile hatte er lange genug mit Cops zu tun gehabt, um die schlichte »Uniform« zu erkennen. Keiner aus dem Ort würde auf seiner Veranda in einem langärmeligen Hemd mit Krawatte auftauchen und in der späten Morgensonne schwitzen.

Sofort stellte sich bei ihm ein beklommenes Gefühl ein. Warum sollten Polizisten, die ihm fremd waren, unangekündigt bei ihm vor der Tür stehen? Alles, was man bislang unternommen hatte, war durch Personal geschehen, das er von der örtlichen Polizeiwache her kannte. Man hatte ihn durch den Prozess geleitet und ihn vor übereifrigen Detectives geschützt, die weder ihn noch Sammi kannten.

Gavin war fest davon überzeugt, dass Shane ihm gegenüber reinen Wein einschenkte und ihm alles berichtete, was die Ermittler in Brisbane ihm gesagt hatten, ohne etwas auszulassen. Was sollte das also jetzt? Er bezweifelte, dass man Fremde schicken würde, um ihm die schlechte Nachricht zu überbringen. Das wäre feige. Das würde Shane nicht dulden. Hier ging es um etwas anderes.

Er öffnete das Fliegengitter vor der Haustür und sah die Männer gespannt an. Beide schienen Mitte dreißig zu sein. Der größere von beiden hatte eine ordentliche Wampe und den käsigen Teint einer Person, die die meiste Zeit drinnen verbachte. Der andere Mann war ein wenig kleiner, kompensierte dies jedoch mit ausgeprägten Muskeln. Sein Bizeps drückte sich durch die Ärmel seines Hemdes, und er hielt die Arme vor dem Oberkörper seltsam gebeugt, als würde er eine Wassermelone unter jedem Arm tragen.

Der größere Mann hielt Gavin die Hand hin. »Gavin, nicht wahr? Mein Name ist Detective Sergeant Barry Stanley. Das hier ist Detective Sergeant Matt Stansfeld. Wir sind von der Mordkommission.«

Beim Wort Mordkommission setzte Gavins Herzschlag aus. Es war das erste Mal, dass dies erwähnt wurde. Bislang war immer nur von einer Vermissten die Rede gewesen. Vielleicht hatten sie doch schlechte Nachrichten für ihn. Er hielt inne, als er diese neue Entwicklung sacken ließ.

Der Größere von beiden, Barry, musste den panischen Ausdruck in seiner Miene bemerkt haben, und klärte alles schnell auf. »Wir haben keine Neuigkeiten für Sie, sondern müssen Ihnen lediglich ein paar Fragen stellen. Um damit zu den Ermittlungen beizutragen.«

Gavin schluckte die schlimmen Bilder, die plötzlich vor seinem geistigen Auge aufgetreten waren, hinunter und trat zur Seite. »Bitte kommen Sie herein.«

Er schaute zur Tür hinaus, als die Männer hereinkamen, und erwartete eigentlich, Shane bei ihnen zu sehen. Doch niemand begleitete sie, kein bekanntes Gesicht, um ihn wissen zu lassen, was los war, und um die unterschwellige Botschaft für ihn zu übersetzen.

Die drei Männer gingen ins Wohnzimmer hinüber. Dort stand eine Dose mit selbst gebackenen Keksen auf dem Couchtisch, die ein Nachbar vorbeigebracht hatte.

»Kann ich Ihnen eine Tasse Tee anbieten? Es gibt auch Kekse«, sagte Gavin.

»Etwas Kaltes wäre prima, für mich einfach bitte nur ein Wasser«, erwiderte Barry. »Die Fahrt von Brisbane hierher ist doch recht lang.«

Gavin verschwand in der Küche; seine Gedanken kreisten unaufhörlich. Schnell stand für ihn fest, dass er keine Lust auf Spielchen hatte. Als er mit zwei Gläsern Wasser ins Wohnzimmer zurückkehrte, kam er ohne Umschweife auf den Punkt.

»Was ist los?«, fragte er. Er richtete seine Frage an Barry, da der andere Mann bislang noch kein Wort gesagt hatte. »Bisher haben sich die Jungs von der Wache um mich gekümmert. Jetzt sitzen hier zwei Detectives von der Mordkommission in meinem Haus. Was ist passiert?«

»Alles in Ordnung, Gavin«, erwiderte Barry. »Setzen

Sie sich, wir haben nur ein paar Fragen. Sie wissen ja, wie wir Polizisten so sind, wir haben immer noch mehr Fragen auf Lager.«

Er lächelte halbherzig, um die Spannung zu lösen, doch Gavin kaufte ihm die Sache nicht ab.

»Sie sind drei Stunden lang gefahren, um mir ein paar Fragen zu stellen? Hat man Ihnen meine Telefonnummer nicht gegeben? Da steckt doch mehr dahinter. Warum sind Sie hier?«, hakte Gavin nach.

»Ja, Sie haben recht«, nickte Barry. »Die Mordkommission ist vor Kurzem auf den Plan gerufen worden. Es tut mir leid, aber es sieht so aus, als sei Samantha Opfer eines Verbrechens geworden. Deswegen beginnen wir mit unseren Ermittlungen. Und Sie sind ein Teil unserer Ermittlungen.«

»Sie glauben, dass ich darin verwickelt bin.«

»Das habe ich nicht gesagt. Aber viele Mordopfer werden von den Ehemännern oder den Partnern getötet oder von Menschen aus dem engeren Bekanntenkreis. Es wäre nachlässig von uns, nicht Recherchen über Sie anzustellen.« Barry sprach ruhig und gelassen, schaute Gavin in die Augen und versuchte, ihn zu besänftigen.

Der andere Mann schwieg, beobachtete Gavin jedoch aufmerksam.

»Fragen Sie bei der lokalen Wache nach. Ich war die ganze Nacht über hier, sie werden für mich bürgen. Und jetzt sagen Sie nicht, dass Sie nichts von dem Barkeeper wissen.«

»Oh, doch, wir wissen vom Barkeeper, und glauben Sie uns: Wir tun alles, um sämtliche bisherigen Spuren zu verfolgen. Dennoch müssen wir ein paar Dinge mit Ihnen abklären. Bitte, setzen Sie sich. Kommen Sie, wir wollen doch alle das Gleiche. Wir versuchen nur, Samantha zu finden.«

Gavin zögerte zunächst, lenkte dann jedoch ein und setzte sich gegenüber von Barry auf einen Sessel.

»Okay. Was wollen Sie wissen?«, fragte Gavin.

»Was ist an dem Nachmittag passiert, bevor Samantha weggefahren ist?«, wollte Barry wissen.

»Wir hatten einen Streit. Wir waren beide wütend. Ich bin mit dem Hund joggen gegangen. Nachdem ich ein paar Stunden später zurückgekommen bin, war Sammi fort. Ich hatte mich bis dahin schon wieder beruhigt und habe sie angerufen, aber sie ging nicht dran.«

»Worum ging es bei diesem Streit?«, fragte Barry.

»Im Grunde um nichts«, erwiderte Gavin.

»Worum ging es also? Um Geld? Um die Arbeit?«, hakte Barry nach.

»Ich hatte vorgeschlagen, unsere Bankkonten zusammenzulegen. Sie wollte nicht, und ich habe ihr vorgeworfen, dass sie mir nicht vertraut. Das war's.«

»Kam es zu Gewalttätigkeiten?«, fragte Barry.

»Nein!«, entgegnete Gavin mit Nachdruck. Er war keiner von diesen Männern, die ihre Ehefrauen schlugen, und wollte auch nicht, dass man ihn für einen von ihnen hielt. »Ich habe sie nie auch nur angerührt. Wir beide schreien einander an, das ist alles.«

»Vertrauen Sie ihr?«, fuhr Barry fort.

»Ja. Blind. Wir sind seit drei Jahren zusammen. Die Beziehung hätte nicht so lange gehalten, wenn wir einander nicht vertrauen würden. Sie hat nur Muffensausen bekommen, weil ich sie überreden wollte, zu meiner Bank zu wechseln«, erklärte Gavin. Er hasste das Gefühl, seine Gefühle Fremden gegenüber erklären zu müssen.

Barry schlug einen anderen Kurs ein. »Kennen Sie viele Leute in Brisbane?«

»Nein, eigentlich nicht. Ein paar alte Schulfreunde leben dort.«

»Fahren Sie oft hin?«

»Nein. Wenn es einen triftigen Grund gibt, fahre ich hin. Ich muss jedoch jedes Mal das Navi anschalten«, erwiderte Gavin.

»Sind Sie je in Forest Lake gewesen?«, erkundigte sich Barry.

»Wohnt dort dieses Miststück Candy? Wir haben sie einmal besucht.«

»Mögen Sie Candy nicht?« Zu jeder anderen Zeit wäre dies eine Frage gewesen, die man leicht hätte abtun können, doch heute fiel sie ins Gewicht. Sofort bedauerte Gavin, wie er Candy genannt hatte.

»Nein, ich habe sie noch nie sympathisch gefunden. Und wenn sie bei Sammi geblieben wäre und sichergestellt hätte, dass sie gut nach Hause kommt, anstatt sich von einem Barkeeper anmachen zu lassen, säßen wir wahrscheinlich nicht hier. Also ja, ich habe sie gerade als Miststück bezeichnet. Sie ist gestern hergekommen, hat sich entschuldigt und ist wieder gefahren. Ich hatte ihr nichts zu sagen.«

»Sie haben eben den Barkeeper erwähnt. Haben Sie je von ihm gehört?«

Gavin warf Barry einen Blick zu.

»Nein«, antwortete er langsam. »Glauben Sie ernsthaft, ich stecke mit ihm unter einer Decke?«, fragte Gavin leise und frostig.

»Wir brauchen alle Informationen, an die wir kommen können«, erklärte Barry.

»Ist das eine Vernehmung?« Gavins Verärgerung wuchs, als ihm klar wurde, worauf Barrys »Fragen« abzielten. Darum also waren diese beiden Detectives aus Brisbane herkommen. Keiner der Leute von der Dorfwache hätte es je gewagt, so mit ihm zu reden.

»Nein, wir wollen nur …«, fing Barry an, doch Gavin unterbrach ihn, als ihm ein anderer Gedanke kam.

»Nehmen Sie das Gespräch auf?« Obwohl er von Beruf Mechaniker war, hatte er zu lange mit Polizeikreisen zu tun gehabt, um nicht einige von deren Tricks und Techniken zu kennen.

»Ja«, nickte Barry und zuckte lässig mit den Schultern, als er Gavins eisigen Blick bemerkte. »Sie müssen wissen, dass das heutzutage Standard ist. Ich bin sicher, dass auch Samantha bei der Arbeit ein kleines Aufnahmegerät bei sich trägt.«

»Nun, das können Sie getrost abstellen. Ich kann Ihnen nichts sagen, was ich nicht schon den Jungs von der örtlichen Polizeistation gesagt habe. Ich mag es nicht, wie ein Verdächtiger behandelt zu werden.« Gavin spie die letzten Worte aus. Wie konnten diese Typen es wagen, in sein Haus zu kommen und zu unterstellen, er habe dabei mitgeholfen, seine Freundin verschwinden zu lassen.

»Sie sagen also, dass Sie meine Fragen nicht mehr beantworten wollen?«, hakte Barry nach. Wieder handelte es sich um eine Frage, an der sehr viel hing. Gavin war nicht sicher, ob er aus diesem Minenfeld wieder herausfand. Diese Männer taten das, was sie am besten konnten – Fragen stellen, Antworten provozieren. Am liebsten hätte Gavin sie aus dem Haus geworfen und sie auf den Heimweg geschickt.

»Ich habe nichts damit zu tun, dass Sammi verschwunden ist. Ich liebe sie und will sie zurückhaben. Das ist das Entscheidende«, stellte Gavin klar, während er vorsichtig jedes Wort deutlich aussprach.

»Wir versuchen doch nur, alle Informationen zu sammeln, damit wir die besten Chancen haben, Samantha zu finden«, entgegnete Barry.

»Sie heißt Sammi, alle nennen sie nur Sammi. Das wäre Ihnen bekannt, wenn Sie auch nur das Geringste über diesen Fall wüssten. Weder kennen Sie Sammi, noch kennen Sie mich«, blaffte Gavin gereizt.

Dies entwickelte sich allmählich zu einem sinnlosen Gespräch. Er konnte keine der Informationen bieten, die sie sich von ihm erhofft hatten. Forderte er sie dazu auf, zu gehen, würde dies ein völlig anderes Licht auf das Treffen werfen, und sie würden falsche Schlüsse ziehen.

»Hey, Gavin?«, rief eine Stimme von der Haustür her, die Gavin erleichtert wiedererkannte.

»Tom!«, rief er. »Komm rein, Kumpel!«

Tom tauchte in einem verwaschenen T-Shirt und ausgeleierten Shorts auf.

»Alles okay?« Er sprach zwar zu Gavin, doch er warf deutlich einen abschätzenden Blick zu den beiden Detectives hinüber.

»Diese zwei Gentlemen hier sind von der Mordkommission«, stellte Gavin sie vor.

Toms Kopf flog zu ihm herum, als er das Wort »Mordkommission« hörte. Gavin schüttelte den Kopf angesichts der unausgesprochenen Frage, die im Raum stand.

Beide Männer erhoben sich, schüttelten Toms Hand und stellten sich vor.

»Tom arbeitet mit Sammi zusammen«, erklärte Gavin. Er wollte sie wissen lassen, dass er jetzt jemanden auf seiner Seite hatte.

»Gibt es Neuigkeiten?«, fragte Tom.

»Nein«, schüttelte Gavin den Kopf. »Diese Gentlemen

hier stellen nur Recherchen an und versuchen, herauszufinden, ob ich mit Sammis Verschwinden etwas zu tun habe. Tom, würde es dir etwas ausmachen, das für sie klarzustellen?«, fragte Gavin mit gespielter Höflichkeit.

Tom legte seine Hand auf Gavins Schulter.

»Kumpel, nimm das nicht persönlich. Es ist normal, dass du als verdächtig eingestuft wirst. Das heißt, wenn man dich nicht kennt.«

Er drehte sich zu den Detectives um, die stehen geblieben waren. Allein schon durch sein Alter und sein Auftreten schien Tom seinen Dienstgrad »Constable« auszustrahlen.

»Es ist vollkommen unmöglich, dass Gavin in Sammis Verschwinden verwickelt ist. Ich bürge persönlich für ihn.«

Die zwei Detectives warfen einander einen Blick zu.

Barry hielt Gavin die Hand hin. »Vielen Dank für Ihre Zeit, Gavin. Wir melden uns, wenn wir irgendwelche Fortschritte erzielen.«

Gavin schüttelte beiden Männern die Hand und schwieg, bis beide zur Haustür hinaus waren. Dann atmete er laut auf, und seine Schultern, die er zur Abwehr gegen die Eindringlinge gestrafft hatte, sackten hinunter.

»Solche Arschlöcher!«, maulte er. »Mann, du hättest zu keinem besseren Zeitpunkt kommen können!«

»Ich war auf dem Weg zum Einkaufen«, sagte Tom. »Aber als ich dieses typische Auto eines Detectives vor deiner Tür sah, das ich nicht kannte, dachte ich, ich schau mal nach dir. Wollen sie dir was anhängen?« Tom war aufgeregt und redete ein wenig schneller als sonst.

Gavin nickte. »Sie wollten es zwar nicht offen sagen, aber darauf lief es hinaus.«

»Das muss dann auch der Grund sein, warum niemand

von uns wusste, dass sie kommen. Ihnen ist klar, dass wir alle auf deiner Seite sind«, erklärte Tom.

»Danke …«, sagte Gavin und konnte mit einem Mal nicht garantieren, dass ihm die Stimme nicht versagte. Tom beugte sich zu ihm hinüber und drückte ihm erneut die Schulter.

»Komm, lass uns gehen«, sagte er schließlich.

»Wohin?«, fragte Gavin.

»Egal, wohin, nur nicht hierbleiben.«

Sonntag, 11:20 Uhr

Mit der Technik war heutzutage alles viel einfacher, dachte Bill. Noch vor zwanzig Jahren hatte man mit Schreibmaschine verfasste Aussagen irgendwo in Akten abgelegt, und man musste stundenlang warten, bis Fotos entwickelt und persönlich ausgeliefert wurden. Heutzutage war alles schnell und effektiv. Einer der Detectives am Tatort im Yonga State Forest hatte Fotos der sterblichen Überreste gemacht, die man dort gefunden hatte, und diese Bill aufs Handy geschickt. Die Abteilung für Vermisstenanzeigen hatte die Aktennummer gemailt, sodass sie nun die Kleidungsreste vom Tatort mit der Beschreibung der Kleidung vergleichen konnten, die die vermisste Prostituierte getragen hatte.

Dies war keineswegs beweiskräftig, und es wären noch kriminaltechnische Untersuchungen nötig – DNA, die mit einem Verwandten übereinstimmte, wenn es einen gab, sowie wahrscheinlich eine Identifizierung durch eine Freundin, die sie als vermisst gemeldet hatte, um zu bestätigen, dass die persönlichen Gegenstände tatsächlich der Vermissten gehört hatten.

Bill hatte eine Aussage vorliegen, in der stand, dass die Vermisste silberfarbene High Heels und einen schwarzen Minirock getragen hatte sowie eine gelbe Bluse, die in der Taille zusammengeknotet gewesen war. Zudem hatte sie eine Digitaluhr – ein absolutes Must-have für Damen, die pro Stunde abrechnen – sowie ein paar schmale silberne Halsketten und Armbänder bei sich. Er hatte ein Foto von einem Schuh geschickt bekommen, an dessen Absatz noch ein wenig silberne Farbe zu erkennen war; außerdem je ein Bild von einem schwarzen Stofffetzen, von ein paar gelben Knöpfen und einigen Teilen einer Silberkette. Das waren zwar keine eindeutigen Beweise, und die Dinge entsprachen keineswegs dem benötigten Beweismaß, doch Bill hätte Geld darauf verwettet, dass dies die vermisste Prostituierte war, die man in jenem oberflächlichen Grab in Yonga gefunden hatte.

Er rief Janine zu sich ins Büro und zeigte ihr, was er vorliegen hatte.

»Das ist also die Prostituierte, die er als Letzter gesehen hatte und von der er behauptet hatte, sie an ihrer Straßenecke wieder abgesetzt zu haben?«, hakte Janine nach.

»So sieht's aus«, erwiderte Bill.

»Das war vor fast vier Jahren, wenn ich mich recht erinnere. Glauben Sie, er war die ganze Zeit über aktiv?«

»Schwer zu sagen. Aber ich denke, wir haben vielleicht einen zweiten Ort lokalisiert«, sagte Bill.

»Sie meinen, er hat Sammi nach Yonga in den Busch verschleppt?«, fragte Janine.

»Gut möglich, finden Sie nicht?«, erwiderte Bill.

Janine dachte einen Augenblick nach, während sie einen

Stift zwischen ihrem Finger und dem Daumen hin und her rollte.

»Nein, nicht unbedingt. Was ist denn mit den Landkarten in seinem Haus? Captain's Creek würde seinen Zwecken doch viel mehr dienen. Das Stück Land ist deutlich größer und weiter von der Zivilisation entfernt. Ich setze darauf, dass er sie dort hingebracht hat«, entgegnete Janine.

»Diese Leute kehren für gewöhnlich immer wieder an den gleichen Ort zurück. Sie müssen detaillierte Kenntnisse über die Umgebung haben. Daher entscheiden sie sich nicht einfach wahllos für irgendeinen Platz«, erklärte Bill.

»Ja, aber der Fall der Prostituierten ist vier Jahre her. Die Überreste wurden relativ nah an einem Weg gefunden, den andere Leute nutzen. Das Ganze war einfach zu riskant dort, daher hat er den Ort gewechselt«, argumentierte Janine.

»Befanden sich Pläne von Yonga in seinem Haus?«, wollte Bill wissen.

»Ja, ich bin ziemlich sicher, dass es dort auch ein paar Ausdrucke von Yonga gab, aber vor allem haben wir Landkarten von Captain's Creek gefunden.«

Jetzt war Bill an der Reihe, sich alles noch einmal durch den Kopf gehen zu lassen.

»Ich versuche, sie an beiden Orten suchen zu lassen. Ich werde den Inspector kontaktieren und die Sache auf den Weg bringen. Für Yonga wird eine Suche wegen des Leichenfundes kein Problem sein. Man wird nach allem suchen, was irgendwie im Zusammenhang mit dem Tatort stehen könnte, aber hoffentlich wird auch etwas gefunden, das mit Sammi zu tun hat. Dafür werden garantiert Hundertschaften aus dem Katastrophenschutz herangezogen. Für Captain's Creek dagegen können wir vielleicht ein paar Parkrangers auftreiben, die umherfahren können«, entgegnete Bill.

»Das wäre immerhin besser als nichts«, sagte Janine.

»Ich ruf den Boss an«, antwortete Bill.

Sonntag, 11:22 Uhr

Sammi wachte auf und spürte Hunderte verschiedene Schmerzen. Zweige und Steine piesackten sie von allen Seiten. Sie stöhnte ein wenig und reckte sich. Sie war so müde und erschöpft gewesen, dass sie ihre ungemütliche Lage gar nicht wahrgenommen hatte, bevor sie eingeschlafen war.

Als sie versuchte, ihre Arme von dort herunterzubewegen, wo ihre Hände sich schützend um den Kopf gelegt hatten, merkte Sammi, dass ihr rechter Arm eingeschlafen war. Sie nutzte die linke Hand, um die Schulter zu massieren. Danach erhob sie sich langsam; die Rückenmuskulatur schmerzte, und die Haut prickelte. Sie musterte ihre Handrücken. In rot und mit verrückten Mustern hatten sich Blätter und kleine Zweige darauf abgemalt. Schnell rieb sie sich über die Hände.

Sammi zog die Beine an und hatte das Gefühl, dass diese durch die Beine einer Neunzigjährigen ersetzt worden waren. Alles schmerzte und ziepte. Wieder reckte sie sich, wackelte mit den Zehen und hob die Hände gen Himmel, bevor sie sich vorsichtig aufrichtete.

Sie konnte nicht mit Bestimmtheit sagen, ob das Nickerchen dazu geführt hatte, dass es ihr nun besser oder schlechter ging. Mental fühlte sie sich wacher und eher in der Lage, mit der Situation umgehen zu können, doch physisch hatte sie viel mehr Schmerzen und Qualen. Sammi warf einen Blick auf die Uhr. Mehr als zwei Stunden hatte sie geschlafen. Das war nicht genug.

Sie versuchte, sich zu konzentrieren und einen Plan zu schmieden. Sie war nicht verletzt. Sie hatte Wasser in der Nähe. Sie hatte geschlafen. Nahrung machte jetzt den Unterschied zwischen Leben und Tod aus. Seit fast zwei Tagen hatte sie außer Wasser nichts mehr zu sich genommen. Die Pizza, die sie in Candys Küche gegessen hatte, existierte nur noch als vage Erinnerung, als habe sie sich diese nur eingebildet. Seitdem war sie betrunken gewesen und betäubt worden, hatte sich übergeben und war um ihr Leben gerannt. Sie musste ihrem Körper Treibstoff zuführen. Eine weitere kalte Nacht rückte bedrohlich näher. Allein beim Gedanken daran erzitterte Sammi unfreiwillig. Sie wusste, dass sie eine weitere Nacht nicht überstehen würde. Wenn die Temperatur abfiel und das unkontrollierbare Zittern begann, würde es nicht lange dauern, bis die Müdigkeit sie umhauen würde. Von Nahrung aus dem Busch hatte sie so gut wie keine Ahnung. Wahrscheinlich war der Tod durch Vergiftung näher als der Hungertod. Konnte sie vielleicht einen Vogel fangen oder ein kleines Tier?

Für den Moment musste Wasser reichen. Sammi orientierte sich am Bach und ging hinab zum Ufer. Sie beugte sich zum Wasser hinunter und trank aus der hohlen Hand. Das Wasser schmeckte süßlich, seine Kälte war angenehm. Sammi stand am Rand des Baches, reckte die Arme hoch in die Luft und spürte, wie sich ihre Wirbelsäule löste und streckte.

Als sie den Kopf senkte und das Kinn auf die Brust presste, bemerkte sie aus den Augenwinkeln eine Bewegung. Vor ihr schwamm ein – nein, dort schwammen *zwei* kleine Fische im Wasser. Sie schossen in die eine Richtung, dann wieder in die andere; im Sonnenlicht schimmerten sie silbern. Sammi mochte Fisch, sogar Sushi.

Das Wasser war zu tief, um hineinzuwaten, doch Sammi entdeckte einen unter Wasser liegenden Baumstamm am Uferrand. Mit ihrem scharfen Stock bewaffnet trat sie auf den Baumstamm. Das Wasser reichte ihr bis zu den Knöcheln. Der Baumstamm selbst war kalt und glitschig, und sie krallte sich mit den Zehen an ihm fest. Dann tauchte sie die Spitze ihres Stabs ins Wasser. Die Fische waren jedoch sofort verschwunden, als Sammi ihren Fuß ins Wasser gesenkt hatte, deswegen hielt sie nun still; nur ihr Blick irrte suchend hin und her.

Kurz darauf kehrten beide Fische zurück; sie schossen unter einem Felsvorsprung am Bachufer hervor und wieder zurück. Sammi konzentrierte sich darauf, die Spitze ihres Speers unter Wasser ruhig zu halten. Dies war das Einzige, woran sie sich von einer Dokumentation, die sie im Fernsehen gesehen hatte, erinnerte: Ein Teil des Speers sollte im Fluss verharren, um die Lichtbrechung des Wassers zu berücksichtigen. Die Fische rasten nahe der Speerspitze vorbei; allmählich schienen sie diese als Teil ihrer Umgebung wahrzunehmen.

Je länger sie den Speer stillhielt, desto mehr zitterte Sammis Arm. Das nächste Mal, als die Fische wieder nah an ihr vorbeischwammen, stürzte Sammi los. Die Fische schossen zur Seite, und der Speer stieß harmlos an ihnen vorbei ins Leere. Sammi schwankte nach vorn und verlor den Halt. Der Stock traf auf den Grund des Baches auf, und Sammi griff mit der anderen Hand danach, um sich abzufangen und um das Gleichgewicht nicht zu verlieren.

Doch dann rutschte ihr Fuß endgültig vom Baumstamm ab. Sammi sprang, bevor sie hinfiel, und tauchte keuchend ins kalte Wasser ein. Es reichte ihr bis zur Taille. Nicht nur ihre Shorts, sondern auch das Shirt waren nun nass. Sie schleppte sich zum Ufer, hinaus aus dem Wasser.

Ihr Frösteln steigerte sich zu einem schlimmen Zittern, und die Bedeutung dessen, was sie gerade getan hatte, wurde ihr mit einem Schlag klar. Was zum Teufel hatte sie sich dabei bloß gedacht? Hatte sie ernsthaft geglaubt, einen winzigen Fisch mit einem Stock aufspießen zu können?

Sammi entfernte sich vom Bachufer und tauchte wieder in den Busch ein. Langsam zog sie die Kleidungsstücke aus und versuchte, jeden einzelnen Wassertropfen aus ihnen herauszuwringen. Dämlich.

Sonntag, 11:45 Uhr

In Rolleston gab es nicht viel Unruhe oder Ärger. Die kleine Gemeinde brauchte die örtliche Polizeiwache im Grunde kaum. Das Faulenzen war hier nicht schwer, und das gefiel Senior Constable Gerry Pinkham. Er hatte sich für diesen Posten beworben, weil er dort nur für sich selbst verantwortlich war und der Job ihm außerdem eine mietfreie Dienstwohnung neben der Wache bescherte. Er bekam den Posten, da es keine Mitbewerber gab. Was ihn aber nicht störte. Jetzt war er da.

Wie gewohnt begann Gerry seine Schicht und kam von seiner Wohnung mit zwanzigminütiger Verspätung und einem vollen Kaffeebecher in der Hand zur Wache herübergeschlendert. An der Hintertür der Station fummelte er mit den Schlüsseln herum und kippte sich dabei Kaffee aufs Hemd.

»Mist«, murmelte er und musterte den Fleck auf dem hellblauen Hemd. Er hätte zu seiner Dienstwohnung zurückgehen und sich umziehen können, doch das tat er nicht. Er besaß nur drei Hemden, die ihm noch passten – bei allen anderen musste er den Bauch einziehen, um sie zuknöpfen zu können –, und er war ziemlich sicher, dass die anderen beiden in der Wäsche waren. Mit dem Handrücken wischte er über den Kaffeefleck. Passte schon. Außerdem kannten ihn hier alle, sie wussten, was sie zu erwarten hatten.

Er betrat den kleinen Eingangsraum, der sowohl als sein Büro als auch als Empfangstheke diente. Er hielt es nicht für nötig, die Eingangstür zur Wache aufzuschließen. Wenn jemand etwas von ihm wollte, würde derjenige schon klopfen.

Er loggte sich in den Computer ein und sah seine internen E-Mails durch, um zu schauen, ob es im Land irgendetwas Interessantes gab. Er hielt kurz inne, als er die Fahndungsmail im Fall der vermissten Polizistin Samantha Willis anklickte. Er betrachtete ihr Foto, eindeutig ihr offizielles Foto von der Polizeiakademie, und fragte sich, ob er sie vielleicht kannte. Der Name und ihr Gesicht sagten ihm zwar nichts, dennoch empfand er eine plötzliche Neugier, unter die sich Mitgefühl mischte. Sie musste schon ordentlich in der Scheiße sitzen, dass man landesweit eine derartige Meldung losschickte.

Donald Black wurde als »Person von besonderem polizeilichen Interesse« beschrieben, doch jeder wusste, dass dies die Umschreibung für »Tatverdächtiger« war. Blacks

Polizeifoto war unscheinbar, doch der weiße Pick-up mit Vierradantrieb mit dem selbst gebauten Verdeck für die Ladefläche war alles andere als das. Das Kennzeichen war uninteressant, doch der Wagen besaß genügend herausstechende Details, um wirklich aufzufallen. Wenn er entdeckt wird, soll er wie ein Tatort behandelt werden, stand in der Meldung. Gerry schnaubte. Als ob das nicht selbstverständlich wäre.

Gerry druckte die Mail aus und heftete sie in seinen Arbeitsordner, bevor er sich auf den Weg zu seinem Auto machte. Er zählte schon die Stunden bis zum Beginn seines Urlaubs, und er hatte beschlossen, sich die Zeit bis dahin zu verkürzen, indem er mit dem Radargerät und seinem Strafzettelblock ausgestattet ein paar Runden auf dem Highway drehte. Das war leichte Arbeit. Mittlerweile war er richtig gut darin, zu entscheiden, wem er einen Strafzettel verpasste und wem er nur eine Verwarnung aussprach – nur selten wurde einer seiner Strafzettel angefochten.

Er drehte ein paar langsame Runden durch die Stadt, bevor er dann in nördliche Richtung auf den Highway auffuhr. Gerry hatte die Stadt noch nicht lange hinter sich gelassen, als er das mobile Radar einschaltete. Das Gerät brummte, während es bei jedem sich nähernden Wagen seine Geschwindigkeitsberechnungen anstellte. Gerry sah immer wieder vom Bildschirm mit der Geschwindigkeitsanzeige des Radars zu den Kennzeichen auf der Straße auf. Heute schienen sich alle zu benehmen.

An trägen Tagen wie diesem würde er normalerweise schon ein Auto dafür abfangen, dass es die Geschwindigkeitsgrenze nur minimal überschritten hatte. Wahllos würde er Atemproben machen und sich mit den Fahrern ein wenig unterhalten, wenn sie nicht zu sehr in Eile zu sein schienen –

einfach nur, um die Monotonie zu durchbrechen. Oftmals waren es auch Leute aus dem Dorf, Menschen, die er kannte. Sie freuten sich, ihre Zeit auf diese Art und Weise zuzubringen, wenn es bedeutete, keinen Strafzettel für die fünfzehn Stundenkilometer ausgestellt zu bekommen, mit denen sie das Tempolimit überschritten hatten.

Ein herannahender Wagen weckte sein Interesse. Das Radargerät sagte zwar, dass das Auto nicht raste, doch Gerry beobachtete es und riss den Kopf herum, als der Wagen an seinem Fenster vorbeigesaust war. Ein weißer Pick-up mit Allradantrieb, selbstgebautes Verdeck, ein männlicher Fahrer am Steuer.

Verdammter Mist. Einen Augenblick lang zog er es in Betracht, den Wagen zu ignorieren und so zu tun, als habe er die Meldung nicht gesehen oder das Auto nicht erkannt. Niemand würde es je erfahren.

Aber er selbst. Er selbst würde es wissen. Er würde es für immer und alle Zeiten wissen. Er hatte einen Eid abgelegt.

Verdammt! Er stieg auf die Bremse und riss das Lenkrad nach rechts herum. Die Hinterräder rutschten über den befestigten Randstreifen neben der Fahrbahn hinweg, und das hintere Ende des Streifenwagens schlingerte hin und her, bis die Reifen wieder Bodenhaftung hatten und der Wagen auf den Asphalt zurückkehrte. Dieses Manöver hatte Gerry schon Tausende Male zuvor ausgeführt, wenn er Raser überholt hatte, doch sein Herz klopfte jetzt wie wild, als er das Gaspedal durchtrat, um den Pick-up einzuholen.

Er schielte zum Beifahrersitz hinüber und zog die Vermisstenmeldung aus seinem Arbeitsordner heraus, während er sich dem Pick-up näherte. Dieser hatte nicht beschleunigt oder sonstige Ausweichmanöver initiiert. Das war ein gutes Zeichen. Was zum Teufel machte ein Polizisten-Kidnapper im verdammten Rolleston? Warum musste sich dieser Arsch da von allen Highways in Queensland ausgerechnet seinen Abschnitt aussuchen?

Gerry überprüfte das Kennzeichen und fluchte wieder. Jetzt durfte er keinen Fehler machen. Gleich würde es hier nämlich vor Detectives nur so wimmeln. Jeder Patzer seinerseits würde registriert, untersucht und getadelt werden. Verdammt.

Er wollte schon zum Funkgerät greifen, doch dann hielt er kurz inne. Der Typ konnte vielleicht den Polizeifunk abhören. Er war Senior Constable mit achtzehn Jahren Berufserfahrung auf dem Buckel. Dies war sein Job. Dafür war er ausgebildet worden.

Er gab das Autokennzeichen durch und versuchte, das Zittern seiner Stimme in den Griff zu bekommen, damit es sich wie eine normale Kennzeichenüberprüfung anhörte – eine von vielen, die er an einem Arbeitstag in Auftrag gab. Es folgte eine kurze Pause, bevor er die Antwort von der Zentrale bekam. Ihr Bildschirm leuchtete wahrscheinlich gerade wie ein Weihnachtsbaum auf mit Warnhinweisen zu diesem Kennzeichen.

»Wissen Sie, wen Sie da vor sich haben?«, fragte der Telefonist zögerlich.

»Ja, ich erbitte nur eine Bestätigung.« Es war oft besser, nicht alle Details über Funk zu vermelden. Auch die Medien besaßen Scanner, und das hier musste so unauffällig wie möglich über die Bühne gehen.

»Ich befinde mich auf dem Dawson Highway, etwa zehn Kilometer nördlich von Rolleston. Ich werde versuchen, den Wagen anzuhalten. Schicken Sie mir Rückendeckung«, sagte Gerry. Eine weitere längere Pause folgte. Gerry stellte sich vor, wie man dort gerade diskutierte, ob er allein eingreifen oder auf Unterstützung warten sollte.

»Gehen Sie vorsichtig vor. Wir brauchen so schnell wie möglich einen Lagebericht«, erwiderte der Telefonist.

Gerry holte tief Luft und konzentrierte sich auf das Fahrzeug vor ihm. Im Hintergrund rief die Zentrale eine weitere Einheit herbei. Irgendwer würde kommen, da war Gerry sicher. Cops hielten zusammen. Jeder wusste, wie es sich anfühlte, jemanden zu haben, der Rückendeckung gab.

Er hielt nach einem geeigneten Ort Ausschau, wo er den Pick-up abfangen konnte. Sie befanden sich auf einem gerade verlaufenden Abschnitt des Highways, an dem es nicht viel Seitenstreifen gab, um ein Auto zu überholen, doch man war ausreichend sichtbar für alle Autos, die vorbeifuhren. Zwar konnte Gerry nicht durch das Verdeck der Ladeklappe sehen, doch er war sich ziemlich sicher, nur einen Kerl hinter dem Lenkrad gesehen zu haben, niemanden auf dem Beifahrersitz. Der Pick-up fuhr ganz normal, nichts deutete darauf hin, dass er flüchten würde. War aber auch sinnlos. Auf keinen Fall würde er mit diesem uralten Pick-up seiner Polizeilimousine entkommen können.

Doch es gab nur einen Weg, dies herauszufinden. Gerry aktivierte das Blaulicht. Tatsächlich wurde der Pick-up langsamer, setzte den Blinker und hielt links auf dem Seitenstreifen an. Genau, Mann, wir tun einfach so, als wäre dies eine *ganz normale* Kontrolle!

Gerry stieß die Wagentür auf und stieg aus. Er ließ den Sicherheitsverschluss seines Pistolenhalfters aufschnappen, ebenso den Clipverschluss der Tasche, in der sich das Pfefferspray befand.

Langsam näherte er sich dem Heck des Pick-ups, hielt sich dabei jedoch ein paar Schritte von der Wagenseite entfernt. Er sah, wie der Fahrer ihn im Rückspiegel beobachtete. Ein dunkelroter Fleck auf dem Straßenboden erregte seine Aufmerksamkeit und ließ ihn wie angewurzelt stehen bleiben. Da, ein weiterer roter Fleck.

Blut tropfte aus einer Ecke der Ladefläche des Pick-ups, blutrot auf den rötlichen Straßenstaub. Gerrys Blick wanderte wieder zum Rückspiegel des Pick-ups, und er wusste mit einem Schlag, dass er nun nicht mehr so tun konnte, als sei dies eine Routineüberprüfung.

Zwei Dinge geschahen nun so plötzlich, dass Gerry nicht mehr sagen konnte, was zuerst passierte. Zum einen schwang die Fahrertür auf. Und zum anderen zog Gerry vorsätzlich zum zweiten Mal in seiner Dienstzeit seine Waffe.

Sobald er ihn erblickt hatte, wusste Gerry, dass der riesengroße Hund, der ebenfalls aus der Tür sprang, ihn anfallen würde. Panik breitete sich in seiner Magengrube aus. Er reagierte sofort und entschlossen, indem er zwischen die Vorderbeine des Hundes zielte und zweimal abfeuerte. Der Hund fiel nicht hin, sondern taumelte noch ein paar Schritte vorwärts, bevor er zur Seite wegkippte und auf dem Weg nach unten auf den Hinterreifen des Pick-ups knallte.

»Heb die Hände hoch, damit ich sie sehen kann!«, brüllte Gerry.

Mit der Glock im Anschlag stand er nun da. Der Fahrer hielt sich von der Fahrertür abgewandt, und Gerry sah nur die Rückseite seiner Schulter. Zentimeter für Zentimeter bewegte sich Gerry auf die Straße, damit er mehr vom Inneren des Wagens sehen konnte.

»Zeig mir deine Hände!«, schrie er.

Der Fahrer schwang seine Beine aus der Fahrerkabine, als wollte er aussteigen, doch er verharrte immer noch nach vorn gebeugt. Unter seinem Fahrersitz lag etwas.

»Die Hände ho–« Gerry wurde das Wort von einem Truck abgeschnitten, der mit Tempo an ihm vorbeidonnerte. Er war von hinten gekommen, und der Fahrer des Trucks war auf die andere Straßenseite ausgeschert, um Gerry auszuweichen. Dabei hatte er jedoch kaum das Tempo verlangsamt, sodass der Fahrtwind Gerrys volle Breitseite traf, als der Truck an ihm vorbeiraste. Er war so sehr auf das Abfangen des Pick-ups konzentriert gewesen, dass er seine eigene Sicherheit gar nicht im Auge gehabt hatte, wie er da mitten auf der Straße stand und den Verkehr um sich herum vergessen hatte. Jetzt warf er automatisch einen Blick nach links, ob noch mehr Autos kamen. In der Zeit, die er brauchte, um nach links zu schauen, kam der Fahrer in Bewegung. Gerrys Blick wanderte gerade noch rechtzeitig zu ihm zurück, um zu sehen, dass er seine Hand auf dem Kolben eines Gewehres hatte, das unter dem Fahrersitz lag.

»Halt oder ich schieße!« In Gerrys Stimme schwang ein Hauch von Angst, doch es wurde klar, dass er unerschütterlich überzeugt war. Seine Glock war immer noch auf den Fahrer gerichtet.

»Wenn Du mich verarschst, kannst du dich gleich zu deinem Köter gesellen!«

Das Tier hatte aufgehört zu zucken; es war ein zweiter dunkler Fleck entstanden, der den Schmutz rund um den Hund rot färbte. Der Fahrer ließ das Gewehr los, das wieder in den Fußraum zurückfiel. Er hob langsam die Hände aus der geöffneten Fahrertür, die Handflächen voraus.

»Hände hoch. Aus dem Auto rauskommen und auf die Knie gehen!«

Der Fahrer folgte seinen Anweisungen.

»Auf den Bauch legen, die Arme nach vorn ausstrecken!«

Gerry sah aus den Augenwinkeln heraus, wie sich ein

weiteres Auto näherte; er wich auf den Standstreifen aus, während er die Pistole immer noch auf den Fahrer gerichtet hatte. Sein Blick schoss nach links. Das Auto kam auf der gleichen Straßenseite angefahren. Ein weiterer weißer Pick-up.

Plötzlich bekam er Panik – was, wenn dies ein Komplize war? Er drehte sich so um, dass sein Rücken an der Seite des Pick-ups lehnte. Seine Waffe war auf den Mann am Boden gerichtet, der Finger ruhte auf dem Abzug. Ein Fingerzucken und er konnte diesen Bastard töten. Wahrscheinlich hatte der Fahrer eben das Gleiche gedacht, als er nach seinem Gewehr gegriffen hatte. Leben und Tod innerhalb eines Wimpernschlags. Gerry zog seinen Finger vom Abzugsbügel.

Erneut warf er einen Blick auf den anderen Pick-up und hätte fast gelächelt, als er ihn erkannte. Er gehörte Mick, einem Mitarbeiter der Gemeindebehörde, mit dem er befreundet war. Mick stieg aus dem Auto und kam herüber, um nachzusehen, ob alles in Ordnung war.

Gerry spürte, wie sich Erleichterung in ihm breitmachte, und rief sich in Erinnerung, warum er so gern in einer Kleinstadt arbeitete. Man war mit der halben Stadt befreundet und konnte sich sicher sein, dass die Bewohner einem aushalfen, wenn man sie brauchte.

Mick blieb ein paar Schritte neben Gerry stehen.

»Gott sei Dank bist du hier«, sagte Gerry, dessen Stimme ein wenig höher klang als sonst.

Mick musterte den Mann, der flach auf dem Boden lag, sowie den toten Hund, und bemerkte Gerrys leichtes Zittern wie auch das Flattern seiner Stimme.

»Sieht aus, als könntest du eine helfende Hand brauchen«, stellte Mick fest.

»Es reicht schon, dass du hier bist«, erwiderte Gerry.

Die simple Gegenwart einer weiteren Person verlieh ihm wieder Selbstvertrauen. Er hoffte, dass dies für den Fahrer auf dem Boden schon ausreichte, sich irgendwelche Dummheiten zweimal zu überlegen. Gerry hatte nun einen Zeugen. Er wurde das Gefühl nicht los, dass der andere Mann nicht zögern würde, ihn zu erledigen, wenn sich ihm die Gelegenheit dazu bot.

Er drehte sich zum Fahrer um.

»Ich komme jetzt rüber und leg dir Handschellen an. Leg beide Hände auf den Rücken. Wenn du irgendwelche Tricks versuchst, baller ich dir eine Kugel in den Kopf. Du hast deine Chance gehabt«, drohte er. »Du achtest auf den Verkehr«, wies er Mick an.

Gerry umrundete den Fahrer an dessen Beinen, sodass dieser ihn nicht sehen konnte. Er steckte die Pistole wieder ins Halfter, holte die Handschellen hervor und ließ sich fallen, sodass seine Knie auf dem Rücken des Fahrers landeten. Er ließ die Handschellen zuerst an der linken Hand, dann an der rechten zuschnappen, sodass der Mann am Rücken gefesselt war. Dann überprüfte er zunächst, ob sich noch jemand im Pick-up befand. Anschließend griff er in den Fußraum und holte das Gewehr heraus. Es war geladen, eine Kugel befand sich im Lauf. Wäre der Mann auf dem Boden eine Sekunde schneller oder Gerry eine Sekunde langsamer gewesen, wäre Gerry jetzt derjenige gewesen, der mit dem Gesicht im Dreck gelegen hätte. Mit einer Kugel im Kopf.

Er sicherte das Gewehr und schob es in die Fahrerkabine des Pick-ups zurück. Wer auch immer den Pick-up untersuchte, würde sich garantiert auch für die Waffe interessieren. Gerry steckte die Munition ein und winkte dann Mick zu sich herüber.

»Ich muss ihn jetzt durchsuchen. Könntest du mir dabei helfen, ihn auf die Seite zu rollen, damit ich seine Hosentaschen und den Hosenbund durchsuchen kann?«

Eine systematische Suche förderte ein Jagdmesser zu Tage, das in seiner Scheide am Gürtel des Fahrers steckte, sowie ein weiteres, das oben in seinem Stiefel steckte, jedoch von seinem Hosenbein verdeckt wurde.

»Wer zum Teufel ist das?«, wollte Mick wissen.

Gerry schüttelte sanft den Kopf und antwortete nicht. Erst nachdem er die Durchsuchung abgeschlossen hatte, fiel ihm auf, dass er vergessen hatte, Handschuhe anzuziehen. Damit hatte er nun seine Fingerabdrücke auf allen Waffen des Fahrers hinterlassen.

»Mist«, murmelte er leise, doch es war zu spät – die Sache war gelaufen. Er konnte es jedoch erklären, ohne dabei wie der letzte Depp auszusehen. Hätte er es wirklich anders machen können?

Mit Micks Hilfe zerrte er den Fahrer hoch auf die Füße, brachte ihn zum Polizeiwagen und manövrierte ihn auf die Rückbank. Gerry beobachtete ihn. Dreck und kleine Steinchen klebten an der Seite des Gesichts, mit der er auf dem Boden gelegen hatte. Seine Sonnenbrille war von der Nase gestoßen worden, und der Blick seiner dunklen Augen war teilnahmslos, während er einfach geradeaus starrte. Das, was gerade passiert war, schien ihn vollkommen unbeeindruckt zu lassen – sein Hund war tot, man hatte eine Pistole auf seinen Kopf gerichtet. Nur ein hauchdünner Schweißfilm auf der Stirn ließ erahnen, dass irgendetwas in ihm vorging.

Gerry schnappte sich das Funkgerät und hielt seine Nachricht kurz und knapp. Der Fahrer war in Polizeigewahrsam, ein Abschleppwagen wurde für den Pick-up gebraucht.

Als er seinen Lagebericht abgab, beobachtete er, wie das Blut langsam von der Ladefläche des Pick-ups tropfte.

Er musste überprüfen, was sich unter dem Verdeck befand. Das Mädchen könnte darunter sein. Vielleicht war sie nur verletzt und nicht etwa tot und brauchte sofort Hilfe.

Gerry richtete seine Aufmerksamkeit auf den Fahrer.

»Was befindet sich auf der Ladefläche des Pick-ups?«, fragte er.

Der Fahrer riss den Kopf herum und fixierte Gerry mit seinem seelenlosen Blick.

»Ein Känguru«, erwiderte er gelassen. »Ich habe ein Känguru erlegt. Ich gebe es dem Hund zum Fressen.« Er hielt inne, zeigte jedoch keinerlei Gefühlsregung, bevor er sich korrigierte. »Ich wollte es als Futter für den Hund nutzen, aber ich denke, jetzt werde ich es wohl nicht mehr benötigen.«

Gerry wurde schlecht. Er drehte sich auf dem Absatz um und lief zur Ladefläche des Pick-ups. Dann rief er Mick zu, beim Auto zu bleiben und aufzupassen. Gerry zog Gummihandschuhe aus einer kleinen Tasche an seinem Gürtel und streifte sie sich vorsichtig über. Er konnte es nicht weiter hinausschieben: Er schob den Riegel an der einen Seite hinunter und stellte dabei fest, dass seine Hand leicht zitterte. Dann beugte er sich vor und öffnete auch den zweiten Riegel. Ganz langsam ließ er die Heckklappe herunter, um sicherzustellen, dass nichts hinausfiel. Ein kleiner Blutschwall trat aus, dann schlug ihm der Gestank entgegen, getragen auf einer Welle heißer Luft, die aus dem geschlossenen Raum entwich. Der Gestank war schwer und irgendwie metallisch, wie man es normalerweise nur vom Inneren einer Schlachterei kannte.

Gerry spähte unter das Verdeck, wobei sich seine Augen erst an das gedämpfte Licht gewöhnen mussten. Der erste Schatten, den er erkennen konnte, war ein Motorrad, das dort aufrecht festgeschnallt war. Dann erkannte er, woher das Blut stammte.

Es war tatsächlich ein Känguru. Genau wie es der Fahrer gesagt hatte. Der Blutmenge nach zu urteilen, die auf dem gesamten Boden der Ladefläche zusammengelaufen war, hatte er das verletzte Tier noch lebend hier hineingeschafft und es langsam dort verrecken lassen, damit das Blut alle Spuren anderer Verbrechen beseitigen konnte. Erleichterung vermischte sich mit Verärgerung, als Gerry sich weiter unter dem Verdeck umsah, um sicherzugehen, dass sich dort nichts anderes mehr befand. Zweifellos stand für ihn fest, dass er es hier mit einem echt kranken Mistkerl zu tun hatte.

Vorsichtig schloss Gerry wieder die Heckklappe. Jetzt sollte sich die Spurensicherung darum kümmern.

Als er an sich heruntersah, entdeckte er einen dunklen Streifen, der quer über seine Hose verlief. Er musste an die Heckklappe gekommen sein, als er ins Innere geschaut hatte, und hatte sich auf diese Weise die Hose mit dem Kängurublut verschmutzt. Damit sollte wohl die Hauptaufmerksamkeit nicht mehr auf dem Kaffeefleck auf seinem Hemd liegen. Sobald er wieder zu Hause war, würde die komplette Uniform in die Wäsche wandern. Gerry fluchte, als er zu Mick zurückkehrte.

»Haben Sie das Känguru gefunden?«, fragte der Mann mit dem Hauch eines Grinsens. In dieser Sekunde spürte Gerry, wie ein so starker Hass in ihm aufkam, dass er sich nicht mehr zurückhalten konnte. Ein Faustschlag. Mitten auf die Nase des Mannes. Der andere Mann grunzte, sagte jedoch nichts. Auf ein wenig mehr Blut kam es heute auch nicht mehr an. Dieses Mal tropfte es zwar langsam, aber doch unablässig von seinem linken Nasenflügel.

Gerry deutete Mick an, ihm zum Heck des Polizeiautos zu folgen. Sie lehnten sich an den Kofferraum, sodass Gerry immer noch den Mann auf der Rückbank im Blick hatte, dieser sie jedoch nicht hören konnte.

»Das hast du nicht gesehen, Kumpel, okay?«, sagte Gerry.

»Nee, Kumpel«, erwiderte Mick mit einem Grinsen. »Wer ist denn dieses Arschgesicht?«

Gerry fiel auf, dass er die Identität des Mannes, der gerade versucht hatte, ihn zu töten, noch nicht bestätigt hatte.

»Mist, ich sehe mal eben zu, ob ich seine Brieftasche oder irgendwas Brauchbares finden kann. Kannst du ihn so lange im Blick halten? Ruf mich sofort, sobald er nur zuckt!«

»Klar, Mann!«, nickte Mick.

Gerry lief zum Pick-up zurück. Im Fußraum des Beifahrersitzes lag eine Leinentasche, in der er ein abgenutztes Portemonnaie fand. Er ignorierte den Mann auf dem Rücksitz, als er zu Mick zum Kofferraum des Polizeiautos zurückkehrte. Dort holte er den Führerschein aus der Brieftasche.

»Donald Charles Black.« Es war der Mann, nach dem gefahndet wurde.

»Er wird verdächtigt, eine Polizistin entführt zu haben. Er hat diesen Köter auf mich gehetzt!« Gerry deutete auf den Berg von einem Hund, der auf dem Boden lag. »Wenn ich nicht schon das Blut von der Ladefläche hätte tropfen sehen und die Pistole gezogen hätte, hätte er mir wahrscheinlich die Kehle durchgebissen. Ich hätte absolut keine Chance gehabt. Dann wollte der Kerl sich sein Gewehr schnappen, kurz, bevor du gekommen bist. Er hätte mich sofort umgebracht, wenn er die Möglichkeit dazu gehabt hätte.«

Unfreiwillig schauderte Gerry. »Ich fasse es einfach nicht, was da gerade passiert ist. Verdammt noch mal, du bist ein Held, dass du angehalten hast, danke.«

Mick klopfte Gerry auf die Schulter und nahm ihn wie ein harter Kerl steif in den Arm. »Keine Ursache. Manchmal brauchen auch Cops Hilfe.«

»Ja.« Gerry holte tief Luft und hatte Mühe, sich zu sammeln. »Jetzt muss ich auf den Abschleppwagen warten, um dann anschließend dieses Arschloch zur Wache nach Emerald zu bringen.«

»Verdammt – wenn du ihm nicht schon eine verpasst hättest, hätte ich ihm jetzt eine geballert«, stellte Mick fest.

Gerry war ihm aufrichtig dankbar für diese Bemerkung.

Der Abschleppwagen brauchte so lange, dass Gerrys Nerven sich bis dahin beruhigt hatten und er wieder klar denken konnte. Gerry aktivierte sein digitales Aufnahmegerät, das er in seiner Hemdtasche aufbewahrte. Er sollte alles aufnehmen, was der Mann sagte, da es sich vielleicht noch als ein Beweis für die Detectives herausstellen könnte.

Jetzt, da er sich wieder unter Kontrolle hatte, lief er zum Seitenfenster.

»Donald Charles Black, Sie werden hiermit festgenommen, da Sie unter dem Verdacht stehen, Samantha Willis entführt zu haben. Sie haben das Recht, zu schweigen. Alles, was Sie sagen oder tun, kann vor Gericht gegen Sie verwendet werden. Sie werden die Gelegenheit haben, zu telefonieren und mit einem Freund oder einem Anwalt zu sprechen, wenn wir zur Wache fahren«, erklärte er mit monotoner Stimme.

Der Mann ließ keinerlei Anzeichen erkennen, ob er ihn überhaupt gehört hatte. Gerry öffnete die Hecktür. Dann kniete er sich auf die Rückbank, wo ihm schon der herbe Gestank von Schweiß und Dreck entgegenschlug, der von dem Mann ausging. Gerry griff an Black vorbei, um ihm den Gurt umzuschnallen – mehr als weiteres Mittel, ihn zurückzuhalten, als aus Gründen der Sorgfaltspflicht.

Genau in dem Moment, als er an ihm vorbeilangte, schnaubte Black geräuschvoll aus der Nase, wodurch sich Blutspritzer über den Ärmel von Gerrys Hemd verteilten.

Dreckiger Mistkerl. Da er sich jedoch daran erinnerte, dass ab jetzt alles aufgenommen wurde, benutzte Gerry einfach seine Schulter, um den Kopf des Mannes gegen die Kopfstütze zu drücken, und presste sich mit seinem ganzen Körpergewicht gegen den Kopf des Mannes. Er hatte ohnehin schon Blut auf seiner Uniform. Da spielte die Menge nun auch keine Rolle mehr. Gerry drückte einen Augenblick lang mit aller Gewalt, dann ließ er vom Gesicht des Mannes ab und spürte, wie die Schlosszunge im Gurtschloss einrastete. Kein Ton kam von Black.

Gerry hielt den Atem an, bis er die Rückbank des Autos wieder verlassen hatte. Dann spuckte er auf den Boden aus, weil ihm beim alleinigen Anblick des Mannes schon übel wurde. Gerry nickte Mick zu, woraufhin beide in ihre Autos stiegen, und richtete den Rückspiegel so aus, dass er regelmäßig den Mann auf der Rückbank kontrollieren konnte.

Keiner der beiden Männer sagte während der anderthalbstündigen Fahrt zur Wache auch nur einen Ton.

Sonntag, 11:59

Begeisterung machte sich in der Einsatzzentrale breit, als die Nachricht einging. Der Barkeeper war aufgegriffen worden, dies war ein großer Durchbruch. Janine hielt den Atem an, als sie über die Möglichkeiten nachdachte. Vielleicht gab es Beweise wie DNA in seinem Pick-up oder Kratzer an seinem Körper. Er könnte ein Geständnis ablegen oder aber auch lügen, um sie auf die falsche Fährte zu bringen. Welche Möglichkeiten konnten sie nutzen, um Rückschlüsse auf Sammis Aufenthaltsort und ihr Schicksal ziehen zu können? Und wer würde Black verhören? Dies war eine zentrale Frage, die allen unter den Nägeln brannte. Nicht nur, dass der- oder diejenige dem Verhafteten die wichtigsten Informationen entlocken könnte; es würde ihr oder ihm auch zu einem gewissen Ansehen verhelfen, wenn genug gefunden werden konnte, um Black sofort unter Anklage zu stellen, denn dieser Fall war ja auch von öffentlichem Interesse. Würde das Verhör erfolgreich absolviert, könnte dies ein Glanzpunkt im Lebenslauf eines jeden Polizisten werden und auf Jahre hinaus Einfluss auf dessen Beförderungen haben.

Janine wollte es so unbedingt, dass es fast wehtat. Die Ermittlungen hatten ihre Kräfte vollkommen erschöpft. Gleich vom ersten Anruf an war ihr die Bedeutung dieses Jobs klar gewesen, und sie hatte jede Spur mit Beharrlichkeit verfolgt. Sie fühlte sich eng mit den Ermittlungen verknüpft – es wäre die reinste Qual für sie, diese nicht mehr zu Ende führen zu können.

Bill war dies natürlich klar. Doch sowohl Bill als auch Janine wussten, dass sie ein paar Stunden benötigen würde, um nach Emerald hinauszufahren. Selbst wenn sie es schaffen würde, sich einen Flug zu organisieren, würde dies bedeuten, dass wertvolle Zeit verstrich, Zeit, von der jede Minute für Sammi zählte.

»Es muss jemand aus Emerald machen«, stellte Bill klar. »Ich bin sicher, dass es dort einen Detective mit genügend Erfahrung gibt, um seine Sache gut zu machen. Wir können später noch Verhöre mit Black durchführen, aber solange noch die Chance besteht, dass Sammi am Leben ist, müssen wir so schnell wie möglich an die Informationen rankommen.«

Dies war ein vernünftiger Vorschlag.

Janine schüttelte den Kopf und starrte unverwandt auf den Teppichboden.

»*Ich* muss es machen«, murmelte sie. Sie schaute zu Bill auf und sprach nun lauter. »Ich werde auf irgendeine Art und Weise dort hinkommen, aber bitte lassen Sie mich das Verhör führen«, forderte sie entschlossen.

»Das dauert zu lange«, argumentierte Bill. »Je schneller jemand mit ihm spricht, desto schneller werden die Ermittlungen vorangehen.«

»Da stimme ich Ihnen ja zu, aber ich kann etwas in dieses Verhör einbringen, was niemand sonst kann. Ich kenne jedes kleinste Detail der Ermittlungen. Und genau an diesem Punkt werden wir ihn kriegen – über die Details. Denn da werden sich die Lügen als solche zeigen. Sie kennen das doch! Und ich weiß genug über den Fall, um kleine Lügen überhaupt zu bemerken. Ich habe genügend Erfahrung. Einer der Jungs aus Emerald kann mit dabei sein. Sie wissen, dass das unsere beste Chance ist, ihn zu knacken. Den Zeitverlust werden wir durch die Treffsicherheit wieder wettmachen«, gab Janine voller Überzeugung zu bedenken.

Sie glaubte wirklich daran. Sie musste nur Bill davon überzeugen.

Bill seufzte. »Sie werden alles geben, um da hinzukommen, und dann wird er wahrscheinlich ohnehin nicht reden. Und Sie hängen dann am Arsch der Welt fest, wo die Ermittlungen doch von hier aus geführt werden. Wir brauchen Sie hier.«

»Ich muss es tun!«, wiederholte Janine. »Ich will ihn sehen. Ich muss ihm in die Augen blicken, wenn er meine Fragen beantwortet. Um zu erkennen, an welcher Stelle er lügt. Sie wissen, dass ich dieses Verhör am besten führen kann.«

Bill schwieg. Dann schüttelte er den Kopf.

»Sie bekommen weder Überstunden noch eine Reisekostenvergütung genehmigt. Nichts dergleichen. Das geht allein auf Ihre Kosten«, stellte Bill klar.

Janine bemühte sich, nicht zu grinsen. Sie wusste, dass er im Begriff war, einzulenken.

»Ich weiß. Es ist allein meine Entscheidung, auf meine Kosten«, erwiderte Janine.

»Okay. Dann kommen Sie mal langsam in die Gänge!«, rief Bill. »Die Zeit drängt! Ich rufe in Emerald an und sage Bescheid, dass Sie auf dem Weg sind.«

Janine schenkte ihm ein aufrichtiges Lächeln, als sie den Raum verließ und schon ihr Handy aus der Hosentasche angelte. Sie hatte keine Ahnung, wie weit Emerald entfernt war, daher war dies das Erste, was sie bei Google eintippte.

Mehr als neunhundert Kilometer.

Mist! Sie hatte nicht gewusst, wie weit Emerald tatsächlich entfernt war. Sie musste einen Flug buchen. Auf keinen Fall konnten sie dort darauf warten, dass sie mit dem Auto hinfuhr. Noch während sie das Büro verließ, tippte sie auf die Handytastatur. Ob sie wohl irgendein Polizeiflugzeug mitnehmen konnte? Kannte sie irgendwen, der ein Flugzeug besaß?

Doch zu ihrer großen Überraschung gab es regelmäßige Flüge von Brisbane nach Emerald. Wenn sie bei der Fluggesellschaft ausrichten ließ, dass man ihr einen Sitzplatz freihalten sollte, sie direkt zum Flughafen fuhr und da schön überall ihre Polizeimarke vorzeigte, um schneller durchzukommen, könnte sie in ein paar Stunden dort sein. Die Schattenseite war, dass dieser kleine Ausflug, der sich eventuell sogar als sinnlos herausstellen konnte, sie Hunderte von Dollars kosten würde.

Doch daran verschwendete sie kaum einen Gedanken. Dies war der Vorteil daran, wenn man mit der Arbeit verheiratet war. Niemanden interessierte es, wenn sie einen Großteil ihres Monatsgehalts für ein sinnloses Unterfangen aus dem Fenster hinauswarf. Niemand wartete darauf, dass sie nach Hause kam, und sie hatte kaum soziale Kontakte, die sie auf Eis legen musste. Stattdessen fuhr sie nun mit der entsprechenden Akte und ihrer Handtasche zum Flughafen.

Auf dem Weg dorthin rief sie Jake an. Auch er hatte von Beginn an an diesem Fall gearbeitet. Auch er sollte zumindest diese Möglichkeit bekommen.

»Hey, wie geht's dir?«, fragte er sie.

»Hast du's schon gehört? Black wurde festgenommen. Er ist draußen in Emerald«, erwiderte sie.

»Verdammt! Echt jetzt? Das ist ein Durchbruch!«, rief er begeistert.

»Ich bin gerade auf dem Weg zum Flughafen. Ich fliege hin, um ihn zu verhören«, verkündete sie.

»Die fliegen dich extra hin?«, fragte er ungläubig.

»Nein«, antwortete Janine. »Ich fliege auf eigene Kosten hin. Ich muss mit ihm reden. Willst du mitkommen?«

»Du willst ernsthaft, dass ich meinen Hintern zum Flughafen bewege und dann selbst für einen Flug nach Emerald latze?«, hakte er nach.

Er klang erstaunt.

»Das ist der wichtigste Fall meiner Karriere. Ich muss es tun«, erklärte sie.

»Ja, schon gut. Vielen Dank, dass du an mich denkst, aber zieh das mal alleine durch. Ich finde es toll, dass du das machst«, fuhr Jake fort. »Ich hoffe, du kriegst ihn dran. Lass mich wissen, wie es läuft.«

»Okay. Ich dachte nur, ich müsste dich fragen«, sagte Janine.

Sie legte auf mit dem Gefühl, sich verstiegen zu haben. Jake hatte recht, wer wollte schon einen Haufen Geld ausgeben, um mit einem Verbrecher zu reden? Sie hatte es viel zu sehr zu einer persönlichen Sache gemacht. Sie sollte eine professionelle Distanz einhalten, um den Durchblick zu behalten.

Das sollte sie wohl. Doch jetzt würde sie auf gar keinen Fall mehr kehrtmachen.

Sonntag, 12:03 Uhr

Tom rief Gavin an und überbrachte ihm die Neuigkeiten. Sie hatten den Mann gefunden, der aller Wahrscheinlichkeit nach Sammi entführt hatte, doch auf sie selbst gab es keine Hinweise, weder gute noch schlechte. Der Mann würde verhört werden, sein Pick-up kriminaltechnisch untersucht. Tom schien zu glauben, dass der Pick-up mehr Antworten liefern würde als der Mann selbst.

Gavin fühlte sich, als würde etwas auf seiner Brust sitzen, als würde so viel Luft aus ihm gepresst, dass er kaum atmen konnte. Der Verdächtige war gefunden worden, doch es gab keinerlei Lebenszeichen von Sammi. Das war ein riesengroßer Schlag ins Wasser. Wenn sie noch am Leben war, hätte er sie doch wohl bei sich gehabt, oder?

Trotz allem, was er wusste und was die Polizei enthüllt hatte, konnte Gavin nicht glauben, dass das Schlimmste passiert war. Die Sammi, die er kannte und liebte, hätte gekämpft, sie hätte ein Zeichen, eine Narbe, irgendwas an ihm hinterlassen, sie wäre schlauer als er gewesen und hätte ihn ins Abseits gedrängt. Er musste daran glauben, etwas anderes blieb ihm nicht übrig. Sammi konnte einfach nicht tot sein. Die Welt wäre ohne sie eine andere – das hätte er doch sicherlich bemerkt, oder?

Weiterhin hielt er Sammis Eltern auf dem Laufenden. Patrick sprach davon, nach Angel's Crossing zu kommen, doch Gavin erklärte ihm, dass es derzeit keinen Sinn habe. Außer Abwarten könne man nichts tun. Diese Anspannung war nicht zu ertragen. Wäre Sammis Mutter persönlich vor Ort, würde es alles nur noch schlimmer machen, die Angst und Sorge noch vergrößern. Sie würden sich nicht gegenseitig stützen und stärken können.

Jedes Mal, wenn er sie anrief, klopfte ihm das Herz bis zum Hals, und er hoffte, dass Patrick derjenige war, der den Hörer abnahm. Bislang hatte er seit jenem ersten Anruf nicht mehr mit Juleen gesprochen. Patrick hatte versucht, die Wogen zu glätten, doch Gavin wusste nur allzu gut, dass Juleen ihm die Schuld an allem gab, und hatte sich damit abgefunden. Er hatte das Gleiche mit Candy gemacht und ihr alle Schuld zugewiesen. In Ausnahmesituationen wie dieser war es einfacher, seinen Ärger an einer realen Person auszulassen.

Gavin konnte Patrick lediglich die gleichen winzigen Hoffnungsfetzen anbieten, die die Polizei ihm genannt hatte. Mehr hatte er nicht. Sollte es einen letzten entscheidenden Anruf geben, würde nicht *er* diesen tätigen. Niemals könnte er ihren Eltern die Nachricht übermitteln, dass Sammi tot ist.

Sonntag, 13:39 Uhr

»Hallo, Sonderermittlung, Sie sprechen mit Constable Tracey Snell.«

»Hallo, hier ist Graham Tunney. Ich habe einige Informationen im Zusammenhang mit der vermissten Polizistin.«

Der Mann sprach entschieden und nachdrücklich. Wenn das wieder nur so ein Witzanruf war, würde er wenigstens nicht lange dauern. Dieser Kerl jedoch klang sehr sachlich. Wie so oft stellte Tracey sich vor, wie der Anrufer wohl aussehen mochte. Mitte sechzig, ordentlich gestutzter weißer Bart, Poloshirt, ein wenig wie ihr Onkel Jim.

»Fahren Sie bitte fort.«

»Im letzten Mai sind mein Schwiegersohn, Daniel Timms, sein Bruder Jamie und ich über das lange Wochenende rund um den Maifeiertag zum Jagen in den Busch gegangen. Wir waren zwei Nächte lang dort, haben gecampt und Fährten gelesen. Dabei geht es eigentlich mehr um den Spaß als um den Jagdsport, eben ein Männerwochenende. Wir waren im Captain's Creek State Forest, etwa eine Stunde von Tara entfernt.«

»Captain's Creek«, wiederholte Tracey, während sie dies rasch notierte.

»Wir sind einen Tag lang gewandert und haben über Nacht gezeltet, um relativ weit im Busch bleiben zu können. Wir haben immer wieder ein Motorrad gehört, was wir ziemlich seltsam fanden. Dort gibt es keine Wege. Wir haben das Motorrad etwa eine Stunde lang gehört, es kam immer näher.

Wir wurden neugierig und liefen darauf zu. Wir wollten wissen, was los war, und schauen, ob jemand Hilfe brauchte. Denn das war ein wirklich ungewöhnliches Geräusch im Buschland. Wir hatten unsere Jagdgewehre dabei, damit wir auf uns aufpassen konnten. Irgendwann sind wir dann diesem Mann auf einer Enduro begegnet. Sobald er uns gesehen hatte, hat er das Motorrad abgestellt, und ein großer brauner Mischlingshund sprang hinten runter. Der Fahrer hatte eine Art flachen Korb extra für den Hund auf das Motorrad gebaut. Der Kerl hatte ein Gewehr über die Schulter geschwungen und packte es, sobald er den Motor abgestellt hatte. Er hat uns zwar nicht direkt mit der Waffe bedroht, und auch den Hund hatte er unter Kontrolle. Aber er wirkte ziemlich bedrohlich. Wir waren uns alle anschließend einig: Wenn einer von uns allein gewesen wäre und ihn gesehen hätte, hätte der Mann denjenigen umgebracht, ohne mit der Wimper zu zucken.«

»Sie wollen damit sagen, Sie hatten das Gefühl, er hätte Sie erschossen?«, hakte Tracey nach.

»Ja. Er hat zu uns herübergerufen und wollte wissen,

was wir da machen. Wir haben ihm geantwortet, dass wir auf Wildschweinjagd sind. Er rief dann, dass er ebenfalls Wildschweine jage. Ich habe ihm dann irgendwas darüber gesagt, dass der Lärm seines Motorrads die ganzen Wildschweine verscheucht. Seine Antwort darauf lautete: ›Wenn ihr nicht wollt, dass ich eure Wildschweine vertreibe, dann solltet ihr euch besser verziehen.‹ Dann hat er Richtung Norden gezeigt.

Das waren exakt seine Worte. Er drohte uns zwar nicht direkt, aber wir alle fühlten uns allein schon durch sein Verhalten bedroht. Wir sind danach tatsächlich Richtung Norden weitergegangen. Uns war klar, dass er keine Wildschweine jagte, aber wir hielten es für das Beste, ihm aus dem Weg zu gehen. Jetzt habe ich die Nachrichten gesehen, da wurde das Foto von einem Mann gezeigt, der im Zusammenhang mit Samantha Willis' Verschwinden gesucht wird. Das ist derselbe Mann. Zweifellos. Und weiß Gott, was er damals da im Busch getrieben hat, als wir ihm dort über den Weg gelaufen sind.«

Tracey notierte die weiteren Details und benachrichtigte dann die Ermittlungszentrale der OP Echo. Dieser Anruf gehörte zu der Sorte von Hinweisen, die tatsächlich zu etwas führen konnten.

Sonntag, 13:52 Uhr

»Heute ist Sonntag, der 17. Oktober, es ist 13:52 Uhr. Wir befinden uns in der Polizeiwache Emerald. Dies ist die elektronische Aufzeichnung des Verhörs zwischen mir und

Donald Black. Alle Anwesenden in diesem Raum werden sich gleich selbst vorstellen. Mein Name ist Detective Senior Constable Janine Postlewaite, meine Registrierungsnummer lautet 9926, derzeit bin ich der Ermittlungsbehörde von Inala zugeteilt.«

»Mein Name ist Sergeant Sean McDonald, meine Registrierungsnummer lautet 5998, ich bin der Polizeiwache Emerald zugeordnet.«

»Mein Name ist Donald Charles Black.«

Obwohl Janine sein Aussehen vom Polizeifoto her vertraut war, kam ihr Donald Black im echten Leben ein wenig enttäuschend vor. Ihr war klar, dass es so etwas wie ein typisches Aussehen eines Killers nicht gab, doch Black wirkte fast langweilig. Er war übergewichtig, ungepflegt, hatte Körpergeruch und stank zudem nach Zigarettenqualm. Irgendwer hatte ihm offensichtlich ein Schnellverfahren zukommen lassen. Seine Nase war rot und dick geschwollen, in seinem Ziegenbart hingen Spritzer von getrocknetem Blut.

Nur seine Augen ließen auf seine Persönlichkeit schließen. Ihr Blick war tot – die schwarzen Pupillen waren einen Hauch zu klein, als dürften sie das Licht nicht durchlassen, um seine dunkle Seele zu erhellen. Janine war klar, dass Sammi mit Sicherheit niemals mit ihm in sein Haus gegangen wäre.

»Darf ich Don sagen?«, fragte Janine.

Der Mann zuckte knapp mit den Schultern, woraufhin Janine fortfuhr. »Stimmen Sie mit den Angaben zur Zeit und dem Datum überein?«

»Ja.«

»Können Sie bestätigen, dass sich niemand außer den Personen, die sich gerade vorgestellt haben, in diesem Zimmer aufhält?«

»Ja.«

»Wie ich bereits gesagt habe, ist dies eine elektronische Aufzeichnung des Verhörs. Don, Sie haben gesehen, wie ich die DVDs in den Rekorder gelegt habe, Sie können sich oben auf dem Monitor selbst sehen. Sie wissen, dass das Verhör aufgezeichnet wird?«

»Ja.«

»Bitte beantworten Sie alle Fragen verbal; das heißt, bitte nicken Sie nicht, bitte schütteln Sie nicht nur den Kopf. Dies muss sein, damit alles auf der Aufnahme gehört werden kann. Haben Sie das verstanden?«

»Ja.«

»Sofort nach Beendigung dieses Verhörs wird Ihnen eine Kopie der Aufzeichnung ausgehändigt. Okay. Jetzt nennen Sie mir bitte Ihr Geburtsdatum.«

»Zwölfter November 1977.«

»Ihr Geburtsort?«

»Geelong.«

»Ihre Adresse?«

»Nineteen Stanley Street, Bald Hills.«

»Sind Sie ein Aborigine oder ein Torres-Strait-Insulaner?«

»Nein.«

»Haben Sie derzeit eine Arbeitsstelle?«

»Ja. Ich arbeite als Barkeeper im Lion's Head in Inala.«

»Welchen Schulabschluss haben Sie?«

»Ich bin nach der zehnten Klasse abgegangen.«

»Können Sie lesen und schreiben?«

»Ja.«

»Wenn ich Ihnen eine Zeitung geben würde, hätten Sie also keinerlei Probleme, diese zu lesen?«

»Nein.«

»Sollte ich während dieses Verhörs etwas sagen, was Sie nicht verstehen, lassen Sie es mich bitte wissen, dann werde ich das klarstellen.«

»Okay.«

»Stehen Sie derzeit unter Alkohol- oder Drogeneinfluss?«

»Nein.«

»Haben Sie verstanden, dass Sie verhaftet wurden, weil Sie im Verdacht stehen, Samantha Willis entführt zu haben?«

»Das hat mir der Polizist am Straßenrand gesagt.«

»Bevor ich Ihnen nun Fragen stelle, muss ich Sie darauf hinweisen, dass Sie das Recht haben, zu schweigen. Das bedeutet, Sie müssen nur dann etwas sagen, Fragen beantworten oder eine Aussage machen, wenn Sie dies wünschen. Wenn Sie etwas sagen oder eine Aussage machen, kann dies später gegen Sie verwendet werden. Haben Sie dies verstanden?«

»Ja.«

»Sie haben das Recht, mit einem Freund oder einem Verwandten zu telefonieren oder zu sprechen, um diese Person darüber zu informieren, wo Sie sich aufhalten, und sie zu bitten, während des Verhörs anwesend zu sein. Außerdem haben Sie das Recht, mit einem Anwalt Ihrer Wahl zu telefonieren oder zu sprechen, um diesen darüber zu informieren, wo Sie sich aufhalten, und um zu veranlassen oder zu versuchen, zu veranlassen, dass dieser Anwalt während des Verhörs anwesend ist. Falls Sie mit einer dieser Personen telefonieren oder reden möchten, wird das Verhör zu diesem Zweck für einen angemessenen Zeitraum verschoben. Gibt es jemanden, mit dem Sie telefonieren oder reden möchten?«

»Nein. Warum sollte ich? Ich habe nichts Falsches getan.«

Janine musterte Black, der ungerührt zurückstarrte. Sean und sie hatten zuvor kurz besprochen, was sie von ihm vielleicht zu erwarten hatten und wie sie das Verhör angehen sollten. Sie nahmen an, dass er sich höflich und kooperativ zeigen und alle Vorwürfe abstreiten würde. Im Augenblick taxierten sie einander jedoch. Der Barkeeper machte auf cool und wartete gelassen ab, was und wie viel sie wussten.

Janine hatte den Vorteil, dass er keine Ahnung hatte. Sein schmuddeliges, ungepflegtes Aussehen ließ erahnen, dass er den letzten Tag und die letzte Nacht im Busch verbracht hatte. Wahrscheinlich war er noch nicht zu Hause gewesen und hatte demnach keinen blassen Schimmer, dass sie bereits sein Haus durchsucht und sein Handy geortet hatten.

Zuvor hatte sie mit Bill telefoniert, ob sie auf die Ergebnisse der kriminaltechnischen Untersuchung seines Pick-ups warten sollten, bevor sie ihn verhörten. Um ihn ein wenig schwitzen zu lassen. Doch sie hatten sich dagegen entschieden. Wenn überhaupt die Chance bestand, dass Sammi noch am Leben war, dann war Eile geboten.

Sie konnten ihn immer noch einmal verhören, wenn sie weitere Beweise in der Hand hatten. Er hatte bereits die Erniedrigung über sich ergehen lassen müssen, dass nicht nur seine Kleidung beschlagnahmt wurde, um sie auf mögliche Spuren hin untersuchen zu lassen, sondern auch, dass Kratzer, Blutergüsse und Narben fotografiert wurden. Daher saß er nun in einem schlecht sitzenden Trainingsanzug in einem Farbton, der als Gefängnisbraun bekannt war, vor ihnen.

Es war durchaus auch möglich, dass er alles gestand und sämtliche Fragen beantwortete. Möglich, aber nicht wahrscheinlich, dachte Janine, während sie Blacks Pokerface abzuschätzen versuchte. Doch in ihrer Karriere hatte sie immer wieder mal Überraschungen erlebt.

»Stimmen Sie zu, dass Sie heute den Dawson Highway in nördlicher Richtung mit einem weißen Pick-up mit dem amtlichen Kennzeichen Queensland 542GCU befahren haben und dort von einem Polizeibeamten abgefangen wurden?«

»Ja.«

»Und hat dieser Polizeibeamte Sie wegen der Entführung von Samantha Willis festgenommen und Sie hier nach Emerald gebracht?«

»Ja.«

»Sie kennen also Samantha Willis?«

Der Barkeeper schüttelte langsam den Kopf. »Ich denke nicht. Obwohl ich an der Bar viele Frauen kennenlerne. Vielleicht habe ich sie dort getroffen, ohne ihren Namen zu kennen.«

»Wann genau waren Sie zuletzt bei der Arbeit?«

»Hmmm. Freitagnacht. Ich habe gegen fünf Uhr am frühen Samstagmorgen Feierabend gemacht.«

»Wo sind Sie nach der Arbeit hingegangen?«

»Ich bin nach Hause gefahren.«

»Waren Sie dabei allein?«

»Ja.«

»Haben Sie an jenem Morgen früher Schluss gemacht?«

Black hielt kurz inne. »Nein, nicht, dass ich wüsste.«

»Um wie viel Uhr endet Ihre Schicht?«

Black schwieg, und Janine vermutete, dass er kapiert hatte, worauf sie mit ihren Fragen hinauswollte.

»Ich war bis fünf Uhr in der Frühe im Dienstplan eingetragen, aber dann habe ich Durchfall bekommen und bin früher abgehauen«, erklärte Black. »Ich habe mir eine Entschuldigung wegen eines Familienproblems ausgedacht, damit ich gehen konnte.«

»Um wie viel Uhr sind Sie dann nach Hause gefahren?«, entgegnete Janine.

»Es könnte gegen vier Uhr gewesen sein, wenn ich so drüber nachdenke«, erwiderte Black.

»Sind Sie sicher?«

Black zuckte mit den Schultern und bot keine weitere Antwort.

»Könnten Sie für die Aufnahme bitte eine mündliche Antwort geben?« Janine wollte ihm gegenüber klarstellen, dass sie hier diejenige war, die das Sagen hatte.

»Zwischen vier und vier Uhr dreißig.«

»Was haben Sie gemacht, nachdem Sie den Pub verlassen haben?«, hakte Janine weiter nach.

»Ich bin in mein Auto gestiegen und nach Hause gefahren.«

»Direkt nach Hause? Ohne Zwischenstopps?«

»Ich bin direkt nach Hause gefahren.«

»Wo war Ihr Auto während der Arbeit geparkt?«

»Hinten auf dem Parkplatz, hinterm Pub.«

»Und welches Auto fahren Sie?«

»Meinen Pick-up. Der Wagen, in dem ich angehalten wurde.«

»Welche Strecke sind Sie nach Hause gefahren?«

»Ähm. Keine Ahnung«, antwortete Black. Sein Blick schoss zwischen den beiden Officers hin und her, und er rutschte unbehaglich auf seinem Stuhl herum.

»Sie haben also keine bestimmte Route, die Sie normalerweise wählen, wenn Sie nach Hause fahren?«, fragte Janine.

»Welche Rolle spielt denn das?«, wollte Black wissen.

»Ich stelle hier die Fragen, Don«, entgegnete Janine knapp.

Sie hatte Black bei ein paar Lügen ertappt. Es waren zwar nur kleine Lügen, doch Janine spürte, dass der Verdächtige verunsichert war. Er bemühte sich zwar, dies nicht zu zeigen, doch er wurde ein wenig zappelig und vergrub seine Fingernägel unter einem losen Stück Plastik, mit dem die Armlehne des Stuhls eingefasst war. Janine machte eine lange Pause, notierte sich etwas und schob Papier auf dem Schreibtisch vor sich umher, um das Unbehagen des Mannes noch zu verstärken. Jetzt änderte sie die Taktik.

»Woher kamen Sie, als Sie festgenommen wurden?«, fragte Janine.

»Ich hatte das Wochenende frei. Ich war im Busch jagen.«

»Wo genau?«

Black schüttelte kurz den Kopf. »Hab ich vergessen.«

Janine beschloss, das unkommentiert zu lassen, und tat so, als würde sie ihm für den Augenblick glauben.

»Mit wem waren Sie unterwegs?«

»Mit niemandem. Nur der Hund war dabei.«

Wie erwartet stellte sich Black dumm.

»Als Sie angehalten wurden, fuhren Sie in die falsche Richtung, um nach Hause zu fahren.«

»Ich wollte woanders hin.«

»Wohin genau?«

»Nach Westen.«

»Wohin genau?«

»Ich habe den Namen vergessen, ich weiß nur, wie man hinkommt.«

»Was ist denn mit Ihrem Arbeitsplatz? Sie sagten, Sie

hätten das Wochenende freigehabt. Aber man hat Sie letzte Nacht in der Bar erwartet.«

»Ich habe darum gebeten, mir das Wochenende freizugeben. Ich dachte, das hätte man mir auch gewährt. War wohl mein Fehler«, antwortete Black mit einem Schulterzucken.

Dies führte zu nichts, deswegen beschloss Janine, auf den Punkt zu kommen und Blacks Reaktion darauf zu beobachten.

»Sie haben Samantha Willis mit in den Busch genommen.« Janine ließ es wie eine Aussage, nicht wie eine Frage klingen.

»Nein, ich kenne sie nicht einmal. Warum glauben Sie überhaupt, dass ich sie kenne?«

Janine merkte sehr genau, dass Black sich wand und herausfinden wollte, wie viel die Polizei gegen ihn in der Hand hatte und welche Lügen er auftischen musste.

»Sie ist draußen vor der Bar in Ihr Auto gestiegen.«

Ein gewisser Ausdruck huschte über das Gesicht des Barkeepers, und Janine musterte ihn eingehend.

»Hat jemand gesehen, wie sie in mein Auto gestiegen ist? Wie können Sie sicher sein, dass sie es war? Da müssen Sie mir schon mehr bieten«, erwiderte Black mit selbstzufriedener Miene.

»Samantha war in Ihrem Auto. Ich gebe Ihnen gerade lediglich die Chance, den Grund dafür zu erklären.«

Black hielt inne, als müsste er seine Möglichkeiten abwägen.

»Ach, jetzt weiß ich, wen Sie meinen«, fuhr er fort und tat überrascht. »Ich habe einer jungen Frau ausgeholfen. Ich habe sie im Pub bedient und sah sie draußen, als ich ging. Sie wartete auf ein Taxi, aber um die Uhrzeit fährt da keines mehr, deswegen habe ich sie heimgefahren. Denn ich bin ein netter Kerl. Ich kannte nicht mal ihren Namen. Samantha, sagen Sie? So eine Blondine?«

Janine wusste, dass das letzte Verhör, als die Polizei mit ihm über die vermisste Prostituierte gesprochen hatte, an dieser Stelle nicht weitergekommen war. Natürlich versuchte er es dieses Mal erneut auf diese Tour.

»Aber Sie haben mir doch gerade gesagt, dass Sie allein waren, als Sie den Pub verlassen haben«, stellte sie fest.

»Ich habe das Mädchen ein Stück weit mitgenommen, nichts weiter. Das tue ich relativ oft. Denn um diese Uhrzeit sind die Straßen nicht mehr sicher. Ich habe sie vor den Läden von Forest Lake rausgelassen. Von dort aus kann ihr natürlich alles Mögliche passiert sein.«

»Wir haben ihr Handy bis zu Ihrem Haus verfolgen können.«

»Nein, das können Sie gar nicht. Sie bluffen. Sie können Handys nur zurückverfolgen, wenn derjenige irgendwo anruft.«

»Das ist falsch. Wir haben ihr Handy geortet, bis Sie es in Ihrem Haus abgeschaltet haben.«

Der Barkeeper schwieg und starrte einen Augenblick lang zu Boden. Janine konnte beinahe dabei zuschauen, wie sich die Zahnrädchen bei ihm drehten, als Black sich eine Antwort zurechtbastelte.

»Sie muss das Handy versehentlich im Auto fallen gelassen haben, als sie ausgestiegen ist«, erwiderte Black, der nun ganz bewusst Janine in die Augen sah.

»Und es hat sich von ganz allein abgeschaltet?«, hakte Janine nach.

»Vielleicht war der Akku schwach. Ich kann gerne danach suchen, wenn wir hier fertig sind«, nickte Black.

»Oh, wir sehen schon nach, keine Sorge. Was werden wir denn sonst noch alles in dem Pick-up finden? Das Kängurublut wird nicht alle Spuren überdecken, das wissen Sie, oder?«

»Nun, lassen Sie es mich wissen, wenn Sie etwas finden.«

»Sollen wir das hier danach dann noch einmal machen?«

»Ich habe nichts weiter zu einem Mädchen, das irgendwer in meinem Auto gesehen hat, oder zu einem fragwürdigen Handysignal zu sagen.«

Arrogantes Arschloch, dachte Janine und starrte ihn unentwegt an. Sie hatte ihre Karten auf den Tisch gelegt, doch es hatte anscheinend nicht gereicht. Black hatte ihr Antworten gegeben, die sie nicht weiterbrachten. Jetzt hieß es abwarten und hoffen, dass die Kriminaltechnik etwas fand.

Janine versuchte es ein letztes Mal und wechselte die Taktik.

»Okay. Ich werde Ihnen jetzt keine Fragen mehr zu Samantha stellen. Aber wir haben einige Dinge in Ihrem Haus gefunden, über die ich gern mit Ihnen reden würde.«

»Was?« Panik leuchtete in Blacks Gesicht auf.

»Ja. Ich habe gestern einen Durchsuchungsbefehl für Ihr Haus umgesetzt«, erklärte Janine und beobachtete, wie der Hals des Mannes langsam rot wurde. Sie konnte beinahe sehen, wie er in Gedanken eine Bestandsaufnahme dessen durchführte, was die Polizei vielleicht finden könnte.

»Sie dürfen gar nicht ohne mich durch mein Haus gehen«, blaffte er. Zusammen mit der roten Hautfarbe stieg Ärger in ihm auf.

»Natürlich dürfen wir das«, entgegnete Janine und erlaubte sich ein kurzes Lächeln, um zu sehen, ob das Black vielleicht weiter aus der Fassung brachte. »Es war absolut legal. Alles, was gefunden wurde, kann vor Gericht verwendet werden.«

Black hob die Hand ans Gesicht und rieb sich die Stirn. Hauchdünne Schweißperlen wurden dort sichtbar, kurz unter dem Haaransatz.

»Also: Was haben Sie gefunden?«, fragte Black. Er versuchte, gelassen zu klingen, und gab immer noch nichts preis.

»Ein paar sehr interessante Dinge«, stellte Janine fest und starrte unnachgiebig zurück.

»Das kann nicht sein«, widersprach ihr Black und grinste sie höhnisch an. »Da gibt es nichts zu finden.«

»Na gut, dann fangen wir mal mit der Damenunterwäsche an, die in die unterste Schulblade Ihrer Kommode gestopft war«, schlug Janine vor.

Black starrte sie an. Es dauerte einen Augenblick, bis er seine Gedanken sortiert hatte.

»Die gehören alten Freundinnen von mir. Als Erinnerung an einen guten Fick. Als Schwanzsouvenir. Das ist nicht verboten.« Er verkündete dies, als könnte er Janine mit seiner ordinären Sprache schockieren.

»Wem gehören die?«, fragte Janine. Zumindest redete er wieder.

»Früheren Freundinnen von mir, wie ich schon sagte«, erwiderte Black.

»Und wie heißen die?«, hakte Janine weiter nach.

Black zuckte mit den Schultern. »Kann mich nicht erinnern. Aber wen interessiert das schon? Das waren nur irgendwelche Schlampen.«

»Uns interessiert das. Und wir werden sie alle den DNA-Profilen zuordnen können«, entgegnete Janine.

Sie hatte die Kontrolle wieder zurückerobert. Sie beobachtete den Weg, den Blacks Adamsapfel zurücklegte, hinauf und hinunter, als er schwer schluckte.

»Sie hätten sie nicht gewaschen, wenn es sich um Souvenirs handelt, wie Sie sagen«, fuhr sie fort.

Keine Antwort. Seine Hand ruhte nun an der Stirn und verdeckte seine Augen. Doch seine brennenden Wangen konnte dies nicht verbergen.

»Schnüffeln Sie an den Höschen? Machen Sie das gern?«, bohrte Janine weiter.

Sie war sich äußerst bewusst, dass alles, was sie sagte und tat, aufgenommen wurde und wahrscheinlich zu einem späteren Zeitpunkt in irgendeinem Gerichtssaal vorgespielt werden würde. Sie musste die Gradwanderung schaffen, ihn zu provozieren und gleichzeitig aber auch die Informationen zu bekommen, die sie so verzweifelt brauchte.

»Fick dich!« Dieses Mal war die Aggression hinter dem matten Blick deutlich zu spüren. Sie schien ins Schwarze zu treffen.

»Wem gehört die Unterwäsche?«, wiederholte Janine ihre Frage.

»Sie halten sich doch für so verdammt gescheit, also finden Sie es selbst heraus!«, entgegnete Black.

»Das werden wir auch. Unsere Kriminaltechniker untersuchen gerade Ihren Wagen Zentimeter für Zentimeter, wir haben die Daten aus der Videoüberwachung, wir haben Ihre Landkarten, und uns rufen Leute mit allen möglichen Informationen über Sie an. Es ist also nur eine Frage der Zeit. Seien Sie nicht stur allein nur aus Spaß an der Freude.«

»Ich hab genug. Bringen Sie mich in die verfickte Zelle zurück«, forderte Black und überkreuzte die Arme vor der Brust.

Einen Moment lang starrten sie sich an.

Höchste Zeit, wieder das Thema zu wechseln, dachte Janine. »Sie waren recht weit von Captain's Creek entfernt. Waren Sie auf dem Weg zur Grenze?«

Black warf ihr einen verunsicherten Blick zu, als sie Captain's Creek erwähnte, doch dieser Moment war so schnell wieder vorbei, dass Janine dieser Ausdruck entgangen wäre, wenn sie den Mann nicht so intensiv beobachtet hätte.

»Ich habe keine Ahnung, wovon Sie reden«, erklärte er und zog höhnisch die Oberlippe hoch.

»Wollten Sie zur Grenze fliehen?«, fragte sie rasch.

Er starrte sie an. Rund um seine Augen bildeten sich kleine Fältchen, als er das Gesicht verzog, während er überlegte, wie er auf diese unerwartete Attacke reagieren sollte.

»Wir haben in Captain's Creek eine Suchaktion gestartet«, informierte Janine ihn. Streng genommen stimmte dies ja auch. Janine beobachtete, wie Blacks Mundwinkel zu zucken begannen. Sie war auf der richtigen Spur. »Wir werden sie finden«, fuhr sie sanft fort.

»Nein, werdet ihr nicht!«, entgegnete Black, dem die Worte unüberlegt über die Lippen gekommen waren. Ruckartig schloss er den Mund, als würde er versuchen, den Satz wieder einzufangen.

Es war nur ein winzig kleiner Fehler. Aber es war einer.

»Sie haben sie in Captain's Creek zurückgelassen.«

Blacks Augen schossen von links nach rechts, er mied Janines Blick.

»Ich habe keine Lust mehr«, sagte er schnell. »Sie müssen mir ein Mittagessen geben, da ich in Haft bin. Ich habe Hunger und Durst. Ich verlange, etwas zu essen zu bekommen«, forderte er.

»Wie lange ist es her, seit Sie Captain's Creek verlassen haben?«, wollte Janine wissen.

»Ich beantworte keine Fragen mehr. Sie haben eben gesagt, dass das mein gutes Recht ist.«

Seine nervöse Körpersprache passte nicht zu dem, was er sagte.

»Ja, das stimmt«, antwortete Janine.

Janine und Sean warfen einander einen Blick zu. Obwohl sie einander kaum kannten und noch nie zusammengearbeitet hatten, war Sean sofort klar, dass er nun an der Reihe war und den »guten Bullen« spielen sollte, im Gegensatz zu Janines Rolle als »böser Bulle«.

»Kumpel, das hier ist deine Chance, deine Seite der Geschichte zu erzählen«, stellte Sean fest, beugte sich vor und versuchte, Blickkontakt mit Black herzustellen.

»Ich bin nicht Ihr Kumpel«, entgegnete Black scharf.

»Tut mir leid, Don. Aber vertun Sie nicht Ihre Chance«, sagte Sean und nickte sanft.

»Ich weiß nichts von dieser ganzen Scheiße! Sie verschwenden Ihre Zeit!«, rief Black.

»Nein, Sie verschwenden *Ihre* Zeit. Ich werde hierfür bezahlt. Sie wissen etwas über den Fall, so viel haben wir schon einmal ermitteln können. Jetzt ist dies also Ihre Chance, uns alles zu erklären. Kommen Sie schon, Sie wollen doch den ganzen Mist hier nicht noch einmal über sich ergehen lassen«, beschwor ihn Sean.

»Ich habe sie an der Straße rausgelassen. Sie können mich nicht verantwortlich machen für das, was danach passiert ist. Das dumme Miststück ist bestimmt in einer Orgie mit ihrer Schlampenfreundin und den Männern gelandet, in deren Begleitung sie waren. Warum fragen Sie die nicht?«, sagte Black.

»Sie haben sie also im Pub beobachtet?«, fragte Sean.

»Natürlich habe ich sie beobachtet. Wenn Leute sich dermaßen in der Öffentlichkeit verhalten, wollen sie beobachtet werden. Sie versuchen, mir jedes Wort im Mund herumzudrehen. Ich bin fertig! Es reicht. Ich muss pissen und was essen. Ich kenne meine Rechte. Etwas anderes werde ich nicht sagen«, verkündete Black.

»Schon gut. Wir können für ein Mittagessen unterbrechen, wenn Sie das wollen. Und dann werden wir wieder ganz von vorn beginnen«, erklärte Sean.

Janine war klar, dass das Verhör ab jetzt keinen Sinn mehr hatte. Black wusste, dass er zu viel gesagt hatte. Er hatte versucht, mit ihnen zu spielen, und dabei ein Eigentor geschossen.

Janine versuchte es dennoch ein weiteres Mal. »Gibt es irgendetwas, was Sie uns in diesem Zusammenhang noch sagen möchten?«

»Nö«, erwiderte Black und starrte an die Wand.

»Wurden Sie bedroht, wurde Ihnen ein Versprechen gemacht oder ein Anreiz in Aussicht gestellt, damit Sie an diesem Verhör teilnehmen?«

Wieder folgte jenes stumpfe Starren auf einen Punkt an der Wand hinter Janines Kopf.

»Nein«, antwortete Black.

»Wurden Sie zu Beginn des Verhörs auf Ihr Recht hingewiesen, zu schweigen?«

»Ja. Das ist das, was ich jetzt tue. Ich schweige. Ich habe nichts mehr zu sagen.«

Janine machte eine Pause, die lang genug war, um zu bestätigen, dass Black dies auch wirklich so meinte.

»Okay. Es ist jetzt 14:14 Uhr. Ich beende nun das Verhör«, erklärte Janine.

Sie drückte auf die Stopptaste, woraufhin sich der Rekorder ausschaltete.

Neben ihr stand Sean nun auf. Er drehte sich, sodass er nun hoch über Black aufragte, der immer noch saß.

»Sie wissen, dass sie Polizistin ist, nicht wahr?«, fragte er Black in ruhigem Ton.

Blacks Miene war ausdruckslos, sie verriet rein gar nichts.

»Du Mistkerl, wir werden dich an die Wand nageln«, fauchte Sean ihn dann plötzlich harsch an. Abrupt trat er vor und riss die Tür zum Verhörzimmer auf. Zwei Polizeibeamte traten herein, legten Black Handschellen an und brachten ihn in die Zelle zurück.

Janine und Sean blieben im Verhörzimmer zurück.

»So. Er meint also, dass wir sie in Captain's Creek nicht finden werden«, resümierte Janine. »Er hat nicht gesagt, dass sie sich dort *nicht* befindet, er meinte nur, dass wir sie nicht finden werden. Hast du das auch so verstanden?«, fragte sie.

»Sein Gesichtsausdruck, als du Captain's Creek erwähnt hast – der sagte alles«, nickte Sean. »Ich habe nicht mal eine Ahnung, worüber du da gesprochen hast, aber damit hast du ins Schwarze getroffen.«

»Wir haben das Gebiet auf zwei Bereiche des State Forest begrenzt, in die er sie gebracht haben könnte. Ich schätze, er hat sie nach Captain's Creek verschleppt«, erklärte Janine.

»In Anbetracht seiner Reaktion gehe ich davon aus, dass du recht hast«, antwortete Sean.

»Er hat Sammi und ihre Freundin beobachtet. Er hat sie ins Visier genommen, weil er wusste, dass sie allein nach Hause ging«, stellte Janine fest.

»Ich hege absolut keinen Zweifel daran, dass er der Täter ist«, erwiderte Sean.

»Hast du seine Reaktion gesehen, als ich gesagt habe, dass sie in seinem Auto gesehen worden ist?«

»Ja. Erleichterung. Er dachte wahrscheinlich, wir hätten mehr als die Tatsache, dass sie in sein Auto eingestiegen ist und dass sie mit dem Handy in einer bestimmten Funkzelle eingeloggt war«, mutmaßte Sean.

»Zuerst war er überrascht, dann erleichtert, denke ich. Er hat uns die gleiche Erklärung präsentiert wie damals bei der Prostituierten. Dann hat er dichtgemacht, weil ihm klar geworden ist, dass wir viel weniger haben, als er vermutet hatte. Das bedeutet, er hat noch mehr Beweise zurückgelassen. Wir müssen sie einfach nur finden.«

Sonntag, 14:20 Uhr

Der Senior Sergeant der Kriminaltechnik wartete darauf, dass der Pick-up hereingebracht wurde. Obwohl er mittlerweile hauptsächlich eine verwaltungstechnische Aufgabe innehatte, beschloss Bevan Rostrum, den Job selbst zu übernehmen. Er hatte von der Geschichte dahinter gehört, wusste, was ihn auf der Ladefläche erwartete, und wusste auch, dass er Himmel und Hölle in Bewegung setzen würde, um dort DNA nachzuweisen. Mehr als sein Bestes tun konnte er nicht, was bedeutete, dass er äußerst akribisch und gründlich arbeitete. Wenn diese Polizistin hinten im Pick-up gewesen war, würde er etwas finden.

Ihm war ein Senior Constable zugeteilt worden, um ihm zu helfen. Sie schlüpften in blaue Overalls und setzten die Kapuzen auf, die ihr Haar bedeckten. Dann noch Handschuhe, Plastiküberzieher für die Schuhe, Sicherheitsbrillen und Staubmasken. Es war unbedingt erforderlich, dass ihre DNA nicht den Pick-up verunreinigte, der als Tatort angesehen wurde. Denn ihre Ergebnisse konnten ein entscheidender Erfolgsfaktor sein, den Verdächtigen unter Anklage zu stellen.

Sie gingen methodisch vor, arbeiteten hauptsächlich schweigend. Zuerst entfernten sie das Verdeck des Pick-ups. Bevan fotografierte es und suchte es nach Kratzern, Schrammen und Flecken ab. Jedes noch so kleine Fleckchen wurde unter die Lupe genommen, fotografiert und aufgelistet. Dann nahm er einen weichen Pinsel und ein Glas mit Rußpulver zur Hand, um Fingerabdrücke nachweisen zu können. Drei Pinselstriche über die Innenseite der Abdeckung und zwei Handabdrücke wurden sichtbar. Die Finger waren nach außen gespreizt und deuteten in entgegengesetzte Richtungen.

»Na, das war ja mal einfach«, stellte Bevan fest.

Er stand auf und schnappte sich ein Formular mit Fingerabdrücken darauf. Diese gehörten Sammi, die sie abgegeben hatte, als sie in den Polizeidienst eingetreten war. Er nahm einen kurzen optischen Vergleich vor mit den Abdrücken auf dem Verdeck, ging dann vom Pick-up weg und holte sein Handy aus der Tasche heraus.

»Hi, hier Bevan von der Kriminaltechnik ... Wollte euch nur wissen lassen, dass ich bereits jetzt bestätigen kann, dass eure vermisste Polizistin sich definitiv auf der Ladefläche des Pick-ups befunden hat. Ich melde mich, wenn ich hier fertig bin ... ja, tschüs!«

Bevan steckte das Handy wieder in seine Tasche und fuhr damit fort, alles mit Rußpulver zu bepinseln.

Am Ende umfasste sein Bericht sechs Seiten. Er hatte

sieben komplette oder unvollständige Sätze von Fingerabdrücken auf der Innenseite der Abdeckung und den Seiten der Ladefläche gefunden. Die meisten Abdrücke waren von beiden Händen, wobei der Ballenabdruck einer Hand die Stelle bedeckte, an der derjenige der anderen Hand fehlt und die Finger in entgegengesetzte Richtungen wiesen, was darauf schließen ließ, dass die Hände der Person aneinandergefesselt waren. Bevan bestätigte, was alle bereits befürchtet hatten – Sammi war auf der Ladefläche des Pick-ups gefangen gehalten worden.

Der Bericht beinhaltete zudem Fotos vom Gewehr des Verdächtigen. Im hölzernen Schaft waren Kerben – vier an der Zahl – zu erkennen, wie eine Art Strichliste.

Bevan hatte vier Blutproben von der Ladefläche genommen und sie zur Analyse geschickt. Kängurus besaßen zwar einen anderen Bluttyp als Menschen, doch die Menge des Kängurublutes machte es unwahrscheinlich, dass irgendetwas identifiziert werden konnte, was sich eventuell daruntergemischt hatte. Er konnte bestätigen, dass Sammi auf der Ladefläche des Pick-ups noch gelebt hatte, doch er konnte keine Aussage darüber machen, ob sie dort auch gestorben war.

Zu viele Fragen und zu wenig Antworten. Und sie wussten immer noch nicht, ob sie nach einer Frau oder einer Leiche suchten.

Sonntag, 14:37 Uhr

Die Informationen aus verschiedensten Quellen fluteten die Ermittlungszentrale der OP Echo.

Janine rief an, um Bill hinsichtlich des Verhörs auf den neusten Stand zu bringen.

»Konnten Sie ihn mürbe machen?«, fragte Bill.

»Haben Sie ernsthaft gedacht, das wäre möglich?«, entgegnete Janine. »Wir haben ihn allerdings bei ein paar kleinen Lügen ertappt. So ein raffinierter Mistkerl. Er hat sich dumm gestellt und wollte erst mal sehen, was wir alles wissen.«

»Was haben Sie aus ihm rausbekommen?«, fragte Bill.

»Ihm ist der Schweiß ausgebrochen, als ich nach Captain's Creek gefragt habe. Als ich ihm gesagt habe, dass wie sie finden werden, meinte er, das sei unmöglich. Irgendwas war faul an seiner Reaktion.«

Bill stieß ein unverständliches Geräusch aus.

»Er hat geleugnet, sie zu kennen, hat dann aber zugegeben, dass er sie ein Stück im Auto mitgenommen hat – aber erst, nachdem er erfahren hat, dass sie in seinem Wagen gesehen wurde«, fasste Janine zusammen. »Die Sache ist die: Er dachte, wir wüssten mehr. Seine Miene drückte eindeutig Erleichterung aus. Er hat die ganze Zeit darauf gewartet, dass wir sagen würden, wir hätten etwas gefunden oder Beweise erbracht. Und nachdem er gemerkt hat, dass wir nur ein paar Indizien und einige Vermutungen auf Lager haben, hat er dichtgemacht. Ab da wollte er kein Wort mehr sagen.«

»Was dachte er denn, was wir wüssten?«, fragte Bill. »Was sagt Ihnen Ihr Bauchgefühl?«

»Sean und ich haben das vor diesem Anruf besprochen«, erklärte Janine. »Er hat sie definitiv entführt, doch er dachte, wir hätten mehr Beweise. Seiner Reaktion auf unsere Fragen nach zu urteilen sind wir uns beide einig, dass er dachte, wir hätten eine direkte Verbindung zwischen ihm und Sammi gefunden. Ich denke daher, dass die Chance besteht, dass Sammi ihm entwischen konnte. Wir wissen nicht, wo sie ist, aber wahrscheinlich weiß auch Black das nicht.«

Bill warf einen Blick auf eine Liste, die vor ihm auf dem Schreibtisch lag. Das Büro, das für Vermisstenmeldungen zuständig war, hatte ihm eine Aufstellung zukommen lassen über sämtliche ungelösten Fälle von vermissten Frauen in Queensland, seitdem Black vor vier Jahren in diesen Staat gezogen war. Es waren dort sogar die Details der Vermissten angegeben; ab wann sie vermisst und an welchem Ort sie zuletzt gesehen wurden sowie eine kurze Zusammenfassung des Ermittlungsstandes. Die Liste an sich war kurz, da sie nur fünf Namen umfasste. Bill hatte die Einzelheiten mit der Liste der Informationen verglichen, die Graham Tunney der Sonderermittlung gegeben hatte.

»Wir hatten bei der Sonderermittlung einen interessanten Anruf«, stellte Bill fest, während er mit der Ecke eines Dokuments spielte, das vor ihm lag. »Einige Männer, die einen Jagdausflug gemacht haben, sind Black und seinem Hund unter recht ungewöhnlichen Umständen begegnet.«

»Wo und wann?«, hakte Janine sofort nach.

»Captain's Creek, Anfang des Jahres. Die Details passen zu einer Prostituierten, die als vermisst gemeldet wurde. Sie wurde zum letzten Mal in der Stadt gesehen.«

»Das liegt noch gar nicht so weit zurück im Gegensatz zu der armen Frau draußen im Yonga State Forest«, stellte Janine fest und sprach vor Aufregung ein wenig schneller.

»Die Sonderermittlung hat auch noch einen weiteren interessanten Anruf bekommen. Von einer Ex von Black. Sie dachte eines Nachts, dass er sie umbringen würde. Da hat er davon geredet, zum Captain zu gehen«, schilderte Bill.

»*Ist nicht wahr!* Brauchen Sie etwa *noch* mehr?«, rief Janine. »Er hat Sammi nach Captain's Creek verschleppt!«

»Ja, da stimme ich Ihnen zu. Zwei Ranger befinden sich gerade auf dem Weg dorthin. Doch meine Vorgesetzten finden, wir sollten unsere Ressourcen auf Yonga konzentrieren, da wir dort konkrete Beweise vorliegen haben. Dort gibt es eine Leiche anstatt nur Spekulationen.«

»Zwei Ranger? Mehr haben wir nicht zu bieten? Was, wenn sie noch am Leben ist?«, flehte Janine.

»Wir müssen realistisch sein, Janine. Wir haben eine ziemlich gute Vorstellung davon, wer dieser Kerl ist und was er getan hat. Glauben Sie ernsthaft, er ist mit Sammi da rausgefahren, um dort ein Picknick zu veranstalten? Glauben Sie etwa, er hat sie im Busch abgesetzt und dann herumwandern lassen?«, fragte Bill. »Wir haben einen Verdächtigen, aber sorry, wir suchen doch wohl nach einer weiteren Leiche, nicht wahr?«

Sonntag, 15:03 Uhr

Sammi stolperte vorwärts. Ein weiterer Schritt. Nur noch ein weiterer Schritt. Sie warf einen Blick auf ihre Uhr, mehr aus Gewohnheit als um tatsächlich nachzusehen, wie spät es war. Jedenfalls konnte sie sich auch schon nicht mehr daran erinnern, um wie viel Uhr sie das letzte Mal nachgeschaut hatte. War überhaupt Zeit vergangen? Ihr Shirt war weitgehend getrocknet, doch die Shorts waren immer noch feucht, sodass das Material vorn auf ihren Oberschenkeln klebte. Sie fror erbärmlich, obwohl es ein warmer Nachmittag war.

Sie blieb stehen und versuchte, sich auf das Ziffernblatt ihrer Armbanduhr zu konzentrieren. Der große Zeiger stand auf der Zwölf, der kleine war gerade über die Drei hinausgeschritten. Der Sekundenzeiger schien angehalten zu haben. Er zuckte hin und her, eine Sekunde vor, eine Sekunde zurück. Die Zeit verging nicht mehr. Sammi war in einer endlosen Runde von Bäumen, dem Bach und Sekunden gefangen. Sie ließ sich auf die Knie fallen, dann auf den Po. Dann schüttelte sie den Kopf.

Ihr war klar, dass sie halluzinierte. Hunger, Erschöpfung und Schrecken verursachten so etwas. Wenn sie schon Sachen sah, warum konnten es dann nicht wenigstens wieder ihre Engel sein? Auf der Suche nach einem freundlichen, schimmernden Gesicht ließ sie den Blick über den Busch schweifen, doch selbst ihre Traumbilder hatten sie verlassen.

Sammi litt unter schlimmen Magenkrämpfen. Es fühlte sich an, als würden sich ihre Organe hinter den Rippen zusammenziehen. Die Augen schmerzten so sehr, als würde jemand versuchen, sie von innen rauszudrücken. Die Beine taten nicht mehr weh, da sie jedes Gefühl in ihnen verloren hatte.

Sie war vollkommen ausgelaugt und selbst zum Weinen zu erschöpft.

Gedanken an Gavin blitzten in ihrem Kopf auf. Sie versuchte, sich jedes Detail seines Gesichtes vorzustellen. Doch sie konnte sich nicht mehr an die Form seiner Lippen oder den Klang seiner Stimme erinnern, wenn er lachte. Das machte sie unfassbar traurig. Warum waren sie bloß im Streit auseinandergegangen? Wie sollte sie ihn jetzt wissen lassen, dass sie es nicht so gemeint hatte? Dass sie ihn liebte?

Sie schloss die Augen, konnte aber nicht mit Bestimmtheit sagen, ob sie weggedämmert war oder wie lange sie dort gesessen hatte. Dann erregte eine Bewegung ihre Aufmerksamkeit. Sie erstarrte, als sich etwa einen Meter vor ihr eine lange, bräunliche Schlange über das abgestorbene Laub und abgebrochene Zweige schlängelte. Offenbar hatte Sammi lange genug auf der Erde im Dreck gesessen, dass die Wildtiere sie jetzt ignorierten.

Sie sollte weggehen. Denn das tat man normalerweise, wenn man eine Schlange sah. Aber sie brauchte dringend Nahrung, deshalb sah sie die Schlange als das, was sie war – ein langes Stück Fleisch. Ohne sich die Gelegenheit zu geben, sich alles noch einmal durch den Kopf gehen zu lassen, packte sich Sammi ihren spitzen Stock. Die Schlange steuerte auf einen umgefallenen Baumstamm zu. Schneller, als Sammi sich den ganzen Tag lang bewegt hatte, rollte sie sich auf die Knie und schlug mit dem Speer in der Mitte der Schlange zu, als deren Kopf gerade unter dem Baumstamm verschwand.

Doch die Erschöpfung hatte ihr die Kraft aus den Armen geraubt. Obwohl ihr Stock die Schlange traf, war der

Schlag nicht hart genug, um sie zu lähmen oder zu verletzen, sondern nur, um sie zu ärgern. So angegriffen, wirbelte die Schlange herum und bäumte sich mit dem vorderen Körper und dem Kopf auf. Mit einer Schnelligkeit und Beweglichkeit, mit der Sammi nicht gerechnet hatte, griff die Schlange sie mit weit geöffnetem Maul und entblößten Eckzähnen an. Sammi verspürte einen scharfen Schmerz wie bei einem Bienenstich, als die Schlange sie ins rechte Handgelenk biss.

Sammi schrie auf und schlug mit den Armen in Richtung der Schlange, doch diese war bereits zurückgezuckt. Sammi taumelte und wankte drei Schritte zurück. Durch die plötzliche Bewegung und die Panik drehte sich mit einem Mal alles in ihrem Kopf.

Sammi starrte auf die zwei punktförmigen Bissstellen an ihrem Handgelenk, während ihr das Herz bis zum Hals klopfte. Instinktiv legte sie die Lippen an die Wunde, saugte fest und spuckte auf den Boden. Hatte man nicht früher Schlangenbisse auf diese Art und Weise behandelt? Der metallische Geschmack ihres eigenen Blutes ließ sie würgen. Dann kam Erbrochenes hoch, doch es war nichts weiter außer Wasser und Galle. In ihrem Kopf drehte sich alles, und sie fühlte sich so schwach und matt, als würde sie gleich mit einer Windbrise davontreiben. Jetzt war nichts mehr geblieben.

Das war's. Sie hatte so hart gekämpft wie nur möglich. Sie hatte den Serienkiller überlistet. Sie hatte eine bitterkalte Nacht überlebt. Sie hatte gegen Hunger und Erschöpfung angekämpft. Doch am Ende blieb sie nur ein Mädchen, das gegen die Wildnis verlor.

Sie ließ die Beine unter sich wegknicken und sackte auf die Erde.

Sonntag, 15:05 Uhr

Dr. Eli Jakobson hatte der Polizei immer geholfen. Er respektierte ihren Beruf und wusste, dass sie alle auf das gleiche Ziel hinarbeiteten – die Wahrheitsfindung. Ihm war klar, dass ein Rechtsmediziner wie er einiges dazu beitragen konnte, einer Leiche die in ihr enthaltenen Informationen zu entlocken und die natürlichen Todesursachen von den verdächtigen zu unterscheiden.

Er machte seine Aufgabe sehr gut, da er von Natur aus ein neugieriger Mann war, und sein Job fesselte ihn, weil es so viele Unbekannte gab, so viele Fragen, die sich stellten. Als der Detective angerufen und ihm die Situation erklärt hatte, war er direkt in die Leichenhalle geeilt.

Anstatt des gewohnten blauen Leichensacks lag auf dem stählernen Untersuchungstisch ein seltsam geformtes Paket, das in eine große braune Asservatentüte gepackt war, die normalerweise für Beweisstücke vorgesehen war. Ein Detective, der sich sichtlich unwohl fühlte, lungerte nahe der Tür herum. Er war offenbar mitgeschickt worden, um den Ablauf zu überwachen und über mögliche Funde Bericht zu erstatten.

Der Assistent des Doktors, Steven, der in einen Chirurgenkittel gekleidet war und Handschuhe sowie einen Mundschutz trug, schnitt die Tüte vorsichtig am oberen Rand entlang auf. Irgendwer hatte irgendwann entschieden, dass es sich hierbei um ein Beweisstück handelte, und die Tüte manipulationssicher mit Klebeband versiegelt. Als Nächstes durchschnitt Steven eine schwarze Mülltüte, und dann noch eine, bevor schließlich ein brauner Hundeschwanz aus der geöffneten Tüte fiel.

»Haben Sie schon mal einen Hund obduziert, Doktor?«, fragte Steven, während er das tote Tier freilegte.

»Nein, das kann ich nicht behaupten. Ich habe das Ganze mal gegoogelt, bevor ich hergekommen bin. Schon erstaunlich, was man bei Google alles findet«, stellte Eli fest. »Wir sollen auch gar keine Obduktion durchführen, sondern nur eine Analyse des Mageninhalts. Ich bin ziemlich sicher, dass die Cops wissen, woran der Hund gestorben ist.«

Der Hund war nun vollständig ausgepackt, und sowohl das Einschussloch, das die Schnauze gespalten hatte, als auch das zwischen den Vorderbeinen waren ziemlich offensichtlich.

Eli deutete auf den Kiefer des Hundes; Steven öffnete dessen Maul, damit er den Mundinnenraum überprüfen konnte. Dies taten sie bei allen Leichen, und es schien naheliegend, hier auf dem Weg zum Magen anzufangen.

Steven schob die Lefzen über den scharfen, gelben Hundezähnen beiseite. »Das würde man aber merken, wenn der an einem herumkauen würde …«, bemerkte er.

Eli hatte ein kleines Aufnahmegerät dabei und nahm immer wieder Sprachnachrichten auf, während sie fortfuhren. »Bei dem Tier handelt es sich um einen großen braunen Hund, genauer gesagt um einen Mischling, wie ich vermute. Züge eines Mastiffs. Zwei Schusswunden, an der Spitze der Schnauze sowie zwischen den Vorderläufen. Keine sichtbaren Austrittsstellen.«

Er drehte sich zu Steven um. »Wir öffnen ihn vom Hals bis zum Penis. Wir halten uns an das, was wir kennen, und versuchen, wie bei einer menschlichen Obduktion vorzugehen. Schließlich interessiert uns im Grunde nur der Magen. Wenn wir ihn einmal geöffnet haben, sollte es nicht allzu schwierig sein, diesen zu finden.«

Mit einem Skalpell schnitt Steven den Hund auf und benutzte dann Scheren, um jeden einzelnen Rippenknochen zu durchtrennen und den Brustkorb zu öffnen. Steven war überrascht, wie viel er wiedererkannte. Seit drei Jahren arbeitete er als Angestellter in der Pathologie, doch dies war das erste Mal, dass er das Innere eines Tieres zu Gesicht bekam. Er folgte den langen Gedärmen bis zum Magen hinauf, klemmte den Mageneingang und den Magenausgang ab und schnitt den Magen mit zwei scharfen Hieben des Skalpells heraus. Bei sämtlichen inneren Organen hatten die Kugeln einigen Schaden angerichtet, doch der Magen selbst war vollkommen intakt. Er reichte ihn an Eli weiter, bevor er sich wieder umdrehte und ein paar Glasfläschchen für Proben bereitlegte.

Eli schnitt den Magen auf, woraufhin ihm der bittere Gestank der Magensäure entgegenschlug. Seit mehr als zwanzig Jahren machte er diese Arbeit nun schon, und es gab keinen Gestank oder kein Geräusch, das ein Leichnam – ganz gleich, ob von einem Menschen oder von einem Tier – produzieren konnte, das ihn störte.

An der Tür ertönte ein Würgen, als der Gestank den Polizeibeamten erreichte.

»Atmen Sie am besten durch den Mund«, rief Steven ihm hilfsbereit zu.

Der Mageninhalt war ein gluckernder Brei. Eli trennte die Klümpchen mit seinem Skalpell und inspizierte sie.

»Der Hund hat kurz vor seinem Tod noch etwas gefressen. Und er hat nicht viel Wasser dazu getrunken. Hier finden sich ein paar Stücke Fleisch im Mageninhalt, einige davon sind mit Fell überzogen. Das Fleisch ist gleich in Farbe und Beschaffenheit, daher würde ich sagen, der Hund hat nur eine Art von Fleisch gefressen.«

Er benutzte seinen behandschuhten Finger, um etwas Schleimiges von einem der größeren Stücke des unverdauten Fleisches abzukratzen, und starrte auf das Fell.

»Meiner Einschätzung nach handelt es sich hierbei um Känguru«, erklärte er dann. »Aber ich entnehme nun Proben für die genaue Analyse.«

Geschickt schaufelte er ein paar Proben in die Gläschen, die Steven ihm reichte. Auf diesen klebten Barcodes, die zur Identifikation dienten. Anschließend verpackte Steven sie für die Lieferung ans Labor.

Eli warf einen Blick in Richtung Tür. »Das war es, was Sie brauchten, oder?«, fragte er den Detective. Der Mann nickte und rang sich ein kurzes »Danke« ab. Dann eilte er hinaus, um an die frische Luft zu kommen.

Steven musste lachen, als sie die Tür zuschlagen hörten. »Man sollte doch meinen, Cops wären etwas hartgesottener«, sagte er.

Sonntag, 15:29 Uhr

Janine war gerade dabei, einen Rückflug nach Brisbane zu buchen. Langsam wurde es spät, und sie müsste sich sonst allmählich Gedanken darüber machen, was sie tun würde, wenn sie die Nacht über in Emerald festsaß. Sie bedauerte es nicht, hergekommen zu sein, doch sie musste nach Brisbane zurück, wo alles Wichtige stattfand. Denn es gab immer noch jede Menge zu tun.

Ein Fall wie dieser war genau der Grund, warum Janine in den Polizeidienst eingetreten war. Hierbei handelte es sich um eine komplexe Untersuchung, bei der es um Leben oder Tod ging. Wenn sie diesen Psycho drankriegte und ihn bis an sein Lebensende wegsperrte, wäre dies der beste Abschluss dieses Falls, sowohl aus beruflicher als auch aus persönlicher Sicht.

Ein Anruf von Bevan aus der Kriminaltechnik wurde zu Janine durchgestellt. Sie hatte die Nachrichten hinsichtlich der Fingerabdrücke bereits erhalten und fragte sich, ob es noch etwas gab, das Bevan nicht in seinem Bericht erwähnt hatte. Er klang angespannt und legte ohne Umschweife los.

»Ich habe eine Speicherkarte im Pick-up gefunden«, erklärte er. »Sie war im Sicherungskasten unter dem Lenkrad versteckt. Wir hatten zuvor bereits seine Kamera gefunden, und ich hatte mir schon gedacht, dass er die Speicherkarte aus gutem Grund entfernt hatte. Also habe ich so lange gesucht, bis ich sie gefunden habe. Ich schicke Ihnen gleich per Mail die Bilder. Die sind grausam, sehen Sie zu, dass Sie allein sind, wenn Sie sich die Fotos ansehen. Aber sie werden damit Ihren Fall lösen können«, versicherte Bevan.

»Sind Bilder von Sammi dabei?«, hakte Janine nach.

»Ja und nein«, erwiderte Bevan ohne weitere Erklärung. »Aber stellen Sie sich auf echt krankes Zeug ein.«

Janine erzitterte. Dann rief sie Sean zu sich. Er tauchte neben ihrem Computer auf, als sie gerade Bevans Mail öffnete.

»Der Kriminaltechniker hat eine Speicherkarte gefunden, die im Pick-up versteckt war. Er hat uns die Bilder geschickt.«

Als er die Unruhe in ihrer Stimme hörte, zog Sean sich einen Stuhl heran und setzte sich schweigend neben Janine. Sie griff nach der Maus und fing an, sich durch die Bilder zu klicken – und klickte jedes Mal schnell weiter, wenn sie den Inhalt einer Bilddatei gesehen hatte. Sie wollte sich damit nicht näher befassen. Nicht jetzt zumindest. Dafür war später noch Zeit genug.

Die ersten drei Fotos stammten von der Prostituierten, zu deren Verschwinden der Barkeeper verhört worden war. Janine hatte ein schlechtes Gewissen, dass sie sich nicht einmal mehr an den Namen der Frau erinnern konnte. Obwohl sie die Kleidung wiedererkannte. Die Aufnahmen zeigten sie, wie sie im Busch tot auf der Erde lag. Ihr war die Kehle durchgeschnitten worden, und der Kopf war auf unnatürliche Weise nach hinten geneigt. Die Fotos sahen aus, als seien sie bei Nacht geschossen worden.

Als Nächstes kam eine weitere Frau. Janine meinte, ihr Gesicht aus den Vermisstenakten zu kennen, die sie durchgeblättert hatte. Diese Fotos waren tagsüber aufgenommen worden und bildeten den Beginn eines Fotomusters: Zuerst eine Ganzkörperaufnahme, dann ein Bild von der Seite und schließlich eine Nahaufnahme ihres Gesichts. Der Kopf der Frau war leicht von der Kamera abgewandt, der Blick starr auf den Boden gerichtet. Die nackte Angst in ihrer Miene war unübersehbar. Auf dem nächsten Foto war sie tot; sie lag auf dem Rücken im Busch. Wieder eine Nahaufnahme ihres Gesichtes; ihr Blick ausdruckslos, die Angst war abgeflossen wie das Blut aus ihrem Körper.

Ein weiterer Klick mit der Maus, ein neues Opfer. Die gleiche Fotoserie: drei Fotos vor dem Tod, drei danach. Eine Trophäe des Barkeepers, mit der er seine Macht und Grausamkeit gegenüber den Opfern demonstrierte.

Tahlia Corbett war die Nächste. Ihr Gesicht war kreidebleich, und Janine konnte beinahe ihr Wimmern hören. Den Post-mortem-Bildern nach zu urteilen, war sie erschossen worden und dann offenbar vom Hund angefallen worden. Sie war noch so jung gewesen.

»Das sind jetzt vier Opfer«, stellte Sean leise fest.

»Er ist ein Serientäter. Bill hatte recht. Alle Fälle hängen zusammen«, erwiderte Janine.

Ihre Hand zitterte leicht, als sie nach der Computermaus griff. Aus Angst davor, was sie wohl als Nächstes zu sehen bekommen würden, hielt Janine kurz inne, bevor sie schließlich weiterklickte. Es folgte eine Aufnahme von Tahlia, deren Bauch aufgeschlitzt war, gefolgt von einem Bild vom Hund des Barkeepers, der an einem abgetrennten Arm kaute. Seine Methoden wurden immer grauenvoller.

Ein weiterer Mausklick, und da war sie. Janine erkannte sie sofort. Und obwohl sie damit gerechnet hatte, war sie dennoch geschockt, Sammi zu sehen. Diese blickte direkt in die Kamera. Sie stand trotzig da, die Zähne leicht zusammengebissen. Eine Ganzkörperaufnahme, eine von der Seite. Dann folgte eine Nahaufnahme von Sammis Gesicht, doch mittlerweile war die Angst in ihrem Blick hinter der gespielten Tapferkeit zu erkennen. Das gleiche Muster. Drei Aufnahmen, als sie noch am Leben war. Janine wusste, was gleich folgen würde. Sie erstarrte und hatte zu viel Angst, um weiterzuklicken. Sean griff an ihr vorbei und drückte auf die Maustaste. Die erste Frau tauchte wieder auf dem Bildschirm auf.

»Jetzt sind wir wieder am Anfang angelangt. Das war das letzte Foto«, stellte er fest.

»Es gibt keine Aufnahmen von einer toten Sammi!«, rief Janine fassungslos. Sean nickte.

»Er hat sie nicht umgebracht!«, flüsterte Janine. »Wir müssen sie finden!«

Sonntag, 15:36 Uhr

Einige Informationsfetzen drangen zu Gavin durch, doch nichts davon war irgendwie schlüssig. Ja, sie hatten den Kerl geschnappt. Und ja, Sammi hatte gefesselt auf der Ladefläche seines Pick-ups gelegen. Aber die Polizei war bisher nicht in der Lage gewesen, brauchbare Informationen aus dem Barkeeper herauszubekommen, und war der Sache keinen Schritt näher gekommen. Sammi blieb verschwunden.

Gavin dachte darüber nach, ins Auto zu springen und nach Emerald rauszufahren. Wenn er zehn Minuten allein mit einem Cricketschläger und diesem Bastard bekommen würde, hätte er garantiert ein paar Antworten aus ihm herausbekommen. Ihm war klar, dass ihm nicht einmal erlaubt werden würde, den Kerl überhaupt nur zu Gesicht zu bekommen, doch oftmals gab es rund um diese Sachen auch inoffizielle Wege. Er hatte viel Zeit mit Polizisten verbracht und deren Geschichten gehört, die vielleicht der Wahrheit entsprachen, vielleicht aber auch nicht. Die Geschichte, die er dabei immer wieder vor Augen hatte, handelte von einem Polizisten, der sich einen Taucheranzug angezogen und dann mit einem toten Fisch ein Geständnis aus einem Verdächtigen herausgeprügelt hatte. Als der Bösewicht dann versucht hatte, dieses Geschehen sowohl dem Pflichtverteidiger als auch dem Richter zu erklären, glaubte ihm keiner, weil seine Ausführungen so unfassbar waren. Gavin hatte keine Ahnung, ob die Geschichte stimmte oder nicht, doch er war an einem Punkt angelangt, an dem er zu allem bereit gewesen wäre.

Tom erwies sich als ein richtig guter Freund und sah regelmäßig nach ihm.

»Ich werde dir alles berichten, was ich herausfinden kann«, erklärte Tom und sah ihm in die Augen. »Alles.«

Dennoch wuchs Gavins Frust bis zu dem Punkt, an dem er fast nicht mehr konnte. Er kam sich mehr als unnütz vor, als ob seine Tatenlosigkeit die Ermittlungen, ja sogar die Zeit selbst verlangsamte. Er wollte dem Barkeeper am liebsten eine reinhauen und ihm in den Magen treten, bis er nur noch Blut spuckte. Bis jetzt hatte er Hass noch nie in dieser reinsten, unerbittlichsten Form empfunden. Dieser nagte an seinem Inneren und vergiftete ihn mit bösen Gedanken.

Er warf einen Blick aus dem Wohnzimmerfenster, an dem die Jalousien nur einen Spaltbreit geöffnet waren. Noch schlimmer war, dass sich allmählich ein Publikum für sein Elend draußen auf dem Rasen bildete. Ein Kameramann mit einer Fernsehkamera sowie ein Reporter lungerten dort herum.

Er war in seinem eigenen Haus in dieser Situation gefangen.

Außer Abwarten gab es nichts, was er tun konnte.

Sonntag, 15:38 Uhr

Sammi öffnete die Augen. War sie tot? Sie sollte eigentlich tot sein.

Sie drehte den Kopf zur Seite; Bäume tauchten in ihrem Sichtfeld auf. Sie war sich ziemlich sicher, dass in ihrer Version des Lebens nach dem Tod das Buschland nicht darin auftauchte. Und ganz bestimmt gehörten keine Äste und Steine dazu, die ihr in den Rücken stießen.

Es war noch nicht vorbei. Sie spürte ihre Engel in der Nähe, die darauf warteten, sie an die Hand zu nehmen, wenn es Zeit wurde, zu gehen. Doch es gab immer noch etwas hier für sie zu tun.

Sammi schloss die Augen und dachte an die Menschen, die sie liebte. Gavin. Ihre Eltern. Eine tiefe Trauer durchflutete sie, sodass ihr schwindelig wurde. Dann dachte sie an die anderen jungen Frauen. Auch sie hatten Menschen, die sie liebten. Sammi sah sie vor Augen – gesichtslose Menschen, die endlose Tränen vergossen. Ihnen war nicht die Möglichkeit gegeben worden, ihre Kinder zu beerdigen. Es gab kein Grab, an dem man trauern konnte, niemand hatte mit allem abschließen können. Eine letzte Sache musste sie noch tun. Für ihre Familie. Für alle Familien.

Sie musste gefunden werden. Genauer gesagt: Ihre sterblichen Überreste mussten gefunden werden. Unter irgendwelchen Bäumen im endlosen Buschland versteckt, würde sie niemals entdeckt werden.

Allein mit Hilfe ihrer Willenskraft rollte sie sich auf die Seite und schob sich in eine Sitzposition. Sie versuchte, sich zu konzentrieren, zu lauschen. Sie konnte das fließende Wasser hören, es war nicht allzu weit entfernt. Mühsam kam sie auf die Beine und befahl ihren Füßen, sich vorwärts zu bewegen. Nur diesen einen Gefallen. Diese eine letzte Anstrengung.

Sie hatte keine Ahnung, wie lange sie brauchte, um bis zum Bach zu gelangen. Es war, als sei sie völlig losgelöst von ihrem Körper, der ihr mittlerweile nicht mehr mitteilte, wie sehr er schmerzte. Das Zeitgefühl war ihr abhanden gekommen.

Die Engel führten sie zu der Stelle. In der Mitte des Wassers befand sich ein großer, flacher Fels. Sammi watete dorthin und krabbelte auf ihn hinauf.

Es war geschafft.

Sie empfand absolute Ruhe. Jetzt befanden sich keine Bäume mehr über ihr. Nur noch der Himmel. Ein klarer, blauer, endloser Horizont. Von hier aus konnte sie den Himmel sehen.

Sonntag, 15:49 Uhr

Janine war aufgewühlt – was für sie kein ungewöhnlicher Zustand war. Ausschnitte des Verhörs von Black wiederholten sich immer wieder in ihrem Kopf; sie fuhr fort, nach weiteren Hinweisen zu suchen. Für sie stand zweifellos fest, dass er Sammi nach Captain's Creek gebracht hatte, und ihr ungutes Gefühl, dass zu wenig getan wurde, verstärkte sich immer mehr. Ein weiteres Mal rief sie Bill an und konnte sich schließlich nicht mehr zurückhalten.

»Wir müssen verdammt noch mal einen Hubschrauber bekommen«, legte sie nach einem kurzen Gruß los.

»Wir tun schon, was wir können, Janine«, erwiderte Bill gelassen.

»Das reicht nicht. Sie ist nicht in Yonga. Er hat seine Vorgehensweise verbessert. Die Prostituierte, die in Yonga gefunden wurde, war das erste Opfer. Der Mord geschah bei Nacht, das haben wir auf dem Foto gesehen. Wahrscheinlich war das nicht einmal geplant gewesen, und er wäre beinahe geschnappt worden. Darum hat er den Ort gewechselt, hat alles im Vorhinein geplant, bis zum Tagesanbruch gewartet und Souvenirbilder von jedem seiner Opfer aufgenommen«, erklärte Janine.

»Ich denke, Sie könnten recht haben. Wahrscheinlich ist sie in Captain's Creek. Aber es wird eine Weile dauern, bis ich eine Suche koordiniert habe«, erwiderte Bill.

»Yep. Es handelt sich um eine riesige Fläche Land. Es wird tagelang dauern, eine gründliche Suche zu organisieren und durchzuführen. Das ist exakt der Grund, warum wir in die Luft müssen«, schloss Janine.

»Das ist nur leider nicht so einfach. Wir haben keine eigenen Helikopter, und es müssen schon extreme Umstände vorliegen, dass die Bosse bei Energex um den Heli betteln«, antwortete Bill.

»Wir wären ihnen also einen Gefallen schuldig. Riesen Sache!«, rief sie ein wenig zu laut. »Sammi lebt, und sie ist in Captain's Creek. Jetzt verraten Sie mir mal, was daran kein verdammt extremer Umstand ist! Wir müssen einen Hubschrauber in die Luft kriegen, damit sie eine Überlebenschance hat!«

»Die letzte Nacht war sehr kalt, die Temperaturen waren im Busch wahrscheinlich einstellig«, entgegnete Bill, dessen Stimme sehr rational klang. »Selbst wenn sie es geschafft haben sollte, Black zu entkommen, muss sie schon großes Glück gehabt haben, die Nacht überhaupt zu überleben. Wahrscheinlich ist sie dort. Aber wird ein Hubschrauber uns etwas nutzen? Man könnte genauso gut eine Nadel im Heuhaufen suchen, und das auch nur, wenn sie noch lebt und dem Hubschrauber ein Zeichen geben kann. In ein paar Stunden ist es dunkel. Wir organisieren eine geplante Suche mit Hundertschaften des State Emergency Service und Spürhunden, die gleich morgen früh beim ersten Sonnenlicht ausschwärmen.«

»Was ist, wenn Sie falsch liegen und sie sich im Busch verirrt hat, zusehen muss, wie die Abenddämmerung wieder heraufzieht, und betet, dass wir nach ihr suchen? Wir müssen ihr diese Chance geben! Wir brauchen einen Hubschrauber, selbst wenn es nur für eine Stunde sein sollte. Wenn sie noch lebt, wird sie eine Möglichkeit finden, uns dies zu signalisieren. Geben Sie ihr diese eine Chance. Bitte«, flehte Janine. »Welcher Vorgesetzte entscheidet über diese Dinge? Lassen Sie mich mit ihm reden, ich werde ihn überzeugen. Es sollte nicht an den Kosten eines Helikopters scheitern, wenn das Leben eines Menschen auf dem Spiel steht. Ganz gleich, ob sie eine von uns ist oder nicht.«

Janine rieb sich mit der Hand über die Stirn, frustriert und enttäuscht von Bills Zurückhaltung und ihrer Ohnmacht, über seinen Kopf hinweg handeln zu können.

»Was wäre denn, wenn ich diese Person wäre? Wäre ich da draußen, würde ich inständig darauf hoffen, dass irgendwer alle Hebel in Bewegung setzt und alles Menschenmögliche tut«, stellte Janine fest. Sie hielt inne und überlegte, wie sie Bill überzeugen konnte. »Was, wenn es Ihre Tochter wäre?«, fragte sie schließlich.

Bill schwieg, dann hörte Janine einen tiefen Seufzer über den Hörer. »Es wäre besser, wenn die Anfrage von mir kommt. Ich melde mich bei Ihnen«, erwiderte er.

Janine legte auf. Sie lehnte sich auf ihrem Bürostuhl zurück, merkte aber, dass sie nicht stillsitzen konnte. Stattdessen lief sie nun in der ihr fremden Polizeiwache auf und ab. Das Telefon behielt sie in der Hand, während sie auf Bills Rückruf wartete.

Als es endlich klingelte, ging sie sofort ran. »Bill?«

»Wir haben ihn«, verkündete Bill. »Das wollte ich Sie nur kurz wissen lassen. Je schneller wir den Helikopter in der Luft haben, desto mehr Zeit haben wir bis zum Anbruch der Dämmerung.«

Mehrere Ideen gingen Janine durch den Kopf.

»Sagen Sie ihnen, sie sollen in der Mitte anfangen und sich von dort aus zu den Rändern vorarbeiten. Black wird sie tief in den Busch gebracht haben. Wir haben eine ungefähre Vorstellung davon, wo der Typ ihn auf seinem Geländemotorrad gesehen hat, dieses Gebiet muss also auch abgedeckt werden. Keine Ahnung, was diese Info wert ist, aber die Sonderermittlung meinte, dass fast jeder Hellseher, der sich gemeldet hat, von Wasser redete – sie halte sich in der Nähe von Wasser auf. Mehr Ansätze haben wir nicht«, erklärte Janine.

»In Ordnung. Ich leite das weiter«, erwiderte Bill.

Jetzt blieb Janine nichts weiter übrig, als dazusitzen und abzuwarten.

Sonntag, 16:50 Uhr

Des Petersen erledigte seine Aufgabe mechanisch. Er befand sich im Helikopter in der Luft und war der Sucher bei einer seiner Meinung nach sinnlosen Operation. Vor zwanzig Minuten waren sie erst im Suchbereich angekommen, und die Sonne stand bereits sehr tief am Himmel. Sie sollten vierhundertfünfzig Quadratkilometer Buschland abgesucht haben, bevor die Sonne unterging. Und dabei nach einer einzelnen Frau Ausschau halten, die zu Fuß unterwegs war.

Lächerlich, dachte er verächtlich.

Er liebte seinen Job, doch es bestand nur eine winzig kleine Chance, die Suche erfolgreich zu beenden, und er hasste es, zu scheitern. Sie sollten bis morgen früh warten, das Buschland in einzelne Abschnitte aufteilen und dann jeden dieser Abschnitte gründlich und systematisch absuchen. Selbst wenn sie nichts finden würden, hätten sie ihre Aufgabe zumindest ordentlich erledigt.

Stattdessen war ihnen aufgetragen worden, einem Bach durch den Busch hindurch zu folgen, kreuz und quer darüber zu fliegen, bis es zu dunkel war, um weiterzumachen. Absoluter Quatsch. Der Polizeichef hatte nicht die geringste Ahnung. Er unterdrückte ein Gähnen, während er die wellige Oberfläche des Bachlaufs betrachtete, der mit Felsen gesprenkelt war und sich durch den struppigen Eukalyptuswald schlängelte.

In der Ferne fiel ihm plötzlich etwas ins Auge, doch es war zu weit vor ihnen, um es mit bloßem Auge zu erkennen. Er konnte nur eine Farbe sehen, eine, die nicht ins Buschland gehörte.

»Was zum Teufel ist das?«, fragte er über das Headset den Piloten und deutete in die entsprechende Richtung. Es war eine unnatürliche rote Farbe. Inzwischen waren sie über dem Farbfleck angelangt. Er und der Pilot tauschten einen überraschten Blick aus, und der Pilot steuerte den Helikopter in eine scharfe Kurve, um wieder zu dem Punkt zurückzukehren.

Sonntag, 16:58 Uhr

In der Ermittlungszentrale herrschte große Aufregung. Es gab so viele Spuren, denen nachgegangen werden musste, und jeder der sechs Beamten im Raum hatte eine andere Aufgabe. An der Wand hing eine Karte von Queensland mit Nadeln, die markierten, wo Sammi zum letzten Mal gesehen worden war, wo sie wohnte, wo sich das Haus des Barkeepers befand und wo er festgenommen worden war. Die letzte Markierung war ein großer roter Kreis rund um den Captain's Creek State Forest, vierhundertfünfzig Quadratkilometer unwegsames Buschland.

Zwischendrin klingelte immer mal wieder das Telefon. Die Beamtin, die dieses Mal den Anruf entgegennahm, hätte nicht damit gerechnet, dass dieser ihren Tag so sehr verändern würde. Sie lauschte aufmerksam. »Sind Sie sicher?«, hakte sie dann nach.

Sie sprang auf, den Hörer immer noch in der Hand.

»HEY!«, rief sie. Alle Köpfe im Raum drehten sich zu ihr um.

»Sie haben sie gefunden! Sammi lebt!«

Sonntag, 17:00 Uhr

Janine fühlte sich wie ein Tiger im Käfig. Es gab unendlich viel, was sie tun wollte, aber sie verfügte nicht über die entsprechenden Mittel. Sie schaute sich die DVD-Aufnahme ihres Verhörs mit Black an, doch sie zuckte und zappelte hin und her, da sie weder stillhalten noch sich konzentrieren konnte. Außerdem passte es ihr nicht, dass sie sich nicht in ihrer eigenen Polizeistation befand. Sie hatte keinen Flug mehr zurück nach Brisbane gefunden und kannte hier niemanden, bei dem sie hätte Dampf ablassen können. Und sie trank aus einem Kaffeebecher, der jemand anderem gehörte. Sean hatte ihr freundlicherweise einen starken

Kaffee gekocht, doch Janine war reichlich irritiert durch die Tatsache, dass die Tasse verkündete, sie sei »Der beste Dad der Welt«.

In Gedanken war sie bei Sammi. Was hatte sie durchleiden müssen? Gab es irgendwas, das Janine tun konnte?

Ihr Handy klingelte. Bills Name leuchtete auf dem Display auf.

»Bitte sagen Sie mir, dass Sie Neuigkeiten haben!«, flehte sie ihn an.

»Die besten Nachrichten überhaupt!« Seit sie ihn kannte, war dies das erste Mal, dass Janine ihn derart aufgeregt hörte. »Sammi lebt! Sie wurde gerade in den Helikopter gebracht«, erklärte Bill. Es dauerte einen Augenblick, bis Janines Verstand die Information verarbeitet hatte, da sie es kaum zu glauben wagte, was sie da gerade gehört hatte.

»Sammi ... lebt?«, fragte sie zögerlich.

»Ja! Sie hatten recht! Sie war in Captain's Creek. Direkt am Bach. Ein Flug des Helis am Wasser entlang, und sie hatten sie gefunden«, erzählte Bill.

»Gott sei Dank, Gott sei Dank!«, flüsterte Janine.

»Herzlichen Glückwunsch!«, gratulierte Bill. »Das haben wir hauptsächlich Ihnen zu verdanken. Das ist das bestmögliche Ende des Falls. Ein großartiger Erfolg für Sie! Ich melde mich bei Ihnen, sobald ich mehr weiß.«

Als Janine auflegte, war es, als hätte jemand die Luft aus ihr herausgelassen. Sie sackte nicht nur auf ihrem Stuhl zusammen, sie ließ sich auch emotional gehen. Tränen traten ihr in die Augen, und sie ließ es geschehen.

Janine spürte eine Hand auf ihrer Schulter, blickte auf und sah Sean vor sich stehen.

»Sie haben sie gefunden!«, rief sie. Sie stand auf und umarmte ihn. »Sammi lebt!«

Jetzt spielte es keine Rolle mehr, wo sie die Nacht verbrachte. Sie würde gut schlafen. Heute Nacht würden die Dämonen Ruhe geben.

Sonntag, 19:59 Uhr

Sammi kämpfte gegen die Bewusstlosigkeit an. Sie kam stets wieder zu sich, dämmerte aber in regelmäßigen Abständen weg. Jedes Mal verwirrten sie die Lichter, der Lärm und die vielen Menschen, die sie nicht kannte. Es war wie im Film gewesen: Ein Held in Orange hatte sie in letzter Sekunde vor dem Tod gerettet, sie in die Arme genommen und war mit ihr durch die Luft geflogen. Es war ihr wie ein wunderbarer, zerbrechlicher Traum vorgekommen. Sie konnte sich nicht entscheiden, ob sie die Augen schließen und in die Bewusstlosigkeit abdriften wollte oder ob sie sich zwingen sollte, die Augen offen zu halten, um zu kapieren, was da gerade geschah. War sie wirklich gerettet worden? Oder war das ein Traum, aus dem sie nicht erwachen wollte?

Ärzte kamen mit Nadeln, Schläuchen und vielen Fragen. Sie gab sich Mühe, doch die Erschöpfung und die Wahnvorstellungen ließen alles sehr seltsam wirken, und sie konnte nicht sagen, ob ihre Antworten überhaupt einen Sinn ergaben.

Dann kam er und nahm ihre Hand. Gavin. Ihre Liebe. Er war wie ein Fels im verwirrenden Wirbel aus Licht und Geräuschen. Als sie ihn erblickte und ihn angefasst hatte, verstand sie endlich, dass sie sicher war. Er schlang die

Arme um sie in einer Umarmung, die so unendlich vertraut war, dass sie weinen musste. Als einmal die Tränen flossen, konnte nur der Schlaf sie beenden. In seinen Armen, wo sich seine Tränen mit den ihren vermischten, schlief sie endlich ein.

Montag, 13:03 Uhr

Janine ging allein ins Krankenhaus. Sammi war auf dem Luftweg ins Royal Brisbane transportiert worden, weshalb Janine nicht weit fahren musste. Janine hatte darauf bestanden, dass sie die Einzige sein würde, die mit Sammi sprach, und hatte sich sogar geweigert, Jake mitzubringen. Dies war eine der seltenen Gelegenheiten, bei der sie ihn ihren höheren Dienstgrad hatte spüren lassen. Er hatte es daraufhin mit dem Grübchenlächeln bei ihr versucht, aber da sie diesem wiederholt ausgesetzt war, hatte es keinerlei Wirkung auf sie. Danach hatte er sie dann mit einem verletzten Blick bedacht, doch selbst da war sie nicht weich geworden.

Sammi hatte außer Sonnenbrand, Schrammen und Blutergüssen keine ernsten Verletzungen, aber Janine sorgte sich um ihre Psyche. Zu diesem Zeitpunkt konnten sie nur vermuten, was ihr im Busch widerfahren war. Genau deshalb wollte Janine Jake mit seinem frechen Grinsen und seinen stets anzüglichen Kommentaren nicht dabeihaben. Sammi würde sich deutlich wohler fühlen, mit einer anderen Frau reden zu können, da war Janine sich ebenso sicher, wie sie es bezüglich Sammis Fähigkeit gewesen war, zu überleben.

Janine blieb vor der verschlossenen Tür von Raum 27B stehen. Es war seltsam, doch sie war ein wenig nervös, Sammi kennenzulernen. Obwohl sie erst vor zwei Tagen zum ersten Mal von der anderen Frau erfahren hatte und sie diese vom Rang her weit überragte, sehnte Janine sich nach Sammis Anerkennung.

Hatte sie die richtigen Entscheidungen getroffen? Hatte sie wichtige Hinweise übersehen? Sie hoffte, dass Sammi mit ihren Ermittlungen zufrieden war.

Wir haben sie gefunden, sie lebt, rief Janine sich in Erinnerung, als sie leise an die Zimmertür klopfte.

Die Tür ging auf, und ein Mann stand zwischen ihr und dem Krankenhausbett. Auf eine recht raue Art und Weise sah er attraktiv aus. Ohne zu fragen, wusste Janine, dass er Gavin war. Sie hatte ihre Polizeimarke in der Hand, um sich auszuweisen, doch die beiden erwarteten sie schon.

»Janine?«, fragte Gavin. »Vielen, vielen Dank!«

Janine spürte instinktiv, dass er nicht der Typ Mann war, der andere in den Arm nahm, doch er streckte die Hände aus und sah ihr in die Augen, als er mit beiden Händen ihre Hand nahm und sie fest drückte. Dann trat er beiseite, um sie durchzulassen.

Sammi lag unter einem Berg von Decken im Krankenhausbett. Sie sah blass und müde aus, doch ihr Gesicht leuchtete auf, als sie Janine anlächelte.

»Hi Sammi!«, begrüße Janine sie. Schnell lief sie zum Bett hinüber, hielt dann jedoch kurz vor dem Bett inne, da sie unsicher war, ob sie Sammi die Hand geben oder sie umarmen sollte.

»Wie schön, Sie zu sehen«, begrüßte sie sie schließlich. »Wirklich«, fuhr Janine dann sanft fort und musste blinzeln.

»Ich weiß gar nicht, was ich sagen soll«, erwiderte Sammi. »Danke scheint mir für das, was Sie getan haben, gar nicht auszureichen.« Beide blickten einander betreten an. Plötzlich breitete Sammi jedoch die Arme weit aus. Janine reagierte, und beide umarmten einander herzlich.

»Ich habe das Gefühl, Sie bereits seit einer Ewigkeit zu kennen«, erklärte Janine mit einem Kloß im Hals.

»Und Sie sind einer der Gründe, warum ich noch am Leben bin«, flüsterte Sammi ihre Antwort. Beide hatten Tränen in den Augen, als sie einander losließen.

Sammi holte zitternd Luft und griff nach einem Kleenex aus einer Box neben ihr. »Ich ... Ich ... Keine Ahnung ... Ich kann es noch gar nicht fassen, dass ich hier bin.«

Janine nickte. »Und ich bin unendlich froh, dass Sie hier sind. Ich kann mir nicht mal vorstellen, was Sie alles durchgemacht haben, und jetzt sitzen Sie hier und unterhalten sich mit mir.«

»Ich hätte nicht gedacht, dass ich es aus dem Busch herausschaffe. Ich dachte, ich ...« Sammis Stimme versagte, sie schloss die Augen und schüttelte den Kopf. Gavin trat an die andere Seite des Bettes und nahm ihre Hand.

»Jetzt bist du da. Und das ist alles, was wichtig ist«, beruhigte er sie und streichelte mit der Hand über ihren Arm.

»Ja«, nickte Janine. »Alles andere sind nur Details.«

Sammi wischte sich die Tränen aus den Augen, starrte auf ihre Decke und nickte.

»Waren Ihre Eltern schon hier?«, erkundigte sich Janine.

»Ja.« Sammi legte beide Hände über dem Herzen auf die Brust. »Da sind viele Tränen geflossen. Aber sie sind davon ausgegangen, dass ich heute Nachmittag beschäftigt bin, deswegen kommen sie erst später noch einmal.«

»Fühlen Sie sich denn in der Lage, sich jetzt mit mir zu unterhalten? Sonst können wir das auch ein anderes Mal tun«, stellte Janine fest. Denn es war klar, dass die Befragung hart für sie werden würde.

Sammi schüttelte den Kopf. »Nein, ich muss erzählen, was passiert ist. Für die anderen Frauen.«

Sammi blickte Janine direkt in die Augen; Janine sah darin ganz klar die Kraft und Entschlossenheit, die Sammi am Leben erhalten hatten.

»Okay. Gut. Wir haben die meisten Puzzlestücke zusammengesetzt, müssen aber noch ein paar Dinge klären und herausfinden, wie Sie diesem Psychopathen entkommen konnten«, erklärte Janine.

Sammi schüttelte den Kopf. »Mir kommt das alles gar nicht real vor. Außer der Tatsache, dass ich mich fühle, als sei ich von einem Truck überrollt worden. Mir tut wirklich alles weh.«

»Mich würde es überraschen, wenn es nicht so wäre. Die Ärztin hat aber gesagt, dass es nichts Ernstes ist, oder?«

»Mir wurde gesagt, dass ich wahrscheinlich heute schon wieder entlassen werden kann«, erwiderte Sammi.

»Zu Hause geht es einem gleich viel besser, nicht wahr?«, nickte Janine.

»Viele Leute warten nur darauf, dich zu besuchen«, fügte Gavin hinzu.

Beim Gedanken daran lächelte Sammi kurz.

»Wir haben diesen Mistkerl festgenommen, aber wir müssen noch weitere Anklagepunkte zusammenbekommen, um sicherzustellen, dass er nicht auf Kaution freigelassen werden kann. Wir müssen alles herausfinden, was Sie über die anderen jungen Frauen wissen«, bat Janine.

»Natürlich. Ich möchte Ihnen alles erzählen, was passiert

ist. Sie müssen ihn für all das drankriegen. Und den anderen Frauen muss Gerechtigkeit widerfahren«, antwortete Sammi.

»Gut. Sagen Sie mir Bescheid, wenn es zu viel für Sie wird. Ich werde alles aufnehmen, wenn das für Sie in Ordnung ist. Sie kennen ja das Prozedere.«

Janine legte ihr Aufnahmegerät auf das Serviertischchen vor Sammi und ließ sich auf einem Stuhl neben dem Bett nieder, den Gavin ihr hingeschoben hatte.

»Bevor Sie anfangen: Soll ich bleiben?«, fragte Gavin. Er richtete seine Frage eher an Sammi als an Janine.

»Ja. Bitte bleib. Ich brauche dich hier.« Sie drückte seine Hand. »Außerdem will ich, dass du die ganze Geschichte erfährst. Und ich glaube nicht, dass ich sie so schnell noch einmal wiederholen möchte.« Sammi blickte zu Janine hinüber. »Das macht Ihnen doch nichts aus, oder?«

»Natürlich nicht«, verneinte Janine. »Sie können natürlich jemanden zur Unterstützung dabeihaben.«

Auf der anderen Seite des Bettes zog Gavin sich einen Stuhl heran.

»Fangen wir doch Freitagnacht an«, schlug Janine vor.

»Welcher Tag ist heute? Montag?«, fragte Sammi. Sie holte tief Luft, die sie mit einem Vibrieren der Lippen wieder ausstieß. »Kaum zu fassen, dass das erst vor drei Tagen passiert ist.«

»Es war ein sehr langes Wochenende für alle«, stellte Janine fest.

Gavin nickte. Janine fielen die roten Ringe um seine übernächtigt aussehenden Augen auf. Für ihn musste es eine fürchterliche, qualvolle Warterei gewesen sein.

»Es war eigentlich geplant, dass wir Mädels, eine alte Freundin von mir und ich, uns einen schönen Abend in der

Stadt machen und uns eine kleine Auszeit von der Routine nehmen wollten«, erklärte Sammi. »Wir beide wussten allerdings vorher schon, dass Candy länger als ich durchhalten würde. Darum hat sie mir vorher gezeigt, wo sie den Ersatzschlüssel versteckt hat, außerdem hatte ich mir die Telefonnummer des Taxiunternehmens ins Handy eingespeichert. Ich habe den Pub ohne Candy verlassen; zu dem Zeitpunkt war ich relativ nüchtern. Denn ich war fest entschlossen, mittags zur Arbeit zu gehen. Ich wollte nur weit genug vom Lärm des Pubs weggehen, um mir ein Taxi zu rufen. Dann hielt aber dieser Typ neben mir und bot mir an, mich mitzunehmen. Ich habe ihn wiedererkannt, es war der Barkeeper aus dem Pub. Ich erinnerte mich wieder, dass er sich vorher als Don vorgestellt hatte. Ich hielt es für okay, in sein Auto zu steigen. Immerhin war er kein vollkommener Fremder – ich wusste, wo er arbeitete.«

»Don, der Barkeeper, sitzt in Untersuchungshaft und wartet auf weitere Anklagepunkte, je nachdem, was Sie uns berichten können. Nur, damit Sie es wissen: Wir haben den richtigen Kerl geschnappt, Sie müssen keine Angst mehr haben«, verkündete Janine.

»Gott sei Dank«, seufzte Sammi. Sie schlang sich die Arme um den Oberkörper, als sei ihr kalt. »Ich habe immer noch Schwierigkeiten, zu begreifen, dass ich in Sicherheit bin. Ich empfinde den leicht paranoiden Drang, unter dem Bett und hinter den Gardinen nachzusehen.« Sie zögerte kurz und sah dann zu Janine hinüber. »Haben Sie Ihre Waffe dabei?«

Janine schüttelte den Kopf, jedoch eher, um Sammi zu beruhigen, dass sie keine Waffe mehr benötigte, als um tatsächlich auf die Frage zu antworten.

»Sie sind absolut sicher. Er befindet sich hinter Schloss und Riegel. Und es gab keinerlei Hinweise darauf, dass er mit irgendwem zusammengearbeitet haben könnte. Es sei denn, Sie wissen in diesem Punkt mehr?«

»Nein, da waren nur er und sein Hund«, erwiderte Sammi.

»Der Hund ist tot. Er hat versucht, ihn auf den Polizeibeamten zu hetzen, der ihn in seinem Pick-up angehalten hatte«, berichtete Janine.

»Das war ein brutales Tier. Obwohl er ihn gut abgerichtet hatte. Er wollte mich glauben lassen, dass er den Hund nutzte, um mich zu verfolgen«, erzählte Sammi.

»Ich denke, jetzt greifen wir vor. Können Sie noch mal zum Anfang zurückkehren, nachdem Sie den Pub verlassen haben? Ich brauche sämtliche Details von Ihnen.«

Während Sammi ihre Geschichte erzählte, machte Janine sich Notizen und hakte die wichtigsten Punkte ab, die sie ermittelt hatten. Sammi wusste natürlich genau, welche Informationen Janine brauchte, und hielt sich an die Fakten und die chronologische Reihenfolge.

Janine nahm zur Kenntnis, wie sehr Sammi sich bemühte, die Gefühle aus der Schilderung rauszuhalten. Die Tränen waren da, knapp unter der Oberfläche, doch Sammi behielt die Kontrolle darüber. Zumindest bis sie von den anderen jungen Frauen und den Fotos, die sie gesehen hatte, berichtete.

»Sie müssen sie finden, damit sie beerdigt werden können. Ihnen muss Gerechtigkeit widerfahren. Ihren Familien ebenfalls, sie müssen einen Abschluss haben«, flehte Sammi zwischen Schluchzern.

»Wir tun alles, was in unserer Macht steht. Das müssen Sie uns glauben«, nickte Janine. »Sie wissen, zu welcher Größe sich dieser Fall entwickelt hat und wie viele Leute an ihm arbeiten. Wir werden alle Hebel in Bewegung setzen. Und wir werden ihn für jedes einzelne Vergehen verklagen, das wir finden.«

Gavin schenkte von einem Krug auf dem Beistelltisch Wasser in zwei Gläser ein. Eines reichte er Sammi, das andere Janine.

Sammi trank die Hälfte des Glases, ohne abzusetzen, als müsse sie Schmerzen ertränken. »Er sagte, es habe vier andere Frauen gegeben. Wissen Sie von allen?« Sie hatte Mühe, sich wieder zu fangen.

»Ja, ich denke, wir haben sie identifiziert. Wir haben immer noch einen Berg Arbeit vor uns, um alle Beweise zusammenzubekommen«, stellte Janine fest. »Darum brauchen wir Ihre Aussage so schnell wie möglich. Er befindet sich aufgrund Ihrer Anklage in Untersuchungshaft, das gibt uns Zeit, all die einzelnen Puzzlestücke, die wir vom Schicksal der anderen Frauen mittlerweile kennen, zusammenzusetzen.«

»Ich werde alles tun, was in meiner Macht steht, um dabei mitzuhelfen, den Kerl für alle Zeiten hinter Schloss und Riegel zu bringen«, erklärte Sammi. Sie schlug die Hände vors Gesicht. »Wie kann ein Mensch nur so etwas tun?«, murmelte sie durch ihre Finger hindurch.

Janine kannte die Antwort. Und sie nahm auch an, dass Sammi schon ausreichend lang Polizistin war, um zu wissen, dass es zum Glück nur eine kleine Gruppe von Menschen gab, die weder Mitgefühl besaßen noch Verbote oder Gesetze kannten.

»Wir haben ihn«, sagte sie sanft.

Einen. Sie hatten einen von diesen Leuten.

Unter Stocken fuhr Sammi mit ihrem Bericht fort. Während sie sprach, konnte Janine über ihren wachen Verstand und ihren Stoizismus nur staunen. Der Barkeeper hatte sich eindeutig das falsche Opfer ausgesucht, denn Sammi hatte trotz aller Versuche Blacks, sie zu terrorisieren, einen kühlen Kopf bewahrt.

Sammi beschrieb, wie der Barkeeper sie eingeholt hatte, nur, um ihr dann noch eine Viertelstunde Zeit zu geben, davonzulaufen. Wie sie den Peilsender gefunden und die Idee gehabt hatte, diesen in eine Art Boot zu setzen, um ihn den Bach hinuntertreiben zu lassen. Janine fiel auf, wie gebannt Gavin mit einer Mischung aus Entsetzen und Bewunderung lauschte, als Sammi ihr Martyrium beschrieb. Von nun an würde er Sammi nicht mehr im gleichen Licht wie früher sehen.

»Beim Bach zu bleiben, war definitiv die richtige Entscheidung«, stellte Janine fest.

»Ja, so hatte ich zumindest irgendetwas, woran ich mich orientieren konnte. Solange ich neben dem Bach herlief, konnte ich sicher sein, ein Ziel zu verfolgen, und nicht nur im Kreis im Busch herumzulaufen. Ich hatte bemerkt, dass der Bach irgendwann breiter und tiefer wurde. Mir kam es vor, als könnte sich um die nächste Flussbiegung ein Haus oder ein Picknickplatz befinden. Das war zu diesem Zeitpunkt unglaublich wichtig für mich und hat mir geholfen, weiterzulaufen. Das hat mir Hoffnung gemacht«, nickte Sammi.

»Haben Sie danach das Motorrad noch gehört?«, hakte Janine nach.

»Nein. Damit hatte ich auch ehrlich gesagt nicht gerechnet. Zuvor hatte er sein sadistisches Spielchen mit mir getrieben. Das Motorrad war ein Teil davon, er wollte mir mit dem Geräusch Angst einjagen. Ich bin sicher, dass das für ihn zu seinem Rausch dazugehörte – er wollte nackte Panik sehen und die vollkommene Kontrolle über mich gewinnen. Als ich ihm entkommen war, hatten sich mit einem Schlag die Regeln geändert. Jetzt musste er mich finden, anstatt mich zu terrorisieren. Das Motorrad war ihm dabei keine Hilfe mehr. Er hätte zu Fuß meine Spur aufnehmen müssen. Ohne den Peilsender hätte wahrscheinlich ein gutes Versteck oben in einem Baum funktioniert.«

»Haben Sie von dem Zeitpunkt, als Sie ihm entkommen sind, bis zu dem Zeitpunkt, als wir Sie gefunden haben, Black noch einmal gesehen?«

»Ja. Er kam mitten in der Nacht auf der anderen Uferseite entlang. Ich habe ihn gerochen, bevor ich ihn gesehen habe; er hat geraucht. Ich hatte schon die ganze Zeit damit gerechnet, dass er nach mir sucht, aber dass er mir dann so nahe war ...« Sammi verstummte.

»Ich hatte keine Ahnung, welche miesen Tricks er noch auf Lager hatte. Ich war so dankbar, dass ich vorher die Uferseite gewechselt hatte. Der Hund war alles andere als ein Spürhund, aber selbst er hätte mich wohl gefunden, wenn ich direkt vor ihnen gestanden hätte.«

Sammi zog die Knie zur Brust an und schlang die Decke enger um die Beine. Dabei fiel Janine auf, dass ihre Fingerspitzen rot und rissig waren, und sie fragte sich unweigerlich, wie es wohl Sammis Füßen ergangen war, die nun unter der Decke steckten.

»Ich war erschöpft und hungrig und hatte allmählich Probleme, klar zu denken. Anfangs habe ich mich darauf konzentriert, weiterzugehen, so viel Distanz zwischen ihn und mich zu bringen wie möglich. Aber nachdem die Nacht hereingebrochen war, wurde es um ein Vielfaches schwerer. Das war die längste Nacht meines Lebens. Ich hatte ja kaum Kleidung am Leib, und nachdem die Sonne untergegangen war, wurde mir erst klar, wie gefährlich die Kälte mir werden konnte«, schilderte Sammi. »Ich habe versucht, immerzu in Bewegung zu bleiben, um mich warm zu halten. Doch zugleich war ich so erschöpft, dass ich angelehnt an einen Baum sofort eingeschlafen bin, als ich nur eine Minute lang Pause machen wollte. Ich denke, ich hatte ein Riesenglück, dass ich noch einmal wach geworden bin. Die Ärztin meinte, ich leide an Unterkühlung. Das wäre ja was gewesen, einem Mörder zu entkommen, um dann im Schlaf zu sterben«, grübelte sie.

»Wahrscheinlich hat er sich genau darauf verlassen, nachdem er Sie verloren hatte«, stellte Janine fest. »Meiner Meinung nach war er recht zuversichtlich, dass Sie es nicht schaffen würden, lebend aus dem Buschland herauszukommen. Sie haben sich nämlich ziemlich in der Mitte von vierhundertfünfzig Quadratkilometern Buschland befunden.«

»Ich glaube nicht, dass ich hätte weiterlaufen können, wenn ich das gewusst hätte«, gestand Sammi. »Mir läuft ein Schauer über den Rücken beim Gedanken daran, was er mit mir angestellt hätte, wenn er mich gefunden hätte, während ich schlief oder zu erschöpft war, um mich dagegen zu wehren. Wissen Sie, wann er aufgegeben und den Busch verlassen hat?«, fragte Sammi.

»Das wissen wir leider nicht genau. Er redet nicht mehr mit uns«, erwiderte Janine.

»Er muss wirklich überzeugt gewesen sein, dass ich es nicht aus dem Busch hinausschaffe. Für ihn stand zu viel auf dem Spiel. Immerhin kannte ich seine Geheimnisse«, nickte Sammi.

»Er wurde am Sonntag um die Mittagszeit herum mehrere Autostunden von Ihrem Aufenthaltsort entfernt aufgegriffen. Und er befand sich nicht auf dem Rückweg nach Brisbane. Alles deutet darauf hin, dass er die Grenze zum

Northern Territory ansteuerte. Er war also schon auf der Flucht, bevor Sie gefunden wurden«, erklärte Janine. »Wie haben Sie gegen die Kälte angekämpft?«

»Ich dachte darüber nach, ein Feuer zu entfachen«, erwiderte Sammi. »Natürlich wegen der Wärme, aber auch als Schutz gegen Dingos und dergleichen. Doch der Schein des Feuers hätte ihm gleich gezeigt, wo ich war. Außerdem war mir klar, dass ich weiterlaufen musste, um mein Blut in Wallung zu lassen. Es ging nur noch darum, einen Fuß vor den anderen zu setzen. Ich habe mir mantramäßig immer wieder gesagt: Einen nächsten Schritt. Nur einen nächsten Schritt.«

»Kein Wunder, dass du bis heute Mittag geschlafen hast.« Gavin drückte Sammis Hand.

»Es wäre ein Leichtes gewesen, einfach zu sagen, dass ich aufgebe. Aber als ich kurz davor war, war ich überrascht, wie viel ich mir selbst abverlangen konnte. Ich wollte unbedingt leben. Deswegen habe ich mich immer nur auf den nächsten Schritt konzentriert und weitergemacht«, erzählte Sammi, in deren Stimme sich wieder ein stählerner Hauch mischte. Sie hielt inne. »Ich dachte, ich …« Sammi sah zu Gavin hinüber, dann zu Janine, die ihr aufmunternd zunickte. Sammi schüttelte sanft den Kopf. »Ich habe es geschafft, die Nacht zu überleben. Irgendwie habe ich es geschafft, durchzuhalten und weiterzulaufen. Nachdem die Sonne wieder aufgegangen war, fand ich ein Plätzchen in der Sonne, und dort legte ich mich hin und schlief ein. Ich hatte den Eindruck, dass er mich längst gefunden hätte, wenn er dazu noch eine Möglichkeit gehabt hätte. Außerdem kam mir bei Tageslicht alles längst nicht mehr so beängstigend vor. Irgendwann, vielleicht nach zwei Stunden, bin ich wieder aufgewacht. Ich war wieder ein wenig aufgetaut, und das Hauptempfinden war nun Hunger.

Mir war klar, dass ich etwas essen musste, wenn ich weiterlaufen wollte. Außerdem musste ich einen Plan für die Nacht schmieden. Ich hatte immer noch meinen selbst gebauten Speer. Ich hielt mich für nicht schnell oder gut genug, um auf einen Vogel zu zielen. Ich habe sogar versucht, einen Fisch aufzuspießen. Was aber ein schlimmes Ende nahm.« Sammi lachte kurz auf.

»Am Ende saß ich auf der Erde, als sich eine Schlange neben mir vorbeischlängelte. Und ich dachte, das ist Nahrung, andere Leute essen Schlange! Deswegen habe ich mit dem Speer nach ihr geschlagen, aber eigentlich war es nur ein armseliger Stock, die Schlange konnte ich damit nicht töten. Stattdessen hat die Schlange sich aufgebäumt und mich gebissen.«

Sammi strich mit den Fingern über einen schmalen Verband an ihrem Handgelenk. »Ich konnte die Bissstellen sehen und wusste, dass ich es mir nicht nur eingebildet hatte. Ich musste mich übergeben und dachte nur noch, so, das war's. Das ist jetzt das Ende. Ich bin auf dem Boden zusammengebrochen und war bereit, zu sterben.«

»Nach allem, was Sie durchgemacht haben, haben Sie dann auch noch einen Schlangenbiss überlebt?«

»Ja. Das hat mich ein wenig überrascht. Nachdem mich die Schlange gebissen hatte, dachte ich eigentlich, jetzt gäbe es keine Hoffnung mehr für mich. Ich habe mich mit der Ärztin darüber unterhalten. Sie hat mich natürlich gefragt, welche Schlange es gewesen sei. Das konnte ich nicht sagen, sie war braun, und ich nahm an, dass es eine giftige Mulgaschlange war. Die Ärztin meinte aber, dass es entweder keine Giftschlange gewesen sei oder doch eine, diese dann aber nur eine geringe Menge Gift abgesondert habe, das mein Körper allein bekämpfen konnte. Ich wusste gar nicht, dass Schlangen kontrollieren können, wie viel Gift sie bei einem Biss absondern. Jedenfalls sagte die Ärztin, man habe mich nicht wegen des Schlangenbisses behandeln müssen.«

Sammi deutete auf den Verband an ihrem Handgelenk. »Man hat die Bissstelle nur abgedeckt, damit sie sich nicht infiziert. Andererseits habe ich Tausende andere Schnitte und Kratzer und den Körper voller Antibiotika.«

Gavin schüttelte den Kopf. »Du wolltest also tatsächlich Schlange essen?«, fragte er ungläubig.

»Ja. Das war das, was am ehesten an Nahrung herankam, was ich finden konnte«, erwiderte Sammi.

»Rohe Schlange?«, hakte Gavin nach.

Sammi nickte.

»Wow«, staunte Gavin. »Dir ist schon klar, dass du dich ab jetzt nie wieder über meine Kochkünste beschweren darfst?«

»Sogar das Krankenhausessen schmeckt super«, erwiderte Sammi mit einem matten Lächeln. »Ich werde mich nie wieder über irgendwas beschweren. Ich bin so unendlich dankbar, am Leben zu sein«, stellte sie fest.

»Sie sagten, Sie seien nach dem Schlangenbiss zusammengebrochen«, setzte Janine noch einmal an. »Aber das ist noch nicht das Ende der Geschichte, oder? Das kann doch nicht sein. Denn jetzt sind Sie schließlich hier.«

»Nach dem Schlangenbiss dachte ich, ich würde sterben. Deswegen habe ich eine letzte Entscheidung getroffen, die mir wahrscheinlich das Leben gerettet hat.« Sammi nickte. »Ich dachte an meine Familie und daran, wie sehr ich sie liebe.«

Während sie dies sagte, drückte sie Gavins Hand. »Ich dachte, so versteckt unter den Bäumen würde mich niemand je finden. Meine Familie würde mich niemals beerdigen können, damit ich die letzte Ruhe finde. Da musste ich an die anderen Frauen denken. An ihre Familien, die niemals erfahren würden, was mit ihnen passiert ist. Deswegen dachte ich, ich müsse mich irgendwo hinlegen, wo ich irgendwann entdeckt werden würde. Das war mir so wichtig, dass ich mich bis zum Bach geschleppt habe. Da habe ich dann einen Felsen in der Mitte des Wassers gefunden und mich darauf fallen lassen. Das war meiner Meinung nach der Platz, an dem ich am wahrscheinlichsten gesehen werden würde, wenn hier jemand jemals vorbeilaufen sollte. Kurz danach habe ich das Bewusstsein verloren.«

Sammi hielt inne und schluckte schwer. »Das Nächste, woran ich mich erinnere, ist ein Mann, der mich schüttelte, und das Geräusch eines Hubschraubers. Was die Zeit danach angeht, habe ich nur noch einzelne Erinnerungsfetzen. Nichts kam mir real vor, bis ich heute Morgen hier aufgewacht bin«, gestand Sammi. »Was für ein schöner Morgen.« Wieder griff sie nach Gavins Hand.

Dieser hatte einen glasigen Blick und schwieg, als er sie in die Arme schloss. Janine schaute zu Boden und kaute auf ihrer Unterlippe herum, als ihr selbst die Tränen kamen.

Sammi löste sich von Gavin und tupfte sich die Augen mit einem Taschentuch ab.

»Jetzt bin ich dran«, stellte Sammi fest. »Ich frage mich die ganze Zeit, woher Sie wussten, wo ich war?«

»Wir haben eine Karte gefunden, als wir sein Haus durchsucht haben«, erklärte Janine. »Außerdem hatte die Sonderermittlung einen Anruf bekommen. Irgendwer hatte ihn schon einmal in Captain's Creek gesehen, wahrscheinlich, als er mit einer der anderen Frauen da gewesen war. Sie könnte kurz davor gewesen sein, gerettet zu werden. Danach, dachte ich, hat er seinen Tatort nochmals tiefer in den Busch verlegt. Wir wussten, dass Sie irgendwo im Captain's Creek State Forest sein mussten. Wir mussten einen Helikopter besorgen, die Mannschaft hat den Rest erledigt. Sie hatten nicht viel Zeit bis zum Anbruch der Dämmerung, aber wir haben sie angewiesen, dem Bachlauf zu folgen.«

»Es war wirklich ein Wunder«, fuhr Sammi fort. »Es war, als würde jemand über mich wachen.« Sie starrte gedankenversunken in die Ferne.

Plötzlich drehte sie sich zu Gavin um. »Gavin, würdest du mir einen Gefallen tun und mir einen Tee und ein paar Kekse besorgen?«, fragte sie. »Mir ist immer noch so kalt«, erklärte sie.

»Klar«, erwiderte Gavin. »Janine, kann ich Ihnen auch was mitbringen?«, fragte er.

»Nein, danke«, lehnte Janine ab.

Gavin ging und schloss die Tür hinter sich.

Sobald die Tür ins Schloss gefallen war, wandte sich Sammi an Janine. »Ich komme mir ein bisschen komisch vor, Ihnen das Folgende zu erzählen«, stellte sie fest, »aber es gehört zur Geschichte dazu.«

Sie hielt inne.

Janine sah ihr in die Augen und nickte ihr aufmunternd zu.

»Ich habe Engel im Busch gesehen«, fuhr Sammi schließlich fort.

»Was meinen Sie damit?«, fragte Janine sanft und beugte sich ein wenig vor.

»Es war mitten in der Nacht, und ich war so erschöpft,

dass ich kaum noch auf den Beinen bleiben konnte«, erzählte Sammi. »Die Morgendämmerung schien noch eine Ewigkeit entfernt zu sein, und mir war so kalt, dass ich weder meine Hände noch die Füße spüren konnte. Da bin ich hingefallen, und das war's. Es ging nicht mehr weiter. Zum ersten Mal seit meiner Entführung habe ich da geweint. Ich konnte gar nicht mehr aufhören. Ich habe mich auf dem Boden zusammengerollt und der Verzweiflung nachgegeben. Das war genau der Moment, als ich jemanden ›Hey‹ sagen hörte. Irgendwie hat es mir keine Angst gemacht. Als ich aufsah, stand Tahlia vor mir. Sie leuchtete im Dunkeln in einer Art schimmerndem Licht.«

»Ernsthaft? Ein Geist?« Janine wollte Sammis Aussage nicht anzweifeln, doch die Beschreibung überraschte sie schon sehr. Sammi hatte so viel gedankliche Klarheit und Sachlichkeit bewiesen, dass dies nun völlig untypisch erschien.

»Ich weiß, dass ich wahrscheinlich nur halluziniert habe«, fuhr Sammi fort. Obwohl sie dies schnell hinzugefügt hatte, war Janine aufgefallen, dass sie immer noch das Wort »wahrscheinlich« benutzt hatte.

»Ich würde sie eher als Engel bezeichnen denn als Geister«, erklärte Sammi. »Zu dem Zeitpunkt jedenfalls kam es mir total real vor. Und da war nicht nur Tahlia. Die anderen jungen Frauen waren ebenfalls da. Alle vier. Ich hatte keine Angst vor ihnen. Ich nehme an, mein Verstand wusste, dass ich sie nur halluziniert habe. Jedenfalls hatte ich das Gefühl, nicht mehr länger allein zu sein, sondern Hilfe zu haben. Tahlia hat mir ihre Hand hingehalten. Ich habe ihre Hand ergriffen, und sie hat mir dabei geholfen, wieder auf die Beine zu kommen. Es fühlte sich wirklich so an, als würde jemand meine Hand halten. Ich schwöre, dass ich die Wärme ihrer Hand spüren konnte.«

»Hat sie Ihnen sonst noch etwas gesagt?«, fragte Janine.

»Sie sagte, ›Du musst weiterlaufen, wir verlassen uns auf dich‹. Das war alles, was ich hören musste. Danach hieß es für mich wieder, einen Schritt nach dem anderen zu machen. So habe ich die Nacht überstanden. Es ist zwingender, wenn man es für jemand anderen macht. Da spielt dieses Gefühl rein, einen anderen Menschen nicht hängen lassen zu wollen.«

»Wie lange haben Sie sie gesehen?«, fragte Janine weiter.

»Keine Ahnung. Lange genug jedenfalls, um durch die Nacht zu kommen«, erwiderte Sammi. »Sie sind neben mir gegangen und verblasst, als die Sonne aufging. Ich weiß nicht, wie weit ich in dieser Zeit vorangekommen bin, aber ich befand mich immer noch neben dem Bach, und ich war noch am Leben – das war mehr, als ich erwartet hatte. Danach habe ich mich schlafen gelegt. Und obwohl ich die Frauen nicht mehr sehen konnte, hatte ich immer noch das Gefühl, dass sie dort waren und auf mich aufpassten. Ich habe ihnen versprochen, ihnen Gerechtigkeit widerfahren zu lassen. Ich brauche Ihre Hilfe dabei, das zu tun. Und Sie müssen verstehen, wie verpflichtet ich mich fühle, das jetzt auch durchzuziehen.«

»Danke«, antwortete Janine. »Vielen Dank, dass Sie mir das anvertraut haben.«

»Ich möchte das Gavin eigentlich nicht erzählen. Zumindest nicht im Augenblick. Ich will nicht, dass er ausflippt und denkt, ich hätte den Verstand verloren. Er macht sich schon genug Sorgen. Aber ich musste es jemandem erzählen.«

Sammi holte tief Luft, die sie zitternd wieder ausstieß. »Und jetzt habe ich das Gefühl, dass ich gleich wieder heulen muss.«

»Ich weiß die große Mühe wirklich sehr zu schätzen, die Sie es kostet, mir all das so kurz nach dem Geschehen zu erzählen«, sagte Janine. »Sie wissen selbst, wie wichtig es ist, die ganze Geschichte zu erfahren, solange alle Erinnerungen noch frisch sind. Aber es ist grauenhaft. Ich werde alles dafür tun, dass Sie sich nun ausruhen und wieder zu Kräften kommen können. Wir haben genug beisammen, um erst einmal fortzufahren. Wir werden garantiert noch weitere Fragen haben, aber die können noch warten.«

»Den Frauen zuliebe musste ich Ihnen alles erzählen. Ihnen müssen Sie Gerechtigkeit widerfahren lassen, ihnen mehr noch als mir. Ich werde alles tun, worum Sie mich bitten. Sie müssen diesen Kerl für alle Zeiten hinter Gitter bringen«, bat Sammi. Trotz des Zitterns ihrer Stimme war ihr Blick unerschütterlich.

Janine umarmte Sammi so fest, dass sie spürte, wie sehr die junge Frau zitterte.

»Das werden wir. Das verspreche ich Ihnen«, flüsterte sie.

Siebzehn Monate später

Sammi schnappte sich gleich beim ersten Klingeln ihr Handy, als das Display Janines Anruf anzeigte.

»Es ist vorbei, Sammi«, verkündete Janine. »Er ist schuldig gesprochen worden. Er wandert ins Gefängnis!«

Gegen ihren Willen kamen Sammi die Tränen. Die Erleichterung war unglaublich groß – größer, als sie gedacht hatte.

»Jetzt wird alles besser, Süße«, erklärte Janine.

Schlimmer konnte es ja auch kaum noch werden, dachte Sammi. Die letzten siebzehn Monate waren eine harte Zeit gewesen, und es hatte viele Medikamente und Therapien gebraucht, damit sie ihren Verfolgungswahn überwinden konnte. Erst seit Kurzem arbeitete sie wieder, doch sie war sich nicht sicher, ob sie überhaupt noch eine gute Polizistin war. Sie neigte dazu, überzureagieren, und wusste, dass ihr Verhalten einige der Kollegen verunsicherte und diese sich in ihrer Gegenwart unwohl fühlten.

Gavin nahm sie in den Arm, während sie versuchte, sich etwas zu beruhigen, um mit Janine sprechen zu können. Den ganzen Morgen über war er ihr nicht von der Seite gewichen, während sie beide sich Mühe gegeben hatten, sich die Zeit bis zu Janines Anruf zu vertreiben.

Auch für Gavin war es nicht leicht gewesen. Er hatte sich verändert und Stärke gezeigt, als sie schwach gewesen war. Er hatte sie auf eine ruhige und geduldige Art und Weise unterstützt und sie mit seiner steten Rücksichtnahme überrascht. Als er ihr einen Kuss auf die Stirn gab, tropfte eine Träne von seinem Gesicht auf das ihre.

»Ich muss dir aber mitteilen, dass er nur fünf Jahre bekommen hat, von denen er nach drei Jahren bei guter Führung entlassen werden könnte. Das ist aber nur …«

Sammi unterbrach Janine, als die Wut durch ihre Tränen drang. »Aber er hat ja schon anderthalb Jahre für den Prozess in Untersuchungshaft gesessen! Er könnte also in weiteren anderthalb Jahren schon wieder freikommen! Und das nach allem, was er getan hat!«

»Schon gut, Liebes«, beschwichtigte Janine sie. »Das wird nicht das Ende sein.«

»Wie kann es nur drei Jahre Gefängnis dafür geben,

jemanden umbringen zu wollen? Das ist doch obszön!« Sammis Stimme wurde sowohl lauter als auch höher.

»Sein Verteidiger hat argumentiert, dass es keinen Beweis dafür gäbe, dass er dich tatsächlich umbringen wollte. Das ist großer Bockmist, aber du weißt selbst, wie das läuft«, fuhr Janine fort.

»Das müssen wir anfechten! Ich könnte den Gedanken nicht ertragen, dass er rauskommt«, entgegnete Sammi.

»Das hat keinen Sinn«, erwiderte Janine. »Das Urteil bezieht sich nur auf deine Anklage. Er wartet immer noch auf den Prozess im Fall vom Mord an Tahlia, außerdem ermitteln wir immer noch im Fall der drei anderen Frauen. Wenn wir einmal mit ihm fertig sind, wird er nie wieder rauskommen.«

»Er darf nie wieder das Gefängnis verlassen«, warf Sammi ein.

»Das wird er nicht. Das verspreche ich dir. Aber wir brauchen immer noch deine Hilfe. Du bist immer noch unsere wichtigste Zeugin!«, antwortete Janine. »Schaffst du das?«

Sammi holte tief Luft.

»Ja, das schaffe ich.«

Danksagung

Das erste Dankeschön gilt der Person, die mir dabei geholfen hat, dieses Buch zu schreiben: Siân Eldridge. Dein Vertrauen in mich war ein unschätzbares Geschenk. Vielen Dank dafür, dass du mir stets ein Feedback gegeben und mich ermutigt hast, weiterzumachen.

Als Nächstes möchte ich Les Zigomanis danken – vielen Dank, dass du mir mit Sachverständnis, Zeit und Wissen so großzügig zur Seite gestanden hast. Danken möchte ich auch meinen lieben literarischen Mitreisenden, Laura Elvery, Kathy George, Kim Lock, Mhairead MacLeod und S.C. Ridout: Vielen Dank, dass wir dieses Abenteuer miteinander geteilt haben, dass ihr mir beim Jammern zugehört und mich angefeuert habt! Möge dies hier eine Lawine aus weiteren Romanen lostreten!

Dank gebührt auch dem Team bei Pan Macmillan. Haylee Nash bin ich zu ewigem Dank dafür verpflichtet, dass sie alle Unbekannten beseitigt hat und das Risiko mit mir eingegangen ist. Und Libby Turner möchte ich für ihr gründliches, sorgfältiges Lektorat danken. Ein großes Dankeschön gilt allen Leuten, die daran mitgearbeitet haben, mein Gekritzel in einen Roman zu verwandeln. Es hat großen Spaß gemacht! Lasst es uns noch einmal tun …

Zu guter Letzt möchte ich auch meiner Familie danken – meinen Eltern für eine lebenslange, unerschütterliche Unterstützung. Danken möchte ich auch meinen Kindern, die mir den Grund gegeben haben, meine Träume zu verfolgen, und die sich über jeden noch so kleinen Schritt mit mir gefreut haben. Vielen Dank an meinen Partner dafür, dass er an meiner Seite ist.

Eine nervenaufreibende Jagd durch die Wildnis Amerikas

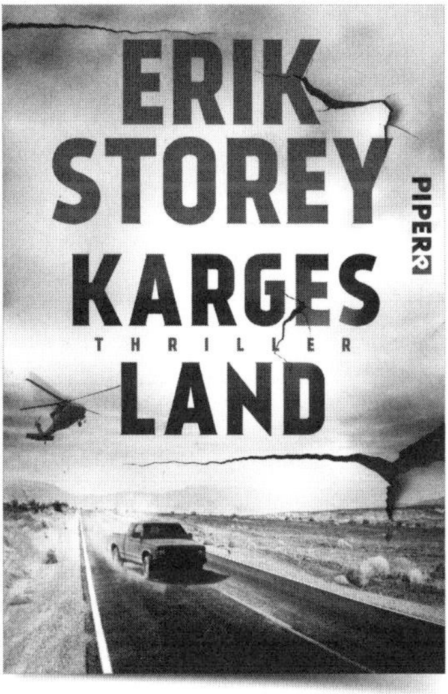

Erik Storey

Karges Land

Thriller

Aus dem Amerikanischen
von Wulf Bergner
Piper Paperback, 320 Seiten
€ 15,00 [D], € 15,50 [A]*
ISBN 978-3-492-06067-7

*Cover- und Preisänderungen vorbehalten

Kurz nachdem Clyde Barr aus dem Gefängnis entlassen worden ist, bekommt er einen Anruf von seiner Schwester Jen. Sie bittet ihn um Hilfe, sie aus den Klauen eines Drogenbosses zu retten. Er weiß weder wo sie ist, noch wie viel Zeit er hat, da der Anruf plötzlich unterbrochen wird. Clyde kehrt zurück in seine Heimat Colorado. Dort beginnt eine Jagd gegen die Zeit und ein Kampf gegen einen mächtigen Verbrecher. Und nur die Bardame Allie und ein paar alte Freunde stehen Clyde Barr zur Seite ...

Leseproben, E-Books und mehr unter www.piper.de